Anna Johannsen

Die Toten auf Helgoland

Das Buch

In einem Wohnhaus auf Helgoland wird ein Paar tot aufgefunden – auf den ersten Blick spricht alles für eine Beziehungstat. Lena Lorenzen wird mit dem Fall betraut, der jede Menge Brisanz mit sich bringt, denn bei dem Mann handelt es sich um einen ehemaligen verdeckten Ermittler des LKA, der untergetaucht ist.

Lena macht sich auf die Spurensuche: Wie stand es tatsächlich um die psychische Gesundheit des Polizisten, und warum wurde er von seinen aktuellen Ermittlungen abgezogen? Was hat der kurdische Clan, dem der Ermittler zuletzt wohl dicht auf den Fersen war, mit der Tat zu tun? Die Inselkommissarin muss sich zum ersten Mal in ihrer Karriere mit dem organisierten Verbrechen auseinandersetzen und gerät dadurch selbst in höchste Gefahr.

Die Autorin

Anna Johannsen lebt seit ihrer Kindheit in Nordfriesland. Sie liebt die Landschaft und Menschen der Region, besonders verbunden ist sie den Nordfriesischen Inseln, auf denen die Krimireihe »Die Inselkommissarin« spielt. Nun schreibt sie mit Begeisterung auch an ihrer neuen Reihe um die alleinerziehende Kommissarin Enna Andersen. Beide Reihen werden in Zukunft parallel veröffentlicht.

ANNA JOHANNSEN

Die Toten auf Helgoland

Die Inselkommissarin

Kriminalroman

Deutsche Erstveröffentlichung bei
Edition M, Amazon Media EU S.à r.l.
38, avenue John F. Kennedy, L-1855 Luxembourg
Februar 2021

Umschlaggestaltung: semper smile, München, www.sempersmile.de
Umschlagmotiv: © kuzmafoto / Shutterstock; © Christian Horz / EyeEm / Getty Images; © Nejron Photo / Shutterstock
1. Lektorat: Kanut Kirches
2. Lektorat: Rotkel Textwerkstatt
Gedruckt durch:
Amazon Distribution GmbH, Amazonstraße 1, 04347 Leipzig /
Canon Deutschland Business Services GmbH, Ferdinand-Jühlke-Str. 7, 99095 Erfurt /
CPI books GmbH, Birkstraße 10, 25917 Leck

ISBN 978-2-49670-158-6

www.edition-m-verlag.de

Eins

Hauptkommissarin Lena Lorenzen zögerte einen Moment, bevor sie an der Tür klopfte. Als sie das »Herein!« hörte, trat sie ein.

»Guten Morgen, Frau Kriminalrätin Nielsen«, sagte Lena und schloss die Tür hinter sich.

Das ehemalige Büro von Kriminaldirektor Warnke hatte sich verändert: Der massive Eichenholzschreibtisch war einem filigranen Tisch aus Glas gewichen, an den Wänden hingen Zeichnungen und Radierungen und der Perser war durch einen hellen Wollteppich ersetzt worden.

Astrid Nielsen stand auf und ging auf Lena zu. »Freut mich, Sie endlich persönlich kennenzulernen.« Sie reichte ihr die Hand. »Ihr Ruf eilt Ihnen ja voraus.« Sie wies auf eine Sitzecke, die ebenfalls zur neuen Einrichtung gehörte. »Setzen wir uns doch dorthin. Darf ich Ihnen etwas zu trinken anbieten?«

»Nein, danke«, antwortete Lena.

Lena schätzte ihre neue Chefin auf Anfang fünfzig. Astrid Nielsen hatte einen Kurzhaarschnitt, war dezent geschminkt und trug einen dunklen Hosenanzug.

»Kollege Warnke hat mir Ihre Qualitäten wärmstens empfohlen.«

Lena lächelte. »Es gibt sicher auch Stimmen im LKA, die das anders sehen.«

»Ich gebe weder etwas auf das eine noch das andere. Mir ist der persönliche Kontakt wichtig. Alles Weitere wird sich im Laufe der nächsten Monate zeigen.«

»Sehe ich ähnlich«, sagte Lena.

»Sie haben von den Ereignissen auf Helgoland gehört?«

Lena nickte.

»Die Kollegen aus Flensburg haben gestern den Fall abgeschlossen. Ich habe für unsere eigenen Ermittlungen um etwas Zeit gebeten. Der Staatsanwalt hat dem zugestimmt.« Sie warf Lena einen prüfenden Blick zu. »Nach meinen Unterlagen hatten Sie keinen unmittelbaren Kontakt zu Julius Weber. Ist das richtig?«

»Ja. Mit dem Bereich *Organisierte Kriminalität* hatte ich bisher wenig bis gar nichts zu tun. Ich habe mit Kollege Weber nie direkt zusammengearbeitet.«

»Sie kennen Helgoland?«

»Ja.«

»Sie haben zwei, höchstens drei Wochen. Wen wollen Sie mitnehmen?«

»Oberkommissar Grasmann.«

Astrid Nielsen stand auf und holte von ihrem Schreibtisch einen Ordner. »Webers Personalakte. Absolut vertraulich. Die Dokumente verlassen nicht das LKA. Sie sind die Einzige, die diese Unterlagen lesen wird. Sie verstehen mich?«

Lena nahm die Papiere entgegen und nickte. »Wie lange war Weber schon untergetaucht?«

»Fast ein Jahr. Von heute auf morgen. Bis zu seinem Auffinden in diesem Haus auf Helgoland gab es nicht die geringste Spur von ihm.«

»Die tote Frau?«, fragte Lena.

»Die Flensburger Kollegen gehen davon aus, dass es sich um seine Lebensgefährtin handelt. Die Akte ist unterwegs. Sie sollten sie in spätestens einer Stunde auf dem Tisch haben.«

Astrid Nielsen stand auf, Lena folgte ihr und sie gingen zusammen zur Tür.

»Beide Leichen sind in Kiel obduziert worden?«

»Ja«, antwortete Kriminalrätin Nielsen. »Informieren Sie mich regelmäßig – und zwar bevor Sie mit dem Staatsanwalt sprechen.« Nielsen reichte ihr die Hand. »Viel Erfolg!«

Lena schlug die Personalakte von Julius Weber auf. Der Oberkommissar war achtundvierzig, zwanzig Jahre beim LKA gewesen und während dieser Zeit mehrfach als verdeckter Ermittler eingesetzt worden. Bei seinem letzten Fall hatte er drei Jahre im Bereich der Organisierten Kriminalität verdeckt ermittelt und war dann von dieser Tätigkeit abgezogen worden. Details zu den Ermittlungen gingen aus der Akte nicht hervor. Im Februar 2019 war Weber schließlich aus einem dreiwöchigen Urlaub nicht zurückgekehrt. LKA-Kollegen durchsuchten seine Wohnung, fanden aber keine Anhaltspunkte für seinen Verbleib. Die anschließende Fahndung war ebenfalls erfolglos. Nach drei Monaten wurde die Suche eingestellt.

Julius Webers Beurteilungen durch seine unmittelbaren Vorgesetzten hatten sich in den vergangenen Jahren von zunächst ausgesprochen positiven Bewertungen hin zu deutlich differenzierteren Urteilen gewandelt. Kurz bevor sein letzter Einsatz als verdeckter Ermittler abgebrochen worden war, wurden ihm fehlende Distanz zu seiner Arbeit und wahnhafte Vorstellungen attestiert. In den folgenden zwölf Monaten war Weber ausschließlich im Innendienst beschäftigt gewesen. Lena vermutete, dass er abgeschoben worden war. Sie registrierte den Namen seines Vorgesetzten und gab die Akte in Nielsens Vorzimmer ab.

»Wie ist die Neue?«, fragte Johann Grasmann, den Lena in ihr Büro gerufen hatte.

»Freundlich, verbindlich und vor allem eine Frau.«

»Das Letzte war mir durchaus klar. Du meinst also, sie ist ein Gewinn für das LKA?«

»Keine Ahnung, frag mich in ein paar Wochen noch einmal. Auf jeden Fall hat sie kein Wort zu Groll verloren.«

Kriminalrat Groll hatte beste Chancen gehabt, Kriminaldirektor Warnke zu beerben. Lena und eine weitere Polizistin hatten ihn wegen sexueller Belästigung und versuchter Vergewaltigung angezeigt. Groll hatte daraufhin seine Bewerbung zurückgezogen und war inzwischen in den vorzeitigen Ruhestand versetzt worden.

»Das wäre ja noch schöner gewesen«, sagte Johann. »Habe ich das richtig verstanden? Wir sollen jetzt im Weber-Fall ermitteln?«

Lena reichte ihm die Akte der Flensburger Kollegen, die sie eine Stunde zuvor bekommen hatte. »Morgen früh ab Büsum. Die Küstenwache bringt uns nach Helgoland.«

»Kein Helikopter?«

»Nein, es steht keiner zur Verfügung. Sei froh, dass wir nicht nach Cuxhaven fahren müssen. Die Fähre ab Büsum fährt nämlich nur von Ende März bis Anfang November. Und pack dir ein paar richtig warme Sachen ein.«

Johann sah aus dem Fenster. »Bei den Temperaturen?«

»Du bist erwachsen.« Lena nickte ihm zu. »Morgen um neun Uhr in Büsum. Schaffst du das?«

»Kein Problem. Wie lange werden wir auf der Insel sein?«

»Das weiß ich nicht. Vielleicht nur einen Tag, vielleicht auch zwei Wochen.«

Lena betrat den schlichten Backsteinbau der Kieler Gerichtsmedizin. Sie hatte sich zuvor bei Luise Stahnke angemeldet und ging jetzt direkt zu deren Büro.

»Lena! Lange nicht mehr gesehen.« Luise kam auf sie zu und umarmte sie. »Wie geht es Erck? Meine Einladung steht immer noch.«

»Ich habe auch schon ein ganz schlechtes Gewissen, Luise. Erck hat eine Woche mit einer schweren Erkältung im Bett gelegen und ist gerade dabei, sich wieder aufzurappeln.«

»Hast du dir Urlaub genommen?«

»Nein, ging nicht. Beke hat ihr heiliges Amrum verlassen, um Erck zu pflegen. Seit vorgestern ist sie aber schon wieder zu Hause.«

»Solch eine Tante hätte ich auch gerne.«

Lena lachte. »Ich kann sie dir bei Bedarf ja mal ausleihen.«

»Ich komme darauf zurück. Beke geht's aber besser?«

»Ja, dass die Operation erfolgreich war, weißt du ja. Seit der Reha springt sie wieder rum wie ein junges Reh.«

Luise bot Lena den Stuhl vor ihrem Schreibtisch an. »Und du bist auf dem Weg nach Helgoland?«

»Ja, deshalb bin ich hier. Deinen Obduktionsbericht habe ich gelesen. Wie immer interessiert mich das, was dort nicht drinsteht.«

»Das ist dieses Mal nicht allzu viel. Dein Kollege hat Wiebke Rinken erschossen und danach Suizid begangen.«

»Kein Zweifel?«

»Die habe ich grundsätzlich, das weißt du ja. Wie ich im Bericht der Kriminaltechniker gelesen habe, gab es zwar Kampfspuren in dem Haus, aber sie ließen sich allesamt so interpretieren, dass es einen Streit zwischen den beiden betroffenen Personen gegeben hat. Umgestoßene Stühle, eine zertrümmerte Vase auf dem Boden. Aber das hast du ja sicher schon im Bericht gelesen. Von meiner Seite: Wir haben keine Schmauchspuren an Wiebke Rinkens Hand gefunden, allerdings eindeutige bei Julius Weber. Im Prinzip sah alles wie im Lehrbuch aus. Keinerlei Hinweise auf eine dritte Person.«

»Im Prinzip?«

Luise schmunzelte. »Vielleicht zu eindeutig? Ich habe bei keinem der beiden Hämatome gefunden. Weder frische noch ältere.«

»Es gab also keine körperliche Auseinandersetzung zwischen Weber und Rinken, weder aktuell noch kurz vor dem Tod. Also ein plötzlicher Gewaltausbruch, eine Verzweiflungstat?«

»Lena, das ist dein Gebiet.«

»Die DNA-Ausbeute war ja auch eher mager.«

»Immerhin konnte ich nachweisen, dass sie miteinander geschlafen haben. Nach meinen Berechnungen muss das früh am Morgen gewesen sein.«

Lena nickte. »Wären bei einem wie auch immer gearteten Überfall nicht DNA-Spuren zu finden gewesen?«, fragte Lena.

»Eigentlich schon. Aber wie du sicher gelesen hast, gab es weder auf den Körpern noch auf ihrer Kleidung Fremd-DNA. Entweder war die dritte Person so gut geschützt, dass es keine Übertragung gab, oder es gab keine dritte Person. Tut mir leid, dass ich dir da nicht mehr liefern kann.«

»Drogen?«

»Nichts nachweisbar. Allerdings scheint Weber aktuell oder in früheren Jahren ausgiebig Alkohol getrunken zu haben. Die Leber hat es ihm übel genommen.«

»Aber kurz vor der Tat hatte er keinen Alkohol getrunken?«

»Nein, das nicht. Ich kann dir allerdings nicht sagen, ob er trockener Alkoholiker war.«

Lena schob sich eine Strähne aus dem Gesicht. »So wenig hattest du ja noch nie für mich. Nicht der leiseste Hinweis auf Fremdverschulden?«

»Du kannst auch noch ein drittes Mal fragen, Lena, aber die Antwort ändert sich deswegen leider nicht.«

»Aber dir ist das alles zu glatt, habe ich dich da richtig verstanden?«

Luise nickte. »Pass auf, ich gehe noch einmal alle Ergebnisse und meine sämtlichen Notizen durch und melde mich dann bei dir. In Ordnung?«

»Okay, das würde mir helfen.« Luise Stahnke war eine ausgesprochen gewissenhafte Gerichtsmedizinerin und ließ sich ungern auf Spekulationen ein. Wenn jemand Widersprüche finden würde, dann sie.

Lena klopfte an die halb geöffnete Tür von Hauptkommissar Seutes Büro und trat ein.

»Moin, Thomas, hast du ein paar Minuten für mich?«

»Ach, unsere Amazone«, murmelte Thomas Seute.

Lena hatte nach dem Disziplinarverfahren gegen Kriminalrat Groll die Abneigung einiger ihrer männlichen Kollegen deutlich zu spüren bekommen. Man schnitt sie, übersah ihren Gruß und wandte sich ab, wenn sie in die Teeküche trat. Lena hatte in der letzten Zeit das Gefühl, dass Thomas Seute ihr aus dem Weg ging, abgesehen davon war er ihr aber nicht negativ aufgefallen.

»Keine Angst, ich bin gerade nicht im Angriffsmodus«, entgegnete ihm Lena schmunzelnd.

Seute verschränkte die Arme vor der Brust. »Was kann ich für dich tun?«

»Julius Weber. Ich bin auf dem Weg nach Helgoland.«

»Sieh an!« Es klang, als hätte er nichts anderes erwartet, als dass Lena auf den Fall angesetzt würde. Gleichzeitig lag eine nicht zu überhörende Skepsis in seinem Ton.

»Kannst du mir ein paar Takte zu Weber sagen? Ich kannte ihn überhaupt nicht.«

»Besser so! Ich war froh, als er abgetaucht ist. Oder was immer diese Aktion für einen Sinn haben sollte – sich da auf diesem Felsen mitten im Meer zu verstecken.«

»Warum ist Weber damals von der verdeckten Ermittlung abgezogen worden?«

Thomas Seute sah überrascht aus. »Du weißt ja wieder mal bestens Bescheid.«

Lena wartete, dass er fortfuhr, aber ihr Kollege schwieg.

»Komm schon, Thomas. Was soll das hier werden? Gehörst du etwa auch zu den Kollegen, die Grolls Übergriffe als Lappalie ansehen und als seine Privatsache bezeichnen?«

»Habe ich das gesagt? Wohl kaum.« Er verzog sein Gesicht. »Was willst du wissen?«

»Weber hat über viele Jahre erfolgreich als verdeckter Ermittler gearbeitet, und dann war plötzlich Schluss. Warum?«

»Lorenzen, das ist jetzt nicht dein Ernst. Ich soll dir hier zwischen Tür und Angel Interna aus einem laufenden Verfahren verraten? Geht's noch?«

»Laufendes Verfahren? Ich dachte, es wäre abgeschlossen.«

»Kein Kommentar!«

»Thomas, dir ist schon klar, wer mir den Auftrag gegeben hat?«

Er zuckte mit den Schultern. »Gibt es noch was?«

Lena zwang sich, ruhig zu bleiben. »Okay, verschieben wir den Punkt auf später. Erzähl mir was von Weber. Wie war er?«

»Gott, der Mann ist tot. Warum jetzt noch schlecht über ihn reden?«

Lena wartete.

Seute stöhnte theatralisch. »Es hatte schon seinen Grund, dass Weber Innendienst schieben musste. Er hatte Wahnvorstellungen, wenn du mich fragst. Er sah überall nur noch Verfolger und Verschwörungen. Hat sich wohl zu viele Bond-Filme reingezogen. Was weiß ich. Anstatt ihn hier an einen Schreibtisch zu setzen, hätten sie ihn lieber in die Klapse einweisen sollen. Vielleicht würde er dann noch leben.«

»Und womit war er nach seinem Abzug beschäftigt?«

»Keine Ahnung. Die Hälfte der Zeit war er doch krankgeschrieben. Immer wieder ein neues Leiden, habe ich gehört. Und sonst? Irgendwelche Ablagesachen. Und hin und wieder ein paar Recherchen, wenn es bei den Kollegen eng wurde.« Thomas Seute sah sie genervt an. »War's das jetzt?«

»Vorerst ja. Du hörst von mir«, antwortete Lena und wandte sich grußlos ab.

Zwei

»Guten Morgen«, begrüßte Lena Johann.

Sie hatten sich auf einem Parkplatz in Hafennähe verabredet, um von hier zum Schiff der Küstenwache zu gehen. Lena griff nach ihrer Reisetasche auf dem Rücksitz und verschloss den Dienstwagen.

»›Guten Morgen‹ ist gut. Ich bin schon seit fünf Uhr auf den Beinen.« Johann hielt in der einen Hand seine Reisetasche, in der anderen eine Daunenjacke. »Bist du sicher, dass ich die brauche?«

»Denke schon. Ende Januar kann es mitten auf der Nordsee schon ganz schön stürmisch und kalt werden.«

»Auf geht's.« Johann zeigte in Richtung des Hafens. »Da entlang?«

»Hast du etwas gegen Seekrankheit eingenommen?«, fragte Lena, als sie nebeneinander auf den Kai zugingen. »Helgoland liegt ziemlich weit draußen.«

»Klappt schon. Mir ist noch nie übel geworden.«

Auf dem blauen Schiff mit dem großen Schriftzug »Küstenwache« begrüßte sie Kapitän Hansen und bot ihnen einen Platz in der Messe an. »Sie erwarten sonst niemanden mehr?«, fragte er.

»Nein, wir sind nur zu zweit.«

»Wir haben im Moment etwas rauere See.«

»Danke, Kollege«, sagte Lena. Der Kapitän verabschiedete sich.

»Was meinte er damit?«, fragte Johann. Er holte seinen Laptop aus der Tasche und klappte ihn auf.

Lena zeigte auf einen Stapel Papiertüten auf dem Tisch. »Wir sollen ihm nicht die Messe … na ja, verunreinigen.«

»Gibt es hier keine Toiletten?«

Lena zuckte mit den Schultern. »Vermutlich befürchtet er, dass wir es bis dahin nicht schaffen.«

»Wird schon nicht so schlimm werden. So, die Akte habe ich durchgearbeitet und noch ein paar Recherchen angestellt. Was sagt Luise?«

Lena gab ihm einen Kurzbericht aus der Gerichtsmedizin und erzählte ausführlich von ihrem Besuch bei Thomas Seute.

»Klingt nach einem schnellen Einsatz auf dieser Felseninsel.«

Die Motoren des Schiffes waren inzwischen zu hören und man spürte ein leichtes Vibrieren.

»Wir werden sehen«, antwortete Lena. »Was ist dein Eindruck von der Aktenlage?«

»Im Grunde genommen ein klarer Fall. Mann tötet Frau und anschließend sich selbst. Keine Hinweise auf Fremdverschulden.«

»Hast du mit Kollege Lose schon zusammengearbeitet?«

Johann war vor seiner Zeit beim LKA im Flensburger Kommissariat tätig gewesen. Hauptkommissar Rüdiger Lose hatte das Flensburger Team auf Helgoland geleitet.

»Zusammengearbeitet nicht, aber ich kenne ihn. Sein Ruf ist nicht der beste, falls du darauf hinauswillst. Ich meine mich auch zu erinnern, dass da mal ein Disziplinarverfahren anhängig war. Schlamperei, wurde gemurmelt. Ist aber wohl im Sande verlaufen. Ich glaube, er hat nur noch ein paar Jahre bis zur Pension.«

»Ist dir aufgefallen, dass die Kriminaltechnik nicht das ganze Haus nach DNA-Spuren abgesucht hat?« Lena sah beim Blick aus dem Fenster, dass sie sich inzwischen auf offener See befanden.

»Hättest du das in der Situation machen lassen?«

»Ich denke schon. Immerhin handelt es sich hier um einen Kollegen, der lange Zeit als verdeckter Ermittler tätig war. Und mir reichen die Befragungen nicht aus. Wiebke Rinken hat einen Großteil ihres Lebens auf Helgoland verbracht. Bis auf ihre Schwester und den Schwager ist niemand befragt worden.«

»Klar, das ist mir auch aufgefallen. Die Eltern der Frau leben zwar nicht mehr, aber mit der Großmutter hätte man durchaus sprechen können. Außerdem gibt es eine Cousine und deren Eltern, die ebenfalls auf Helgoland leben.«

»Hast du einen Vermerk gefunden, was oder wo Frau Rinken gearbeitet hat?«

»Nein. Aber das wird sich ja schnell klären lassen.« Johann klappte den Laptop zu. »Kanntest du Julius Weber eigentlich?«

»Nicht dass ich wüsste. Vielleicht habe ich ihn mal gesehen, aber konkret erinnere ich mich nicht an ihn. Er war ja auch überwiegend als verdeckter Ermittler tätig und von daher bei uns nicht so präsent.«

»Und Seute hat nichts rausgerückt«, sagte Johann nachdenklich. »Weißt du gar nichts über die Ermittlungen?«

»Ich habe die Chefin schon gebeten, uns mehr Informationen zukommen zu lassen.«

»Da bin ich aber gespannt, wie sie reagiert und was Seute dazu sagt.«

»Zumindest weiß ich, dass es damals um Organisierte Kriminalität ging. Albanische Clans haben in den

Neunzigerjahren die kurdischen mehr und mehr aus Hamburg vertrieben. Einige der Familien haben sich in Schleswig-Holstein ...« Lena schrieb mit den Fingern Anführungszeichen in die Luft. »... angesiedelt. Diese kurdischen Familienclans haben sich bei uns wiederum mit den kriminellen Motorradklubs zusammengetan. Als einige der Klubs verboten wurden, haben die Kurden neue Strukturen aufgebaut. So weit meine Informationen.«

»Türken beziehungsweise Kurden? Wie kommt Julius Weber da ins Spiel?«

»Gute Frage, die ich eigentlich Kollege Seute stellen wollte. Er wird es auf die eine oder andere Weise geschafft haben, sich in die Organisation einzuschleusen. Das alles liegt aber schon ein paar Jahre zurück. Im Moment sehe ich noch nicht, dass das für unseren Fall relevant ist.«

Sie gingen noch einmal gemeinsam die Flensburger Akte durch. Die Kollegen waren zu zweit auf Helgoland gewesen und hatten sich achtundvierzig Stunden auf der Insel aufgehalten. Zwei Kriminaltechniker hatten am ersten Vormittag das Team verstärkt und den Tatort untersucht. Die Protokolle der Befragungen gaben nicht viel her. Die Schwester von Wiebke Rinken gab an, Julius Weber nicht gut gekannt zu haben. Weber habe wenig von sich preisgegeben und auch auf Nachfrage nur zögernd geantwortet. Selbst Wiebke Rinken war nach Angabe ihrer Schwester zurückhaltend mit Informationen zu ihrem Freund gewesen.

Sie hatten inzwischen über die Hälfte der Fahrt hinter sich. Auf offener See war der Wellengang deutlich spürbar, und nach dem dunklen Himmel zu urteilen, würde sich das Wetter noch weiter verschlechtern. Johann war mit der Zeit immer blasser geworden.

Lena reichte ihm eine der Tüten. »Nur zur Sicherheit.«

»Wie weit ist es noch?«, presste Johann hervor und legte die Tüte vor sich auf den Tisch.

»Eine Dreiviertelstunde, denke ich.«

»Verdammte Schaukelei.« Johann stand auf, setzte sich aber gleich wieder.

Lena wagte nicht zu fragen, ob Johann gefrühstückt und, wenn ja, was er gegessen hatte. Sie legte die Akten zurück in ihre Tasche und schob Johanns Laptop zur Seite.

Johann atmete jetzt flach und hatte die Augen geschlossen.

»Versuch, ruhig zu atmen«, sagte Lena. Sie rückte zur Seite, damit für Johann der Blick aufs Meer frei war. »Behalt den Horizont im Blick.«

Johann atmete tief durch und sah aufs Meer hinaus. »Wie lange noch?«

»Es sind erst drei Minuten vergangen. Denk nicht daran, wann wir ankommen. Entspann dich, ruhig und gleichmäßig atmen, geradeaus gucken.«

Als Johann die Hand vor den Mund legte und schwer schluckte, nahm Lena die Tüte und riss sie auf. Johann griff danach und übergab sich im nächsten Augenblick hinein. Lena öffnete die nächste Tüte und hielt sie ihm hin. Während der nächsten Viertelstunde blieb Johann mit einer frischen Tüte vor dem Mund sitzen. Schließlich stand er auf und wankte zur Tür.

»Wo ist die Toilette?«

»Ich glaube, du musst den Gang zurück und dann rechts.«

Kurz bevor sie am Kai anlegten, kam Johann zurück in die Messe. Er sah immer noch elend aus, schwankte aber nicht mehr beim Gehen.

»Ich habe es überlebt«, sagte er mit einem bemühten Lächeln. »Gerade so.«

»Vor der Rückfahrt holst du dir etwas in der Apotheke«, sagte Lena und reichte ihm seine Tasche.

Sie bedankten sich beim Kapitän. Als Johann wieder festen Boden unter den Füßen hatte, schien er sichtlich erleichtert. Er streckte sich. »Ganz schön kalt hier.«

»Ich habe dich gewarnt.«

Johann öffnete seine Reisetasche, in der er wärmere Kleidung verstaut hatte, und wechselte zur Daunenjacke. Mit aufgesetzter Kapuze sah er sich um.

»Was sind das für Häuser?« Er zeigte auf eine lange Reihe von Holzhäusern direkt am Binnenhafen, die unterschiedlich farbig angestrichen waren.

»Das sind die Hummerbuden«, sagte Lena. Sie griff nach ihrer Tasche und forderte Johann mit einem Wink auf, ihr zu folgen.

»Gibt es hier Hummer?«

»Die werden nur noch selten gefangen. Aber es gab eine Zeit, da war das die Haupteinnahmequelle der Fischer. Die Häuser sind nach dem Krieg entstanden, wie alles hier auf Helgoland. Die Insel war komplett zerstört. Hast du davon noch nichts gehört? Die größte nicht atomare Sprengung.«

»Und der Felsen steht immer noch?«

Lena lachte. »Wie du siehst. Die Hummerbuden waren übrigens ursprünglich Schuppen der Fischer, aber heute sind da Künstler mit ihren Werkstätten drin und in den anderen Buden Geschäfte und Restaurants.«

»Hallo!«, sagte jemand in ihrem Rücken. Sie drehten sich um, ein Beamter in Uniform stand vor ihnen. »Hauptkommissarin Lorenzen?«

Lena reichte ihm die Hand. »Hallo, Herr Selmer!« Sie wies zu Johann. »Mein Kollege Oberkommissar Grasmann.«

»Herzlich willkommen auf Helgoland, auch wenn der Anlass nicht der angenehmste ist. Möchten Sie direkt ins Hotel oder wollen wir erst in mein Büro? Ich könnte uns einen schönen Tee machen.«

Lena entschied, ihrem Inselkollegen in die kleine Helgoländer Polizeistation, die direkt am Hafen lag, zu folgen.

Udo Selmer reichte Lena die Teetasse. »Kluntje steht auf dem Tisch, Sahne hole ich noch.«

»Kannten Sie Wiebke Rinken?«, fragte Lena, als Selmer sich zu ihnen setzte.

»Ich bin jetzt im sechsten Jahr hier auf Helgoland. Nicht hier geboren, aber als Polizist wird man auch so relativ schnell akzeptiert, wenn man sich den örtlichen Gepflogenheiten anpasst.« Er trank einen Schluck Tee. »Ja, ich kannte Wiebke, wie ich viele hier kenne. Man kommt rum, und natürlich redet man auch mal hier und da mit den Leuten. Das gehört dazu.«

»Wissen Sie, wie lange Julius Weber sich schon auf der Insel aufhielt?«

»Schwer zu sagen. Ihre Kollegen aus Flensburg sagten was von einem Jahr, aber das kann ich nicht bestätigen. In der Hauptsaison haben wir täglich bis zu dreitausend Gäste auf der Insel, da fällt einer zusätzlich natürlich nicht auf. Wenn ich das richtig verstanden habe, hat sich der Mann sozusagen bei uns auf Helgoland versteckt?«

»Wann haben Sie ihn zum ersten Mal bewusst wahrgenommen?«, fragte Johann, ohne auf die Frage des Kollegen einzugehen.

»Darüber habe ich mir später auch Gedanken gemacht. Ich würde sagen, das war am Ende des Sommers, Mitte August vielleicht. Ich habe Wiebke, also Frau Rinken, mit ihm zusammen gesehen. Er hatte den Arm um sie gelegt, also war mir gleich klar, dass er mehr war als nur ein Bekannter.«

»Wie haben die beiden reagiert, als Sie sie bemerkt haben?«, fragte Johann weiter.

»Sie wirkten erschrocken. Aber ich bin davon ausgegangen, dass Wiebke nicht wollte, dass jemand von ihrem neuen Freund erfährt. Sprich, ich habe mir keine großen Gedanken darum gemacht.«

»Sahen sie verliebt aus?«, fragte Lena.

»Sie stellen Fragen«, antwortete Udo Selmer.

»Ganz spontan, was würden Sie sagen?«

»Verliebt? Nein, eher vertraut, so wie Eheleute, die schon lange zusammen sind. Sie wirkten wie eine Einheit. Auch später war es so, wenn ich ihnen begegnet bin. Ich weiß noch, dass ich mich für Wiebke gefreut habe.«

»Warum gefreut?«, hakte Johann direkt nach.

»Ach so, das wissen Sie ja gar nicht. Sie hat sich vor ungefähr drei Jahren von jemandem hier auf der Insel getrennt. Nach allem, was ich mitbekommen habe, war das wohl sehr schmerzhaft.« Udo Selmer hob schützend die Hände. »Nicht dass Sie jetzt glauben, Oke hätte etwas mit ihrem Tod zu tun.«

»Oke und weiter?«

»Oke Jacobs. Aber die ganze Angelegenheit ist ja schon lange her.«

»Angelegenheit?«, fragte Johann. »Was muss ich mir darunter vorstellen?«

»Nun gut …«, begann Udo Selmer zögernd. »Hier auf der Insel ist das mit der Partnersuche nicht so einfach. Das können Sie sich ja sicher vorstellen. Die beiden waren schon ein paar Jahre zusammen, seit vor meiner Zeit, und eigentlich gingen wohl alle davon aus, dass sie irgendwann heiraten würden.«

Johann beugte sich leicht vor. »Was sie aber nicht getan haben?«

»Nein. Aber das ist auch nicht der Punkt. Wahrscheinlich hören Sie ja ohnehin davon.« Er seufzte leise. »Eines Tages hat Wiebke Oke vor die Tür gesetzt. Davon war er natürlich nicht begeistert.«

»Er wohnte mit im Haus von Frau Rinken?« Johann schien sich auf den ersten Verdächtigen eingeschossen zu haben. Lena hielt sich bewusst zurück.

»Ja, die beiden waren ja ein Paar. Und das Haus gehört nun mal Wiebke. Was soll ich sagen, er war etwas ungehalten und ich musste zwei- oder dreimal einschreiten. Ruhestörung, Belästigung und so weiter.«

»Hat Frau Rinken ihn angezeigt?«

»Nein, das wird hier auf der Insel anders geregelt.«

»Sie halten Oke Jacobs für harmlos?«, fragte Lena.

Udo Selmer schien zu zögern. »Ich kann für ihn nicht die Hand ins Feuer legen, aber das sollte man als Polizist ja nie tun. Er ist Fischer und ein kerniger Typ. Dass es mit Wiebke nicht geklappt hat, war für ihn ein herber Schlag. Das ist jetzt drei Jahre her, wie gesagt. Er ist danach zurück zu seinen Eltern gezogen, und das war damals mit dreiunddreißig nun sicher auch nicht sein Traum.«

»Er hatte seitdem keine neue Beziehung?«, fragte Johann.

»Nicht dass ich wüsste.« Selmers Lächeln misslang. »Aber alles bekomme ich als Inselsheriff auch nicht mit.«

»Haben Sie uns bei der Schwester der Toten angekündigt?«, fragte Lena.

»Ja, natürlich. Frauke weiß Bescheid. Frauke Hinrichs. Sie hat ja geheiratet und den Nachnamen ihres Mannes angenommen. Ich habe Sie für vierzehn Uhr angemeldet. So können Sie vorher in Ruhe einchecken und noch eine Kleinigkeit essen.«

Lena stand auf. »Zunächst mal vielen Dank für den netten Empfang. Dann machen wir uns auf den Weg.«

»Ich kann Sie fahren, wenn Sie möchten.«

»Wo wohnen wir denn?«, fragte Johann, der bereits seine Tasche in der Hand hatte.

»Hotel auf den Hummerklippen. Schöne Aussicht, solide Unterkunft.«

Drei

Udo Selmer hatte nicht zu viel versprochen. Die Aussicht aus Lenas Zimmer war atemberaubend. Das Hotel lag im Oberland und somit hoch über der Nordsee und Lena konnte aus ihrem Zimmerfenster die Düne sehen. Ursprünglich mit der Felseninsel vereint, war sie Anfang des achtzehnten Jahrhunderts während einer Sturmflut von der Hauptinsel getrennt worden. Auf der Sandinsel befanden sich heute ein kleiner Flughafen und ein Badestrand.

Lena packte ihre Reisetasche aus und setzte sich mit einem Glas Mineralwasser ans Fenster. Ihre Gedanken wanderten nach Husum, in die Stadt, in der sie seit fast einem Jahr zusammen mit Erck ein gemietetes Haus bewohnte. Der Standort war ein Kompromiss zwischen Kiel und Amrum gewesen. Erck arbeitete auf der Insel als Verwalter von Ferienwohnungen und hielt sich meistens zwei bis drei Tage in der Woche auf Amrum auf. In der restlichen Zeit arbeitete er von Husum aus. Lena fuhr täglich zwischen Kiel und Husum hin und her, wenn sie keine anderen Einsätze irgendwo in Schleswig-Holstein hatte. Die ersten Monate waren für Erck und Lena hart gewesen, aber nach und nach hatten sie in eine

Routine gefunden und sich gemeinsame Zeit erobert. Lena war aber klar, dass sie auf Dauer eine andere Lösung finden mussten. Bisher hatte sie nicht die geringste Idee, wie die aussehen könnte.

Als es klopfte, ging Lena zur Tür.

»Gehen wir etwas essen?«, fragte Johann.

Lena schmunzelte. »Wenn dein Magen es schon wieder erlaubt?«

»Solange es kein Fisch ist«, murmelte Johann.

Lena lachte. »Das wird sich machen lassen.«

Lena und Johann aßen in der Hanse Kogge, einem Restaurant in der Nähe des Hotels, und machten sich anschließend auf den Weg zum Haus von Frauke Hinrichs, das sich ebenfalls im Oberland befand.

»Die Häuser sehen ja quasi alle gleich aus«, sagte Johann.

Sie gingen durch eine der schmalen Gassen des eng an eng bebauten Oberlands.

»Ich weiß nicht, ob ich mich hier wohlfühlen würde«, fuhr Johann fort. Er blieb stehen und sah sich einen kleinen Vorgarten an, in dem gerade einmal Platz für den dort stehenden Strandkorb und ein paar Blumenkübel war. »Inselleben habe ich mir irgendwie anders vorgestellt.«

»Helgoland ist eine Insel mit herbem Charme, aber mit viel Seele«, sagte Lena. »Menschen lieben oder hassen sie. Die Letzteren verschwinden auch schnell wieder.«

»Du bist die Expertin.« Johann blickte sich um. »Sind wir hier richtig?«

Lena schaute auf den Plan, den sie sich aus dem Hotel mitgenommen hatte. »Die Zweite links und dann das vorletzte Haus.«

Auf ihr Klingeln öffnete ihnen ein Mann in Arbeitskleidung, der sie ansah, als fühlte er sich gestört. »Ja?«

»Herr Hinrichs?«, fragte Lena. Als der Mann nickte, zeigte sie ihren Ausweis und stellte sich und Johann vor. »Herr Selmer hat uns angemeldet.«

Der Mann trat zur Seite und wartete, bis die beiden Kommissare eingetreten waren. »Geradeaus, erste Tür rechts.«

Sie betraten ein Wohn- und Esszimmer mit Durchreiche zur Küche. Die kleine Luke stand offen, Lena konnte die Spüle sehen. Eine Frau Anfang dreißig, kurze mittelblonde Haare, klein und kräftig gebaut, kam auf sie zu und blieb vor Lena stehen. »Sie sind von der Polizei?«

Erneut stellte Lena sich und Johann vor und wartete, dass Frauke Hinrichs ihnen einen Platz anbot.

»Was wollen Sie von mir?«, fragte die junge Frau stattdessen.

»Können wir uns vielleicht setzen?«

Frauke Hinrichs zuckte mit den Schultern und zeigte auf den Tisch mit den vier Stühlen. Lena ging voraus, Johann folgte ihr.

»Wir untersuchen den Tod Ihrer Schwester und würden Ihnen ger…«

»Wir haben schon alles beantwortet«, unterbrach Jan Hinrichs Lena. Er hatte sich nicht mit an den Esstisch gesetzt und stand immer noch in der Tür.

Lena wandte sich zu ihm um. »Möchten Sie sich auch zu uns setzen? Unsere Fragen betreffen auch Sie.«

Hinrichs schüttelte den Kopf und verließ den Raum.

»Bitte entschuldigen Sie«, sagte Frauke Hinrichs, der das Verhalten ihres Mannes peinlich zu sein schien. »Diese ganze schreckliche Geschichte ist noch nicht einmal vier Wochen her und wir dachten …« Sie brach ab.

»Seit wann kannten Sie Julius Weber?«, fragte Lena.

»Er war irgendwann da. Das muss im Sommer gewesen sein. Ich habe es gar nicht von meiner Schwester erfahren, sondern eine Freundin hat mich angesprochen. Sie hat mich gefragt, ob Wiebke einen neuen Freund habe.«

»Und was passierte dann?«

»Ich habe Wiebke gefragt. Was sonst?«

»Wie hat sie reagiert?«

»Ausgewichen ist sie mir. Aber dann hat sie ihn uns vorgestellt, also mir und meinem Mann. Und bevor Sie fragen, die beiden haben sich im Internet kennengelernt.«

»Ja, das habe ich in den Protokollen gelesen. Dort stand allerdings nicht, wann und wie genau.«

»Ganz einfach. Das war diese Helgoland-Seite, über die Leute in Verbindung bleiben können. Also die, die hier leben, und die, die in der ganzen Welt verstreut sind. Da kann man Leute finden oder deren Nachkommen.« Frauke Hinrichs nannte ihnen die Webadresse.

»Wieso war Herr Weber auf der Internetseite?«, fragte Johann.

Frauke Hinrichs beugte sich vor und sah ihn mit zusammengekniffenen Augen an. »Das wissen Sie gar nicht?«

Johann warf ihr einen erstaunten Blick zu. »Was weiß ich nicht?«

»Die Familie dieses Verbrechers ist ursprünglich von hier. Seine Großeltern sind 1945 wie alle anderen auch von der Insel evakuiert worden. Einige, wie diese schrecklichen Menschen, sind nicht zurückgekehrt. Wären sie doch nur im Bombenhagel krepiert, dann würde Wiebke noch leben.«

»War Julius Weber bereits in den Jahren zuvor hier auf Helgoland?«, fragte Lena. Den Umstand, dass Webers Vorfahren von der Insel kamen, hatten die Flensburger Kollegen nicht ermittelt.

»Das weiß ich nicht. Und es ist mir auch vollkommen wurscht.«

»Wie haben Sie Julius Weber erlebt? Ihre Schwester und er waren ja ein Paar. Waren sie verlie…«

Frauke Hinrichs sprang auf. »Jetzt ist aber mal gut! Stellen Sie nicht solche bescheuerten Fragen. Verliebt! Das war ein Psychopath, falls Sie wissen, was das ist. Muss ich jetzt eigentlich noch weiter mit Ihnen reden?«

»Nein, dazu sind Sie zunächst nicht verpflichtet.«

»Zunächst? Was soll das schon wieder heißen?« Frauke Hinrichs' Stimme war jetzt schrill und laut.

»Frau Hinrichs, beruhigen Sie sich bitte.« Lena deutete auf den Stuhl. »Setzen Sie sich wieder.«

»Warum? Sie verlassen jetzt mein Haus. Ich habe nichts mehr zu sagen. Das alles macht Wiebke auch nicht mehr lebendig. Gehen Sie!«

Lena legte ihre Visitenkarte auf den Tisch. »Wir sind wahrscheinlich noch ein paar Tage auf Helgoland. Ich würde gerne noch einmal mit Ihnen sprechen. Rufen Sie mich doch bitte an. Wir können uns auch anderswo treffen.«

Frauke Hinrichs zeigte stumm auf die Tür. Lena und Johann verließen den Raum und gingen auf die Haustür zu, als Jan Hinrichs ihnen entgegentrat. »Und? Was hat das jetzt gebracht? Meine Frau wird wieder nächtelang wach liegen und Migräne haben. War es das, was Sie wollten?« Er spuckte auf den Fußboden und riss die Haustür auf.

»Auf Wiedersehen, Herr Hinrichs«, sagte Lena ruhig.

»Das sind also die echt kernigen Helgoländer?« Johann kratzte sich am Kopf. »Sagtest du nicht etwas von guter Seele?«

»Von *guter* habe ich nicht gesprochen. Im Übrigen ging es um die Insel und nicht um einzelne Bewohner. Die beiden standen gerade extrem unter Stress. Wenn das Protokoll der Flensburger den Tatsachen entspricht, ist es jetzt sogar schlimmer als kurz nach der Tat.«

»Bedeutet? Warum sollte jemand nach so langer Zeit so reagieren?«

»Wenn wir das beantwortet haben, werden wir vermutlich ein ganzes Stück weiter sein. Vielleicht bedeutet es aber auch gar nichts. Wir reißen schließlich eine Wunde auf, die gerade anfing zu heilen.« Lena zeigte nach links. »Die Apotheke! Willst du dich gleich eindecken?«

Johann schien etwas entgegnen zu wollen, nickte dann aber und wandte sich ab.

»Alles bekommen?«, fragte Lena, als er wieder vor ihr stand.

Johann zog eine kleine Schachtel aus seiner Jackentasche. »Das soll das beste Mittel sein. Ich habe der Dame gesagt, dass ich sie verklage, falls ich diesen Albtraum noch einmal durchmachen muss.«

»Das hört sie wahrscheinlich jeden Tag«, sagte Lena lachend.

Wenige Meter weiter zeigte Lena auf eine Treppe. »Möchtest du gehen oder mit dem Fahrstuhl fahren?«

»Du meinst …«

»So ist es. Ein Fahrstuhl ins Unterland.«

»Ich brauche im Moment keine Treppen.«

Lena wies den Weg nach rechts. »Auf geht's zur Großmutter von Wiebke Rinken!«

An der Tür der Wohnung hing ein Schild mit dem Namen Rinken. Lena klingelte, wenig später wurde ihnen die Tür von einer alten Dame geöffnet. Lena schätzte ihr Alter auf Anfang achtzig, sie trug einen Kurzhaarschnitt und hatte lebendige Augen.

»Was kann ich für Sie tun?«

Lena stellte sich und Johann vor und fragte Femke Rinken, ob sie Zeit für sie habe. Frau Rinken führte sie in ein Wohnzimmer. An den Wänden hingen alte gerahmte Zeichnungen von Dreimast-Walfängern und Koggen der Hanse. Überall im Raum verteilt standen Erinnerungsstücke aus alten Zeiten: eine Schiffsuhr, ein Schild einer Werft, ein großer Kompass und ein Stück eines Schiffsruders.

Femke Rinken bot ihnen einen Platz auf dem Sofa an. »Sie kommen wegen Wiebke? Und das nach fast vier Wochen?«

Lenas Befürchtung bestätigte sich. Die Flensburger Kollegen hatten Wiebke Rinkens Großmutter nicht befragt.

»Es tut mir leid, Frau Rinken. Offensichtlich haben meine Kollegen da einen Fehler gemacht. Unsere Behörde, das LKA, untersucht den Mord an Ihrer Enkelin jetzt noch einmal.«

Die alte Dame nickte. »Vielleicht wäre es besser gewesen, wenn man gleich eine Frau geschickt hätte.«

Lena unterdrückte ein Schmunzeln. »Darf ich Ihnen einige Fragen stellen?«

»Deshalb sind Sie doch hier, oder?« Femke Rinken lächelte matt.

»Seit wann kannten Sie Herrn Weber?«

»Das kann ich Ihnen genau sagen. Das war vor einem Jahr, am Todestag meines Mannes, am 26. Februar. Es war viel zu warm für die Jahreszeit. Auf dem Festland schon richtig sommerlich. Wiebke kam wie immer am Nachmittag. Sie hatte mich vorher gefragt, ob sie jemanden mitbringen dürfe.«

»Waren Wiebke und Herr Weber zu dem Zeitpunkt schon ein Paar?«

»Hätte meine Enkelin ihn sonst an so einem Tag mitgebracht?«

»Nein, vermutlich nicht«, antwortete Lena. »Hat Wiebke Ihnen erzählt, wann sie Julius Weber kennengelernt hat?«

»Das muss ein halbes Jahr vorher gewesen sein. Im Sommer. Ich glaube, Wiebke hat von Juli gesprochen.«

»Sie hatten ein sehr enges Verhältnis zu Ihrer Enkelin?«

Femke Rinken senkte den Kopf und schloss für einen Moment die Augen. »Ja, Wiebke war mein Engel.«

Lena ließ der alten Dame Zeit, sich wieder zu fangen.

»Wiebke und Julius waren ein Liebespaar. Können Sie uns etwas zu Julius sagen?« Lena hatte bewusst nur den Vornamen von Julius Weber benutzt, gespannt auf ihre Reaktion.

»Ja, sie waren ein schönes Paar. Wiebke war glücklich und Julius wurde von Monat zu Monat ruhiger.« Sie hielt inne. »Bis einige Wochen vor dem Unglück. Da habe ich gemerkt, wie nervös er plötzlich war. Er konnte nicht mal mehr ruhig sitzen.«

»Haben Sie eine Vermutung, womit das zusammenhing?«, fragte Lena.

»Nein. Ich habe Wiebke gefragt, ob sie Streit hatten, aber angeblich war nichts passiert. Ich hätte das auch bemerkt, wenn sie beide hier bei mir waren.«

»Nach der Spurenlage hat Herr Weber Ihre Enkelin erschossen und später sich selbst.«

Femke Rinken schüttelte energisch den Kopf. »Spurenlage, was soll das denn sein? Ich weiß, was Wiebke und Julius aneinander hatten. Da brauche ich keine Spuren, um zu wissen, dass Julius das nicht gemacht hat.«

Lena hatte mit dieser Antwort gerechnet. Trotz ihres hohen Alters schien Femke Rinken im Kopf vollkommen klar zu sein. Sie war anscheinend die erste unter den Befragten, die

Julius Weber besser gekannt und ihn während seines gesamten Helgoland-Aufenthalts regelmäßig gesehen hatte.

»Sie müssen mich jetzt nicht fragen, ob ich ganz sicher bin«, fuhr die alte Dame fort. »Und verrückt bin ich auch nicht, falls Sie das meinen. Ich weiß, was ich weiß, auch wenn es keiner hören will.«

Vier

»Das war ja mal ungewöhnlich«, sagte Johann, als sie vor dem Haus auf der Straße standen. »Frau Rinken hat mich an meine Oma erinnert. Und das meine ich jetzt positiv.«

Lena hatte noch weitere Fragen an Femke Rinken gestellt, aber die alte Dame war bei ihrer Behauptung geblieben, dass das Unglück, wie sie es nannte, von jemand anderem verursacht worden sein musste. Auch Lenas Fragen zu Julius Webers Unruhe, die Femke Rinken in den Wochen vor der Tat bemerkt hatte, liefen ins Leere. Weder Wiebke noch Julius hatten etwas von einer Bedrohung oder einer Gefahr erzählt.

Als die Sprache auf Oke Jacobs, den Ex-Freund von Wiebke, gekommen war, hatte sich Femke Rinkens Blick verändert. Ihre Meinung zu Jacobs war eindeutig. Sie hielt ihn für einen rohen und brutalen Menschen, der sich nicht im Griff hatte. Sie sei froh gewesen, als Wiebke sich von ihm getrennt hatte.

»Vielleicht kann sich Frau Rinken nicht vorstellen, dass der Mann, in den ihre Enkelin verliebt war, zu solch einer Tat fähig gewesen sein soll. Natürlich ist es leichter, wenn ein Fremder Schuld hat«, sagte Lena.

»Und das glaubst du wirklich?«

»Johann, wir müssen Beweise finden. Das muss ich dir nun wirklich nicht erzählen. Du selbst hast davon gesprochen, dass die Spurenlage eindeutig ist.«

»Und dein Bauchgefühl?«

»Bleibt im Moment außen vor. Frag mich in ein paar Tagen noch einmal. So, wo wohnt die Cousine von Wiebke Rinken?«

Johann schlug sein Notizheft auf. »Elbestraße.«

Lena suchte auf ihrem Plan. »Wieder nach oben. Dieses Mal nehmen wir die Treppe.«

Nele Clausen öffnete ihnen die Tür und bat sie in die Küche, nachdem Lena sich vorgestellt hatte. Im Gegensatz zu Frauke Hinrichs war sie schlank und groß und hatte lange dunkle Haare.

»Wie war der Kontakt zu Ihrer Cousine?«, fragte Lena.

Nele Clausen knetete die Hände und sah zwischen Lena und Johann hin und her. »Wie meinen Sie das?«

»Haben Sie sich zum Beispiel regelmäßig getroffen?«

»Das bleibt nicht aus auf so engem Raum.«

»Es geht uns mehr um den privaten Kontakt, Frau Clausen«, sagte Johann.

»Ja, wir haben uns häufiger gesehen. Wir sind ja schließlich verwandt. Man trifft sich schon mal auf Feiern und so. Und sonst. Früher vielleicht mehr. Seit dieser Mistkerl bei ihr war, hat Wiebke sich ziemlich zurückgezogen.«

»Sie mochten Julius Weber nicht?«, hakte Johann nach.

»Hallo! Er hat meine Cousine erschossen. So christlich bin ich auch nicht, dass ich da noch Mitleid mit einem Mörder habe.«

»Und vor der Tat?«, fragte Johann. »Wann haben Sie Weber zum ersten Mal getroffen?«

»Getroffen? Keine Ahnung. Frauke hat mir erzählt, dass ein Mann bei Wiebke wohnt. Einer vom Festland. Viel hat sich

Wiebke nicht mit ihm rausgetraut. Jetzt hat sich ja gezeigt, warum.«

»Das verstehe ich nicht ganz«, sagte Johann und mimte den Unwissenden. »Sie meinen, Julius Weber hätte die Tat von Anfang an geplant?«

»Was weiß ich!« Nele Clausen wurde laut. »Irgendwas war ja wohl mit dem Kerl nicht ganz koscher, oder?«

»Sie hatten also schon vorher den Verdacht, dass etwas nicht stimmt?«

Nele Clausen warf Johann einen ärgerlichen Blick zu. »Drehen Sie mir doch nicht das Wort im Munde um. Ich habe keinen Verdacht gehabt, sonst wäre ich ja wohl zur Polizei gegangen.«

»Sie hatten also nicht mehr so viel privaten Kontakt zu Ihrer Cousine?«, fragte Lena.

»Ja, und? Seit Wiebke Oke abserviert hatte, war sie doch leicht durchgeknallt.«

»Sie kennen Oke Jacobs persönlich?«, fragte Lena.

»Was ist das schon wieder für eine Frage? Klar kenne ich Oke. Er ist unser Freund.«

»Warum haben die beiden sich getrennt?«, fragte Johann.

»Habe ich das nicht schon gesagt?«, antwortete Nele Clausen genervt. »Sie war plötzlich größenwahnsinnig geworden. Auf einmal war nichts mehr gut genug für die Dame.« Sie stutzte. Ihr schien aufgefallen zu sein, wie abfällig sie über ihre Cousine sprach. »Na ja, Wiebke hatte ein paar Probleme. Ihre Eltern sind früh gestorben. An Krebs. Das hat sie damals sehr mitgenommen. Trotzdem ist das lange noch kein Grund, so mit Oke umzuspringen.«

»Ihr Mann ist auch Fischer?«, fragte Johann.

»Damit ist heutzutage kein Blumentopf mehr zu gewinnen. Er fährt noch manchmal mit Oke raus, aber ansonsten bringt er die Tagesgäste auf die Insel. Und macht noch das eine oder andere. Wie das hier so ist auf der Insel.«

»Hatten Sie in den Wochen vor der Tat Kontakt zu Ihrer Cousine? Ist Ihnen etwas Besonderes aufgefallen?«

»Nein!«

»Zweimal nein?«, fragte Lena.

»Doch, wir haben ein paarmal miteinander gesprochen. Wiebke war ja Familie. Da muss man auch mal über was hinwegsehen.« Sie schaute Lena verwirrt an. »Was wollten Sie noch genau wissen?«

»War Ihre Cousine in diesen Wochen anders als sonst?«

»Nicht dass ich wüsste. Wir haben uns auch nur auf der Straße getroffen. Das war immer kurz.«

»Hat Wiebke Ihnen vielleicht ungewöhnliche Fragen gestellt?«

»Wie soll ich das jetzt noch wissen?« Nele Clausen hielt inne. »Doch, einmal hat sie nach Oke gefragt. Ich habe mich noch gewundert, weil sie sonst einen großen Bogen um ihn gemacht hat.« Sie schüttelte den Kopf, als missbillige sie das Verhalten ihrer Cousine. »Und das ist gar nicht so leicht hier. Ich meine, sich aus dem Weg zu gehen.«

»Hatte Wiebke eine besondere Frage zu Oke Jacobs?«

»Nichts Besonderes. Ob er noch rausfährt zum Fischen und solche Sachen halt. Gequatsche eben.«

Lena reichte ihr eine Visitenkarte. »Wir sind noch ein paar Tage auf Helgoland. Wenn Ihnen noch etwas einfällt, rufen Sie mich doch an.«

»Eine nette Familie«, sagte Lena auf dem Weg zum Hotel.

»Oke Jacobs rückt ja immer mehr in den Mittelpunkt«, sagte Johann. »Sprechen wir noch heute mit ihm? Die Adresse haben wir ja schon vom Kollegen Selmer bekommen.«

»Ich lade dich zum Kaffee ein. Ich brauche dringend einen Schub Koffein.«

Nach hundertfünfzig Metern und zwei Biegungen nach rechts standen sie vor einem Café. Johann öffnete die Tür und ließ Lena mit einer angedeuteten Verbeugung den Vortritt.

»Und?«, fragte Johann, als sie die Bestellung aufgegeben hatten.

Lena schmunzelte. »Kommt jetzt dein obligatorisches ›Wir sind keinen Schritt weitergekommen‹?«

»Jetzt übertreib nicht. Wann habe ich das schon mal gesagt?«

»Hin und wieder.« Sie legte den Kopf schief. »Jetzt sei nicht gleich eingeschnappt.« Sie nahm ihr großes Notizbuch aus der Tasche und griff nach einem Kugelschreiber. In die Mitte der Seite schrieb sie *Wiebke Rinken*, direkt daneben *Julius Weber*. Sie zog einen Kreis um die beiden Namen und notierte: *Februar 2019, Helgoland.*

»Wen haben wir noch?«, fragte Lena.

Johann zeigte auf die rechte Seite neben dem Paar. »Femke Rinken.«

Lena schrieb den Namen aus und verband ihn mit einer dicken Linie mit dem Paar. Weiter oben platzierte sie *Frauke Hinrichs* und *Nele Clausen* mit ihren jeweiligen Ehemännern. Die Verbindung zu Wiebke wurde mit einem dünnen Strich gekennzeichnet. *Oke Jacobs* notierte Lena links außen von Wiebke und Julius, verband sie aber nicht miteinander.

»Jacobs hat ja offensichtlich eine gute Verbindung zu dem Teil der Familie«, sagte Johann. Er zeigte auf die Schwester und die Cousine. »Vermutlich waren die früher alle befreundet. Drei Paare, bis es zur Trennung von Wiebke und Oke kam.«

Lena zog jeweils eine rote Linie zwischen Oke Jacobs und den Ehepaaren Hinrichs und Clausen.

Eine Servicekraft brachte ihnen den Kaffee. Johann hatte sich zusätzlich ein Stück Apfelkuchen mit Sahne bestellt.

»Guten Appetit!«, sagte Lena.

»Einmal angenommen, Oke Jacobs hat etwas mit dem Tod der beiden zu tun. Wo hat er die Waffe her?«, fragte Johann und stach in seinen Kuchen.

Die Pistole, die bei Julius Weber gefunden worden war, war eine Makarow (PM), eine Waffe, die über Jahrzehnte von den russischen Streitkräften benutzt, inzwischen aber fast durchgängig durch eine Neuentwicklung abgelöst worden war.

»Eine PM kannst du im Darknet kaufen, Munition auch«, antwortete Lena. »Die Flensburger Kollegen konnten nicht ermitteln, aus welchen Beständen sie genau kommt.«

»Hat Weber seine Dienstwaffe mitgenommen, als er untergetaucht ist?«

»Nein, aber die Makarow könnte natürlich seine gewesen sein. Von daher hätte ein Täter aus dem Helgoländer Umfeld nicht mal eine Waffe besorgen müssen«, sagte Lena. »Spielen wir das doch mal durch. Wir hätten also tatsächlich einen außenstehenden Täter.« Sie sah sich im Café um, aber die nächsten Gäste saßen zu weit entfernt, um ihr Gespräch hören zu können. »Er kommt zu Wiebke Rinken ins Haus, um mit ihr zu sprechen. Die Situation eskaliert, er zieht die mitgebrachte Waffe oder findet sie im Haus und erschießt Wiebke. Daraufhin kommt Julius Weber ins Wohnzimmer …« Lena brach ab.

»Genau. Keine Kampfspuren. Weber wird sich wohl kaum in den Sessel gesetzt und zugelassen haben, dass man ihm die Waffe in den Mund schiebt, und das alles, ohne sich zu wehren.«

»Nein, wohl kaum. Sollte er wirklich in den Raum gestürmt sein, nachdem er den Schuss gehört hat, muss er sofort begriffen haben, was ihm als Nächstes blüht. Okay, der Täter hat ihn mit der Pistole in Schach gehalten und gezwungen, sich auf den Sessel zu setzen. Hier ist aber meine Fantasie leider auch am Ende.«

»Oder auch nicht«, sagte Johann. »Wenn wir davon ausgehen, dass es zum Beispiel Oke Jacobs war. Er zwingt Weber, sich in den Sessel zu setzen, hält ihm die Pistole an den Kopf und fordert von ihm, dass er über das Geschehen schweigt, oder er würde aussagen, dass Weber geschossen hat. Dann, mit einer schnellen Bewegung, schiebt er ihm die Waffe in den Mund, und bevor Weber reagieren kann, drückt er ab.«

»Darauf wäre Weber nicht hereingefallen. Der Spurenlage nach hatte Weber die Pistole in der Hand, als geschossen wurde. Schmauchspuren sind nicht so einfach zu fälschen. Auf Weber hätten sie höchstens durch Übertragung durch den Täter entstehen können und das hätte ein anderes Spurenbild ergeben.«

Johann rieb sich mit der Hand über die Stirn. »Und wenn sie geschlafen haben? Oder zumindest Weber?«

»Du meinst, es bricht jemand ins Haus ein, bemerkt den schlafenden Weber im Sessel und entschließt sich, einen Suizid vorzutäuschen? Er schiebt ihm die Pistole in den Mund, drückt ab und erschießt danach Wiebke Rinken, die von dem Lärm wach geworden ist?«

Johann winkte ab. »Schon gut. Das ist abwegig. Schon gar hier auf Helgoland. Trotzdem schade, dass die beiden Toten erst dreißig Stunden nach der Tat entdeckt wurden. So viele Gäste sind hier ja nicht im Winter. Da hätte sich schon eine Kontrolle gelohnt.«

»Mag sein, aber das hilft uns jetzt auch nicht weiter.«

»Wie gehen wir bei Oke Jacobs vor?«, fragte Johann. »Sollten wir bei der Befragung nicht etwas Gas geben?«

»Darüber habe ich auch schon nachgedacht.«

Sie sprachen eine Weile über ihre Strategie bei der Jacobs-Befragung und einigten sich schließlich auf ein Vorgehen.

»Willst du deinen Kuchen noch essen?«, fragte Lena. »Ansonsten sollten wir uns auf den Weg machen.«

Ein stämmiger Mann Anfang sechzig öffnete ihnen die Tür. »Hallo!«

Lena stellte sich und Johann vor und fragte, ob Oke Jacobs im Haus sei.

»Ja, mein Sohn ist da. Was wollen Sie von ihm?«

»Das würden wir gerne mit ihm persönlich besprechen«, antwortete Lena. »Vielleicht sagen Sie ihm kurz Bescheid?«

Der Mann blieb stehen und sah sie schweigend an.

Lena wartete lächelnd.

»Was ist denn da los?«, rief eine männliche Stimme aus dem Haus. »Mach mal die Tür zu, es zieht.«

Kurz darauf erschien eine jüngere Ausgabe des vor ihnen stehenden Mannes. Lena hob ihren Ausweis. »Oke Jacobs? Wir würden gerne mit Ihnen sprechen.«

»Polizei?« Oke Jacobs schob seinen Vater zur Seite. »Worum geht es?«

»Um den Tod von Wiebke Rinken«, sagte Lena. »Können wir hier bei Ihnen sprechen oder möchten Sie mit uns auf die Polizeistation kommen?«

Oke Jacobs zog die Augenbrauen zusammen. »Kommen Sie schon rein, verflucht.«

Er führte sie ins Wohnzimmer des Hauses und ließ sich in einen der Sessel fallen.

Lena und Johann zogen ihre Jacken aus und setzten sich unaufgefordert auf das Sofa. Lena ließ sich Zeit, öffnete ihr Notizbuch und tat so, als läse sie etwas darin.

»Unsere Kollegen aus Flensburg haben Sie ja bereits kurz befragt. Aus den Akten wissen wir, dass Sie über viele Jahre mit Frau Rinken zusammengelebt haben.«

»So, so! Aus den Akten.«

Lena lächelte. »Und genau deshalb sind wir hier. Direkt mit den Menschen sprechen ist immer sinnvoller, als nach Aktenlage zu entscheiden.«

»Und? Was wollen Sie?«

»Wir sind sozusagen die Nachhut«, sagte Lena. »Wir gehen noch einmal alles durch. Ein so schwerwiegendes Verbrechen sollte gründlich untersucht werden.«

Oke Jacobs nickte. »Sehe ich auch so.«

»Sie standen Frau Rinken ja einmal sehr nahe«, fuhr Lena fort. »Können Sie uns etwas über sie erzählen?«

»Was denn?« Sein Misstrauen schien zurückgekehrt zu sein.

»Was war Wiebke so für ein Mensch?«

Oke Jacobs zögerte. Schließlich atmete er einmal tief durch und begann, leise zu sprechen. »Gut war sie. Zu gut für diese Welt. Immer für andere da und sie selbst kam erst zuletzt.« Er senkte den Blick. »Als ihre Eltern gestorben sind, so kurz hintereinander, ist sie fast zusammengebrochen. Gepflegt hat sie die beiden. Dieser verflixte Krebs. Erst Marta …« Er sah auf. »Das war ihre Mutter. Und dann Johann. Sechs Jahre waren das insgesamt.«

»Ich bin auf Amrum aufgewachsen und kenne das Inselleben. Da hält man zusammen, schon gar in der Familie.«

Oke Jacobs nickte wieder. »So ist das. Ohne Familie ist man verloren.«

»Wie kam es zu Ihrer Trennung von Wiebke?«, fragte Lena weiter.

»Warum wollen Sie das wissen?«

»Wir müssen uns einen Überblick über Wiebkes Leben verschaffen. Und da gehört die Trennung von einem langjährigen Lebensgefährten durchaus dazu.«

»Darüber will ich nicht sprechen«, sagte Oke Jacobs.

»Das akzeptiere ich natürlich.« Lena schaute auf ihre Notizen. »Nele Clausen erzählte uns, dass sie von Wiebke angesprochen und nach Ihnen gefragt wurde. Haben Sie in den Wochen vor der schrecklichen Tat auch Kontakt mit ihr gehabt?«

»Gesehen habe ich sie schon, aber mehr von Weitem. Wenn dieser Typ bei ihr war, habe ich mich immer schnell verdrückt. Brachte ja nichts. Ich hätte mich sonst noch vergessen und ihm eine reingehauen.«

»Sie haben Wiebke aber auch mal ohne Herrn Weber getroffen?«

»Herrn Weber!« Oke Jacobs sprach den Namen voller Verachtung aus. »Wenn Sie Wiebkes Mörder meinen, dann sagen Sie es doch auch.«

»Haben Sie mit ihr allein gesprochen?«

»Kann sein. Wir sind uns immer mal wieder über den Weg gelaufen. Da haben wir natürlich auch geredet. Warum auch nicht?«

»Erinnern Sie sich an die Wochen vor dem Mord? Gab es da auch Gespräche?«

»Wird wohl. Was genau, weiß ich nicht mehr. Warum sollte das auch wichtig sein? Dieses Schwein hat sie umgebracht. Haben doch alle von der Polizei gesagt. Udo auch. Also, was soll das Ganze hier?«

»Das ist alles Routine, Herr Jacobs. Wir sind auch bald durch.« Wieder schaute sie in ihr Notizbuch, um Jacobs das Gefühl zu geben, sie arbeite lediglich vorgegebene Fragen ab. »Sie wissen sicher noch, wo Sie sich am Abend des 30. Januar aufgehalten haben?«

»Ich war hier. Das war ein Mittwoch, und da bin ich immer hier.«

»Das können Ihre Eltern sicher bestätigen?«

Oke Jacobs beugte sich mit wütender Miene nach vorne. »Sie spinnen wohl! Muss ich jetzt ein Alibi haben?«

»So würde ich das nicht nennen, Herr Jacobs. Wie gesagt, alles Routine. Wir müssen in unserem Bericht festhalten, wo die wichtigsten Personen aus Wiebkes Leben sich an dem

Abend aufgehalten haben. Sie waren doch einer der wichtigsten Menschen in ihrem Leben, oder?«

Oke Jacobs trommelte mit dem Zeigefinger auf die Sessellehne. Schließlich richtete er sich auf. »Ja, meine Eltern können das bestätigen.«

Lena notierte sich etwas in ihrem Buch. »Gut! Können Sie sich erinnern, wann Sie von Wiebkes Tod erfahren haben?«

»Nele hat mich angerufen. Sie hatte es kurz davor von Frauke gehört. Ich bin dann gleich zu Frauke. Nele auch. Ja, so war das.«

»Waren die Männer der beiden Frauen auch anwesend?«, stellte Johann seine erste Frage.

Oke Jacobs zuckte mit den Schultern. »Weiß ich nicht mehr. Ich glaube, sie kamen später. Warum?«

»Wegen der Vollständigkeit«, sagte Lena.

»Hatten Sie eigentlich noch Hoffnung, dass Wiebke zu Ihnen zurückkommt?«, fragte Johann weiter.

Jacobs blähte die Nasenflügel und sagte gereizt: »So allmählich geht mir Ihre Fragerei auf den Keks! Das bringt doch alles nichts. Der Mörder ist tot und Sie fragen hier unschuldige Menschen aus.« Er stand auf. »Wir beenden das jetzt hier. Oder wollen Sie mich verhaften?«

»Herr Jacobs, beruhigen Sie sich bitte. Niemand will Sie festnehmen. Dazu gibt es überhaupt keinen Grund. Sie wollen doch auch, dass Wiebkes Tod nicht ungesühnt bleibt, oder?«

Oke Jacobs ließ sich wieder auf den Sessel nieder. »Ungesühnt? Was meinen Sie damit? Der Mörder hat sich doch selbst gerichtet.«

»Und wenn Herr Weber nicht für Wiebkes Tod verantwortlich ist?«

Oke Jacobs starrte sie an. »Wie meinen Sie das?«

»Was meinen Sie, warum wir hier sind? Wir ermitteln in alle Richtungen. Dazu gehört auch, sich eine ganz andere Version der Vorkommnisse vorstellen zu können.«

»Sie sind doch durchgeknallt! Wer sollte das getan haben?« Oke Jacobs schien kurz davor zu sein, wieder aufzuspringen.

»Wir haben nicht gesagt, dass es so gewesen ist, sondern nur, dass wir diese Möglichkeit nicht ausschließen«, sagte Lena ruhig.

»Gab es Personen, mit denen Wiebke Rinken zerstritten war?«, setzte Johann die nächste Frage gleich nach.

»Worauf wollen Sie hinaus? Wiebke und Feinde? Blödsinn! Wiebke doch nicht. Haben Sie mir nicht zugehört? Sie konnte keiner Fliege etwas zuleide tun. Alle mochten Wiebke. Wer etwas anderes sagt, lügt.«

»Und Julius Weber?«, fragte Lena.

»Woher soll ich das wissen? Wenn das jemand weiß, dann ja wohl Sie. Er war doch …« Oke Jacobs brach mitten im Satz ab.

Lena beugte sich vor. »Sie hatten also keine Probleme mit Ihrem Nachfolger?«

Oke Jacobs war mit der Geduld nun offenbar am Ende. Er schnellte hoch, wies mit der Hand zur Tür und schrie: »Raus hier, aber schnell!«

Fünf

Als sie vor das Haus von Oke Jacobs' Eltern traten, empfing sie eine eisige Kälte. Der Wind hatte zugenommen und pfiff durch die Straße über sie hinweg. Lena schloss den Reißverschluss ihrer Jacke und zog sich die Kapuze über den Kopf.

»Ich habe Hunger. Und du?«, fragte sie.

»Eine Kleinigkeit könnte ich schon noch vertragen. Und ein kleines Bier. Nein, ein großes, bitte.«

»Ich habe hier im Unterland einen Italiener gesehen. Vielleicht bekomme ich da einen schönen Chianti.«

Das Restaurant hatte wenige Minuten zuvor geöffnet, sie waren die einzigen Gäste und setzten sich an einen Fensterplatz. Ein Kellner trat an ihren Tisch und nahm die Bestellung auf.

»Meinst du, dass Jacobs etwas bemerkt hat?«, fragte Johann.

»Nein, das glaube ich nicht.«

»Du magst recht haben, von der hellsten Sorte ist er nicht gerade.«

Lena hob den Zeigefinger. »Unterschätze nie die Insulaner. Sie mögen vielleicht im ersten Augenblick auf dich so wirken, aber hinter der Fassade kann es ganz anders aussehen.«

»Entschuldige, das kam wohl etwas überheblich rüber. Trotzdem, falls etwas an unserem Verdacht dran ist, wird sich jetzt schnell herumsprechen, weshalb wir hier sind. Er war vollkommen entsetzt über deine Worte. Wollen wir hoffen, dass Jacobs nicht direkt was mit der Tat zu tun hat. Falls überhaupt eine dritte Person beteiligt war.«

Der Kellner servierte ihnen die Getränke. Lena bekam einen Viertelliter Chianti und Johann ein großes Bier.

»Das wird unsere einzige Chance sein«, antwortete Lena. »Wir werden sehen, wie die Männer von Frauke und Nele reagieren. Oder wer auch immer in den nächsten Tagen noch auftaucht.«

Johann hob sein Glas und prostete Lena grinsend zu. »Auf den großen Unbekannten.«

Lena trank den letzten Schluck Wein. Sie hatte eine Vorspeisenplatte und dazu Pizzabrot gegessen, Johann hatte sich für eine Lasagne entschieden.

Er schob den Teller zur Seite. »Heute Morgen auf dem Schiff dachte ich, ich würde nie wieder etwas zu mir nehmen wollen. Himmel, das war ein Gefühl, als würde sich mein Körper von innen nach außen wölben. Auf der Toilette habe ich nur noch auf die Uhr gestarrt und jede Sekunde gezählt.«

»Ich hatte dich gewarnt.«

»Auf der Rückfahrt stopfe ich mich mit den Tabletten voll, und gut ist es.«

Lena lachte. »Eine reicht. Vielleicht haben wir ja Glück und das Wetter spielt mit.«

»Lassen wir lieber das Thema.« Johann schaute sich nach dem Kellner um. »Kann ich noch ein Bier trinken oder musst du schon ins Bett?«

»Alles gut. Ich wollte später nur noch Erck anrufen.«

Johann winkte den Kellner an den Tisch und bestellte. Lena lehnte ein weiteres Glas Wein ab und bat um einen Kaffee.

»Wie läuft es bei dir und Johanna?«, fragte Lena. Johann hatte seine Freundin während eines Falles auf Föhr kennengelernt. Sie studierte Pharmazie in Kiel.

»Wir sehen uns viel zu wenig. Entweder bin ich nicht in Kiel, wie jetzt gerade, oder sie arbeitet.«

»Das klingt nach Stress bei euch.«

»Nein, Stress haben wir eigentlich nicht.«

»Sondern?«

»Aber es bleibt unter uns, ja?«

»Sicher.«

Johann seufzte. »Johanna denkt über ein Kind nach. Ich finde das etwas früh. Warum sollten wir uns jetzt schon diese Bürde aufladen? Das hat doch alles noch Zeit.«

»Bürde?«

»Na ja, du weißt schon, was ich meine. Es ist schon eine ganze Menge Arbeit mit einem kleinen Kind.«

»Nicht nur mit einem kleinen«, sagte Lena. »Kinder ohne Arbeit und Anstrengung gibt es nicht. Trotzdem gehen viele Menschen das Abenteuer ein.«

»Ich bin ja grundsätzlich gar nicht abgeneigt. Aber das können wir doch auch in fünf oder sogar noch in zehn Jahren angehen.«

»Durchaus, aber wenn Johanna jetzt den Wunsch hat, wirst du dich damit auseinandersetzen müssen. Da reicht es wohl kaum, wenn du von Mehrarbeit sprichst.«

»Das habe ich schon gemerkt«, murmelte Johann.

»Bitte Johanna um etwas Zeit, um dich an den Gedanken zu gewöhnen. Eine solche Entscheidung sollte man nicht einfach nur aus dem Bauch heraus und spontan fällen.«

»Aber auch nicht ewig drüber nachdenken, meint Johanna.« Er nahm sein Bier in Empfang und trank einen kräftigen Schluck. »Wie ist es denn bei Erck und dir? Ich meine …«

Lena lächelte. »Ich weiß schon, was du meinst. Ja, wir haben ein paarmal darüber gesprochen und Ercks Meinung dazu kennst du ja. Im Moment, mit dem Haus in Husum und den weit auseinanderliegenden Arbeitsstellen, ist es ganz schön schwer.«

»Es gibt immer eine Ausrede. Sagt Johanna.«

»Nicht nur sie. Erck ist der gleichen Meinung.«

»Würdest du denn … Ich meine, würdest du beim LKA aufhören?«

Lena seufzte. »Gute Frage. Eine Pause müsste ich auf jeden Fall einlegen. Ein oder vielleicht sogar zwei Jahre.«

»Versteh mich nicht falsch, ich würde mich natürlich für dich und für euch freuen, wenn du schwanger wärst. Aber auf der anderen Seite …«

»So weit sind wir noch nicht«, sagte Lena lächelnd. »Du wirst mich noch ein wenig ertragen müssen.«

»Verflucht kalt«, sagte Johann, als sie vor der Pizzeria standen. »Bitte mit dem Fahrstuhl und keine Treppen.«

Lena schaute auf die Uhr. »Müssen wir schauen, ob er noch fährt.«

Sie gingen die Straße hoch und bogen nach rechts ab. Der Lung Wai, die Hauptgeschäftsstraße im Unterland, führte direkt auf den Eingang des Oberland-Fahrstuhls zu.

»Leider nein«, sagte Lena, als sie in der Unterführung auf den Fahrstuhleingang zugingen.

Johann stöhnte auf. »Warum müssen wir hier auch im Winter ermitteln?« Er sah sich um. »Weit und breit niemand zu sehen. Liegen die alle schon in den Betten?«

Lena lachte und zog ihn mit zurück. Links vom Ausgang begann die Treppe. »Das sind doch nur ein paar Höhenmeter.«

Sie gingen nebeneinander auf den breiten Steinstufen und unterhielten sich über die neue Chefin des LKA. Auf halber Höhe blieb Lena auf einer Aussichtsplattform mit Blick auf das Unterland stehen.

»Ich geh mal kurz gucken«, sagte Lena und trat ans Geländer. Unter ihr glitzerten die Lichter des Unterlands, aus der Ferne hörte sie das Rauschen der Nordsee. Sie warf einen letzten Blick hinunter und wandte sich zur Treppe.

Johann stand etwa sechs Meter entfernt und rieb sich die Hände, um sie zu wärmen.

»Ich komme!«, rief Lena ihm zu und sah im selben Augenblick, wie eine dunkle Gestalt aus den Büschen neben dem Treppenaufgang sprang und sich auf Johann stürzte. Lena griff zum leeren Holster, sprang gleichzeitig nach vorne. Johann lag schon auf dem Boden, die Gestalt hob den Arm, etwas Metallisches blitzte auf. Lena schrie, der Arm schoss nach unten, doch Johann hatte sich gerade noch zur Seite gerollt. Kurz bevor Lena das rangelnde Paar erreichte, nahm sie aus dem Augenwinkel eine Bewegung wahr. Im nächsten Moment spürte sie den Schlag und ließ sich bewusst fallen, um den Sturz abfangen zu können. Im Abrollen hörte sie Johann vor Schmerz aufschreien, wich gleichzeitig einem Schlag der zweiten Gestalt aus und rappelte sich dann auf.

Im schwachen Schein der Laterne sah sie die Angreifer die Treppe hochrennen. Lena schwankte leicht, ihr wurde schwarz vor Augen. Mit letzter Kraft kniete sie sich neben Johann. »Sie sind weg!«

Ihrem Kollegen lief Blut von der Stirn über die Schläfe und er stöhnte leise, die Augen geschlossen. Lena brachte ihn in die stabile Seitenlage und griff nach ihrem Handy.

Udo Selmer meldete sich nach dem ersten Freizeichen.

»Wir sind überfallen worden. Auf der Treppe zum Oberland. Mein Kollege ist am Kopf verletzt. Ich brauche sofort einen Arzt. Und er muss aus der Kälte raus.«

»Wo genau sind Sie?«

»Auf der Aussichtsplattform.«

»Dann kommen wir von unten. Ich bin gleich bei Ihnen.«

Johann hatte aufgehört zu stöhnen, Lena prüfte seinen Puls. Er war schwach, aber vorhanden. »Johann! Hörst du mich?« Keine Reaktion. Sie zog ihre Jacke aus und legte sie über ihn.

»Verdammter Mist!«, fluchte sie und tastete unter der Jacke nach seinem Holster. Es war leer. Lena war sich sicher, dass Johann seine Waffe dabeigehabt hatte.

Nach einer gefühlten Ewigkeit hörte Lena jemanden keuchend die Treppe hochlaufen. Udo Selmer lief in Zivil auf sie zu. »Was ist passiert?«

»Kommt der Arzt? Wie kriegen wir Johann nach unten?«

»Der Rettungswagen ist schon unterwegs. Sie haben eine Trage.«

»Johann ist ohnmächtig«, sagte Lena und rieb sich den Arm, auf den sie gefallen war.

Selmer beugte sich zu Johann und kontrollierte den Puls. »Aber er lebt.« Er wandte sich zu Lena. »Sind Sie auch verletzt?«

»Nicht der Rede wert.« Sie sah zur Treppe. »Wo bleiben die denn?«

»Ein paar Minuten noch«, sagte Selmer und stand auf. »Ich glaube, da ist der Wagen gerade gekommen.«

Zwei Sanitäter stürmten die Treppe herauf. Nach einer kurzen Begutachtung hoben sie Johann vorsichtig auf die Trage. Lena lief neben ihnen her bis zum Rettungsfahrzeug. Sie kannte die kleine Klinik auf der Insel und wusste, dass dort eine unfallchirurgische Behandlung möglich war.

»Wartet in der Klinik schon der Arzt?«, fragte sie einen der Sanitäter.

»Wir haben ihn verständigt.« Er stieg ein. »Am besten ist, wenn Sie direkt zur Klinik gehen. Udo kann Ihnen den Weg zeigen.«

Der Inselpolizist stand hinter ihnen. »Ist gut, Kollegen. Ich kümmere mich darum.«

Sie sahen dem Rettungswagen hinterher. Udo Selmer reichte Lena ihre Jacke, die er von der Aussichtsplattform mit nach unten gebracht hatte. »Was genau ist eigentlich passiert?«

Lena erzählte ihm von dem Überfall. Selmer sah sie ungläubig an. »Wer soll das gewesen sein? Es ist doch kaum ein Gast auf der Insel.«

»Wir sollten den Tatort absuchen. Haben Sie eine Lampe dabei?«

Die nächste halbe Stunde suchten sie gründlich den Bereich der Aussichtsplattform ab, fanden Fußspuren im Gebüsch und eine Zigarettenkippe, die ihrem Aussehen nach aber schon mehrere Tage dort gelegen hatte.

»Sind Sie mit einem der Täter in Berührung gekommen?«, fragte Udo Selmer.

»Nein, und ich bin mir sicher, dass er Handschuhe trug. Aber auf Kollege Grasmanns Jacke könnten sich DNA-Spuren finden.«

»Dann sollten wir jetzt zur Klinik gehen.«

»Wie weit ist es?«, fragte Lena.

»Ungefähr einen Kilometer. Ich könnte mit dem Fahrrad zur Station fahren und das Auto holen oder wir gehen zu Fuß. Zeitlich kommt es wohl auf das Gleiche raus.«

»Holen Sie das Material, um den Fußabdruck zu sichern.« Sie zog ihren Inselplan aus der Tasche. »Wie komme ich am schnellsten ins Krankenhaus?«

»Er hat eine schwere Gehirnerschütterung«, sagte der Arzt.

»Ist er wieder bei Bewusstsein?«, fragte Lena, die wenige Minuten zuvor die Klinik erreicht und sofort den behandelnden Arzt aufgesucht hatte.

»Ja, das war er schon, als er hier eingeliefert wurde. Wir müssen jetzt die nächsten vierundzwanzig Stunden abwarten.«

»Ist schon absehbar, wann er die Klinik verlassen kann?«

»Nein, ich wage jetzt noch keine Prognose. Wie gesagt, wir müssen warten. Im besten Fall übermorgen. Aber er braucht Ruhe.«

»Okay. Wenn es so weit ist, werde ich für ihn einen Helikopter anfordern. Haben Sie Einwände, wenn er aufs Festland geflogen wird?«

»Das werden wir morgen sehen, Frau Lorenzen.«

»Wann kann ich mit meinem Kollegen sprechen?«

Der Arzt schüttelte den Kopf. »Heute nicht mehr, wir haben ihm etwas zum Schlafen gegeben. Kommen Sie morgen wieder. Gegen elf Uhr, dann haben wir die ersten Untersuchungen durch.«

Lena reichte dem Arzt die Hand. »Vielen Dank!«

Sechs

Lena betrat die kleine Polizeistation und ging direkt in Udo Selmers Büro.

»Wie geht es Kollege Grasmann?«, fragte der Inselpolizist.

»Den Umständen entsprechend. Vermutlich eine schwere Gehirnerschütterung, aber der Arzt wollte sich nicht weiter festlegen. Morgen wissen wir mehr.«

Sie setzte sich auf den Stuhl vor dem Schreibtisch. »Haben Sie die Waffe meines Kollegen gefunden?«

»Nein. Wenn es hell ist, werde ich noch einmal den ganzen oberen Treppenabschnitt absuchen lassen. Die Feuerwehr wird mich unterstützen.«

»Gute Idee! Aber ich fürchte, die Angreifer haben sie mitgenommen.«

Selmer nickte. »Haben Sie irgendeine Ahnung, wer das war? Haben Sie jemanden erkannt?«

»Nein, die Person, die mich angegriffen hat, war vermummt. Die andere habe ich nur von hinten gesehen.«

»Männer?«

»Von der Größe und den Bewegungen her würde ich das vermuten.«

»Verdammter Mist!«, fluchte Selmer. »Es wusste doch kaum jemand, dass Sie hier sind.« Er fuhr sich mit der Hand über die Augen. »Aber vielleicht waren Sie auch Zufallsopfer.«

»Das wird sich zeigen. Können Sie bitte morgen recherchieren, welche Personen gestern per Flugzeug angereist sind? Und wir müssen den ganzen Tag über die Fähre überprüfen und von allen abreisenden Männern zwischen achtzehn und sechzig Jahren die Personalien aufnehmen. Schaffen Sie das?«

»Ich hoffe. Im Moment haben wir eine überschaubare Zahl an Gästen auf der Insel.«

»Fotografieren Sie einfach die Ausweise mit Ihrem Handy. Und bestellen Sie Oke Jacobs, Jan Hinrichs und Habbo Clausen für morgen Nachmittag ein. Sollten sie sich weigern, machen Sie ihnen klar, was das für Konsequenzen hat.«

Udo Selmer schluckte schwer. Lena sah ihm an, wie unangenehm ihm die Aufgabe war. Er atmete tief durch und nickte schließlich.

»Mir ist schon klar, was das für Sie bedeutet. Aber ich sehe keinen anderen Weg«, sagte Lena. »Es handelt sich hier nicht um eine Bagatelle.«

»Nein, natürlich nicht«, antwortete Selmer.

»Ich werde zwar Ersatz für Johann Grasmann anfordern, aber ich brauche Sie und Ihre Erfahrung mit den Insulanern.«

Selmer nickte. »Ich bin in erster Linie Polizist. Machen Sie sich keine Gedanken, dass ich irgendjemandem hier auf der Insel verpflichtet bin.«

»Danke, Kollege«, antwortete Lena. »Den Fußabdruck haben Sie gesichert?«

»Ja. Schuhgröße sechsundvierzig oder siebenundvierzig. Das lässt sich nicht so genau sagen. Aber die Schuhsohle ist an einer Stelle eingerissen. Wenn wir die Schuhe finden, lassen sie sich sicher eindeutig zuordnen. Bei dem Profil würde ich auf feste Arbeitsschuhe tippen.«

Lena schrieb ihm die E-Mail-Adresse der Kieler Kriminaltechnik auf und bat ihn, ein Foto des Abdrucks dorthin zu schicken.

Sie stand auf. »Wann sind Sie morgen im Büro?«

»Spätestens um acht«, sagte Udo Selmer.

»Hallo, Erck. Hast du schon geschlafen?«, fragte Lena, als sie ihren Freund eine halbe Stunde später am Telefon erreichte.

»Tief und fest«, sagte Erck und fügte gleich hinzu: »Nein, natürlich nicht. Alles gut bei dir? Du hörst dich erschöpft an.«

Lena seufzte leise. »Wir sind überfallen worden. Johann liegt im Krankenhaus.«

»Was? Auf Helgoland? Das kann doch nicht …« Erck schien es die Sprache verschlagen zu haben.

Lena erzählte von dem Zwischenfall. »Johann scheint es so weit gut zu gehen. Ich hoffe, dass er spätestens übermorgen per Helikopter ausgeflogen werden kann.«

»Und jetzt ermittelst du allein?« Erck klang besorgt.

»Der Inselkollege unterstützt mich. Ich habe vorhin mit meiner neuen Chefin gesprochen und darum gebeten, dass Ole Kotten kommt.«

»Und das reicht?«

»Glaub mir, das passiert mir nicht ein zweites Mal. Ich kann hier keine ganze Mannschaft gebrauchen. Und wir wissen auch noch gar nicht, ob die Sache etwas mit unseren Ermittlungen zu tun hat.«

»Klar, Helgoland hat ja auch eine enorme Kriminalitätsrate. Lena, womit soll das sonst bitte zusammenhängen?« Erck wurde beim Sprechen immer schneller und lauter und klang aufgewühlt.

»Ich habe das unter Kontrolle, Erck«, versuchte sie, ihn zu beruhigen.

»Wie häufig habe ich das schon gehört?«, antwortete Erck. »Pass bloß auf, Lena. Anstatt Johann könntest du jetzt in der Klinik liegen – oder noch irgendwo anders.«

»Erck, ich verspreche dir, in den nächsten Tagen noch vorsichtiger zu sein. Okay?«

Erck brummte etwas Unverständliches und murmelte: »Okay.«

Lena lag im Bett und drehte sich zum wiederholten Male von einer Seite auf die andere. Kriminalrätin Nielsen, die sie privat erreicht hatte, war zunächst wenig erfreut über die späte Störung gewesen. Doch als Lena ihr die Lage erklärte, reagierte sie professionell und besprach mit ihr die nächsten Schritte. Ihr nächster Anruf hatte Ole Kotten gegolten, einem Hauptkommissar aus Husum, mit dem Lena und Johann schon an einigen Fällen gemeinsam gearbeitet hatten. Er ließ sich kurz auf den Stand bringen und sagte zu, sich früh am nächsten Morgen mit seinem Chef in Verbindung zu setzen.

Lenas Waffe lag auf dem Nachttisch, vor der Tür hatte sie einen Stuhl so platziert, dass er umfiel, sobald die Tür geöffnet wurde. Das Fenster war verschlossen.

In der Klinik saß ein ehemaliger Kollege von Udo Selmer, der nach seiner Pensionierung weiter auf Helgoland lebte, vor Johanns Zimmer. Er war zwar unbewaffnet, aber die Türen der Klinik waren über Nacht geschlossen. Lena rechnete nicht damit, dass die Angreifer das Risiko eingehen würden, dort einzubrechen.

»Guten Morgen, Kollege«, begrüßte Lena Udo Selmer, als sie kurz nach neun die Polizeistation betrat.

»Hallo! Gibt es Neuigkeiten?«

Lena setzte sich zu ihm, zog ihren Laptop aus der Tasche und stellte ihn auf den Tisch. »Kiel habe ich gestern noch informiert, meine Chefin nimmt Kontakt zur Staatsanwaltschaft auf. Ich hoffe, dass ich heute Verstärkung bekomme.«

»Walter hat sich schon gemeldet«, sagte Selmer. »Walter Klose, mein Ex-Kollege. Er sagt, es war alles ruhig in der Nacht. Er wird gleich von jemandem abgelöst. Ich habe bei der Feuerwehr nachgefragt, die stellen jemanden ab, der bis heute Abend bleibt.«

»Danke, Kollege.«

»Die drei Kandidaten für heute Nachmittag habe ich auch erreicht und, wie abgesprochen, alle für dreizehn Uhr herbestellt.«

»Okay. Wie war die Reaktion?«

»Oke Jacobs wollte sich erst weigern, aber ich habe ihm klargemacht, was das für Konsequenzen hätte. Jan Hinrichs und Habbo Clausen waren auch nicht gerade erfreut, haben aber ohne Diskussion zugesagt.« Er hielt kurz inne. »Wie gehen wir vor?«

»Sie werden mit den ersten Fragen anfangen. Wo waren die drei gestern zwischen neun und elf Uhr abends, wann und von wem haben sie erfahren, dass die Ermittlungen wieder aufgenommen wurden, wie standen sie zur Beziehung von Wiebke Rinken und Julius Weber, wo haben sie sich während der Tatzeit aufgehalten?«

»Und diese Fragen soll ich alle stellen?«, fragte Udo Selmer sichtlich erschrocken. »Ich bin hier Inselpolizist und nicht die Kriminalpolizei.«

»Die drei werden genau aus dem Grund irritiert sein. Ich will ihre Reaktion beobachten«, sagte Lena. »Schaffen Sie das?«

Udo Selmer war noch damit beschäftigt, sich die Fragen zu notieren. »Ich denke schon. Sie sind ja dabei und können einschreiten, wenn es aus dem Ruder läuft.«

»Das wird es nicht. Zumindest nicht bei Ihren Fragen. Sollte es später laut werden, greifen Sie ruhig ein. Ihre Autorität ist in dem Falle absolut gefragt.«

Udo Selmer sah auf die Uhr. »Ich mache mich mal auf den Weg zum Kai. Die Fähre läuft in einer halben Stunde ein.« Er reichte Lena einen Schlüssel. »Schließen Sie einfach ab. Den Schlüssel können Sie vorerst behalten.«

»Danke.«

»Hey!«, sagte Johann mit matter Stimme. Er richtete sich im Bett auf und lächelte. »Hast du die feigen Mistkerle geschnappt?«

»Schon wieder mit den Gedanken bei der Arbeit, Herr Oberkommissar?«, antwortete Lena schmunzelnd. »Zumindest scheint es dir besser zu gehen.«

»Etwas. Jetzt sag schon, wie ist der Stand?«

»Nein, sie waren zu zweit und einer von ihnen hat mich angegriffen. Leider habe ich ihn zu spät bemerkt.«

»Meine Waffe?«

»Verschwunden. Sie werden sie mitgenommen haben.«

Johann stöhnte leise. »Verdammter Mist. Wenn ich mich richtig erinnere, hatte ich sie schon in der Hand, aber dann kam der Schlag.«

»Okay. Dann hat dein Angreifer sie wohl eingesteckt, weil er befürchtete, dass du wieder aufstehst.«

»Kann sein.« Johann seufzte leise. »Die werde ich wohl kaum wiedersehen. Wahrscheinlich liegt sie schon irgendwo in der Nordsee.«

»Hast du jemanden erkannt?«, fragte Lena.

»Von der zweiten Person habe ich gar nichts mitbekommen. Aber wahrscheinlich war es dieselbe, die mir von hinten einen übergezogen hat.«

»Und der erste Mann?«

»Gerichtsverwertbar ist das nicht, aber ich könnte schwören, dass es dieser Jacobs war.«

»Aber du bist unsicher?«, fragte Lena.

»Na ja, der Typ war vermummt. Aber seine Augen habe ich gesehen. Das war er. Dann die Bewegungen und der Körperbau. Alles hat gepasst.«

»Ich habe deinen Angreifer nur von Weitem gesehen, aber ich habe den gleichen Verdacht.« Lena öffnete einen großen Spurensicherungsbeutel.

Johann zeigte auf den Schrank. »Jacke und Hose müssten da drin sein.«

Lena hatte im Hotel Johanns Tasche gepackt und sie beim Reinkommen vor sein Krankenbett gestellt. »Du hast ja noch eine weitere Hose. Auf die Jacke wirst du verzichten müssen.« Sie öffnete den Schrank und zog sich Latexhandschuhe über, bevor sie nach der Jacke griff und sie in den Beutel gleiten ließ. Die Hose war ordentlich auf einem Bügel aufgehängt. Lena streifte sie ab und legte sie ebenfalls in die Tüte, die sie anschließend verschloss.

»Mit Glück finden wir DNA an deiner Kleidung.« Sie legte die Beweismitteltasche an die Tür und trat wieder ans Bett. »Was hat der Arzt gesagt?«

»Reichlich Gehirn durchgeschüttelt. Mit Glück ist noch alles an der richtigen Stelle. Ich muss mich zwei Wochen schonen.«

»Helikopter?«

»Wenn du einen bekommst?«

»Nielsen kümmert sich darum. Darfst du morgen die Klinik verlassen?«

Johann setzte zu einem Nicken an, stoppte aber in der Bewegung und stöhnte leise. »Ja, sollte klappen.«

»Wo bist du, Ole?«, fragte Lena. Sie lief gerade zurück zur Polizeistation.

»Auf dem Weg zum Flugplatz in Büsum. In einer halben Stunde bin ich dort. Der Flug geht dann direkt los. Also sollte ich in einer Stunde auf Helgoland sein. Allerdings muss ich dann noch rüber auf den Felsen.«

Zwischen dem kleinen Helgoländer Flughafen auf der Nebeninsel Düne und der Hauptinsel verkehrte eine Fähre.

»Das wirst du schon schaffen. Ab eins bin ich mit drei Befragungen in der Polizeistation beschäftigt. Du kannst schon einchecken und dann zu uns stoßen. Ich habe im Hotel Bescheid gesagt, dass du Johanns Zimmer übernimmst.«

Zurück in der Polizeistation rief Lena ihren LKA-Kollegen Thomas Seute an. Kriminalrätin Nielsen hatte Lena zugesichert, dass er ihr weitere Informationen geben würde.

»Ich hatte früher mit deinem Anruf gerechnet«, maulte Seute sie an.

»So kann man sich täuschen, Thomas. Wo waren wir bei unserem letzten Gespräch stehen geblieben?«

»Stell deine Fragen und rede nicht herum.« Thomas Seute klang weiter ärgerlich.

»Woran hat Kollege Weber gearbeitet, bevor er zurückgepfiffen wurde?«

»In die Details kann ich nicht gehen. Da musst du dir erst eine offizielle Freigabe von höchster Stelle holen. Du hast damit ja Erfahrung.« Lena war klar, dass Seute sich für ihr Vorgehen revanchieren wollte. Sie verkniff sich eine Entgegnung und wartete, dass er fortfuhr.

»Organisierte Kriminalität«, sagte Seute. »Sicher schon von gehört, oder? Die Türken oder eigentlich Kurden sind von den Albanern aus Hamburg verdrängt worden, Prostitution,

Geldwäsche, Drogen. Als ihre helfenden Hände aus dem Rockermilieu verboten wurden, haben sie sich eigene Strukturen aufgebaut. Was Gewalt angeht, sind die Kanaken keinen Deut besser als die Albaner. Wer sich ihnen in den Weg stellt, hat schnell ein Familienmitglied weniger oder landet eine Etage tiefer. Wenn du weißt, was ich meine.«

Lena zwang sich, ruhig zu bleiben. Thomas Seutes Ausdrucksweise gefiel ihr ganz und gar nicht. »Wie hat es Kollege Weber geschafft, da Fuß zu fassen?«

»Gute Frage, allerdings fällt sie unter meine Eingangsbemerkung. Willst du sonst noch etwas wissen?«

»Weber hat also als verdeckter Ermittler gearbeitet, um dieses Milieu zu infiltrieren?«

»Das war zumindest sein Auftrag.«

»Wie weit ist er gekommen?«

Seute lachte. »Du gibst auch nicht auf, oder?«

Lena schwieg und wartete, dass Seute weitersprach.

»Angeblich war er nah dran, vom Clan als Geschäftspartner akzeptiert zu werden.«

»Er wollte Drogen kaufen?«, tippte Lena, um Seute zu einer konkreteren Aussage zu bewegen.

»Das wäre eine Möglichkeit gewesen.«

»Geldwäsche?«

»Klar, kam auch infrage.«

»Er hat Prostituierte angeboten?«

Seute schwieg.

»Warum ist Weber abgezogen worden?«

»Zu seinem eigenen Schutz.«

»Bedeutet? Mann, Seute, lass dir nicht alles aus der Nase ziehen. Wir stehen auf derselben Seite. Wenn Weber diese Frau erschossen hat, werde ich das rausbekommen. Sollte die Frau, und somit auch er, von einem Außenstehenden getötet worden sein, hätten wir es mit einem brutalen Mord an einem unserer Kollegen zu tun. Lässt dich das kalt?«

»Mädchen, red keinen Quatsch. Weber gehörte schon lange nicht mehr zur Truppe. Er war untergetaucht. Warum macht man so was? Na?«

»Das versuche ich ja gerade herauszubekommen.«

»Ich kann es dir auch so sagen. Er hatte einen ausgemachten Verfolgungswahn. An jeder Ecke sah er Aliens, die nicht weniger als die ganze Welt erobern wollten. Und jetzt weißt du auch gleich, warum er abgezogen wurde. Er war durchgeknallt. Soll ich es noch einmal buchstabieren?«

»Nicht notwendig, Thomas. Deine Theorie vom abgedrehten Kollegen hast du mir jetzt schon häufig genug unter die Nase gerieben. Jetzt mal Butter bei die Fische: Wer hat Weber aus der Ermittlung rausgezogen und, vor allem, warum?«

»Gott verdammt. Ich war verantwortlich, wer sonst? Die Entscheidung trifft letztendlich der Staatsanwalt. Ich dachte, davon hättest du schon mal etwas gehört.«

»Wie nah war Weber dran an der Gruppe?«

»Weiter weg als von hier nach München. Er sah das natürlich anders. Alles heiße Luft. Er hat nichts geliefert in den ganzen achtzehn Monaten, in denen er angeblich so nah an die Türken rangekommen war. Nichts außer Hirngespinsten. Ist das denn so schwer zu verstehen? Nach meiner Einschätzung war er kurz davor aufzufliegen. Klar, am Ende ist er genau da gelandet, wovor ich ihn schützen wollte. Er hat eine Kugel im Kopf. Zum Glück für mich, dass er es selbst gemacht hat und nicht einer dieser durchgeknallten Türken.«

Lena wurde mit jedem weiteren Satz von Thomas Seute misstrauischer. Es würde ihr nichts anderes übrig bleiben, als die Akten einzusehen, und falls das nicht möglich sein sollte, jemand anderen zu finden, der auskunftsfreudiger war. Sie unternahm einen letzten Versuch und fragte: »Wie nah war er dran?«

»Habe ich die Frage nicht schon beantwortet? Dass du begriffsstutzig bist, war mir bisher nicht klar. Trotzdem werde ich mich nicht wiederholen.« Er räusperte sich laut. »War's das jetzt?«

»Nein, Thomas. Ich kann dir nur raten, noch einmal in dich zu gehen und offen mit mir zu reden. Ich erwarte deinen An…«

Das Gespräch wurde von Seute abrupt und ohne Abschiedsworte beendet. Lena sah ungläubig auf ihr Handy und murmelte: »Wir sprechen uns noch, Thomas. So nicht, glaub mir.«

Sieben

Der Stuhl, auf dem Habbo Clausen saß, wirkte kleiner als die anderen. Er hatte die gleiche Statur wie Oke Jacobs, hellblonde Haare und strahlend blaue Augen.

»Deine Frau hat ja gestern schon mit der Kriminalpolizei gesprochen«, begann Udo Selmer die Befragung.

Clausen nickte.

»Es geht um den Tod von Wiebke und Julius Weber. Aber auch um einen Vorfall gestern Abend.«

Habbo Clausen beugte sich leicht vor. »Vorfall? Was denn für ein Vorfall?«

»Später, Habbo. Ich muss erst mal wissen, wo du zwischen neun und elf Uhr gestern Abend warst.«

Habbo Clausen grinste breit. »Brauche ich etwa ein Alibi? Was ist das denn für ein Blödsinn, Udo? Und wofür überhaupt?«

»Habbo! Wo warst du gestern Abend?«

»Bei Oke. Reicht das?«

»Von wann bis wann? Und was habt ihr da gemacht?«

»Keine Ahnung. Ich guck doch nicht auf die Uhr, wenn ich bei Oke ein Bier trinke. Spät ist es geworden. Elf Uhr kann schon hinkommen.«

»War noch jemand da?«

»Jan Hinrichs. Und bevor du blöd fragst, wir haben Skat gespielt.«

»Können die Eltern von Oke das bestätigen?«

»Keine Ahnung. Ich habe sie nicht gesehen.«

»Spielt ihr häufiger Skat?«, fragte der Inselpolizist.

»Ist das jetzt auch schon verboten?«, fuhr Clausen ihn an.

Udo Selmer richtete sich auf. »Jetzt hör mal zu, Habbo. Wir sitzen hier nicht in der Kneipe. Das ist eine polizeiliche Untersuchung. Ich kann dir nur raten, wahrheitsgemäß zu antworten. Am Schluss kommt es sowieso raus, und dann stehst du dumm da.«

»Verdammt, ich habe die Wahrheit gesagt. Was soll der ganze Scheiß hier eigentlich? Draußen sitzen doch Oke und Jan. Die kannst du ja gleich fragen, ob wir zusammen waren.«

»Das mache ich schon noch«, antwortete Udo Selmer ruhig. Er fixierte Clausen. »Seit wann weißt du, dass die Ermittlungen wieder aufgenommen wurden?«

Habbo Clausen zuckte mit den Schultern. »Keine Ahnung. Nele hat's mir gesagt, glaube ich. Oder Oke.«

Udo Selmer nickte und ließ sich Zeit für die nächste Frage.

»Es geht noch mal um Wiebke und ihren Freund. Hattest du in den letzten, sagen wir mal, zwölf Monaten Kontakt zu ihr oder zu Herrn Weber?«

Habbo Clausen rollte mit den Augen. »Kontakt. Was meinst du damit?«

»Hast du mit Wiebke gesprochen? Warst du bei ihr? Kanntest du Julius Weber?«

»Brauche ich jetzt auch noch ein Alibi für den Mord an Wiebke? Das war doch dieser Wichser.«

»Beantworte doch einfach meine Frage, Habbo.«

»Ich kannte den Typ nicht, wenn du das meinst. Der war mir schon vom Sehen unangenehm. Schmierig, wie so viele vom Festland. Keine Ahnung, was der von Wiebke wollte. War er pleite oder so und ist bei ihr untergekrochen? Wo hatte sie den Typ überhaupt her? Nele hat gleich gesagt, dass das nicht gut endet. Und was ist passiert? Eine Kugel im Kopf. Klasse!«

»Du hast also nie mit Julius Weber gesprochen?«

»Glaube ich nicht. Aber schwören will ich das hier auch nicht. Vielleicht hat er mich ja mal nach dem Weg gefragt oder so. Gott, hier laufen so viele Touristen rum, da merk ich mir doch nicht jedes dumme Gesicht. Kann ja auch sein, dass ich ihn vom Schiff rübergebracht habe. Du weißt doch, was ich mache.«

»Und mit Wiebke? Hattest du in den letzten Monaten Kontakt zu ihr?«

Habbo Clausen stöhnte theatralisch. »Klar hatte ich das. Wir sind doch verwandt, oder hast du das schon vergessen?«

»Wie war der Kontakt?«

»Wie immer. Reicht das?«

Lena rückte mit ihrem Stuhl näher an Udo Selmer heran und schaltete sich nun in die Befragung ein. »Sie arbeiten hin und wieder mit Oke Jacobs zusammen?«

Habbo Clausen sah weiter Udo Selmer an. »Wir fahren manchmal zusammen raus. Fischen.«

»Wer hat gestern die besseren Karten gehabt?«, fragte Lena weiter.

»Karten?« Habbo Clausen sah Selmer an, als wüsste er nicht, wovon die Rede war.

»Haben Sie doch nicht Skat gespielt?«

Erst jetzt wandte sich Habbo Clausen Lena zu. »Ach, *die* Karten meinen Sie. Wir spielen nur so zum Spaß. Ohne Geldeinsatz oder so. Da gewinnt oder verliert jeder mal.«

»Und gestern?«, hakte Lena direkt nach.

»Ich habe nicht nur verloren, wenn Sie das meinen.«

»Die Fischerei lohnt sich finanziell nicht mehr?«, fragte Lena.

»Geht so. Die Touris hin und her schippern ist leichter und bringt mehr. Wenn Sie das meinen.«

»Aber Oke Jacobs fährt noch raus?«

»Sieht ganz danach aus, Frau Hauptkommissarin, oder?«

»Ihr Vater war auch Fischer?«

»Ja. Das waren noch andere Zeiten.«

»Oke Jacobs, Jan Hinrichs und Sie sind befreundet?«

»Sie stellen Fragen«, antwortete Habbo Clausen mit einem abfälligen Blick.

»Beantworte sie doch einfach!«, fuhr Udo Selmer ihn an.

Habbo Clausen blieb eine Weile regungslos sitzen. Schließlich sah er Lena direkt an. »Ja.«

»Wie häufig spielen Sie mit Ihren Freunden Skat?«

»Hin und wieder.«

»Also nicht zu einem festen Termin?«

»Gab es auch schon.«

»Aber gestern haben Sie sich spontan zusammengesetzt?«

Habbo Clausen nickte.

Lena stand auf. »Vielen Dank, Herr Clausen, dass Sie Zeit für uns hatten. Wir melden uns bei Ihnen, wenn wir weitere Fragen haben.«

Langsam erhob sich Habbo Clausen, ignorierte aber Lenas ausgestreckte Hand. »Kann ich jetzt also gehen?«

»Ja«, sagte Udo Selmer. »Ich bringe dich raus.«

Lena hatte mit ihm abgesprochen, dass die Männer direkt nach der Befragung nicht in Kontakt kommen sollten. Sie stellte das Aufnahmegerät aus und machte sich Notizen, bis ihr Inselkollege mit Jan Hinrichs das Zimmer betrat.

Udo Selmer zeigte auf den Platz, auf dem zuvor Habbo Clausen gesessen hatte. »Bitte, Jan.«

Selmer rückte seinen Stuhl zurecht und spulte die gleiche Einleitung wie zuvor noch einmal ab. Hinrichs sagte wie sein Freund aus, dass sie Skat gespielt hätten. Er meinte, dass er nicht vor Mitternacht nach Hause gekommen sei, konnte aber nicht sagen, wann genau Habbo Clausen gegangen war. Die Frage, wann er von den neu aufgenommenen Ermittlungen gehört hatte, konnte er nicht beantworten, er vermutete aber, dass er es von seiner Frau erzählt bekommen hatte. Als Selmer ihn nach seinem Verhältnis zu seiner Schwägerin Wiebke Rinken und Julius Weber fragte, blockte er freundlich, aber energisch ab.

Jan Hinrichs gab sich weniger aggressiv als Habbo Clausen, Lena spürte aber eine stetig wachsende Unruhe bei ihm. Er schien immer größere Mühe zu haben, gelassen und sachlich auf die Fragen zu antworten, und er lächelte häufig, aber seine Augen verrieten Lena, dass ihm keinesfalls danach zumute war.

»Sie hatten also immer schon ein sehr gutes Verhältnis zu Ihrer Schwägerin?«, fragte Lena.

»Familie hält zusammen, erst recht hier bei uns«, antwortete Hinrichs. »Ich fand es zwar schade, dass Wiebke und Oke es nicht geschafft haben, aber ich habe es akzeptiert. Das war Wiebkes Entscheidung, und sie wird ihre Gründe gehabt haben.«

»Die Sie nicht kennen?«, hakte Lena nach.

»Ich habe mich aus der ganzen Sache rausgehalten. Wiebke war meine Schwägerin und Oke ist mein Freund. Da hätte ich nur verlieren können.«

Die Erklärung klang wie auswendig gelernt oder von einem Spickzettel abgelesen. Jan Hinrichs sprach tonlos und leiser als zuvor.

»Wer von Ihnen dreien hat gestern beim Skat die besseren Karten gehabt?«

Jan Hinrichs zögerte. »Am häufigsten gewonnen hat auf alle Fälle Oke. Wie immer. Er kann am besten bluffen.«

»Oh, das hätte ich jetzt überhaupt nicht gedacht«, sagte Lena.

»Warum? Weil er Fischer ist? Da sind Sie aber auf dem Holzweg.«

»Mag sein, ich kenne mich auch nicht so gut mit Kartenspielen aus. Sie spielen häufiger zu dritt?«

Jan Hinrichs grinste. »Zu zweit ist es nicht so sinnvoll. Es sei denn, man spielt Offiziersskat. Kennen Sie das?«

»Nein. Zu dritt also. Und Sie spielen regelmäßig?«

Jan Hinrichs warf Lena einen abschätzenden Blick zu. »Hin und wieder. Warum wollen Sie das wissen?«

»Was genau heißt das? Hin und wieder?«

»Das heißt, wenn wir Lust dazu haben.«

»Ihre Schwägerin war eine attraktive Frau«, sagte Lena.

Jan Hinrichs erstarrte für einen Moment, schloss dann kurz die Augen und sah lächelnd auf. »Was wollen Sie mir damit sagen?«

»Das war mehr eine Frage. Ich kannte sie ja nicht persönlich.«

»Ja, vor Verehrern konnte sie sich kaum retten. Die sind ihr scharenweise nachgelaufen. Aber irgend so ein Urlaubsflirt war nicht ihr Ding.«

»Wie lange war sie mit Oke Jacobs zusammen?«, fragte Lena.

»Lange. Da müssen Sie ihn fragen. Ein paar Jahre auf jeden Fall.«

»Immerhin. Hatten sie sich schon verlobt? Wann wollten sie heiraten?«

Jan Hinrichs zuckte mit den Schultern und schwieg.

Lena entschloss sich, Hinrichs bewusst zu provozieren. »Sie sind loyal zu Ihrem Freund. Das kann ich verstehen, aber ich würde trotzdem überlegen, wie weit Sie sich damit aus dem Fenster lehnen.«

Jan Hinrichs starrte sie an. »Was wollen Sie damit sagen? Dass ich lüge? Das ist eine Unverschämtheit. Oke Jacobs hat weder etwas mit dem Mord an Wiebke zu tun noch sonst irgendwas getan. Was immer gestern Abend passiert ist.«

Lena ging mit einem Lächeln über seine Bemerkung hinweg. »Ihre Frau kann also bestätigen, dass Sie gestern, sagen wir, kurz vor Mitternacht wieder zu Hause waren?«

»Nein, sie war mit Freundinnen unterwegs. Ich bin dann schlafen gegangen. Wer kann schon ahnen, dass man plötzlich ein Alibi braucht, wenn man nur mal mit Freunden Skat spielt.«

»Sie arbeiten bei der Gemeinde?«, fragte Lena unbeirrt weiter. »Wofür sind Sie da zuständig?«

»Im Hafen. Quasi die rechte Hand des Hafenmeisters.«

»Interessant. Da sehen Sie Ihre Freunde ja häufiger.«

Jan Hinrichs warf ihr einen misstrauischen Blick zu, als fürchtete er, dass sie ihm eine Falle stellen wollte. »Wie das so ist«, sagte er schließlich.

»Fahren Sie auch hin und wieder mit Oke Jacobs raus zum Fischen?«

»Selten.«

Lena stand auf. »Wir sind so weit dann erst mal durch.«

Jan Hinrichs rückte seinen Stuhl zurück und stand ebenfalls auf. Zögernd reichte er ihr die Hand und anschließend Udo Selmer.

»Dann gehe ich mal«, sagte er und drehte sich abrupt um, Udo Selmer folgte ihm zur Tür, um ihn aus der Polizeistation zu führen.

Acht

Lena machte sich Notizen zur letzten Befragung, als es an der Tür klopfte und gleich darauf Ole Kotten eintrat.

»Melde mich zum Dienst, Chefin!«

Lena stand auf und umarmte ihren Freund. »Alles gut bei dir?«

»Außer dass ich mir einen wärmeren Monat gewünscht hätte für den Einsatz hier, geht es mir prima. Ich war übrigens schon beim Bruchpiloten in der Klinik. Er konnte bereits wieder Späßchen machen. Ich soll dir ausrichten, dass der Arzt seinen Transport aufs Festland genehmigt hat.«

»Kannst du beim LKA anrufen, damit der Flug organisiert wird? Ich habe jetzt noch eine Befragung. Hast du ein Aufnahmegerät mit?«

Ole Kotten nickte, sie tauschten ihre Geräte aus.

»Kannst du dir das hier schon mal anhören?«, fragte Lena. »Vielleicht brauche ich dich nachher noch hier bei der Befragung.«

»Mache ich. Johann hat mich übrigens halbwegs auf den Stand gebracht. Du kannst mich später ja noch einmal im Detail briefen.«

Udo Selmer schaute ins Büro. »Soll ich Jacobs jetzt reinholen?«

»Er soll ruhig noch etwas schmoren«, sagte Lena. »Kommen Sie kurz zu uns, wir müssen noch die Strategie besprechen.«

»Guten Tag, Herr Jacobs«, sagte Lena, als dieser zehn Minuten später mit ihr und Udo Selmer am Tisch saß.

Oke Jacobs warf ihr einen wütenden Blick zu. »Was soll die ganze Warterei hier? Wollen Sie mich weichkochen?«

»Natürlich nicht, Oke«, sagte Udo Selmer in nüchternem Ton. »Es ging nicht anders. Ich habe ein paar Fragen an dich.«

»Guck an!«

»Wo warst du gestern Abend zwischen neun und elf Uhr?«

»Hä? Ich dachte, ihr habt mit Habbo und Jan gesprochen. Warum soll ich das noch mal wiederholen?«

»Wir müssen es von dir hören«, sagte Udo Selmer. »Also?«

»Zu Hause. Habbo und Jan waren bei mir im Zimmer. Wir haben Skat gespielt.«

»Können das deine Eltern bestätigen?«

»Glaub ich nicht. Die gehen früh schlafen.«

»Ihr habt die ganze Zeit gespielt?«, fragte Udo Selmer.

»Ne, auch mal gequatscht. Wie das so ist.«

»Wer hatte das beste Blatt am Abend?«

Oke Jacobs zuckte mit den Schultern. »Alle mal. Warum?«

»Ach, ich hätte auf dich getippt«, sagte Udo Selmer wie beiläufig.

Oke Jacobs grinste. »Im Pokern bin ich noch besser. Musst einfach nur starr die Leute fixieren. Jeder glaubt dann, du hättest das Superblatt.«

»Gestern hat es nicht so geklappt?«

Oke Jacobs schien gemerkt zu haben, dass Selmer ihn auf dünnes Eis gelockt hatte. Er hielt für einen Moment die Luft an und atmete schließlich hörbar aus. »Ging so. Hatte keine große Lust.« Er sah kurz zu Lena. »Scheißtag, wenn du verstehst, was ich meine.«

»Ihr drei spielt ja öfter, habe ich gehört«, fuhr Selmer fort. »Jede Woche?«

»So wie's kommt. Ist ja im Winter nicht so viel los hier, oder?«

»Wann hattet ihr euch verabredet?«

»Irgendwann halt. Mann, deine Fragen gehen mir auf den Wecker, Udo. Musst du dich hier so zum Affen machen?«

Udo Selmer blieb ruhig und fixierte Oke Jacobs, der nur wenige Sekunden dem Blick standhalten konnte. »Du scheinst nicht zu begreifen, dass du ganz tief in der Tinte steckst, Oke. Aber so was von tief.« Selmer hatte seine Stimme nicht erhoben, aber eindringlich gesprochen, ohne seinen Blick von Jacobs abzuwenden.

Oke Jacobs schluckte schwer, setzte zu einer Entgegnung an, schwieg dann aber.

Lena hatte Ole Kotten eine Nachricht geschrieben, dass er reinkommen solle. Nun öffnete sich die Tür.

»Kollege Selmer, ein wichtiger Anruf für Sie«, sagte Ole und trat zur Seite, um dem Inselpolizisten Platz zu machen. Anschließend setzte er sich auf Selmers Platz und stellte sich Jacobs vor.

»Noch einer?«, murmelte der und schien über den plötzlichen Wechsel irritiert zu sein.

»Kommen wir noch einmal zurück auf den gestrigen Abend«, sagte Lena. »Wann genau kamen Ihre Freunde?«

»Hab nicht auf die Uhr geguckt«, sagte Oke Jacobs.

»So ungefähr wissen Sie es doch sicher«, hakte Ole Kotten nach.

»Gegen neun oder so.«

»Kamen die beiden zusammen oder nacheinander?«, fragte Lena.

»Weiß ich nicht mehr.«

»Haben Sie die Tür aufgemacht oder war das Ihr Vater oder Ihre Mutter?«, stellte wieder Ole Kotten eine Frage.

»Ich.«

»Ihre Freunde haben also geklingelt?«, fragte Lena.

»Was sonst?«

»Obwohl Ihre Eltern bereits im Bett lagen und vermutlich schliefen?«, schob Lena die nächste Frage nach.

Oke Jacobs schwieg.

»Oder haben Sie doch nicht die Tür geöffnet?«, fragte Ole Kotten.

»Doch!«

»Sie sind also zweimal nach unten gelaufen und haben, nachdem Herr Hinrichs beziehungsweise Herr Clausen geklingelt hatte, Ihren Besuch ins Haus gelassen?«, fragte Lena, die von Udo Selmer wusste, dass Jacobs' Zimmer im ersten Stock des Hauses lag.

Oke Jacobs zuckte mit den Schultern.

»Oder sind die beiden doch zusammen gekommen?«, fragte Ole Kotten.

Jacobs' Blick ging zwischen den beiden Kommissaren hin und her. »Was soll das alles?«, presste er heraus. »Ich habe ein Alibi und fertig!«

»Alibi? Wofür?«, tat Ole Kotten überrascht.

»Keine Ahnung!«, schrie Jacobs und sprang auf. Ole Kotten sah ihn ruhig an und zeigte stumm auf den Stuhl. Jacobs atmete schwer und einen Moment dachte Lena, er würde auf Ole losgehen, aber schließlich sank er wieder auf den Stuhl und sagte: »Irgendwas wird schon passiert sein, dass Sie uns hier alle antanzen lassen. Ich habe gehört, dass da einer in die Klinik eingeliefert wurde. War das dieser junge Typ, der gestern mit Ihnen bei mir war?«, fragte er an Lena gewandt.

»Sie sprechen von Oberkommissar Grasmann«, sagte Ole Kotten. »Falls es Sie interessiert, er hat Sie als Angreifer identifiziert.«

Oke Jacobs starrte Ole Kotten an. Nach einer gefühlten Ewigkeit stammelte er: »Ich … war … zu Hause.«

»Das haben wir jetzt ja lang und breit erörtert«, sagte Lena. »Dürfte ich Ihre Hände sehen?«

Oke Jacobs sah sie ungläubig an. »Wie?«

»Strecken Sie einfach beide Hände aus. Ich möchte sehen, ob Sie Verletzungen haben.«

Oke Jacobs schüttelte den Kopf. »Das dürfen Sie gar nicht.«

»Da sind Sie leider falsch informiert. Oke Jacobs, ich nehme Sie hiermit vorläufig fest wegen des Verdachts des tätlichen Angriffs auf einen Vollstreckungsbeamten.«

Ole Kotten stand auf und verließ kurz den Raum, bevor er zurückkam und ein Dokument vor Jacobs auf den Tisch legte. »Das ist ein richterlicher Durchsuchungsbeschluss für das Haus Ihrer Eltern.«

Lena brauchte mehrere Anläufe, um dem Vater von Oke Jacobs verständlich zu machen, dass sie das Haus durchsuchen würden.

Direkt nach ihrem morgendlichen Besuch bei Johann in der Klinik hatte sie Kriminalrätin Nielsen angerufen und diese darum gebeten, den Beschluss zu beantragen. Kurz bevor die Befragungen begonnen hatten, war eine Nachricht vom Staatsanwalt eingetroffen, dass sie in den nächsten Stunden mit dem Dokument rechnen könnten.

Ole Kotten und Lena begannen im Erdgeschoss, durchsuchten den Hauswirtschaftsraum, das Wohnzimmer des Hauses, die Küche, das Bad und das Schlafzimmer der Eltern. Im ersten

Stock befanden sich zwei kleine Zimmer, ein Bad sowie auf dem Flur eine Art Teeküche.

Lena betrat das Schlafzimmer von Oke Jacobs. Sie schätzte die Größe auf zehn Quadratmeter. Ein Bett, ein kleiner Schrank und ein Tisch, auf dem ein Fernseher stand, ließen nur wenig Raum, um sich zu bewegen. Lena arbeitete sich systematisch vor, durchsuchte das Bett, klopfte den Boden und die Wände nach hohlen Stellen ab und kontrollierte gründlich den Schrank. Als sie auf den Flur trat, kam Ole Kotten ihr entgegen.

»Hast du was gefunden?«, fragte er.

»Nein, nichts, was uns weiterbringen würde.«

»Aber ich.« Er drehte sich um und betrat das zweite Zimmer, das die gleiche Größe wie das Schlafzimmer hatte. Vor dem Fenster stand ein Tisch mit drei Stühlen und an der Längsseite ein Regal, in dem Jacobs Geschirr und eine Handvoll Bücher aufbewahrte, dazwischen hatte er einige eingerahmte Fotos platziert. An der gegenüberliegenden Wand befand sich eine alte Kommode mit drei Schubladen.

Ole wies zu einem Laptop auf dem Tisch. »Der war unter der untersten Schublade. Wenn man sie ganz rauszieht, ist da ein kleiner Hohlraum zwischen Kommodenboden und dem Schubladenboden. Der Laptop war unter der Schublade befestigt.«

»Funktioniert er?«

»Nein. Entweder ist der Akku leer oder das Teil ist kaputt. Aber schau mal hier.« Er zeigte auf die Unterseite des Laptops, an die jemand ein Namensetikett geklebt hatte: »Wiebke Rinken«, las Lena.

»Wie kommt der hierher?«, fragte sie erstaunt. »Das wird Jacobs uns erklären müssen.«

»Und ich habe noch das hier«, sagte Ole und hielt eine Plastiktüte hoch, die das Logo eines Supermarkts trug.

»Was ist da drin?«

»Rate mal.«

»Keine Ahnung, Ole. Spann mich nicht so auf die Folter.«

»Fünftausend in Scheinen zu fünfzig Euro.« Er fasste in die Tasche und holte das Geldbündel heraus.

Johanns Waffe oder andere eindeutige Hinweise auf eine Beteiligung von Jacobs am Überfall fanden sie nicht. Auch passten die gefundenen Fußabdrücke zu keinem seiner Schuhe. Eine schwarze Hose, die Verschmutzungen aufwies, tüteten sie ein, um sie von der Kriminaltechnik untersuchen zu lassen.

Bei der nachfolgenden Befragung behauptete Jacobs, er habe den Rechner von Wiebke geschenkt bekommen. Weitere Aussagen verweigerte er und drängte auf rechtlichen Beistand. Als Lena ihm einen Anruf bei seinem Anwalt anbot, nannte er ihr eine Kanzlei in Cuxhaven. Lena vermittelte den Anruf und ließ Jacobs allein, damit er ungestört mit seinem Anwalt reden konnte. Den anschließenden DNA-Abstrich verweigerte er nicht.

Lena untersuchte den Laptop. Es war zu sehen, dass das Gehäuse schon einmal geöffnet worden war. Sie schraubte das Gerät auf und stellte fest, dass die Festplatte fehlte.

Ole Kotten schüttelte den Kopf. »Was ist das denn? Wer bitte versteckt einen Laptop, der letztlich wertlos ist?«

Lena zeigte auf die Typenbezeichnung des Geräts. »Wenn mich nicht alles täuscht, wird dieses Gerät noch nicht allzu lange hergestellt.«

Ole Kotten griff nach seinem Smartphone und nickte kurz darauf. »Du hast recht. Der ist erst seit knapp einem Jahr im Verkauf und kostet um die tausend Euro. Wieso sollte Wiebke Rinken den verschenkt haben?«

»Selbst wenn, warum sollte Jacobs die Festplatte ausbauen? Und warum hat er das Teil versteckt?«

»Jacobs hat sich sehr bemüht, nicht erstaunt zu wirken, als wir ihm den Laptop gezeigt haben. Ist dir das aufgefallen?«

Lena nickte. »Schon, aber es stellt sich die Frage, warum er erstaunt war. Weil wir das Gerät entdeckt haben oder weil er nicht wusste, dass es dort versteckt war?«

»Warum hätte er den Umstand im zweiten Fall verschweigen sollen?«

»Weil er eine Vermutung hat, wer das Gerät dort abgelegt haben könnte, und er den Namen desjenigen nicht nennen will oder kann.« Lena schraubte den Laptop wieder zu. »Ich spreche gleich mit meiner neuen Chefin und anschließend mit dem Staatsanwalt.«

»Reicht es für U-Haft?«

»Ich glaube nicht. Aber zumindest können wir ihn über Nacht hier festhalten und morgen noch einmal unser Glück probieren.«

Sie gingen die drei Aussagen ein weiteres Mal durch, bevor Lena Kriminalrätin Nielsen anrief und ihr Bericht erstattete.

»Sie gehen davon aus, dass Jacobs etwas mit dem Tod von Wiebke Rinken und Weber zu tun hat?«, fragte Nielsen.

»Schwer zu sagen. Er kann den Laptop auch vor der Tat gestohlen haben. Ich glaube kaum, dass sie ihm das Gerät geschenkt hat.«

»Absolut keine Hinweise auf eine Tatbeteiligung in der letzten Nacht?«

»Bisher nicht. Wenn Kollege Grasmann morgen abgeholt wird, geben wir die beschlagnahmte Hose von Jacobs mit und ebenso die Kleidung unseres Kollegen. Mit Glück finden sich DNA-Spuren.«

»Okay. Sprechen Sie mit dem Staatsanwalt und halten Sie mich auf dem Laufenden.«

Der Staatsanwalt riet von einem Haftprüfungstermin ab, nachdem er sich Lenas Bericht angehört hatte. Eine Hausdurchsuchung bei Jacobs' Freunden lehnte er ab, solange es keine weiteren Beweise für Jacobs' Beteiligung gab.

»Ach, jetzt kommt ihr schon zu zweit«, sagte Johann, als Lena und Ole am Spätnachmittag das Krankenzimmer betraten. »Traut ihr euch nicht mehr allein in die Höhle des Löwen?«

Ole lachte. »Löwen? Hast du deshalb dieses Tuch da um den Kopf? Sieht eher nach einem Turban aus.«

Johann winkte ab. »Mach du dich ruhig lustig über mich. Beim nächsten Mal bin ich wieder dran.«

»Schluss, Jungs!«, sagte Lena lachend. »Die Wetteraussichten für morgen sind halbwegs vernünftig. Der Helikopter wird dich wohl abholen kommen.«

Johann nickte, beugte sich zu dem Tischchen neben seinem Bett und zog die Schublade auf. Er griff nach einer Schachtel, die er Ole reichte. »Für dich, falls ihr mit dem Schiff zurückmüsst.«

Ole Kotten musterte die Schachtel. »Danke, mein Freund.«

Lena gab Johann noch einen Kurzbericht der Ereignisse, bevor sie ihm einen guten Flug wünschten und sich von ihm verabschiedeten.

Neun

»Ziemlich verworren das Ganze«, sagte Ole Kotten, nachdem Lena ihm detailliert von den bisherigen Ereignissen und ihren Überlegungen erzählt hatte. »Hat denn deine neue Chefin die Akte über Webers letzte verdeckte Ermittlung rausgerückt?«

»Ich habe heute noch einmal nachgefragt.«

»Und?«

»Nielsen hat mich hingehalten. Es kam mir so vor, als könnte sie nicht selbst entscheiden. Was ich mir wiederum nicht vorstellen kann.«

»Das ergibt doch keinen Sinn, Lena. Wer sollte sie daran hindern, die Akte einzusehen?«

»Das wüsste ich auch gerne. Ich werde morgen noch einmal nachhaken. Aber unabhängig davon – was hältst du von dem Fall?«

Ole legte den Kopf in den Nacken und atmete tief durch. »Sag ich dir gleich. Vorab: Was war Weber für ein Typ Polizist?«

»Ich kannte ihn nicht persönlich, aber ich habe mit zwei Kollegen gesprochen, die in früheren Fällen mit ihm zusammengearbeitet haben. Sie sagten, er wäre extrem auf die Arbeit fixiert gewesen, keine Frau, keine Familie, nur Arbeit. Er hat sich in seine Aufgaben als verdeckter Ermittler hineingesteigert.

Das war von den Kollegen allerdings positiv gemeint. Er wäre wie ein Schauspieler gewesen, der alles für seine Rolle getan hätte. Es wäre beängstigend gewesen, wie sehr er sich in den Menschen, der er vorgab zu sein, verwandelt habe. Außerdem wurde ihm eine Art Gerechtigkeitswahn attestiert. Er hat seine Fälle persönlich genommen, hat mir einer der Kollegen gesagt.«

»Dann muss es für Weber ein herber Schlag gewesen sein, als er von den Ermittlungen abgezogen wurde«, sagte Ole Kotten. »Wenn dieses Spiel mit dem Feuer – was verdeckte Ermittlungen ja meistens sind – zum Lebenselixier wird, muss eine Versetzung in den Innendienst einer Isolationshaft gleichkommen.«

Ole Kotten hatte selbst über ein Jahrzehnt als verdeckter Ermittler gearbeitet und Lena einmal erzählt, wie süchtig diese Arbeit machen konnte.

»Du meinst, er hat heimlich weiter ermittelt?«, fragte Lena.

»Ich hätte es damals gemacht. Und wenn ich davon überzeugt gewesen wäre, dass ich einer großen Sache auf der Spur bin und trotzdem abgezogen werde, wäre ich wahrscheinlich zum Verschwörungstheoretiker geworden.«

»Ich habe schon in die gleiche Richtung gedacht«, sagte Lena. »Es muss einen Grund haben, warum er von heute auf morgen untergetaucht ist. Ursprünglich gab es Vermutungen in Richtung Suizid, aber wie wir inzwischen ja wissen, hat er noch über ein Jahr lang gelebt.«

»Wenn er wirklich bewusst untergetaucht ist, muss das etwas mit seinen weitergeführten Ermittlungen zu tun haben.«

»Zumindest wäre das eine Hypothese.«

»Gut, gehen wir einmal davon aus, dass er dieser Organisation zu nahe gekommen ist und Angst hatte, sprich, dass er gemeint hat, um sein Leben fürchten zu müssen. Und gehen wir weiter davon aus, dass diese Organisation die Mittel und Möglichkeiten besitzt, seinen Tod so zu inszenieren, dass es wie ein erweiterter Suizid aussieht …«

»Aber warum sollten sie das erst nach einem Jahr machen?«, fragte Lena. »Weil sie ihn jetzt erst gefunden haben?«

Ole Kotten schüttelte den Kopf. »Hier auf Helgoland? Und das, obwohl das LKA es nicht geschafft hat?«

»Wir wissen nicht, wie akribisch die Kollegen nach ihm gesucht haben. Soweit ich das damals mitbekommen habe, sind sie nicht davon ausgegangen, dass Weber noch lebte. Angemeldet hat er sich hier auf der Insel nicht, verlassen hat er sie offensichtlich auch nicht. Wie hoch ist da die Wahrscheinlichkeit, dass ihn hier jemand erkannt hat?«

»Eher gering«, sagte Ole Kotten.

»Dann bleibt nur noch eine Variante: Er hat weiter ermittelt und Helgoland hat etwas mit seinen Ermittlungen zu tun. Allerdings würde das heißen, dass er sich bewusst mit Wiebke Rinken angefreundet hat, um über sie gefahrlos auf Helgoland ermitteln zu können. Und das über ein ganzes Jahr? Das wiederum halte ich für ziemlich unwahrscheinlich.«

Ole nickte nachdenklich. »Ja, das ist der Haken an der Theorie. Und somit wären wir wieder bei der lieben Verwandtschaft und dem Ex von Wiebke Rinken. Zumindest Oke Jacobs habe ich ja erlebt und die Befragungen seiner beiden Freunde gehört. Was für ein Motiv sollten sie haben oder meinetwegen auch nur Oke Jacobs, der durch seine Freunde gedeckt wird?«

Lena stand auf und ging im Büro auf und ab. »Das weiß ich nicht. Weber allein, und das vielleicht noch im Affekt, das wäre möglich gewesen, aber beide, nein, da passt noch so einiges nicht zusammen.«

»Und der Überfall auf euch?«, fragte Ole Kotten. »Wenn Oke Jacobs dabei war, muss er auch hierfür einen Grund gehabt haben. Wenn er aber nichts mit dem Tod von Wiebke Rinken und Julius Weber zu tun hat, kann ich weit und breit kein Motiv entdecken. Du?«

»Nein. Es sei denn, er hat etwas anderes zu verbergen und Angst gehabt, dass wir zu viel rumwühlen.« Lena blieb stehen. »Gehen wir etwas essen?«

Sie verabschiedeten sich von Udo Selmer, der die Nacht in der Polizeistation verbringen würde, und suchten sich ein Lokal im Unterland.

»Habe ich das richtig verstanden, dass eine Wache bei Johann im Krankenhaus steht?«, fragte Ole Kotten, nachdem sie die Getränke serviert bekommen hatten.

»Ja, Kollege Selmer hat dafür gesorgt. Erinnere mich daran, dass ich ihn noch einmal gebührend lobe für seinen Einsatz. Selbst die Befragungen hat er mit Bravour gemeistert. Alle Achtung!«

Ole prostete ihr zu. Er hatte sich ein Bier bestellt, während Lena Mineralwasser trank. »Es geschehen noch Zeichen und Wunder«, sagte er schmunzelnd. »Lena Lorenzen lobt ihre Kollegen.«

Lena runzelte die Stirn. »Bin ich so schlimm?«

»Habe ich nicht gesagt. Aber hin und wieder könntest du ruhig etwas milder gestimmt sein. Nicht bei Johann und mir. Wir kennen dich.«

Lena grinste schief. »Allerdings kennst du die Lena von vor zwei oder drei Jahren nicht.«

Ole schmunzelte. »Johann hat mir mal nach einem Bier zu viel von eurem ersten Fall erzählt. Sehr straight sollst du gewesen sein, hat er gemeint.«

Lena nickte. Sie erinnerte sich gut daran, wie wenig sie Johann damals zugetraut hatte – sie hatte ihn fast ausschließlich als Zuträger eingesetzt. »Da hat er wohl recht. Teamarbeit war damals nicht so mein Ding.«

»Na ja, mit dem Kopf durch die Wand kannst du ja immer noch sehr gut.«

Lena hob spielerisch-drohend den Zeigefinger. »Jetzt ist aber mal gut, sonst muss ich die Chefin raushängen lassen.«

Ole schreckte ebenso gespielt zurück. »Huch, das will ich natürlich nicht.« Er wurde wieder ernst. »Alles gut bei dir und Erck? Hat er sich von seiner Grippe erholt?«

»So weit geht es ihm wieder gut. Allerdings war das wohl mehr eine richtig schlimme Erkältung.«

»Kenne ich. Aber bei euch ist sonst alles in Ordnung?«

»Im Prinzip ja. Die Fahrerei nervt. So richtig glücklich ist keiner von uns beiden damit.«

»Keine Lösung in Sicht?«

»Du meinst, ich soll mich endlich um eine Stelle in Husum bewerben?«, fragte Lena und schmunzelte. »Wer soll dich dann zu den interessanten Fällen beordern?«

»Da hast du auch wieder recht. Aber im Ernst, wie lange haltet ihr beiden das durch? Ist das nicht die Frage?«

Ein Kellner trat an ihren Tisch und servierte das Essen. Lena bedankte sich und griff nach Messer und Gabel. Sie hatte sich ein Steak bestellt, Ole Kotten ein Nudelgericht mit Fisch.

»Und?«, fragte Ole, nachdem er das Besteck auf seinen fast leeren Teller gelegt hatte.

»Ich habe noch keine Lösung. Das ist verdammt schwer bei unseren beiden Jobs. Außer ich bekomme ein Kind, bleibe ein Jahr zu Hause und Erck übernimmt anschließend.«

Ole hob die Augenbrauen. »Ihr seid schon in der Planung?«

»Nein, das war ein Scherz. Kannst du dir vorstellen, dass ich für längere Zeit Kind, Haus und Hof versorge?« Sie wiegte ein imaginäres Baby in ihren Armen.

»Ja, durchaus.«

»Das wiederum war jetzt ein Scherz von dir, oder?«

Ole schüttelte den Kopf. »Nein, nicht im Geringsten.«

»Jetzt hör auf, Ole. Neun Monate schwanger, mindestens ein Jahr, besser noch zwei oder drei Jahre zu Hause, das macht zusammen fast vier Jahre. Dann bin ich so was von raus aus dem Spiel.«

»Hätten Tobias und ich die Möglichkeit gehabt, ein Kind zu adoptieren, wäre ich gerne zu Hause geblieben. Egal für wie lange.«

Lena seufzte. »Hast du dich mit Erck zusammengetan, um mich von einem Kind zu überzeugen?«

»Natürlich nicht. Ich habe darüber nie mit ihm gesprochen.«

»Themenwechsel.« Sie sah sich im Restaurant um. Es waren keine weiteren Gäste gekommen. »Wie gehen wir morgen vor?«

»Zuerst die Befragung. Sollte sich wirklich was ergeben, muss Jacobs aufs Festland zum Haftprüfungstermin.«

»Ja, so habe ich es auch mit dem Staatsanwalt besprochen.« Lena hielt kurz inne. »Ich habe heute bei der Befragung von Jacobs etwas vergessen beziehungsweise mir war es da noch nicht so klar. Als Johann und ich ihn zum ersten Mal befragt haben, hat er sich beinahe verraten.«

»Worum ging es?«

»Ich bin mir sicher, dass er weiß, dass Weber Polizist war.«

»Wie sicher?«

»Jacobs hätte es beinahe ausgesprochen. Er hat einmal plötzlich abgebrochen, und der Satz ergab nur Sinn, wenn er weiß oder zumindest vermutet, dass Weber Polizist war.«

»Woher könnte er das wissen?«

»Von Weber selbst oder von jemandem, dem Weber es erzählt hat. Beides angesichts seiner Quasi-Flucht nicht sehr plausibel.«

»Selbst wenn wir es aus ihm herauskitzeln – er kann behaupten, dass er es von seiner Ex hat oder sogar von Weber«, sagte Ole Kotten. »Wir können ihm kaum nachweisen, dass er lügt.«

Lenas Handy machte sich bemerkbar. Nach einem Blick aufs Display nahm sie das Gespräch an.

»Luise, noch am Arbeiten?«

Die Gerichtsmedizinerin lachte. »Das war jetzt keine ernst gemeinte Frage, oder? In den letzten Tagen bin ich kaum zum Schlafen gekommen. Ich hätte mir beinahe ein Feldbett bestellt.«

»Klingt nicht nach Erholung.«

»Nein, sicher nicht. Und deshalb konnte ich mich um deinen Fall auch erst jetzt kümmern. Ich hatte dir doch zugesagt, die beiden Leichen noch einmal gründlich zu untersuchen.«

»Und?«

»Im Prinzip bleibe ich bei meiner Bewertung.«

»Aber?« Lena wagte kaum zu hoffen, dass Luise noch etwas gefunden hatte.

»Ich sage dir gleich, es wird vermutlich vor Gericht keinen Bestand haben. Aber vielleicht kannst du etwas damit anfangen. Kurz und gut: Ich habe an der rechten Hand von Frau Rinken geringe Spuren Gamma-Hydroxybuttersäure gefunden.«

»K.-o.-Tropfen?«

»Das wäre die wahrscheinlichste Variante.«

»Und warum nicht gerichtsverwertbar?«

»Normalerweise würde sich die Substanz zersetzen und wäre nicht mehr nachweisbar. Aber mehr noch: Die Gamma-Hydroxybuttersäure oder kurz GHB wird ja nicht konzentriert eingenommen, sondern erheblich verdünnt getrunken. In dem Falle wäre ein Nachweis extrem unwahrscheinlich.«

»Aber …«

»Warte bitte kurz, Lena«, fuhr Luise Stahnke fort. »Ich habe die Substanz unter den Fingernägeln gefunden, wo sie, salopp gesagt, eingeschlossen war und sich dadurch nicht so zersetzen konnte wie direkt auf der Haut.«

»Sagtest du nicht gerade, wenn die Substanz verdünnt wäre, könnte sie nach der langen Zeit kaum oder gar nicht nachgewiesen werden?«

»Richtig! Deshalb vermute ich, dass beim Einträufeln der Substanz etwas danebengelaufen ist und außen am Glas haftete, als das Opfer es in die Hand nahm. So weit klar?«

»Ich glaube schon. Aber warum wird das deiner Meinung nach vor Gericht keinen Bestand haben?«

»Erstens waren die Rückstände extrem gering, zweitens konnte ich sie nur mit einem neuartigen Verfahren aus den Staaten nachweisen, das bei uns in Deutschland noch nicht zugelassen ist. Jeder Verteidiger wird den Nachweis in der Luft zerreißen. Das Verfahren ist einfach noch nicht ausreichend getestet worden, als dass es als Beweismittel zugelassen würde.«

»Ich kann mich gegenüber der Staatsanwaltschaft trotzdem auf dich berufen? Natürlich immer mit dem Hinweis, den du mir gerade gegeben hast.«

»Ja, das kannst du natürlich. Was ich nachweislich gefunden habe, ist eine Hautreizung an der Stelle. In diesem Fall ist das vermutlich durch das GHB verursacht worden. Du bekommst das alles morgen noch schriftlich.«

»Danke, Luise.«

»Nichts zu danken, Lena. Ich hätte es gleich finden müssen. Hoffentlich hilft dir das weiter.«

»Ganz ehrlich, im Moment ist jede Kleinigkeit wichtig. Wir stecken ziemlich fest. Wenn dir also noch etwas einfällt, immer her damit.«

Luise lachte. »Wenn es so einfach ginge …«

»Ich weiß. Wir sehen uns in Kiel!«

Zehn

Gegen sieben Uhr am nächsten Morgen traf sich Lena mit Ole Kotten im Frühstücksraum des Hotels.

»Gut geschlafen?«, fragte Ole, als sie auf den Tisch zutrat.

Mit dem Teller vom Büfett in der Hand setzte sich Lena zu ihm. »Ich habe noch lange über den Fall gegrübelt. Über Luises neuen Fund und den Laptop ohne Festplatte. Die fünftausend Euro nicht zu vergessen.«

»Jetzt wird erst mal gefrühstückt«, sagte Ole und schmierte sich Butter auf eine Brötchenhälfte. »Wir brauchen Kraft für den Tag.«

Lena nickte und trank einen Schluck heißen Kaffee. Gerne hätte sie im Moment die Entspanntheit ihres Freundes gehabt. Ole hatte nur noch wenige Jahre bis zur Pension und ließ sich nicht so leicht aus der Ruhe bringen. Sie frühstückten, unterhielten sich über das Wetter und Helgoland. Ole erzählte, dass er mindestens einmal im Jahr auf die Felseninsel komme, immer drei Tage zusammen mit seinem Mann. Lena lehnte sich zurück und hörte ihm zu, wie er über den Lummenfelsen sprach, von den Hunderten Basstölpeln, die sich in schnellem Flug in die Nordsee stürzten, um nach Heringen und

Makrelen zu fischen, und von den Eissturmvögeln mit ihrem lauten Balzgehabe.

»Dass du ein Vogelliebhaber bist, hätte ich jetzt gar nicht gedacht«, sagte Lena lächelnd.

»Du weißt so einiges nicht von mir«, antwortete Ole. »Und ich nicht von dir. Das Leben ist mehr als unsere Arbeit, Lena.«

»Du meinst, das vergesse ich manchmal?«

Ole zuckte mit den Schultern. »Tust du das?«

»In den letzten zwei, drei Jahren sicher weniger als zuvor.«

»Reicht das?«

Dieses Mal hob Lena die Schultern. »Ist man nicht hinterher immer schlauer? Ich weiß es nicht, ehrlich nicht. Aber im Moment fühlt es sich so an, als könnte es nicht ewig so weitergehen.«

Ole nickte. »Das kenne ich. Lass dir Zeit, Lena. Die habe ich mir manches Mal nicht genommen, und das bereue ich inzwischen.« Er lächelte. »Hinterher ist man …«

Sie verließen gemeinsam das Hotel und nahmen die Treppe ins Unterland. Auf der Plattform zeigte Lena Ole, wo sie und Johann vor dem Angriff jeweils gestanden hatten.

»Du warst viel zu weit weg von ihm, Lena. Mach dir keine Vorwürfe. Schon gar, wo du von hinten angegangen wurdest.«

»Wir hätten vorsichtiger sein können. Das war kein touristischer Ausflug. Und ich hatte die Verantwortung.«

»Lena, genau das habe ich vorhin am Frühstückstisch gemeint. Du musst auch mal loslassen. Du bist eine fantastische Polizistin, aber das Tempo, das du vorlegst, hält niemand auf Dauer aus.«

Lena deutete auf die Treppe nach unten. »Wir müssen weiter.«

»Guten Morgen«, begrüßte Lena Oke Jacobs. »Haben Sie etwas zum Frühstücken bekommen?«

Jacobs warf ihr einen verächtlichen Blick zu. »Das Gesäusel können Sie sich sparen.« Man sah ihm die Nacht in der Arrestzelle an. Seine Haare waren noch strubbeliger als am Vortag, die dunklen Augenringe zeugten von zu wenig Schlaf und seine Mimik zeigte deutlich, wie wütend er war.

»In Ordnung. Kommen wir also gleich zum Thema«, sagte Lena. »Haben Sie Ihren Anwalt erreicht?«

»Es geht auch ohne.«

»Wir möchten uns noch einmal mit Ihnen über den Laptop unterhalten, den wir bei Ihnen im Zimmer gefunden haben.«

»Und?«

»Wann hat Frau Rinken Ihnen den Laptop übergeben?«

»Schon 'ne Weile her.«

»So ungefähr wissen Sie es doch sicher noch. War es vor einem Monat? Oder vor dreien? Oder sogar noch früher?«

»Keine Ahnung. Länger halt.«

»Gut, ›länger‹ würde ich jetzt mal mit einem halben Jahr oder mehr übersetzen. Ist das richtig?«

»Kann sein. Weiß ich nicht mehr.«

»Warum hat Frau Rinken Ihnen den Laptop überlassen?«

»Sie brauchte ihn nicht mehr.«

»Wissen Sie, warum Frau Rinken den Laptop nicht mehr brauchte?«

»Nein, keine Ahnung.«

»Was haben Sie mit dem Laptop gemacht?«

»Nichts. Bin noch nicht dazu gekommen.«

»Das Gerät ist gerade auf dem Weg in die Kriminaltechnik nach Kiel. Ich vermute, dass wir nicht nur außen Ihre Fingerabdrücke finden werden, sondern auch im Gerät. Sind wir da einer Meinung, Herr Jacobs?«

Oke Jacobs erstarrte für mehrere Sekunden. Schließlich schluckte er schwer und sah langsam hoch. »Kann sein. Ich habe das Teil mal repariert.«

»Das finde ich bewundernswert. Ich hätte davon keine Ahnung. Was war denn defekt am Laptop?«

Oke Jacobs ließ sich Zeit. »Akku. Ein Kabel war kaputt.«

»Verstehe. Und anschließend haben Sie das Gerät an Wiebke zurückgegeben?«

Wieder dauerte es eine Weile, bis Jacobs reagierte. Er nickte.

»Fürs Protokoll: Herr Jacobs hat meine Frage durch Nicken bestätigt. Ist das richtig, Herr Jacobs?«

»Ja, verdammt.«

Ole Kotten räusperte sich. »Okay, halten wir einmal fest: Sie haben einen relativ neuen Laptop, der mehr als tausend Euro gekostet hat, von Frau Rinken geschenkt bekommen. Den Grund kennen Sie nicht. Nutzen wollten Sie das Gerät eigentlich auch nicht. Warum lag der Laptop in einem Versteck?«

»Ich hatte keinen Platz«, murmelte Oke Jacobs.

»Und deshalb fixieren Sie den Laptop unter einer Schublade mit Klebeband?« Ole Kottens Stimme war schärfer geworden. Er hatte lauter und akzentuierter gesprochen.

»Der war da nicht. Das behaupten Sie nur!«

Ole Kotten griff nach seinem Smartphone, öffnete ein Foto und zeigte es Oke Jacobs. »Wir erfinden so etwas nicht.«

»Fürs Protokoll«, sagte Lena. »Hauptkommissar Kotten hat Herrn Jacobs ein Foto des Laptops gezeigt, auf dem er unter der Schublade befestigt ist.«

Oke Jacobs starrte weiterhin auf das Smartphone. »Das war ich nicht.«

»Wie genau soll ich mir das vorstellen?«, fragte Ole Kotten mit leicht spöttischem Unterton.

Oke Jacobs schwieg.

»Ein Fremder bricht in das Haus Ihrer Eltern ein und befestigt dann den Laptop genau dort?« Bei den letzten Worten hatte er auf das Display seines Smartphones getippt. »So in etwa?«

Oke Jacobs sprang auf, sein Stuhl kippte nach hinten und fiel krachend auf den Boden. »Verdammt! Ich war das nicht! Sie wollen mir was unterschieben!«

Lena stand jetzt neben Jacobs. »Beruhigen Sie sich! Bitte.« Sie hob den Stuhl auf und stellte ihn hinter Jacobs.

Langsam sank er nieder, auch Lena ging zurück auf die andere Seite des Schreibtischs und setzte sich.

»Die Festplatte des Laptops ist entfernt worden«, sagte sie, nachdem Jacobs sich beruhigt hatte.

Oke Jacobs schwieg.

»Haben Sie die Festplatte ausgebaut?«

Er gab keine Antwort.

Lena gab Ole einen Wink und stand auf. »Wir machen eine Pause. Möchten Sie etwas trinken, Herr Jacobs?«

Jacobs reagierte nicht.

»Herr Jacobs?«, sagte Lena deutlich lauter.

»Tee, bitte«, murmelte er.

»Was sagst du?«, fragte Ole, als sie im Büro von Udo Selmer saßen. Der Inselkollege war nach Hause gefahren, um zu duschen und noch einige Stunden zu schlafen.

»Wenn das mit dem Versteck des Laptops eine Show war, dann hätte Jacobs durchaus schauspielerische Qualitäten.«

Ole nickte. »Ich hätte jetzt lieber etwas anderes gehört, aber du könntest recht haben. Auf der anderen Seite: Wäre es nicht mehr als abenteuerlich, wenn jemand bei ihm eingebrochen wäre?«

»Oder er oder sie war aus einem anderen Grund da.«

»Nee, ich gehe erst mal davon aus, dass Jacobs etwas damit zu tun hat. Er hatte auch gleich eine Erklärung parat, als du von Fingerabdrücken im Gehäuse gesprochen hast. Hier ist was nicht ganz koscher. Jacobs steckt in der ganzen Sache mit drin, auf die eine oder andere Weise.«

»Aber wir haben kaum was in der Hand und können nur darauf hoffen, dass auf Johanns Kleidung seine DNA zu finden ist.«

»Also, wieder mal abwarten und Tee trinken«, sagte Ole Kotten und stand auf. »Versuchen wir noch mal unser Glück?«

Lena ergriff gleich zu Beginn der zweiten Runde das Wort und fragte: »Sie mochten Julius Weber nicht besonders?«

»Was wollen Sie mir jetzt schon wieder anhängen?«, knurrte Oke Jacobs sie an.

»Wir hängen niemandem etwas an, Herr Jacobs. Beantworten Sie einfach meine Fragen und wir sind schnell mit der Sache durch.«

»Nein, ich mochte ihn nicht. Der war ein Schleimer. Ekelhaft.«

»Ich habe da aber ganz andere Dinge über Herrn Weber gehört. Wiebkes Großmutter, Sie kennen sie ja, hat nicht schlecht von ihm gesprochen. Ganz im Gegenteil.«

»Femke hat doch Alzheimer. Sie hat überhaupt nicht gecheckt, was das für ein Typ war. Er hat sich aushalten lassen von Wiebke. Wo gibt's denn so was?«

»Hatte er kein eigenes Geld?«

»Keine Ahnung! Das müssen Sie doch besser wissen.«

»Wir haben bisher noch kein Konto auf seinen Namen finden können.«

Oke Jacobs schaute sie kopfschüttelnd an. »Wollen Sie mich verarschen?«

»Wie meinen Sie das?«, fragte Lena.

Oke Jacobs schwieg.

»Okay, lassen wir die Spielchen. Wie und von wem haben Sie erfahren, dass Julius Weber Polizist war?«

»Habe ich das?«

Lena legte ihr Handy auf den Tisch und drückte auf den Startbutton.

»Und Julius Weber?«, hörte man Lena fragen.

»Woher soll ich das wissen?«, antwortete Oke Jacobs. »Wenn das jemand weiß, dann ja wohl Sie. Er war doch …«

Lena stoppte die Aufzeichnung und sah Jacobs auffordernd an.

»Ich wusste nicht, dass dieses Schwein Polizist war. Das ist doch auch Quatsch. Wieso Polizist? Was wollte er dann so lange hier bei uns auf Helgoland?«

Ole Kotten räusperte sich hörbar. »Wie lange werden Ihre Kumpels Ihr Alibi für vorgestern Abend noch bestätigen? Wenn wir sie richtig in die Mangel nehmen …« Ole Kotten legte den Kopf in den Nacken und schien zu überlegen. »Sagen wir, so zwei bis drei Stunden. Was meinen Sie?«

Jacobs sah zwischen Ole und Lena hin und her. Er atmete schwer und schlug plötzlich mit der Faust auf den Tisch. »Sie machen mir keine Angst. Ich habe nichts getan. Wir haben gepokert und fertig!«

Ole Kotten sah ihn lächelnd an und wartete, bis sich Jacobs beruhigt hatte. »Gestern haben Sie alle noch von Skat gesprochen. Was war es denn jetzt?«

Jacobs erstarrte.

»Und das sind nicht die einzigen Widersprüche in Ihrer Aussage. Wir werden Ihre Eltern befragen, die Nachbarn Ihrer Eltern, wir werden Ihr ganzes Umfeld abgrasen. Ist Ihnen klar, was das bedeutet?«

Jacobs sprang auf und schrie Ole Kotten an: »Ich mach dich fertig, du Wurm.«

»Hinsetzen!«, sagte Ole Kotten und legte Handschellen auf den Tisch. »Und zwar schnell.«

Lena stand neben dem Tisch mit der Hand am Holster. »Tun Sie lieber, was mein Kollege sagt.«

Jacobs schnaubte schwer, fügte sich dann aber und setzte sich hin.

»Wo ist die Festplatte?«, stellte Ole Kotten die nächste Frage.

Jacobs zuckte mit den Schultern. »Keine Ahnung, wovon Sie sprechen.«

»Haben Sie jemals mit einer Waffe geschossen?«

»Wie denn? Wo denn?«

Ole Kotten legte eine durchsichtige Asservatentasche auf den Tisch. »Etwas mehr als fünftausend Euro. Wo kommen die her?«

»Das geht Sie nichts an. Das sind meine Ersparnisse.«

»Gibt es keine Bank auf Helgoland?«

»Sie können mich mal kreuzweise«, fuhr Jacobs Ole Kotten an.

»Sie haben also keine Erklärung für die Herkunft des Geldes?«, fragte Lena.

»Muss ich nicht, oder?«

»Wenn es Sie belastet, müssen Sie natürlich keine Aussage machen.«

Oke Jacobs schwieg.

Lena und Ole Kotten versuchten über eine weitere halbe Stunde, Jacobs zu einer Aussage zu bewegen. Entweder schwieg er oder er antwortete nicht direkt auf die Fragen. Lena zog Jacobs' Ausweis und Reisepass ein und teilte ihm mit, dass er sich jeden

Tag in der Polizeistation melden müsse. Nachdem Jacobs das Protokoll unterschrieben hatte, entließ Lena ihn.

»Wir sollten uns aufteilen«, schlug Ole Kotten vor. »Ich spreche mit den Eltern von Jacobs und den Nachbarn.«

»Okay. Ich habe von Wiebkes Großmutter noch einen Namen bekommen. Ein Schulfreund von Jacobs. Ich rufe ihn gleich an, vielleicht hat er Zeit für mich. Ansonsten wollte ich noch einmal mit Wiebkes Schwester und der Cousine reden.«

Sie verabredeten, am späten Nachmittag im Hotel zusammenzukommen, um dort die weitere Strategie zu besprechen.

Elf

Lena klopfte an die Glastür des Restaurants. Kurz darauf erschien ein Mann in weißer Kochjacke an der Tür und schloss sie auf.

»Herr Peters?«, fragte Lena.

Der Mann nickte und reichte ihr die Hand. »Kurt Peters. Sie sind die Kommissarin?«

Lena zeigte ihm ihren Ausweis. »Lena Lorenzen. Darf ich reinkommen?«

Der Mann trat zur Seite. »Natürlich, entschuldigen Sie.« Er zeigte auf den ersten Tisch im Restaurant. »Möchten Sie was trinken? Einen Kaffee vielleicht?«

»Gerne. Ohne Zucker und mit Milch.«

Er lächelte. »Lassen Sie mich raten, einen Latte macchiato?«

»Das wäre wunderbar.«

Wenige Minuten später kam er mit zwei Latte-Gläsern zurück an den Tisch und setzte sich zu Lena. »Eine Stunde habe ich Zeit. Dann muss ich wieder in die Küche. Wir öffnen um achtzehn Uhr.«

»Das schaffen wir sicher. Aber zunächst einmal vielen Dank, dass Sie so spontan Zeit für mich haben.«

»Wenn ich helfen kann, immer gerne.«

»Frau Rinken, Wiebke Rinkens Großmutter, hat mir Ihren Namen genannt. Sie waren zu Schulzeiten und danach mit Oke Jacobs befreundet?«

»Sehr eng befreundet sogar.« Er grinste. »Manche nannten uns ›die Zwillinge‹.«

»Aber inzwischen hat sich das geändert?«

»Das ist schon eine ganze Weile so. Wir haben uns in dasselbe Mädchen verliebt. Das konnte nicht gut gehen.«

»In Wiebke Rinken?«

Kurt Peters nickte. »So ist es. Der Koch und der Fischer. Und der Fischer hat gewonnen. Sie denken jetzt sicher, dass das doch kein Grund ist, eine so lange Freundschaft aufzukündigen. Da haben Sie im Prinzip recht, allerdings ging es in diesem besonderen Fall nicht anders. Der Fischer hat mit unlauteren Mitteln gekämpft, nett ausgedrückt.«

»Was muss ich mir darunter vorstellen?«

»Oke ist geschickt in solchen Sachen. Nach außen wirkt er etwas behäbig und grobschlächtig, aber tatsächlich ist er ziemlich intelligent. In der Schule hat er nie für etwas lernen müssen. Gescheitert ist er nur an seiner Arroganz. Er hat sich damals schon allen überlegen gefühlt und nicht nur seine Mitschüler von oben herab behandelt. Oke ist komplett frei von Empathie. Das, verbunden mit seinem Hang zur Brutalität, ist ein fatales Gemisch.«

»Sie scheinen ihn sehr gut zu kennen«, sagte Lena. »Sie sprachen von unlauteren Mitteln in Bezug auf Wiebke?«

»Ja, ich weiche dem Thema gerne aus. Das ist ein mehr als unschönes Erlebnis gewesen. Nein, mehr noch, es hat meine ganze Lebensplanung über den Haufen geworfen. Ich war am Boden zerstört. Aber von Anfang an: Als Wiebke und ich zusammengekommen sind, war ich dreiundzwanzig und sie ein Jahr jünger. Das ging über dreieinhalb Jahre, wir sprachen schon von unserer Verlobung, haben über Kinder nachgedacht und was weiß ich nicht alles. Wiebke war für mich mein Leben. Ich hätte alles für sie getan. Sie war die Frau meines Lebens.«

Lena warf einen schnellen Blick auf die Uhr. »Was ist dann passiert?«

»Ich war nicht die ganze Zeit auf Helgoland. Ein Freund meiner Eltern hat mir eine Stelle in Frankreich besorgt. Bei einem Sternekoch. Ich wollte zwei Jahre bleiben. Genau das hat Oke ausgenutzt. Eigentlich kann ich immer noch nicht glauben, dass er es tatsächlich geschafft hat. Als Erstes hat er Gerüchte in die Welt gesetzt, dass ich Wiebke betrügen würde und eine Geliebte in Frankreich hätte. Natürlich sind diese Geschichten auch irgendwann bei Wiebke angekommen. Sie hat sie zum Glück nicht ernst genommen und gleich mit mir darüber gesprochen. Aber wie das so ist, es war nicht mehr herauszufinden, wer sie in die Welt gesetzt hatte. Wiebke und ich haben uns geärgert, aber es letztlich abgehakt. Bis dann diese Frau auftauchte.« Kurt Peters schloss die Augen und schien in Gedanken zu versinken.

»Was für eine Frau?«, fragte Lena, als Peters weiter schwieg.

»Eine schwangere Frau. Ich habe sie nie gesehen. Angeblich sprach sie mit französischem Akzent. Sie tauchte bei Wiebke auf und behauptete, dass ich der Vater ihres Kindes wäre.«

»Starker Tobak«, entfuhr es Lena. »Entschuldigung, ich hatte nicht mit so etwas gerechnet. Wie hat Wiebke darauf reagiert?«

»Zunächst gar nicht. Ich war ja in Frankreich und wusste von nichts. Natürlich hatte ich nicht das Geringste mit dieser Frau zu tun. Ich habe erst einen oder zwei Tage später davon erfahren, als meine Mutter mich anrief. Sie hatte von der schwangeren Frau gehört, über fünf Ecken, wie man das kennt hier auf Helgoland. Ich habe zunächst darüber gelacht und gedacht, es wäre ein neues Gerücht, das Oke in die Welt gesetzt hat. Als ich dann aber Wiebke telefonisch nicht erreicht habe und sie auch nicht auf meine Mails geantwortet hat, wurde mir doch mulmig.«

»Sie sind zurück nach Deutschland?«, fragte Lena.

»Ja, direkt an dem Wochenende. Wiebke hatte mir da schon eine lange Mail geschrieben und unsere Beziehung beendet. Sie wollte nicht mehr mit mir sprechen und ich war vollkommen am Boden zerstört. Eine hochschwangere Frau, was für ein Irrsinn. Als ich wieder halbwegs denken konnte, war mir klar, wer das alles inszeniert hatte. Oke.«

»Hat er es Ihnen gegenüber zugegeben?«

»Nein, natürlich nicht. Aber ich habe mich umgehört und herausgefunden, dass Oke mit der Frau gesehen wurde. Das ist natürlich kein Beweis, und was hätte ich schon machen können? Wiebke hat mir nicht mehr vertraut. Sie hat sich geweigert, mit mir zu sprechen. Und schließlich musste ich zurück nach Frankreich. Als die Zeit dort vorbei war und ich wieder zurück nach Helgoland kam, hatte Oke bereits seinen Trumpf als Tröster ausgespielt und sich langsam, aber sicher an Wiebke rangemacht. Kurzum: Sie waren ein Paar. Mir blieb nichts anderes übrig, als mich geschlagen zu geben.«

Lena wunderte sich über die letzte Bemerkung. Sich geschlagen geben klang nicht nach großer Liebe, sondern eher nach Wettbewerb.

»Sie sind seitdem keine neue Beziehung mehr eingegangen?«

»Nein, keine, die auch nur annähernd so intensiv war wie die mit Wiebke. Das waren alles nur kurze Affären. Ich war zwischendurch auch wieder drei Jahre im Ausland und bin erst zurückgekommen, als Wiebke sich schon von Oke getrennt hatte. Das war kurz danach.«

»Hat sich anschließend Ihr Verhältnis zu Wiebke wieder gebessert?«, fragte Lena.

»Nicht wirklich. Wir haben uns einmal länger unterhalten. Also über das, was damals passiert ist. Ich habe aber schnell gemerkt, dass sie mir immer noch nicht glaubt.« Kurt Peters zuckte mit den Schultern. »Da war nichts mehr zu machen.«

»Sie wären ihr aber gerne wieder nähergekommen?«

»Ich bin Realist und kein Träumer. Es hat nicht sein sollen. Fertig. Das ist jetzt so viele Jahre her. Ich konzentriere mich auf meinen Beruf und genieße mein Leben. Was will ich mehr?« Er schaute auf die Uhr. Es war inzwischen eine halbe Stunde vergangen.

»Sie haben Wiebke auch zusammen mit ihrem neuen Freund gesehen?«

»Ein paarmal. Ich habe ihm sogar die Hand gegeben. Etwas alt für sie, dachte ich, aber sonst kam er ganz nett rüber.«

»Hat sich Ihr Verhältnis zu Oke Jacobs wieder verbessert, nachdem Wiebke ihn verlassen hatte?«, fragte Lena.

»Das kann man nicht behaupten«, antwortete Kurt Peters. »Ich habe mit ihm nie wieder ein Wort gewechselt. Gut, wenn wir uns begegnen, grüßen wir uns wieder. Aber auch nur mit einem Kopfnicken oder so. Das ist so auf solch einer kleinen Insel. Man arrangiert sich. Irgendwie.«

»Als Fischer hat er es sicher schwer.«

»Da haben Sie wahrscheinlich recht. Hin und wieder verkauft er unserem Restaurant Hummer.« Er hob die Hände. »Aber ich habe nichts mit ihm zu tun. Das habe ich an jemanden aus meinem Team abgegeben.«

»Wie kommt Jacobs finanziell über die Runden? Die meisten Fischer haben doch entweder aufgegeben oder bringen inzwischen die Touristen von den Schiffen ans Land.«

»Das ist doch typisch Oke Jacobs. Er weiß immer alles besser und will mit dem Kopf durch die Wand. Fragen Sie ihn selbst, wie er mit den wenigen Einnahmen zurechtkommt.«

»Sie sagten mir vorhin, dass Sie beide sich in jungen Jahren in Wiebke verliebt hatten.«

»Ja, das ist wohl so. Ich bin allerdings davon ausgegangen, dass Oke ein fairer Verlierer ist und es mir als Freund gönnt, dass Wiebke mich gewählt hat.«

»Dass Sie sozusagen gewonnen haben?«

Kurt Peters lächelte. »Hat sich das gerade so angehört? Das wollte ich nicht. Kann man in der Liebe von Gewinnen sprechen? Aber gut, was genau wollten Sie eigentlich wissen?«

Lena schien es, als habe sie Peters mit ihrer Frage durcheinandergebracht. War es für ihn doch eine Art Wettkampf zwischen zwei Freunden gewesen?

»Ich wollte von Ihnen hören, wie sehr Jacobs damals und auch später in Wiebke verliebt gewesen ist.«

»Kann jemand lieben, der so emotionslos ist?«

»Das kann ich Ihnen nicht sagen. Was meinen Sie?«

Kurt Peters machte eine abfällige Handbewegung. »Ich bin kein Psychologe, aber so als normaler Mensch gesprochen: Es ging Oke nur darum, mir zu schaden. Das war ein Spiel für ihn. Und die Beziehung zu Wiebke genauso. Er wollte sie besitzen, mit ihr angeben, und er hatte es auf ihr Haus abgesehen. Ihm war Wiebke vollkommen egal.«

Erneut sah Kurt Peters auf die Uhr, dieses Mal schien es Lena, als wollte er damit sagen, dass die Zeit abgelaufen war.

»Eine letzte Frage, Herr Peters. Wie groß wird Ihrer Meinung nach der, ich nenne es jetzt mal, Frust über das Ende der Beziehung zwischen Wiebke und Oke Jacobs bei ihm gewesen sein?«

»Sehr groß! Oke kann nicht verlieren. Und wie gesagt, es ist ein Spiel für ihn. Schauen Sie doch mal, was er alles in die Wege geleitet hat, um Wiebke und mich auseinanderzubringen. Ich würde ihm alles zutrauen, wirklich alles.«

Zwölf

Lena saß im Wohnzimmer der Familie Hinrichs. Wiebkes Schwester Frauke hatte sie nach langem Zögern hereingebeten und ihr Tee angeboten, den Lena dankend annahm.

»Ihr Mann ist nicht im Haus?«

»Nein, er arbeitet. Warum fragen Sie das?«

»Aus keinem besonderen Grund.« Lena lächelte. »Unser letztes Gespräch stand ja unter keinem so guten Stern. Vielleicht kann ich Ihnen heute noch ein paar Fragen stellen?«

»Worum geht es?«, fragte Frauke Hinrichs, die ein wenig vor Lena zurückgewichen war.

»Wie beim letzten Mal um Ihre Schwester Wiebke und Julius Weber.« Ohne auf die Reaktion ihrer Gesprächspartnerin zu warten, fuhr Lena fort: »Weber war vierzehn Jahre älter als Ihre Schwester. Haben Sie einmal mit ihr darüber gesprochen?«

»Nicht nur einmal. Er hätte zwar nicht ihr Vater sein können, aber viel hat da auch nicht mehr gefehlt. Ich habe keine Ahnung, warum sie plötzlich auf so einen alten Typ stand.«

»Sie haben mir ja erzählt, dass Webers Familie ursprünglich auf Helgoland gelebt hat und die beiden sich über ein Internetportal kennengelernt haben. Wissen Sie, wann das war?«

»Das hat mir Wiebke nie erzählt.«

»Aber Sie haben eine Vermutung?«, fragte Lena, als sie bemerkte, dass Frauke Hinrichs zögerte weiterzusprechen.

»Schon, aber das ist wirklich eine reine Vermutung. Das war vor eineinhalb Jahren. Da hat sie sich plötzlich verändert. Ja, sie hat sich mehr zurückgezogen von der Familie, hat mir kaum noch was erzählt und solche Sachen.«

»Danke, das hilft mir weiter.« Sollte Frauke Hinrichs' Vermutung stimmen, würde sich das mit den Aussagen von Femke Rinken decken und bedeuten, dass Julius Weber noch während seiner Zeit beim LKA Kontakt zu Wiebke Rinken aufgenommen hatte. Entweder hatte er schon da seine Flucht geplant oder die beiden Ereignisse hingen nicht direkt zusammen.

»Warum hat Wiebke die Beziehung zu Oke Jacobs beendet?«

Frauke Hinrichs schaute verlegen auf ihre Finger und schwieg eine Weile. Schließlich sah sie auf. »Weiß man das als Schwester immer so genau? Mit Weber hatte das sicher nichts zu tun. Die Männer hier auf der Insel, ich meine die, die hier ihre Wurzeln haben, sind vielleicht nicht so feinfühlig wie die auf dem Festland. Das ist hier ein anderes Leben. Das trifft vor allem auf Oke zu. Er ist Fischer und arbeitet hart. Wie fast alle Männer hier.«

»Vor Jacobs war Wiebke länger mit Kurt Peters zusammen. Auch die Beziehung ist gescheitert.«

Fraukes Miene verfinsterte sich. »Da hat er selbst dran Schuld. Hätte nicht so lange wegbleiben sollen – und die Finger von den Frauen lassen. Wissen Sie, was damals passiert ist?«

»Ja, ich habe davon gehört.«

»Kommt hier diese Französin mit so einem …« Sie fuhr sich mit der Hand über einen imaginären Schwangerschaftsbauch. »… Bauch an und knallt Wiebke den Namen des Vaters um die Ohren. Wer hat denn so was schon gehört? Ein Albtraum war das für Wiebke, ach, für die ganze Familie. Damals haben unsere Eltern ja noch gelebt.«

»Sie haben diese schwangere Frau auch gesehen?«

Frauke Hinrichs nickte heftig. »Na klar, ich habe ihr sogar die Tür aufgemacht, weil Wiebke in der Küche beschäftigt war.«

»Dann haben Sie das ja alles hautnah mitbekommen.«

»Das will ich meinen. Wiebke ist zusammengebrochen, das können Sie sich wohl vorstellen.«

»Durchaus. Die Frau war Französin?«

»Weiß ich nicht. Sie sprach Deutsch, aber mit einem französischen Akzent. So dieses Typische, was man aus den Filmen kennt.«

»Erinnern Sie sich an ihren Namen?«

»Nein. Das ist ewig her und ich weiß nicht mal, ob diese Frau ihn genannt hat. Wieso fragen Sie das alles? Das ist vor fast zehn Jahren passiert und hat doch nichts mit Wiebkes Tod zu tun.« Sie hielt inne. »Oder vielleicht doch? Wäre das damals nicht passiert, wären die beiden noch zusammen und dieser schreckliche Mensch hätte sich nicht in Wiebkes Leben drängen können. Aber was soll das? Hätte, könnte – heute ist alles zu spät.«

»Sie und Ihre Schwester haben dieser Frau damals gleich geglaubt?«

Frauke Hinrichs ließ sich Zeit mit der Antwort. »Sie hatte ziemlich gute Argumente. Sie war hochschwanger, siebter Monat, würde ich sagen, und wusste alles über Kurt Peters. Warum hätten wir ihr nicht glauben sollen?«

»Sie haben nicht gezweifelt?«, fragte Lena ein weiteres Mal nach.

Frauke Hinrichs zuckte mit den Schultern. »Ich vielleicht, aber Wiebke war viel zu geschockt, um über so etwas nachzudenken.«

»Warum haben Sie gezweifelt?«

»Mir ist das auch erst später aufgefallen. Die Frau hatte rote Haare, also nicht gefärbt oder so, und Kurt hat mir mal erzählt, dass er Rothaarige nicht mag. Aber nicht nur das. Sie kam billig rüber, wenn Sie verstehen, was ich meine. Ich habe mich damals gewundert, dass Kurt etwas mit dieser Frau zu tun haben sollte.« Frauke Hinrichs hob die Hände. »Aber wo die Liebe hinfällt …«

Unter anderen Umständen hätte Lena gefragt, warum Frauke Hinrichs ihren Eindruck nicht an ihre Schwester weitergegeben hatte, aber sie fürchtete, dass diese Frage zum Abbruch der Befragung führen würde.

»Sie sagten vorhin, Oke Jacobs wäre nicht so der sensible Typ. Sie haben es feinfühlig genannt. Ist er gewalttätig gegenüber Wiebke geworden?«

Frauke Hinrichs warf einen Blick zu dem Aufnahmegerät, das Lena zu Beginn der Befragung auf den Tisch gelegt hatte. Lena griff danach und stoppte die Aufnahme. Das grüne Licht erlosch.

»Ich weiß natürlich, dass die Polizei Oke verhaftet hat, und auch, dass er wieder frei ist«, begann Frauke Hinrichs. »Das Haus seiner Eltern wurde durchsucht. Das wissen inzwischen alle auf der Insel. Ich weiß nicht, worum es geht, aber mein Mann hat mit alledem nichts zu tun.«

»Ich verstehe Ihre Sorge, Frau Hinrichs. Ihr Mann ist bisher nur als Zeuge vernommen worden. Er hat ausgesagt, dass er mit Herrn Jacobs vorgestern Abend zusammen war.«

Frauke Hinrichs nickte. »Sie haben Skat gespielt. Das machen die drei immer mal wieder.«

»Wo waren Sie?«

»Ich war da nicht mit, wenn Sie das meinen. Ich war mit Nele und noch zwei Freundinnen im Knieper. Das machen wir einmal im Monat.«

Lena bat Frauke Hinrichs um die Namen und Adressen dieser Frauen. Nachdem sie sich die Informationen notiert hatte, fragte sie: »Wann waren Sie an dem Abend wieder zu Hause?«

»So um halb eins, glaube ich. Mein Mann war schon wieder da, wenn Sie danach fragen wollten.«

Lena notierte sich die Angabe in ihrem Notizbuch. »Wir sprachen über Oke und sein Verhältnis zu Frauen.« Dieses Mal sah Lena zum Aufnahmegerät.

»Stimmt, da bin ich ganz von abgekommen. Oke ist nicht so feinfühlig, das hatte ich ja schon gesagt. Das war er noch nie. Nicht als Jugendlicher und auch später nicht. Aber er hat Wiebke bestimmt nie etwas getan. Sie haben gestritten, das weiß ich, aber das passiert ja auch jedem mal. Er ist bestimmt laut geworden, das glaube ich schon, und das hat Wiebke mir auch erzählt. Sie mochte das überhaupt nicht und ich glaube auch, das war einer der Gründe, weshalb sie Schluss gemacht hat. Wiebke war sehr sensibel, müssen Sie wissen.«

»Sie haben nicht mehr so viel mit Oke Jacobs zu tun?«, fragte Lena weiter.

»Ich mag ihn nicht so. Aber sagen Sie das nicht meinem Mann. Er ist schon noch mit Oke befreundet. Und Habbo erst recht. Die drei haben immer was zusammen gemacht. Diese Männersachen wie Skat oder auch mal zum Fischen rausfahren.«

Lena war inzwischen klar, warum Frauke Hinrichs, anders als bei der ersten Befragung, ausgesprochen kooperativ war. Sie schien Angst zu haben, dass ihr Mann mit in etwas hineingezogen werden würde, mit dem er nichts zu tun hatte. Sie musste von dem nächtlichen Überfall gehört haben und ahnte wohl, dass ihr Mann Oke Jacobs ein Alibi verschafft hatte. Vermutlich trafen sich die Männer nie oder nur selten spontan zu einer Skatrunde. Wenn Frauke Hinrichs nichts von einem geplanten Treffen gewusst und davon erst am nächsten Tag erfahren hatte, war sie sicher misstrauisch geworden.

Lena schaltete das Aufnahmegerät wieder an. »Haben Sie seit unserem letzten Gespräch noch einmal darüber nachgedacht, ob sich Wiebkes Verhalten in den Wochen vor ihrem Tod verändert hat?«

Frauke Hinrichs ließ sich Zeit mit der Antwort. Sie schien froh zu sein, dass Lena das Thema gewechselt hatte. Sie atmete tief durch und schloss für ein paar Sekunden die Augen, als konzentrierte sie sich. Schließlich sah sie auf. »Wir haben in den letzten Wochen vor ihrem Tod mehrfach gesprochen. Das ist ja das Verrückte. Ich dachte, unser Verhältnis würde sich wieder bessern und irgendwie würde alles wieder ins Lot kommen. Aber dann das …«

»Sie haben sich also wieder angenähert?«

»Ja, so könnte man das sagen. Sie war sogar mal zum Kaffeetrinken bei mir. Kuchen hatte sie mitgebracht und gute Laune. Beantwortet das Ihre Frage?«

»Ja, mich interessieren alle Veränderungen. Natürlich auch die zum Positiven. Worüber haben Sie sich unterhalten?«

»Ein wenig über unsere Eltern. Das Thema kam schon immer schnell auf. Dann hat sie mir von Oma erzählt. Sie hatte immer schon ein besseres Verhältnis zu ihr als ich. Natürlich ist sie auch meine Oma, aber Wiebke war ihre Lieblingsenkelin. Immer schon.«

»Haben Sie auch über Julius Weber gesprochen?«

»Am Rande, ja. Sie müssen wissen, dass mein Mann und ich schon eine Weile versuchen, ein Kind zu bekommen. Sie hat mich gefragt, ob ich schwanger bin.« Frauke Hinrichs lächelte. »Wahrscheinlich hatte ich wieder etwas zugelegt.« Sie zuckte mit den Schultern, als sei ihr ihre Figur nicht so wichtig. »Auf jeden Fall kam dann irgendwie das Gespräch auf die Zukunft. Sie hat davon gesprochen, dass sie und dieser Weber heiraten wollten und dass sie sich ein Kind wünschten.«

»Wie lange vor Wiebkes Tod fand Ihr Gespräch statt?«

»Zwei Wochen, vielleicht auch drei. Ich hatte Wiebke schon lange nicht mehr so lebensfroh erlebt. Selbst in den Jahren vorher nicht.« Sie schluckte schwer. »Und dann kommt dieser … Typ daher und erschießt meine Schwester.« Frauke Hinrichs lief eine Träne über die Wange. Lena reichte ihr ein Taschentuch. »Danke. Das alles macht mich so wütend.«

»Das verstehe ich«, sagte Lena. »Glauben Sie mir, umso wichtiger ist es, dass der Mord an Ihrer Schwester restlos aufgeklärt wird.«

Frauke Hinrichs nickte. »Das will ich ja auch. Es ist doch komisch, dass Wiebke so glücklich war und dann das passiert.« Ihr Blick fiel auf die Uhr. Sie erschrak sichtlich. »Haben Sie noch Fragen? Mein Mann kommt bald nach Hause und …« Frauke Hinrichs senkte den Blick.

Lena griff nach ihrem Aufnahmegerät, stellte es ab und stand auf. »Vielen Dank für Ihre Zeit. Sie haben mir sehr geholfen.«

Frauke Hinrichs begleitete Lena bis zur Tür, reichte ihr die Hand zum Abschied und wünschte ihr Glück.

Lena ging die Treppe hinunter zum Unterland. Sie hatte sich vorerst gegen eine weitere Befragung von Nele Clausen entschieden. Frauke Hinrichs hatte ausgesagt, dass sie mit ihr und zwei weiteren Freundinnen den Abend verbracht hatte. Sie würde Udo Selmer die Namen und Adressen der beiden Frauen weitergeben, damit er sie befragen konnte, aber Lena hatte keinen Zweifel, dass die Angaben bestätigt werden würden.

Im Unterland angekommen ging sie durch die Haupteinkaufsstraße der Insel und gönnte sich ein Fischbrötchen an einem Imbissstand. Sie schlenderte die Straße entlang, bis sie freie Sicht auf die Landungsbrücke hatte. Sie lief bis zum äußersten Ende des Kais und setzte sich auf eine lange Holzbank. Die

Sonne schien und der Wind hatte nachgelassen. In der Ferne sah sie die Düne, weiter links lag die offene Nordsee.

Ole Kotten hatte sich noch nicht gemeldet. Sie schrieb ihm eine Nachricht und fragte, wie lange er voraussichtlich noch brauchen würde. Er antwortete direkt und schlug vor, dass sie sich in einer Stunde im Hotel treffen sollten.

Lena ging in Gedanken die letzten Tage durch. Drehten sie sich im Kreis? Es gab zwar Hinweise, dass nicht Julius Weber, sondern ein Dritter zuerst Wiebke Rinken und später Weber erschossen hatte, aber sie waren nicht stichhaltig genug, um sie dem Staatsanwalt zu präsentieren. Sie hatten nicht einmal einen Beschluss für weitere Hausdurchsuchungen erhalten, weil der Verdacht, dass die beiden Freunde Jacobs ein falsches Alibi gaben, nicht ausreichte.

Oke Jacobs steckte zwar tiefer im Geschehen, als er zugab, aber Lena konnte sich nicht vorstellen, dass er aus Eifersucht zwei Menschen erschossen hatte und darüber hinaus auch noch so geschickt vorgegangen war, dass er bisher alle Ermittler hatte täuschen können. Luises nachträglicher Fund war ein Beleg dafür, dass – sollten Wiebke und Weber vor dem Mord ruhiggestellt worden sein – Profis am Werk gewesen waren. Gleichzeitig gab es keine Einbruchspuren. Weber oder Wiebke Rinken mussten den oder die Täter ins Haus gelassen haben. Mehr noch, der Täter musste eine Gelegenheit gehabt haben, den Getränken der beiden K.-o.-Tropfen beizufügen.

Lena schüttelte gedankenversunken den Kopf. Diese Konstellation war kaum vorstellbar. Wiebke Rinken und Julius Weber hatten abgeschottet auf einer Insel weit draußen in der Nordsee gelebt. Wenn der Mord mit Webers früherer LKA-Tätigkeit zusammenhing, musste jemand auf ihn aufmerksam geworden sein, dem er hätte gefährlich werden können. Wäre Weber noch im aktiven Außendienst gewesen und auf dem

Festland umgekommen, hätte nichts nähergelegen, als die Täter im Umfeld seiner Recherchen zu suchen. Aber so?

Allerdings: Warum waren Johann und sie angegriffen worden? Ein Zusammenhang mit den Ermittlungen auf Helgoland war mehr als plausibel. Aus ihrer Sicht war Oke Jacobs nach wie vor der Hauptverdächtige. Aber was war sein Motiv? Und wer war der zweite Mann gewesen?

Lena seufzte leise. Ihre Schlussfolgerungen drehten sich tatsächlich im Kreis. Ohne konkrete Anhaltspunkte würden sie Jacobs nichts nachweisen können. Der Laptop ohne Festplatte kam ihr in den Sinn. Das Gerät war inzwischen in Kiel und wurde von der Kriminaltechnik untersucht. Kurz entschlossen zog Lena ihr Handy aus der Tasche und rief Leon an.

»Du? Lange her!«, begrüßte Leon Lena. Sie hatte ihn einige Jahre zuvor vor einer Gefängnisstrafe bewahrt. Seitdem half ihr der begnadete Hacker hin und wieder.

»Moin, Leon. Geht es dir gut?«

Leon antwortete nicht.

»Ich brauche deine Hilfe.«

Leon schwieg weiter.

»Wir haben einen Laptop, dessen Festplatte entfernt wurde. Die Platte haben wir nicht gefunden. Meine Frage: Können trotzdem noch Daten auf dem Rechner sein?«

»Nein.«

»Absolut nichts zu machen?«

»Nein.«

»Ich muss unbedingt an die Daten kommen, Leon.«

»Dann finde die Festplatte. Außer sie wurden noch woanders gespeichert.«

»Stimmt! Eine Cloud!«

»Dann hast du ja, was du brauchst.«

»Leon, verdammt, bist du heute Morgen mit dem falschen Fuß aufgestanden?«

»Heute Morgen war vor einer halben Stunde. Was willst du wirklich? Ich hab noch nichts gegessen.«

»Wie komme ich an die Cloud, falls es sie gibt?«

»Hast du die Daten des Providers?«

»Kann ich besorgen.«

»Schick sie mir. Wenn eine Cloud im Spiel ist, finde ich das.«

»Und dann?«

»Brauchst du das Passwort und den Benutzernamen.«

»Kannst du die nicht herausbekommen?«

»Hängt von der Cloud ab. Es gibt verschiedene Sicherheitssysteme. Normalerweise sind die Daten verschlüsselt. Ohne Passwort kann selbst der Provider nichts machen.«

»Und mit dem Passwort kannst …«

»Dafür brauchst du mich nicht. Einfach einloggen und fertig. Solange keine Zwei-Faktor-Authentisierung nötig ist.«

»Bedeutet?«

»Das ist überall anders. In aller Regel bekommst du eine SMS auf das ursprünglich angegebene Handy. Hast du das Handy?«

»Könnte ich besorgen.«

»Schick mir die Daten des Providers.«

Bevor Lena etwas sagen konnte, hatte Leon aufgelegt.

Dreizehn

Lena telefonierte mit der Kriminaltechnik in Flensburg. Der Kollege, mit dem Lena bereits mehrfach zusammengearbeitet hatte, kontrollierte die Liste der beschlagnahmten Gegenstände und bestätigte, dass sich das Handy von Wiebke Rinken bei ihnen befand. Lena bat darum, es nach Kiel ans LKA zu schicken, und ließ sich anschließend zu Rüdiger Lose durchstellen, dem Hauptkommissar, der die Ermittlungen zum Fall Rinken/Weber geleitet hatte.

»Ihren Anruf habe ich schon seit Tagen erwartet«, sagte er nach einer frostigen Begrüßung.

»Tut mir leid, Kollege. Wir wollten uns zunächst ein Bild vor Ort auf Helgoland machen.«

»Hab schon gehört, was passiert ist. Haben Sie die Angreifer erwischt?«

»Leider nein. Ich habe eine Frage zu den Provider-Daten von Frau Rinken. Sind die abgefragt worden?«

»Selbstverständlich!«, antwortete er und hörte sich jetzt noch verschnupfter an als zu Beginn des Gesprächs.

»Ich habe sie in der Akte nicht gefunden«, sagte Lena.

»Sie sind erst vor zwei Tagen hier eingetrudelt. Sie wissen doch selbst, wie lange das manchmal dauert. Ich habe die Listen übrigens durchgesehen. Da gibt es nichts, was den Fall tangieren würde. Genau wie die Telefonliste. Die haben Sie ja sicher gefunden.«

»Danke, Kollege Lose. Könnten Sie mir die Provider-Daten zuschicken?«

»Wenn es sein muss«, murmelte er.

Lena nannte ihm ihre E-Mail-Adresse und wollte sich gerade verabschieden, als Lose sich deutlich hörbar räusperte. »Haben Sie denn was gefunden, Kollegin? Ich muss ehrlich sagen, ich verstehe nicht ganz, warum sich das LKA hier einmischt.«

Lena schmunzelte. Rüdiger Lose hatte für diese Frage zu einem freundlicheren Ton umgeschaltet. »Es ist noch zu früh, um etwas sagen zu können. Der Angriff auf uns könnte durchaus ein Zeichen sein, dass wir in ein Wespennest gestochen haben. Ich kann Ihnen aber noch nichts Konkretes sagen.«

»Es gab keinerlei Anhaltspunkte, dass jemand Weiteres beteiligt war. Eine so eindeutige Spurenlage hat man selten.«

»Das sehe ich ganz ähnlich«, sagte Lena in der Hoffnung, das Gespräch schnell beenden zu können.

»Aber?«, fragte Rüdiger Lose.

»Sie wissen doch, wie das ist. Weber hat lange als verdeckter Ermittler gearbeitet. Eine Etage über uns wollen sie die absolute Sicherheit, dass ihnen die ganze Sache nicht auf die Füße fällt.«

»Wir sind doch sowieso immer die Dummen am Schluss. Verstehe nicht, was der ganze Aufwand soll.«

»Ja, wer weiß das schon«, sagte Lena. Sie stand auf und ging ein paar Schritte, während sie weitersprach. »Aber wo ich Sie gerade am Telefon habe: Ich bin auf der Suche nach Aufzeichnungen des Opfers. In der Liste der sichergestellten Gegenstände aus Wiebke Rinkens Haus habe ich nichts gefunden.«

»An was genau hatten Sie da gedacht?« Rüdiger Loses Stimme klang wieder, als erwarte er jeden Augenblick einen Tiefschlag von Lena.

»Ein Tagebuch, einen Notizblock oder vielleicht auch nur ein Adressbuch. Haben Sie etwas Ähnliches im Haus gefunden?«

»Kein Tagebuch. Danach haben wir natürlich gesucht. An ein Notizheft kann ich mich nicht erinnern. Aber ich meine, es lag ein Adressbuch neben dem Telefon. Und bevor Sie fragen, es gab nur ein paar Eintragungen. Nichts von Bedeutung.«

»Sie haben das Haus wieder freigegeben?«

»Ja, natürlich. Der Schlüssel ist bei der Schwester. Warum?«

»Nur eine Frage«, sagte Lena beschwichtigend. »Sie haben mir sehr geholfen, Kollege Lose. Wenn ich noch weitere Fragen habe, melde ich mich bei Ihnen.«

Sie verabschiedete sich von Rüdiger Lose und ging langsam zurück in den Ort.

Lena öffnete die Tür ihres Hotelzimmers. »Komm rein«, sagte sie zu Ole Kotten. »Ich habe uns einen Kaffee bestellt.«

Ole nickte und lächelte. »Kann ich gut gebrauchen.«

»Wie war es bei dir?«, fragte Lena.

Ole setzte sich auf den angebotenen Sessel. »Die Eltern waren sehr einsilbig. Sie haben tatsächlich geschlafen und nichts gehört. Entweder waren die drei sehr leise oder sie waren an dem Abend überhaupt nicht dort.«

»Und sonst? Wie ist dein Eindruck?«

»Sie hätten es wohl mehr als gerne gesehen, wenn ihr Sohn Wiebke Rinken geheiratet hätte. Der Vater war ausgesprochen abweisend, die Mutter schon zugänglicher. Als ihr Mann kurz zur Toilette war, hat sie mir erzählt, dass sie sich Sorgen um ihren Sohn macht. Bevor ich herausbekommen habe, was sie genau meint, stand ihr Mann wieder in der Tür. Wenn ich das richtig verstanden habe, kann Herr Jacobs nicht mehr raus zum Fischen. Ich tippe auf Diabetes und Bluthochdruck. Er scheint sehr mit seiner Situation zu hadern. Mit siebenundsechzig nicht mehr raus aufs Meer zu kommen, wo er sein Leben lang Tag aus, Tag ein gearbeitet hat, stelle ich mir ziemlich schwer vor.«

Ole Kotten würde in drei Jahren in Pension gehen. Er hatte gegenüber Lena mehr als nur einmal erwähnt, dass er sich wegen der Zeit nach der Polizeiarbeit Sorgen machte.

»Und die Nachbarn?«, fragte Lena.

»Nur Andeutungen, nichts Handfestes. Es gab wohl öfter mal Streit zwischen Sohn und Vater, der nicht zu überhören war. An dem besagten Abend hat niemand Jacobs' Freunde gesehen.« Ole Kotten hob entschuldigend die Hände. »Alles in allem war die Befragung Zeitverschwendung.«

»Ole, warum so negativ? Das ist der Job, viel Lauferei bei der Suche nach der Nadel im Heuhaufen.«

»Wenn es denn eine gibt …«

»Wenn nicht, müssen wir auch das nachweisen.« Lena berichtete Ole von ihren Befragungen und dem Gespräch mit Rüdiger Lose.

»Brauchen wir einen neuen Beschluss, um noch einmal ins Haus zu kommen?«, fragte Ole Kotten.

»Habe ich schon beantragt. Udo Selmer weiß Bescheid, dass er ein Fax bekommt. Morgen nach dem Frühstück können wir ins Haus. Selmer holt den Schlüssel, sobald der Beschluss da ist.«

»Okay, und dann?«, fragte Ole.

»Es gibt noch eine Arbeitskollegin von Wiebke Rinken, die ich befragen wollte. Sie haben zusammen in der Kurverwaltung gearbeitet. Sie war im Urlaub und ist erst heute mit der Fähre vom Festland gekommen.«

Ole nickte, schwieg aber.

»Ja, ich weiß«, sagte Lena und gab sich Mühe, nicht gereizt zu wirken. »Wir kommen hier im Moment nicht weiter. Aber solch einen Punkt erreicht man doch bei jedem Fall mindestens einmal.«

Ole nickte nachdenklich. »Okay, ich gehe jetzt auf mein Zimmer und schreibe die Protokolle zu den Befragungen. Wann treffen wir uns zum Essen?«

»Was beschäftigt dich so?«, fragte Lena, als sie zwei Stunden später in einem kleinen Restaurant saßen.

»Mich nervt es, wenn kein Ansatz weit und breit zu finden ist. Und noch mehr hasse ich es, wenn mich jemand an der Nase herumführt. Genau das Gefühl habe ich im Moment.«

Eine junge Frau brachte ihnen eine Flasche Mineralwasser und zwei Gläser an den Tisch. Lena schenkte ein.

»Wenn wir davon ausgehen, dass Wiebke Rinken und Julius Weber kaltblütig ermordet wurden«, fuhr Ole fort, »müssen wir nach einem absoluten Profi suchen. Oder gar nach einem Zweierteam. Wer hat das Geld, die Macht und ist so skrupellos, solche Leute zu engagieren? Wenn ich da eins und eins zusammenzähle, komme ich nicht auf Oke Jacobs.« Ole sah Lena direkt an. »Aber was machen wir dann noch hier?«

Lena wählte ihre Worte mit Bedacht. »Ich würde dir gerne darauf eine Antwort präsentieren. Aber ich kann es nicht. Meine Intuition sagt mir, dass die Insel etwas mit dem Fall zu tun hat. Dass sie mehr als nur ein zufälliger Tatort ist.«

»Okay, aber ich sehe keinerlei Ansatzpunkte mehr. Jacobs hat ein Alibi für die Nacht, in der ihr überfallen wurdet. Wir haben ansonsten keine Indizien, die ihn mit der einen oder der anderen Tat in Verbindung bringen. Was wir dringend brauchen, sind die Unterlagen von Webers letzten verdeckten

Ermittlungen. Wir müssen seine Kieler Wohnung durchsuchen. Was ist eigentlich mit der?«

»Eine Eigentumswohnung. Sie ist nach seinem Tod zum zweiten Mal gründlich durchsucht worden. Das erste Mal war nach seinem Verschwinden.«

»Vielleicht ist nicht nach den richtigen Sachen gesucht worden«, sagte Ole Kotten. »Wenn wir von einem Auftragsmord ausgehen, fällt uns vielleicht noch anderes auf.«

Lena nickte. »Ich habe auch für Webers Wohnung einen Beschluss beantragt. Wir können da rein.«

»Gut«, antwortete Ole und deutete auf die Kellnerin, die mit zwei Tellern auf ihren Tisch zukam. »Jetzt wird erst mal gegessen.«

»Guten Morgen«, begrüßte Lena Ole. »Gut geschlafen?« Sie saß frisch geduscht im Frühstücksbereich des Hotels. Nachdem sie um sechs Uhr aufgestanden war, hatte sie einen einstündigen Lauf über die Insel unternommen: über die Treppe ins Unterland, die Straße entlang zurück ins Oberland und dann Richtung Norden, vorbei an der Kleingartensiedlung und weiter bis zum Ende der Insel. Auf der Aussichtsplattform bei der Langen Anna hatte sie eine Weile ausgeruht und den Blick auf die Nordsee genossen. Als ihr kalt wurde, hatte sie sich auf den Rückweg gemacht.

»Alles gut«, sagte Ole Kotten und setzte sich zu Lena. »Hast du lange auf mich gewartet?«

»Nur kurz.« Sie winkte der vorbeilaufenden Servicekraft zu und bestellte zwei Milchkaffee. »Wollen wir ans Büfett?«

Zurück am Tisch stand bereits der Kaffee bereit. Sie aßen schweigend, Ole holte sich eine weitere Portion Rührei mit Speck, während Lena nach ihrem Müsli mit Obst eine Scheibe Vollkornbrot mit Frischkäse aß.

»Du warst schon laufen?«, fragte Ole.

»Sieht man mir das an?«, fragte Lena lächelnd.

»Ich fühle mich verdammt alt, wenn ich dich da so voller Tatendrang am Tisch sitzen sehe.«

»Ich kenne keinen Mann über sechzig, der so sportlich ist wie du. Hey, und wenn ich dein Alter nicht wüsste, würde ich dich auf allerhöchstens fünfzig schätzen.«

»Komplimente am Morgen bringen …«

Lena lachte. »Schluss jetzt! Kollege Selmer hat bereits den Schlüssel. In einer Viertelstunde treffen wir uns mit ihm beim Haus.«

Ole reckte sich. »Wenn es unbedingt sein muss.«

Vierzehn

Das Haus im Oberland stand zwischen zwei fast baugleichen Gebäuden. Roter Backstein, schlicht und gradlinig. Udo Selmer erwartete sie an der Tür, nickte beiden zu und schloss auf.

»Das Haus ist ja wieder freigegeben worden. Wiebkes Schwester will es in absehbarer Zeit verkaufen.«

Sie betraten den Flur, Lena schaltete das Licht an. »Du oben, ich unten?«, fragte sie an Ole Kotten gewandt.

Ole nickte und ging auf die Treppe zu.

»Haben Sie die Schwester informiert?«, fragte Lena ihren Inselkollegen.

»Ja, aber Frauke wollte nicht kommen.« Udo Selmer reichte ihr den Haustürschlüssel. »Ich gehe dann mal wieder. Sie wissen ja, wo Sie mich finden.«

Lena betrat die Küche und durchsuchte sie systematisch. Das von Rüdiger Lose erwähnte Adressbuch fand sie im Küchenschrank und tütete es nach kurzer Durchsicht ein. Als sie die Schublade herauszog und umdrehte, bemerkte sie eine vierstellige Ziffernfolge, die dort mit Filzstift notiert worden war. Sie fotografierte sie mit dem Handy und schob die Schublade wieder in die Öffnung. Im Küchenschrank fand sie eine Hülle, die ihr bekannt vorkam. Sie griff danach und seufzte enttäuscht. Die Festplattenverpackung war leer. Sie tütete sie ein und suchte weiter.

Im Wohnzimmer standen weit über hundert Bücher in einem Regal. Sie nahm eins nach dem anderen heraus, sah jeweils auf der ersten und letzten Seite nach und stellte sie zurück. Als Ole aus dem Obergeschoss zurückkam, ging er ihr zur Hand.

Lena reichte ihm drei Bücher. »Hast du oben etwas gefunden?«

»Nein. Nichts, was für uns von Interesse wäre.« Ole stellte zwei Bücher zurück in das Regal und blätterte das dritte durch. »Sieh an! Da haben die Kollegen aus Flensburg wohl nicht sehr gründlich gearbeitet.«

Lena sah über Oles Schulter auf das geöffnete Buch, das vom Einband her wie ein normales ausgesehen hatte. »Ein Tagebuch?« Die Seiten waren liniert und per Hand beschrieben.

Ole nickte. »Klingt nach Wiebke Rinken.« Er blätterte weiter und zeigte auf ein Datum. »Sie hat nicht jeden Tag etwas geschrieben, eher alle ein bis zwei Wochen.« Er schlug die erste Seite auf. »Angefangen hat sie vor fast genau zwei Jahren.« Er suchte den letzten Eintrag. »Allerdings hat sie schon im Spätherbst letzten Jahres aufgehört.«

Lena hielt einen Spurensicherungsbeutel auf, Ole ließ das Buch hineingleiten. »Ich schau mir das in Ruhe an.«

Sie arbeiteten sich gemeinsam weiter durch die Räume, fanden aber keine weiteren Hinweise, die mit dem Fall zu tun hatten.

Lena betrat das Rathaus, das im Unterland an der belebten Einkaufsstraße Lung Wai lag. Sie hatte sich telefonisch mit Wiebke Rinkens ehemaliger Arbeitskollegin Jana Ericksen verabredet. Nach kurzer Suche fand sie deren Büro, klopfte und trat ein.

»Einen Augenblick bitte«, sagte die Frau hinter dem Schreibtisch. »Wenn Sie bitte draußen warten würden, bis ich Sie …«

»Lorenzen, LKA. Wir hatten telefoniert. Ich bin etwas früher da als angekündigt.«

Jana Ericksen stand auf und ging auf Lena zu. Sie reichte ihr die Hand. »Entschuldigen Sie!« Sie zeigte auf einen Tisch mit drei Stühlen. »Wollen wir uns setzen?«

Lena zog ihre Jacke aus und hängte sie an den Haken neben der Tür. Jana Ericksen wartete, bis Lena sich gesetzt hatte. »Kaffee kann ich Ihnen leider nur aus dem Automaten anbieten.«

»Kein Problem, Frau Ericksen, ich brauche nichts.« Lena zog ihr Notizbuch aus der Tasche und klappte es auf. »Sie sind bisher nicht von meinen Kollegen zu Wiebke Rinken befragt worden?«

Jana Ericksen sah plötzlich ängstlich aus. »Nein. Hätte ich mich melden müssen?«

»Nein, natürlich nicht. Ich wollte nur sichergehen, weil hin und wieder auch in unseren Akten nicht alles so ist, wie es sein sollte.« Sie sah sich im Raum um. »Hat Frau Rinken hier mit Ihnen zusammengearbeitet?«

»Nein, das hier ist ein Einzelbüro. Wir hatten ein größeres, aber Wiebke hat dann ja aufgehört, als es ihren Eltern immer schlechter ging.«

»Warum ist sie nach dem Tod der Eltern nicht zurückgekommen?«

»Ganz, meinen Sie?«

Lena sah Jana Ericksen fragend an.

»Sie hat ja hin und wieder bei uns gearbeitet. Als Springerin sozusagen. In der Hauptsaison, wenn viel Arbeit anlag oder wenn eine Stelle länger nicht besetzt war.«

»Interessant. Das wusste ich noch gar nicht. Wann war Frau Rinken denn das letzte Mal im Einsatz?«

Jana Ericksen kratzte sich an der Stirn. »Soweit ich weiß, hat sie mich im Sommer vertreten. Ich war auf dem Festland in Reha und vorher bin ich operiert worden. Mein Rücken macht mir reichlich Probleme, müssen Sie wissen.«

»Frau Rinken hat hier, an Ihrem Schreibtisch, gearbeitet?«

Jana Ericksen schüttelte den Kopf. »Nein, in der Hauptsaison haben wir in einer der Hummerbuden eine kleine Außenstelle. Sie wissen, wo das ist?«

Lena lächelte. »Ja, ich kenne Helgoland. Von da haben Sie sicher einen guten Blick auf den Hafen gehabt?«

»Natürlich. Eigentlich ein schönes Arbeiten da, aber der Publikumsverkehr ist ziemlich aufreibend. Deshalb haben wir ja die Außenstelle. In den Wintermonaten ist dort alles verschlossen und wartet auf den April. Dann geht es wieder los.«

Lena machte sich eine Notiz. »Und ab wann schließen Sie dort?«

»Das hängt etwas vom Wetter ab, aber im letzten Jahr war das direkt Anfang Oktober. Ich weiß das so genau, weil ich kurz zuvor wieder angefangen habe zu arbeiten. Zwei Wochen habe ich dort noch mit Wiebke zusammen gesessen. Eingewöhnungszeit. Ich durfte zu Beginn nur wenige Stunden am Tag sitzen. Ist aber alles gut gegangen.«

»Sind Ihnen während der gemeinsamen Zeit mit Frau Rinken Veränderungen an ihr aufgefallen?«

»Sie meinen wegen ihrem neuen Freund …« Sie schluckte schwer. »Also der, der Wiebke dann …« Jana Ericksen senkte den Blick.

»Ich meine es ganz allgemein. Wie war Frau Rinken zu der Zeit? Und die Jahre vorher interessieren mich natürlich auch.«

Jana Ericksen holte tief Luft. »Wiebke war der liebste Mensch, den ich kenne. Hilfsbereit, sie konnte zuhören und hatte für jedes Problem ein Ohr. Ich habe unglaublich gerne mit ihr zusammengearbeitet.«

»Sie waren eng befreundet?«

»Kolleginnen waren wir. Aber eigentlich auch befreundet. Hin und wieder haben wir uns auch privat getroffen. Nur wir beide, meine ich. Man trifft sich hier auf der Insel ja häufiger mal. Auf Festen und so, aber auch beim Einkaufen.« Jana Ericksens Augen waren feucht geworden. Sie lächelte matt. »Ich hatte so gehofft, dass Wiebke endlich ihr Glück gefunden hat. Erst Kurt Peters und dann Oke Jacobs. Für die beiden war sie doch nur eine Trophäe. Sie wollten mit ihr glänzen, mit ihrem Aussehen und ihrer Ausstrahlung. Die beiden waren doch gar nicht an Wiebke interessiert. Und dann kam …«

»Julius Weber«, ergänzte Lena, als Jana Ericksen nicht weitersprach.

»Ja, Wiebke hat ihn immer Jul genannt. Sie war bis über beide Ohren in diesen Mann verliebt. Wie konnte er ihr das nur antun?«

»Ich komme noch einmal auf meine Frage zurück. In den zwei Wochen, als Sie im September zusammen gearbeitet haben, hatte Wiebke sich da verändert?«

Jana Ericksen zuckte mit den Schultern. »Sie war etwas ruhiger geworden, glaube ich. Weniger gelacht hat sie und auch weniger von sich erzählt. Es liegt in der Außenstelle immer viel an, aber es gibt ja Pausen und man kann auch während der Arbeit mal quatschen.«

»Sie war also ruhiger geworden? Haben Sie über andere Themen als sonst gesprochen?«

»Andere Themen?« Jana Ericksen legte den Kopf in den Nacken und schloss die Augen. »Ich habe sie einmal gefragt, wie es jetzt mit ihr und … diesem Mann weitergehen würde. Sie hatte mir ja schon viele Monate vorher erzählt, dass sie über eine Heirat nachdachten und sogar ein Kind planten. Davon war plötzlich nicht mehr die Rede.«

»Die beiden hatten Streit?«

»Nein, das glaube ich nicht. Er hat Wiebke in den zwei Wochen einige Male von der Arbeit abgeholt oder sie auch zwischendurch mal kurz besucht. Das sah überhaupt nicht nach Streit aus. Eher das Gegenteil, wie frisch verliebt. Und die Nachrichten, die sie während der Arbeit ins Handy getippt hat, waren bestimmt auch nicht für ihre Oma.«

Lena nickte. »Trotzdem hat Wiebke auf das Thema Heiraten und Kinderkriegen nicht reagiert?«

»Ja, genauso war es. Sie hat einfach nicht reagiert. So, als stünde das im Moment nicht auf der Tagesordnung. Kann aber auch sein, dass ich das jetzt überinterpretiere. Vielleicht hatte sie nur gerade keine Lust, darüber zu sprechen. Ab einem bestimmten Alter kommt ja gerne diese Frage. Ich kenne das. Bisher habe ich auch noch nicht den Richtigen gefunden.« Jana Ericksen seufzte. »In der letzten Zeit nicht einmal mehr den Falschen.«

»Und ansonsten? Gab es weitere Auffälligkeiten?«

»Hätte ich gewusst, was später passiert, hätte ich sicher besser aufgepasst«, sagte Jana Ericksen. Sie stutzte. »Doch, da war was. Mein Bruder und ich sind begeisterte Segler. Wiebke hat sich da nie viel draus gemacht. Ich habe sie sogar hin und wieder zu einer Tour eingeladen, sie hat aber immer dankend abgelehnt. In den Tagen im September hat sie mich aber regelrecht dazu ausgefragt. Sie wollte wissen, wie weit wir bei einer Tagestour rausfahren, wo die Schifffahrtsrouten sind, also die der großen Containerschiffe, wie weit es bis zum Offshorewindpark ist, über die Bedingungen auf offener See und dies und das rund ums Segeln. Ich habe sie da schon gefragt, ob sie jetzt doch einen Schein machen will und ob ihr Freund gerne segelt, aber sie hat nur gelacht und gemeint, vielleicht würde sie ja wirklich mal mit mir rausfahren.«

Lena nickte nachdenklich. »Das ist interessant. Sie sagten, dass man aus Ihrem Büro in den Hummerbuden die Hafenanlagen beobachten kann?«

»Ja, wir sitzen dort meistens im ersten Stock, also wenn nicht gerade schwer was los ist und wir den Gästen Rede und Antwort stehen müssen.«

»Ich hätte da eine Bitte. Könnten Sie mir das Büro zeigen? Vielleicht sogar gleich jetzt?«

Jana Ericksen schüttelte den Kopf. »Ich habe noch bis drei Uhr Dienst. Da kann ich nicht einfach durch die Gegend spazieren.«

»Wenn Sie mir die Telefonnummer Ihres Vorgesetzten geben, würde ich mit ihm sprechen.«

Jana Ericksen blieb vor einer Hummerbude mit gelber Fassade stehen und schloss die Tür auf. Im unteren Bereich befand sich ein langer Tresen, davor standen Regale mit Prospekten. Hinter dem Tresen sah Lena einen Schreibtisch und mehrere Schränke.

Jana Ericksen öffnete eine Tür im Tresen und ließ Lena durchgehen.

»Hier unten beantworten wir Fragen und nehmen Beschwerden auf. Man kann hier auch Inselpläne kaufen oder Tickets für die Überfahrt zur Düne. Halt all die Dinge, die Gäste so brauchen.«

Über eine kleine Treppe gelangten sie in den ersten Stock. Hier war ein großes Büro mit zwei Schreibtischen eingerichtet, die direkt am Fenster standen. Jana Ericksen sah sich um und schien einen Moment irritiert zu sein. Schließlich wechselte sie die Schreibtischstühle aus und setzte sich auf einen von ihnen. »Hier sitze ich normalerweise. Da war Wiebkes Platz.«

Lena setzte sich auf den zweiten Bürostuhl und sah aus dem Fenster. Von hier aus hatte man den gesamten Hafen gut im Blick.

»Darf ich die Schreibtischschubladen öffnen?«, fragte Lena.

Jana Ericksen warf ihr einen unsicheren Blick zu. »Also, ich habe nichts dagegen. Aber eine offizielle Erlaubnis kann ich Ihnen natürlich nicht geben.«

»Keine Angst, ich werde nichts mitnehmen.« Lena öffnete die erste Schublade. Sie war bis auf ein Fernglas leer. Lena zog sich Latexhandschuhe über und zeigte Jana Ericksen ihren Fund. »Lag das immer hier?«

»Nicht dass ich wüsste.« Jana Ericksen beugte sich nach vorne und wollte das Fernglas in die Hand nehmen.

»Bitte nicht. Ich kann es jetzt zwar nicht mitnehmen, aber ich besorge mir einen richterlichen Beschluss.« Lena legte das Fernglas zurück in die Schublade und öffnete die nächste. Hier lagen einige Müsliriegel, eine Tafel Schokolade und eine Flasche Mineralwasser.

Jana Ericksen stand inzwischen neben Lena. Sie zog die Augenbrauen zusammen. »Wie kommt das denn hierher?«

Lena schloss die Schublade und öffnete die dritte. Bis auf einen Schreibblock war sie leer. Sie nahm ihn heraus und sah sich die erste Seite an. Als sie ihn ins Licht hielt, konnte sie sehen, dass sich Schrift durchgedrückt hatte. Auch den Schreibblock legte sie zurück in die Schublade.

»Besaß Frau Rinken einen Schlüssel zum Haus?«, fragte Lena.

»Eigentlich nicht. Aber wie gesagt, ich war im Herbst gerade erst wieder da, und wenn ich mich recht entsinne, war Wiebke am letzten Tag allein hier.«

Fünfzehn

In der Polizeistation traf Lena auf Ole Kotten. Sie berichtete von der Befragung und der Besichtigung der Außenstelle.

»Merkwürdig! Und was vermutest du dahinter?«, fragte Ole.

»Ich weiß es noch nicht, aber offensichtlich war Wiebke Rinken mehrmals dort, wenn das Büro nicht benutzt wurde – und Julius Weber anscheinend auch. Sie werden den Hafen beobachtet haben. Kennst du dich aus mit dem Offshorewindpark vor Helgoland?«

»Ich war nie da, wenn du das meinst. Aber ich habe mich schon mal darüber informiert. Der Windpark liegt etwas über zwanzig Kilometer nordwestlich von hier. Auf einem Gebiet von vierzig Quadratkilometern stehen unzählige Windkraftanlagen. Wie viele, weiß ich nicht. Helgoland ist für die Arbeiter der Windparks sozusagen der Heimathafen. Von hier geht es mit Schiffen jeden Tag raus. Ich meine, gelesen zu haben, dass die Fahrt ungefähr eine Stunde dauert.«

»Wie viele arbeiten denn da draußen?«, fragte Lena.

»Nagel mich nicht fest, aber ich habe eine Zahl von zweihundert Technikern und was es da sonst noch so alles braucht im Kopf.«

»Und die sind permanent hier auf Helgoland?«

»Du fragst, ob sie hier richtig leben? Nein, das sind immer nur ein paar Wochen, dann kommt eine andere Mannschaft. Aber im Detail weiß ich da auch nicht Bescheid. Und noch weniger weiß ich, was das mit unserem Fall zu tun haben soll.«

»Ich doch auch nicht, Ole. Aber es ist nun mal auffällig, dass Wiebke Rinken sich auch danach bei ihrer Kollegin erkundigt hat.«

Ole klappte seinen Laptop zu. »Die Aufzeichnungen habe ich alle so weit auf dem neuesten Stand. Wann fahren wir?«

»Morgen. Die Kollegen von der Küstenwache sind gegen neun Uhr hier. Ich habe mit dem Staatsanwalt gesprochen und er beantragt einen Durchsuchungsbeschluss für die Büroräume der Kurverwaltung. Ich will mich da noch einmal genau umschauen.«

Ole hob demonstrativ die Hand mit seiner Armbanduhr. »Keinen Hunger?«

Lena schmunzelte. »Nicht wirklich, aber lass uns gehen, bevor ich mir später wieder von Erck anhören darf, dass ich angeblich abgenommen habe.«

Sie fanden ein kleines Restaurant im Unterland, das geöffnet hatte. Bis auf zwei Gäste war das Lokal leer.

»Du hast mir nie erzählt, wie deine Tante Beke darauf reagiert hat, dass dein Vater nicht dein Erzeuger ist«, sagte Ole, als die bestellten Getränke vor ihnen standen.

Lena trank einen Schluck Cola. »Nett formuliert, Herr Kollege. Beke ist zwar im ersten Augenblick aus allen Wolken gefallen, aber sie hat sich schnell beruhigt. Ich glaube, ihr war es wichtiger, dass ich mich mit meinem Vater versöhnt habe.« Sie zögerte. »Oder wie immer man das nennen soll, was wir gerade haben. Erweiterter Waffenstillstand oder Nachkriegszeit? Ich weiß es selbst nicht so genau.«

»Wie wäre es mit: Neuanfang?«, fragte Ole.

»Vielleicht. Es wird jedoch eine Weile dauern, bis ich wieder ganz normal mit ihm reden kann. Aber du hast recht, der Anfang ist gemacht.«

»Das Erbe hast du jetzt ausgeschlagen?« Lenas leiblicher Vater, Marten Hilmer, war ermordet worden und hatte auf Amrum ein beträchtliches Vermögen hinterlassen.

»Nein, habe ich nicht.«

»Sondern?«, fragte Ole, dem diese Antwort nicht zu reichen schien.

»Ich habe nichts gemacht. Vermutlich wird immer noch nach erbberechtigten Verwandten von Hilmer gesucht. Sie werden keine finden, also wird das Vermögen an den Staat gehen. Ist doch alles geregelt.«

»Du könntest immer noch aufzeigen und deinen Anspruch …«

»Ole!«, fiel Lena ihm ins Wort. »Ich will das Geld nicht und ich will kein Aufsehen darum. Selbst wenn ich das Erbe ablehne, muss nach weiteren Verwandten von Hilmer gesucht werden. Also lass ich sie suchen und gut ist.«

Ihr Essen wurde serviert. Sie aßen schweigend, Lena bestellte eine weitere Cola und schob schließlich den halb vollen Teller zur Seite.

»Ich habe dir hoffentlich nicht den Appetit verdorben?«, fragte Ole.

»Nein, alles gut. Mir ist das Geld meines leiblichen Vaters egal, ich will es nicht, und ich will mich auch nicht darum kümmern müssen. Klar, ich könnte es spenden, aber dafür müsste erst mal die ganze Firma abgewickelt werden. Und im Übrigen war ich an der Aufklärung des Falles beteiligt. Ich will nicht, dass irgendein windiger Verteidiger im anstehenden Prozess den

Umstand missbraucht, dass ich die leibliche Tochter des Opfers bin.«

Ole seufzte. »Das schöne Geld. Weißt du, was du damit alles hättest machen können?«

Lena stutzte. »Seit wann gehörst du zur Fraktion ›Geld macht glücklich‹?«

Ole lachte. »Keine Angst, so weit wird es nicht kommen.« Er grinste verschmitzt. »Obwohl: So eine kleine Segeljacht, auf der man auch leben könnte, wäre …«

Lena hatte sich vorgebeugt und stieß ihrem Kollegen und Freund spielerisch in die Seite. »Jetzt hör schon auf, alter Mann. Was willst du mit einem solchen Monstrum?«

»Im Mittelmeer herumschippern und nach einsamen Buchten und Stränden suchen.«

»Lass gut sein, Ole.« Lena sah sich im Lokal um, ob jemand ihr Gespräch mithören konnte. »Sag mir lieber, wie wir mit dem Fall weiterkommen.«

»Da ›als geklärt abschließen‹ für dich vermutlich nicht infrage kommt, werden wir wohl weiter wühlen müssen. Vielleicht bringt das Tagebuch etwas. Wir haben die Provider-Spur, mit der wir vielleicht an Cloud-Daten kommen. Uns fehlen noch die Akten zu Webers Undercover-Einsatz. Die DNA-Analyse von Johanns Kleidung steht weiter aus und die von Jacobs' Hose ebenso. Wenn wir da etwas finden, wird Jacobs uns ja vielleicht mehr als bisher verraten. Und seine beiden Freunde hätten auch ein Problem wegen der Falschaussage. Vielleicht wissen die doch mehr, als sie bisher angegeben haben.« Ole hatte jeden seiner Punkte an den Fingern abgezählt und hob jetzt als Letztes den kleinen Finger der Hand. »Und fünftens …« Er zog eine Augenbraue hoch. »… fällt mir leider nichts mehr ein. Dir?«

Lena schüttelte den Kopf, griff nach dem Handy und rief Kriminalrätin Nielsen an. Nach einem kurzen Bericht und der

Mitteilung, dass sie am Montagmittag in Kiel sein würde, fragte sie nach der fehlenden Akte zu Webers Einsatz als verdeckter Ermittler.

»Ich hätte Sie später noch informiert. Die Akten sind nicht auffindbar. Ich hatte bisher noch Hoffnung, dass sie nur falsch abgelegt wurden, aber das hat sich jetzt erledigt. Digital gibt es nur wenige Aufzeichnungen. Ich bleibe aber trotzdem dran und werde prüfen, was an V-Leute ausgezahlt und ob Gelder für den Kauf von Drogen eingesetzt wurden. Das kann ein paar Tage dauern. Und bevor Sie fragen, Kollege Seute hat sich krankgemeldet.«

Einen Moment lang war Lena sprachlos über die neue Entwicklung.

»Sind Sie noch in der Leitung?«, fragte Nielsen.

»Ja. Entschuldigung. Ich bin etwas …« Lena brach ab.

»Verständlich, Frau Lorenzen. Diese Entwicklung gefällt mir ganz und gar nicht. Hier stinkt etwas gewaltig! Alles Weitere sollten wir Montag hier im Haus besprechen.«

Lena verstaute ihr Handy kopfschüttelnd in der Tasche. »Die Akten sind weg. Einfach verschwunden. Und Seute ist angeblich krank.«

»Verdammt! Damit wäre einer meiner vier Punkte schon mal abgehakt.«

Zurück in der Polizeistation überreichte ihnen Udo Selmer den Beschluss für die Durchsuchung. Kurz darauf betrat Lena zum zweiten Mal an diesem Tag das Büro in den Hummerbuden. Zusammen mit Ole durchsuchte sie die Räume. Sie fanden eine Videokamera ohne Speicherkarte, die nach Auskunft von Jana Ericksen nicht zur Büroausstattung gehörte. Im Abstellraum stießen sie auf eine aufblasbare Doppelluftmatratze und einen elektrischen Blasebalg sowie eine Kiste Mineralwasser und drei

Flaschen Wein. Das Fernglas, die Videokamera und den leeren Schreibblock tütete Lena ein, von den anderen Funden machte sie Fotos. Anschließend verließen sie das Büro.

Ole sah in den Himmel. »Da braut sich was zusammen. Hoffentlich kommen wir morgen hier noch weg.«

»Angsthase! Dann bleiben wir halt auf der Insel. Ist doch nett hier.« Ein Brummen von Lenas Smartphone zeigte den Erhalt einer Mail an, es war eine Nachricht vom Flensburger Hauptkommissar Rüdiger Lose.

»Was Wichtiges?«, fragte Ole.

»Lose hat mir die Provider-Daten von Wiebke Rinken geschickt. Die Kontoauszüge von der Bank sind auch endlich da. Arbeitet ihr in Husum auch so auf Sparflamme?«

Ole Kotten lachte. »Nur, wenn ich nicht da bin.«

Wiebke Rinken hatte einen deutschen Anbieter als Provider und den Unterlagen konnte man entnehmen, dass sie Google Drive benutzt hatte, um ihre Daten zu sichern. Lena rief bei Leon an und fragte, was sie jetzt machen solle.

»Hatte sie eine Google-Mailadresse?«, fragte Leon.

»Ja. Die habe ich hier vorliegen.«

»Dann brauchst du jetzt nur noch das Passwort.«

Bevor Lena eine weitere Frage stellen konnte, fügte Leon hinzu: »Den Link zur Anmeldung schicke ich dir. Viel Glück!«

»Wie lang ist denn so ein Passwort und …« Lena horchte ins Handy. »Bist du noch da, Leon?«

Das Handy vibrierte. Lena klickte auf den Link, den Leon ihr geschickt hatte, gab Wiebke Rinkens E-Mail-Adresse ein und als Passwort die vier Zahlen, die sie unter der Küchenschublade gefunden hatte. Sie drückte auf Enter, doch sofort darauf erschien wieder die leere Anmeldemaske. Das Passwort war falsch.

»Wäre ja auch zu einfach gewesen«, murmelte Lena.

Ole Kotten sah von seinem Laptop auf. »Klappt nicht?«

Lena schüttelte den Kopf. »Nein. War nur ein schneller Versuch. Vielleicht finde ich ja im Adressbuch das Passwort oder im Tagebuch. Was machst du?«

»Ich habe noch einmal wegen dem Offshorewindpark recherchiert. Mehr oder weniger ist das wohl alles so, wie ich gesagt habe. Auf den Plattformen dort ist niemand stationiert. Das läuft alles von Helgoland aus. Zweihundert Mitarbeiter, die sich um die Anlagen kümmern, kommt auch hin. In den eher stürmischen Wintermonaten ist das mit der Wartung reichlich schwierig. Die Schiffe, die die Arbeiter zu ihren Einsatzorten bringen, können nicht bei jedem Wetter rausfahren beziehungsweise die Leute dort nicht absetzen. Zum Beispiel heute ist sicher niemand rausgefahren. Dann haben die Männer wohl einen freien Tag. Ansonsten alles harmlos, würde ich sagen. Windkrafträder mitten im Meer, und davon reichlich. Nichts Geheimnisvolles.«

»Kann Jacobs mit seinem Kutter die Anlage erreichen?«

»Ich weiß nicht, was für ein Boot er hat. Meinst du, dass das wichtig ist? Was sollte er da wollen?«

Lena zuckte mit den Schultern. »Ich stochere im Nebel. Du kennst das doch, irgend so eine Ahnung. Manchmal trifft man ins Schwarze, ein anderes Mal liegt man meterweit daneben.«

Ole stand auf. »Dann mache ich mich mal auf den Weg zum Hafen und werde mich erkundigen.«

Lena griff nach Wiebke Rinkens Tagebuch. »Und ich vertiefe mich in das Buch hier.«

Sechzehn

Wiebke Rinkens Aufzeichnungen begannen, zwei Monate bevor sie Julius Weber kennengelernt hatte. Im ersten Beitrag schrieb sie, dass sie endlich das alte Leben hinter sich lassen wolle und sich entschlossen habe, das in diesem Buch zu dokumentieren.

> Es ist so viel passiert, dass ich manchmal denke, ich wäre doppelt so alt, wie es in meinem Pass steht. Die Pflege von Mama und Papa hat viel Kraft gekostet, aber das war ich ihnen schuldig. Ich würde es immer wieder machen und hoffe, meine Kinder werden das einmal genauso sehen.

Im Folgenden sprach sie davon, wieder arbeiten zu wollen und wie sehr sie sich freute, dass sie einen neuen Vertrag als Springerin bekommen hatte.

Im zweiten Beitrag schrieb sie über ihre Arbeitskollegin und Freundin Jana, mit der sie sich zum Kaffee verabredet hatte. Es tat ihr leid, dass Jana immer noch an einer geheimen Beziehung zu einem verheirateten Mann festhielt, der auch auf Helgoland lebte. Wiebke schien nicht zu wissen, wer es war, formulierte in ihrem Tagebuch aber deutlich ihre Bedenken.

> Warum versteht Jana nicht, dass das eine Einbahnstraße ist? Was sie mir über ihren »Freund« erzählt hat, ist so klischeehaft, dass ich heulen könnte. Bei jedem ihrer geheimen Treffen schwört er ihr, dass er sich von seiner Frau trennen wird. Aber kurz darauf findet er jedes Mal neue Argumente, warum es gerade nicht geht. Das Kind ist noch zu klein, die Frau hat Depressionen und er befürchtet, dass sie sich etwas antut, seine wirtschaftliche Existenz würde durch eine Scheidung zerstört werden und er müsste die Insel verlassen. Jana weiß selbst, wie armselig das ist – da bin ich mir sicher –, aber sie will es sich nicht eingestehen. Lieber hält sie mir meine gescheiterten Beziehungen vor. Ich nehme es ihr nicht übel, aber ich kann auch nicht schweigen.

Fünf Tage später schrieb Wiebke Rinken, dass sie sich wieder einmal mit ihrer Freundin Jana gestritten habe. Am Ende hätten sie sich heulend in den Armen gelegen und Jana habe ihr versprochen, ihrem Freund ein Ultimatum zu stellen. Wieder eine Woche später berichtete Wiebke ihrem Tagebuch, dass Jana sich fest vorgenommen hatte, sich von dem Mann zu trennen. Um wen es sich handelte, hatte Jana ihr aber immer noch nicht verraten wollen.

Nach einer zweiwöchigen Pause tauchte zum ersten Mal Julius Weber auf.

Ich frage mich ernsthaft, ob man einen Mann über das Internet kennenlernen kann. Bisher habe ich diese Unsitte gemieden und mich geweigert, mich in so einem Kennenlernchat anzumelden. Warum auch? Wer sollte sich schon für eine Frau interessieren, die auf einem Felsen weit draußen in der Nordsee lebt? Was wäre das für eine komische Wochenendbeziehung, die sich nach den Abfahrtszeiten der Fähre richten müsste? Was schreibe ich hier für einen Unsinn! Und warum? Ganz einfach, vor ein paar Tagen hat mich doch tatsächlich ein Mann angeschrieben. Nein, ich bin immer noch nicht auf einer Flirtseite aktiv. Das war die Helgoland-Seite, auf der man sich mit ehemaligen Insulanern oder deren Angehörigen austauschen kann. Einmal habe ich sogar mit jemandem in den USA gesprochen, dessen Urgroßvater ausgewandert war. Ich weiß, ich weiche aus, liebes Tagebuch. Er heißt Julius und hat mich angeschrieben. Seine Eltern sind auf der Insel geboren, wurden aber – wie fast alle – nach den Bombenangriffen 1945 evakuiert. Julius und ich sind schnell ins Gespräch gekommen. Er wohnt in Kiel und arbeitet für eine Landesbehörde. Wenn es nicht so verrückt wäre, würde ich doch tatsächlich behaupten, dass die Chemie zwischen uns vom ersten Satz an gestimmt hat. Alles Einbildung? Bin ich schon zu lange allein? Wahrscheinlich ist es genau das, auch wenn ich noch ein klein wenig Hoffnung habe, dass ich mich irre.

Die nächsten Einträge hatten nichts mit Julius Weber zu tun. Wiebke schrieb über ihren Alltag und freute sich, dass es ihrer Großmutter so gut ging. Sie dachte über ihre Schwester und ihren Schwager nach und überlegte, was sie anstellen konnte, damit sie sich wieder besser verstehen würden. Lena machte sich eine Notiz. Bisher war noch nichts von einer Annäherung zwischen den Schwestern zu spüren gewesen. Im Moment konnte sie noch nicht einschätzen, ob die Information relevant werden würde.

> Frauke ist so stur. Wenn ich auch nur ein falsches Wort über ihren Goldjungen fallen lasse, explodiert sie. Warum nur? Ist sie sich selbst nicht sicher, ob sie den Richtigen gewählt hat? Ich habe sie gefragt, ob sie noch weiter versuchen, ein Kind zu bekommen, und selbst das war schon zu viel. Jan will nicht zum Arzt gehen, weil er Angst hat, dass er derjenige ist, an dem es liegen könnte. Das ist zumindest meine Vermutung. Dieses Geschwafel, man brauche keine Ärzte und die würden alles noch schlimmer machen, das ist mir zu durchsichtig – darauf fällt vielleicht Frauke rein, ich aber nicht. Jan ist manchmal wie ein kleiner Junge. Ich weiß gar nicht, was er ohne Frauke machen würde. Aufgeschmissen wäre er und würde von einem Schlamassel in den nächsten taumeln.

In einem weiteren Eintrag schrieb Wiebke Rinken über ihren Vater, dessen Todestag sich jährte, und erinnerte sich an die schönen, aber auch schwierigen Tage mit ihm. Immer wieder gab es kleine Einträge zu Julius Weber, mit dem sie inzwischen regelmäßig zu chatten schien und der, wie sie es formulierte, abertausende Fragen zu Helgoland hatte. Ein längerer Abschnitt beschäftigte sich mit Oke Jacobs.

> Oke hat mich wieder mal abgepasst, als ich vom Einkaufen zurück nach Hause ging. Bevor ich überhaupt reagieren konnte, hatte er mir schon die vollgepackte Tasche aus der Hand gerissen und wollte mich begleiten. Um keinen Streit heraufzubeschwören, habe ich ihn gelassen. Beim nächsten Mal werde ich klüger sein und … aber egal. Oke fing natürlich wieder mit der alten Leier an, dass er sich geändert habe und ich ihm noch eine Chance geben müsse. Selbst wenn ich ihm glauben würde – was ich nicht tue –, würde ich ihn nie wieder in mein Leben lassen. Er ist nicht nur krankhaft eifersüchtig, sondern ein Mensch, der sich nicht im Griff hat. Hätte ich mich in unserer Zeit nicht so zurückgehalten, mich fürchterlich kleingemacht, hätte er ganz sicher irgendwann zugeschlagen. Wie oft hat er schon seine Hand gehoben und sich dann in letzter Sekunde gestoppt. Oke wollte mich besitzen. Seine ganze Fürsorge, die Empathie, alles war nur gespielt. Und jetzt meint er, ich würde ihm mir nichts, dir nichts verzeihen? Als hätte ich vergessen, wie er mir nachspioniert und meine Mailbox abgehört hat. So wenig, wie er mich vorher verstanden hat, versteht er mich jetzt.
>
> Ich habe ihn an der Tür abgewimmelt, habe gesagt, dass ich Kopfschmerzen habe

und jetzt nicht mit ihm reden kann. Mir fiel nichts anderes ein, und das war wieder mal ein Fehler, einer von Hunderten, die ich gemacht habe. Ich hätte ihm ganz klar sagen sollen, dass er mich nie wieder auf das Thema ansprechen soll und dass er sich keine Hoffnung zu machen braucht. Aber das habe ich nicht. Beim nächsten Mal werde ich es sagen. Noch einmal und noch einmal, bis er es versteht und mich in Ruhe lässt.

Wiebke Rinken schrieb in den folgenden Beiträgen über Begegnungen mit Bekannten, eine Hochzeitsfeier, auf die sie eingeladen war, und ein weiteres Gespräch mit ihrer Schwester, das ihrer Meinung nach harmonisch verlaufen war. Julius Weber kam hin und wieder in einem Nebensatz vor, bis sie schrieb, dass sie zum ersten Mal miteinander telefoniert hatten.

Julius' Stimme war anders, als ich sie mir vorgestellt habe. Nicht unangenehm, nein, im Gegenteil sogar, nicht so männlich, wie ich erwartet hatte, eher weich und zurückhaltend. Wir haben fast zwei Stunden miteinander gesprochen. Es war, als hätte ich einen alten Freund wieder getroffen, den ich seit vielen Jahren nicht gesehen habe. Es gab so viel zu erzählen, zu fragen und zu hören. Selbst das Schweigen war mir nicht unangenehm, nein, es schien zu unserem Gespräch dazuzugehören.

Ja, meine innere Stimme schreit: Sei vorsichtig, Wiebke, du kannst dich auch irren, vielleicht spielt dir da gerade ein Mann etwas vor. Und ich frage die Stimme: Warum sollte

> Julius das machen? Er wohnt in Kiel, hat dort seine Arbeit und ist wahrscheinlich genauso überrascht wie ich, wie gut wir uns verstehen. Was für einen Hintergedanken sollte er dabei haben? Ja, ich weiß, als gebranntes Kind sollte ich das Feuer meiden, aber ich will nicht mehr auf Sparflamme leben, will nicht mehr warten und abschätzen und vorsichtig sein. Warum soll ich mich nicht mit einem Mann unterhalten, der mir gefällt? Ja, er ist um einiges älter als ich, aber das habe ich im Chat nicht und schon gar nicht bei unserem Telefongespräch gemerkt. Entweder bin ich im Kopf älter, als in meinem Pass steht, oder Julius ist jünger. Oder wir treffen uns bei unserem gefühlten Alter in der Mitte. Oder das Alter ist vollkommen egal.

Die nächsten vier Telefongespräche zwischen Wiebke und Julius Weber folgten bald auf das erste und eines Tages schrieb Wiebke ins Tagebuch, dass sie Julius Weber nach Helgoland eingeladen habe. Sie zweifelte, ob das der richtige Schritt gewesen sei, beschwichtigte sich selbst mit der Tatsache, dass sie ja ein Gästezimmer im Haus habe und er nicht die leisesten Andeutungen gemacht habe, die auf ein sexuelles Interesse hindeuteten. Nach diesem Eintrag gab es eine Pause von fast vier Wochen. Nach Lenas Berechnungen waren, als Wiebke wieder schrieb, bereits acht Tage nach Webers Besuch vergangen.

> Verrückt! So lange habe ich nichts mehr in mein Tagebuch geschrieben.
>
> Ja, Julius war drei Tage hier bei mir auf Helgoland. Und ja, wir sind uns

nähergekommen. Und nein, ich will jetzt nicht um den heißen Brei herumreden. Wir sind uns sehr nahegekommen. Zu nahe? Wie kann ich das heute schon beurteilen? Es ist passiert, wir beide wollten es. Und es war wunderschön, in Julius' Armen zu liegen. Schwärme ich jetzt gerade wie eine Sechzehnjährige, die sich wieder einmal Hals über Kopf verliebt hat? Ich hoffe doch nicht.

Nein, natürlich bin ich nicht in Julius verliebt, aber ein wenig träumen darf man ja noch. Er ist der erste Mann in meinem Leben, der mir zuhört, der das Wort »Gefühle« nicht nur buchstabieren kann, sondern auch weiß, was es bedeutet. Ich fühle mich bei ihm aufgehoben und verstanden. Er hat mich weder zu etwas gedrängt noch versucht, mir etwas einzureden. Ich brauche keinen Mann, der mir sagt, wo es langgeht. Ich brauche einen echten Partner.

Schluss jetzt. Ja, ich werde Julius wiedersehen, ob hier auf Helgoland oder auf dem Festland, haben wir noch nicht besprochen. Und ja, es wird bald sein. Und noch einmal ja, ich freue mich darauf.

Lena lehnte sich im Stuhl zurück. Wiebke Rinkens Schrift war schwer zu lesen, manche Passagen musste sie zwei- oder dreimal durchgehen, bevor sie alle Wörter entziffert hatte. Wiebke schien sich auf der Stelle in Julius Weber verliebt zu haben, auch wenn sie es in ihrem Tagebucheintrag noch nicht zugeben wollte. In der nächsten Zeit gab es täglich einen neuen Eintrag. Wiebke Rinken schrieb über ihren Alltag und kam immer wieder auf Julius Weber zu sprechen. Sie schienen jetzt jeden Tag lange Telefongespräche zu führen und sich immer weiter anzunähern. Lena blätterte das Tagebuch durch und entschloss sich, später weiterzulesen.

Siebzehn

Lena stand mit einer Tasse Kaffee im Flur der Polizeistation, als Ole die Tür öffnete und schnell wieder schloss.

Er rieb sich die Hände. »Ein Wetter ist das! Hoffentlich kommen wir morgen hier weg. Da scheint sich was zusammenzubrauen.«

»Kaffee?«

Ole zog seine Jacke aus. »Gute Idee!«

Lena reichte ihm ihre Tasse. »Habe ich noch nicht draus getrunken.«

Er nickte und nahm die Tasse in beide Hände. »Der Hafenmeister war nicht da und mit seinem Stellvertreter habe ich dann lieber nicht gesprochen«, sagte er, als er ihr in die Küche folgte.

»Dann halt morgen«, erwiderte Lena beim Eingießen einer frischen Tasse Kaffee. Sie gingen in ihr provisorisches Büro.

»Nein, so schnell gebe ich doch nicht auf. Ich war bei Jacobs' Freund …« Er malte Anführungszeichen in die Luft. »… dem Koch. Er hat mir bereitwillig Auskunft gegeben. Auf Helgoland bleibt wohl kaum etwas geheim.«

Lena setzte sich an den Tisch. »Und, was wusste Peters zu erzählen?«

»Nicht wirklich viel, aber er hat mir den Namen eines früheren Hafenmeisters genannt. Jacobs hat sich vor vier oder fünf Jahren einen Kutter aus den Sechzigerjahren gekauft. Peters spekulierte darüber, woher Jacobs das Geld dafür hatte. Ich bin dann zum Ex-Hafenmeister weiter, der mir auch bereitwillig Auskunft gegeben hat. Er scheint kein Freund von Oke Jacobs zu sein, aber das nur nebenbei.« Ole trank einen Schluck und schlug anschließend sein Notizbuch auf. »Der Kutter hat fünfzigtausend Euro gekostet, er ist siebzehn Meter lang und fünf Meter breit, der Motor hat über dreihundert PS und er ist geeignet für die – ich zitiere – kleine Hochseefischerei. Um genau zu sein, halbwegs geeignet, hat mein Informant gesagt. Was immer das auch heißen mag. Deine Frage war ja, ob er damit zu dem Windpark kommt. Überhaupt kein Problem, hat der alte Hafenmeister gemeint. Er hat mir auch erzählt, dass er nie verstanden hat, was Jacobs mit dem Schiff will. Neben der Fischerei fährt Jacobs übrigens auch mit Touristen raus. Bis zu zwanzig Personen darf er wohl mitnehmen auf so eine Tour. Mit Hobbyanglern ist er auch häufiger unterwegs. Nur die Fischerei reicht heutzutage nicht mehr aus, hat mir der alte Hafenmeister erklärt.«

»Okay. Und Jacobs fährt mit dem Kutter allein raus?«

»Geht auch, sagt der Hafenmeister, aber eigentlich mit mindestens einem Zusatzmann, besser zweien. Er hat Jacobs häufig mit mehreren Personen an Bord rausfahren sehen.«

»Hat dein Hafenmeister sonst noch etwas zu Jacobs gesagt?«, fragte Lena.

Ole grinste. »Ich dachte schon, du fragst gar nicht mehr. Ja, ich habe ihn gefragt, was er so von ihm hält, wo ich schon mal da war. Aufbrausend, rechthaberisch, arrogant, beratungsresistent. Kurz: Mit ihm ist nicht gut Kirschen essen. Mein Informant wundert sich, dass Jacobs nicht schon häufiger mit dem Gesetz in Konflikt geraten ist. Nun gut, das ist eine sehr subjektive Sicht auf Jacobs. Ich vermute, die beiden sind häufiger aneinandergeraten.«

»Beratungsresistent?«, fragte Lena.

»Das Wort hat er natürlich nicht gebraucht, es kam aber so raus. Jacobs wisse alles besser und nehme definitiv keinen Rat an. Er sei zwar ein ausgezeichneter Fischer und kenne sich auf der Nordsee aus wie kein Zweiter auf Helgoland, aber er sei halt unbelehrbar.«

Lena nickte. »Das passt ja alles zu dem, was wir schon gehört haben.«

»Und bei dir? Hast du das Tagebuch durch?«

»Die Schrift ist schwer zu entziffern. Deshalb habe ich mal eine Pause eingelegt. Ich mache heute Abend weiter. Bisher ist noch nichts Fallrelevantes aufgetaucht. Trotzdem interessant, etwas mehr über Wiebkes Innenleben zu erfahren.«

Ole Kotten stand auf. »Willst du auch noch einen Kaffee?«

Kurz darauf stand Ole mit zwei Tassen in der Hand vor Lena und sagte: »Ich sehe im Moment den Wald vor lauter Bäumen nicht.«

Sie nahm ihm eine Tasse ab und bedankte sich. »Wir haben inzwischen ernst zu nehmende Anhaltspunkte, dass es sich nicht unbedingt um einen erweiterten Suizid handelt. Siehst du das auch so?«

Ole nickte. »Durchaus. Wenn K.-o.-Tropfen im Spiel waren, gäbe es zumindest eine Erklärung, weshalb keine relevanten Kampfspuren gesichert wurden. Außerdem haben wir bisher kein Motiv für Webers Tat gefunden. Als verdeckter Ermittler muss er Nerven wie Drahtseile gehabt haben, da würde ich zunächst mal nicht auf eine Kurzschlusshandlung nach einem Streit oder Ähnliches tippen.«

»Also gut, wir gehen beide mit einer gewissen Wahrscheinlichkeit davon aus, dass Wiebke Rinken und Julius Weber von Außenstehenden getötet wurden. Dafür muss es zwingend ein Motiv geben. Erst recht bei dieser Spurenlage, die uns etwas anderes vortäuschen soll.«

»Ganz deiner Meinung«, sagte Ole.

»Ich sehe nur zwei Möglichkeiten: Entweder hat das Motiv mit Webers früheren Ermittlungen zu tun und somit auch mit seiner Flucht nach Helgoland. Oder es liegt in Wiebkes persönlichem Umfeld begründet. Angefangen bei Oke Jacobs bis hin zu seinen Skat-Freunden.«

»Okay, aber wir sehen in beiden Fällen kein Licht am Ende des Tunnels. Bei Webers Ermittlungen kommen wir nicht weiter, weil wir schlicht nicht wissen, womit er sich im Detail beschäftigt hat, und in Wiebkes persönlichem Umfeld gibt es auch keine handfesten Anhaltspunkte.« Ole seufzte. »Wir haben jetzt schon beide mehrfach festgestellt, dass die Tat eine gewisse Raffinesse und auch Planung voraussetzt. Die sehe ich weder bei Jacobs noch bei den beiden anderen Nasen. Die Geschichten passen vorne und hinten nicht zusammen, Lena!«

Die Hauptkommissarin stand auf und ging zum Fenster. »Ich hoffe, dass wir Jacobs' DNA an Johanns Kleidung finden. Dann bricht Jacobs' Alibi in sich zusammen und er wird reden müssen. Die Akten über Webers Einsatz sind leider verschwunden. Ich werde mich am Wochenende …« Sie sog scharf die Luft ein. »… oder was davon übrig sein wird, mit dem Passwort der Cloud beschäftigen. Vielleicht finde ich ja etwas im Adressbuch oder auch im Tagebuch. Und ich werde Kollege Seute einen persönlichen Besuch abstatten.«

Ole runzelte die Stirn. »Und du meinst, er verrät dir dann mehr?«

»Das werden wir sehen.«

»Sei vorsichtig. Ich könnte mir vorstellen, Seute wartet nur auf einen Fehler, um dich durch den Dreck ziehen zu können.«

»Ja, der Gedanke ist mir auch schon gekommen.«

Lena lag auf ihrem Bett im Hotel. Ums Gebäude pfiff der Wind, der in den letzten Stunden zu einem Sturm aufgebraust war. Nachdem Lena mit Ole in einem nahe gelegenen Restaurant gegessen hatte, war jeder von ihnen auf sein Zimmer gegangen. Jetzt griff sie nach dem Tagebuch und suchte die Stelle, an der sie aufgehört hatte zu lesen.

> Julius kommt in drei Tagen nach Helgoland. Endlich! Ich habe ihm angeboten, dass ich nach Kiel fahre, aber er meinte, dass es umgekehrt besser wäre. Seine Wohnung sei klein und er verlasse lieber die Stadt, wenn er frei hat.
>
> Frauke hat mich gefragt, ob irgendwas passiert sei. Ich hätte mich verändert, hat sie gemeint und dabei geheimnisvoll gelächelt. Nein, ich habe weder ihr noch sonst jemandem etwas von Julius erzählt. Nicht einmal Oma weiß etwas von ihm. Warum? Ich habe keine Lust auf das ganze Gerede von wegen, der ist doch viel zu alt für dich, der zieht nie auf die Insel, vielleicht ist der ja verheiratet und spielt dir etwas vor und so weiter und so fort. Bis auf Oma würden mich alle nur unter Druck setzen, das spare ich mir lieber. Es ist mein Leben, und meine liebe Schwester hat sich darin schon genügend eingemischt. Von Nele mal ganz zu schweigen. Die kann ihr

> Plappermaul sowieso nie halten. Nein, ich will Julius diesen ganzen Mist ersparen.

Bis zum Wochenende gab es keine neuen Einträge von Wiebke. Erst einen Tag nach Julius' Abreise meldete sie sich wieder.

> Julius ist vor siebzehn Stunden mit der Fähre zurück aufs Festland. Ich bin immer noch vollkommen benommen und kneife mich hin und wieder, um zu kontrollieren, ob ich träume. Das waren drei absolut berauschende Tage. Und Nächte. Wir haben beide kaum geschlafen, und wenn, dann eng umschlungen, als hätten wir beide Angst, dass der andere sich plötzlich in Luft auflöst.
>
> Ich gebe zu, ich hatte ein wenig Panik, dass der Zauber zwischen Julius und mir verflogen sein könnte, dass alles nur eine Illusion war. Nein! Das war es nicht. Julius hat mir seine Liebe gestanden. Er könne an nichts anderes mehr denken als an mich. Das Verrückte ist, dass es mir genauso geht.

Wiebke Rinken schien auf Wolke sieben zu schweben und schrieb von einem Gefühl, das sie bisher nicht gekannt hatte. In den Folgetagen kamen kleine Einträge, in denen sie über ihr neues Glück nachdachte. Hin und wieder blitzten Zweifel durch, die sie aber nicht so wichtig nahm. Sie lebte für den Augenblick und war sich klar, dass es am nächsten Tag schon wieder anders sein konnte. Zwei Wochen später kam Julius Weber für fünf Tage nach Helgoland. Während dieser Zeit blieb das Tagebuch liegen und erst zwei Tage nach Webers Abreise griff Wiebke wieder zum Füller.

Es ist ein komisches Gefühl, allein im Haus zu sein. Jul ist schon zwei Tage nicht mehr bei mir, aber jedes Mal, wenn ich durchs Haus wandele, meine ich, seine Stimme zu hören oder das Geräusch seines Elektrorasierers. Ich vermisse ihn. Und ich weiß nicht, wie ich damit umgehen soll. In einem Augenblick strahle ich vor Glück, im nächsten Moment kullern die Tränen über meine Wangen. Es ist eine Berg-und-Tal-Fahrt, wie ich sie noch nie erlebt habe.

Wir waren fünf unglaublich lange, aber dann doch so kurze Tage zusammen, haben gelacht, geweint, geschwiegen und geredet. Ich war benommen von all den Gefühlen, die mich überwältigt haben, es gab kein Morgen und kein Übermorgen, nur uns beide und unsere Liebe.

Julius hat mir in den so intensiven Tagen erzählt, warum er mich auf der Helgoland-Homepage angeschrieben hat. Es war kein Zufall, sondern hatte eigentlich berufliche Gründe. Julius ist Polizist. Ja, tatsächlich, er ist beim Landeskriminalamt in Kiel angestellt. Ich bin aus dem Staunen nicht mehr herausgekommen! Als wir uns kennenlernten, hat er nach Informationen gesucht, die mit Helgoland zu tun haben. Ein großer Fall, hat Julius mir gesagt, und eine Spur führte doch tatsächlich hier auf unsere kleine Insel. Und genau deshalb hat er mich angeschrieben, quasi undercover, in der Hoffnung, ich könnte ihm helfen.

An dieser Stelle brach Wiebke Rinken ab. Normalerweise zog sie einen Strich unter einem abgeschlossenen Eintrag und fing darunter mit dem neuen Datum an. Dies war hier anders, sie hatte anscheinend noch am gleichen Tag, allerdings später, weitergeschrieben.

> Frauke war hier und ist gerade wieder gegangen. Sie wollte mich wohl aushorchen, weil sie von irgendjemandem gehört hatte, dass ich in Begleitung eines Mannes gesehen worden bin. Die üblichen fünf Ecken, über die eine Beobachtung hier auf Helgoland weitergetragen wird. Eigentlich hat mich das nie gestört, und wenn, habe ich es einfach ignoriert. Aber im Moment nervt es. Haben die Leute denn nichts anderes zu tun?
>
> Dass Jul eigentlich Polizist ist, geht mir immer wieder durch den Kopf. Ich gebe zu, ich war im ersten Augenblick erstaunt, vielleicht sogar entsetzt. Natürlich hat Jul das gemerkt und ich habe ihm seine Angst angesehen. Seine Angst, dass er mich verlieren könnte. Ich habe ihn in den Arm genommen und ihm ins Ohr geflüstert, dass alles gut ist.
>
> Jul hat mir dann verraten, dass er ein sogenannter verdeckter Ermittler ist. Ich habe ihm erst nicht geglaubt und dachte, er will mich veräppeln. Aber es stimmt. Er schleicht sich in Verbrecherkreise ein und versucht dann, etwas herauszubekommen. Ich war ganz schön beunruhigt. Erst als er mir erzählte, dass er die Arbeit nicht mehr macht, sondern schon

eine ganze Weile im Innendienst arbeitet, habe ich tief durchgeatmet.

Innendienst? Erst jetzt fällt mir auf, dass er mich doch im Chat angesprochen hat, weil er eine heiße Spur (so hat Jul das genannt) verfolgt hat.

Wieder endete der Abschnitt, ohne dass Wiebke ihn mit einem Querstrich abschloss. Lena fragte sich, ob ihr Zweifel gekommen waren, aber gleich, als sie weiterlas, erhielt sie die Antwort.

Ich habe mit Jul telefoniert. Er meinte, ich würde eine gute Kriminalistin abgeben. Er hat mir verraten, dass er weiterrecherchiert, weil er von seinen Vorgesetzten ohne Angabe von Gründen von dem Fall abgezogen wurde. Ich habe Jul gefragt, ob das nicht gefährlich sei, aber er hat es verneint. Er würde nur vom Schreibtisch aus recherchieren und nicht direkt vor Ort, und das wäre kein Vergleich mit seiner vorherigen Arbeit als verdeckter Ermittler. Trotzdem mache ich mir Sorgen. Ja, mir ist klar, dass Jul einen ausgeprägten Gerechtigkeitssinn hat, und ich kann mir gut vorstellen, wie er sich in eine Sache verbeißt, wenn er davon überzeugt ist, dass er richtigliegt. Das alles macht mir Angst. Und ich weiß nicht, wie ich damit umgehen soll.

Lena rieb sich die Augen. Es war inzwischen kurz vor Mitternacht. Sie klappte das Tagebuch zu und stellte sich den Wecker.

Achtzehn

Ole Kotten begrüßte Lena mit einem freundlichen Lächeln. »Gut geschlafen, Frau Kollegin?«

Lena reckte sich. »Nur zu kurz. Erst habe ich in Wiebke Rinkens Tagebuch gelesen, und dann konnte ich nicht einschlafen.« Sie setzte sich zu Ole und goss sich Kaffee aus der bereitstehenden Kanne ein.

»Kenne ich nur zu gut. Was meinst du, wie viele Nächte ich in jungen Jahren schon wach gelegen habe?«

Lena trank einen Schluck Kaffee und nahm sich ein Brötchen aus dem Korb. »Du meinst, das wird im Alter besser?«

»Ob das was mit dem Alter zu tun hat, weiß ich nicht. Vielleicht eher mit der Erkenntnis, dass man selbst nicht alle Übel dieser Welt bekämpfen kann.«

Lena schmunzelte. »Danke, alter, erfahrener Mann. So weit war ich auch schon, aber der Ehrgeiz packt mich bei jedem Fall wieder.« Sie schnitt das Brötchen auf, beschmierte es mit Butter und nahm sich eine Scheibe Käse.

Ole zuckte mit den Schultern. »Da musst du durch. Hilft nichts. Irgendwann verändert sich dein Fokus schon.« Er musterte sie mit zusammengezogenen Augenbrauen. »Oder auch nicht. Bei dir bin ich mir tatsächlich nicht ganz sicher.«

Lena rollte mit den Augen. Sie warf einen Blick aus dem Fenster. »Zumindest spielt das Wetter mit. Wahrscheinlich werden wir ordentlich durchgeschaukelt, aber wir kommen nach Hause.«

Ole nickte. »Sieht so aus. Hast du das Tagebuch durch?«

»Nein, spätestens morgen. Zumindest, wenn Erck mir nicht die Rote Karte zeigt.«

»Und?«

»Schwer verliebt, die beiden. Wiebke wusste, dass Weber verdeckter Ermittler war. Wir lagen übrigens richtig: Er hat auch während seines Innendienstes weiter recherchiert. Und bevor du fragst, im Tagebuch steht nicht, wo er genau dran war. Könnte aber noch kommen. Du bist der Erste, der es erfahren wird.«

Ole hob einen Daumen und schluckte seinen Bissen hinunter, bevor er fragte: »Wie geht es eigentlich weiter? Soll ich am Montag nach Kiel kommen? Johann ist ja immer noch krankgeschrieben, oder?«

»Der junge Mann ist mindestens noch eine Woche zu Hause. Ich telefoniere heute mit Nielsen und sag dir dann Bescheid.« Lena biss in ihr Brötchen und lehnte sich auf dem Stuhl zurück.

Udo Selmer begrüßte die beiden Kommissare in der Polizeistation. Die Küstenwache hatte sich bei ihm gemeldet und mitgeteilt, dass sie eine halbe Stunde später eintreffen würde.

Der Inselpolizist reichte Lena eine dünne Mappe. »Das sind die Personen, die die Insel nach dem nächtlichen Überfall verlassen haben. Die von heute und morgen schicke ich dann per Mail.«

Lena nahm die Mappe und bedankte sich.

»Gibt es denn schon Anzeichen, dass Wiebke nicht von Weber erschossen wurde?«, fragte Udo Selmer und sah dabei von Lena zu Ole.

»Anzeichen schon, aber mehr können wir noch nicht sagen«, antwortete Lena.

»Und Oke Jacobs …?«

Lena wusste, was Udo Selmer Sorgen machte. Ein Mord auf Helgoland war für die Insel schon verheerend, aber sollte der Täter auch noch ein Insulaner sein, wäre der Schaden für den Tourismus umso größer. »So gerne ich Ihnen dazu etwas sagen würde, ich kann es noch nicht. Ausschließen können wir Oke Jacobs bisher nicht.«

Udo Selmer stöhnte leise. »Das habe ich befürchtet. Kann ich Ihnen sonst noch weiterhelfen?«

Lena nickte. »Achten Sie bitte darauf, wie Jacobs sich in den nächsten Tagen verhält. Auch seine beiden Freunde sind für uns interessant.«

»Ich werde sie im Auge behalten. Zumindest, soweit es möglich ist.«

Sie unterhielten sich noch eine Weile über den gestrigen Sturm, bis Selmer die Nachricht bekam, dass die Küstenwache in den Hafen einlief.

»Hast du die Tablette eingenommen?«, fragte Lena, als das Boot der Küstenwache das offene Meer erreicht hatte.

Ole nickte. »Sicherheitshalber. Eigentlich habe ich damit keine Probleme. Aber wie ich gehört habe, dachte Johann das auch.«

»Er hat es überlebt.« Lena griff in ihre Tasche und angelte Wiebke Rinkens Tagebuch heraus. »Ich nutze mal die Zeit.«

Habe gerade mit Jul telefoniert und mich bemüht, ihm meine Angst um ihn nicht zu zeigen. Wie gesagt, bemüht, aber ich habe es leider nicht geschafft. Jul hat gleich gespürt, dass ich mich anders als sonst verhalte. Dabei wollte ich gar nicht über seine Arbeit sprechen, die doch eigentlich nicht mehr seine Arbeit ist. Aber das sieht Jul nicht so. Er verbringt jede freie Minute mit seinem Kampf gegen die, wie er sie nennt, Türken-Mafia. Jul hat mir erzählt, dass es um Prostitution geht, um Menschenhandel und um Geldwäsche. Der wichtigste Geschäftsbereich – kann man das so nennen bei Verbrechern? – ist der Drogenhandel. Darauf war Julius angesetzt, bevor er von dem Fall abgezogen wurde. Oje, ich rede schon wie ein Profi. Dabei könnte ich mir nie im Leben vorstellen, bei der Polizei zu arbeiten. Vielleicht noch bei der Verkehrspolizei, aber selbst da hat man es mit Toten und Verletzten zu tun. Jul sagt, dass man sich mit der Zeit an die schlimmen Seiten des Berufs gewöhnt. Damit meint er aber nicht, dass man abstumpft, nein, das ist bei Jul sicher nicht der Fall. »Professionelle Distanz« hat er es genannt. Ich habe dazu nichts gesagt, weil ich mir nicht sicher bin, ob er bei seinen privaten Recherchen genau diese Distanz noch hat. Wenn er von diesen Verbrechern spricht, höre ich eine Wut in seiner Stimme, die ich bisher nicht kannte. Trotzdem verstehe ich ihn. Das Böse darf nicht siegen. Nie und nirgendwo. Schon gar nicht bei der Polizei. Julius hat den

Verdacht, dass die Verbrecher einen Mann bei der Polizei haben und dass er deshalb von den Ermittlungen abgezogen wurde. Das macht ihn noch wütender.

Bis zum nächsten Wochenende, das Julius Weber auf Helgoland verbrachte, schrieb Wiebke über ihre Oma, die sich Sorgen um ihre Zukunft machte, über ihre Arbeit als Springerin und ihre Freundin Jana, die zu ihrer Erleichterung dem verheirateten Mann tatsächlich den Laufpass gegeben hatte. In jedem ihrer Beiträge erwähnte sie Julius mit mindestens einem Satz, häufig auch ausführlicher. Lena spürte, wie wichtig Julius Weber für Wiebke wurde und wie sehr sie sich wünschte, mit ihm eine gemeinsame Zukunft zu haben. Das ging so weit, dass sie über einen Umzug aufs Festland nachdachte.

Lena schaute auf die Uhr, in einer Dreiviertelstunde sollte das Boot der Küstenwache anlegen. Durch den hohen Wellengang würden sie länger brauchen als geplant. Ole saß zurückgelehnt auf der Bank in der Messe und war in Gedanken versunken.

»Alles gut?«, fragte Lena.

Ole schreckte auf. »Bei mir? Klar. Tobias holt mich übrigens ab. Du brauchst mich nicht mitzunehmen. Wir fahren nach Sankt Peter-Ording, um Freunde zu treffen.«

»Klingt doch gut. Und sonst? Wie läuft es bei euch?«

»Besser. Eigentlich sogar sehr viel besser.«

»Wir müssen uns mal wieder treffen. Nächstes Wochenende?«

»Bei euch? Ich glaube, wir sind dran, oder?«

»Du weißt doch, wie gerne Erck kocht. Für uns allein lohnt sich der Aufwand meistens nicht. Wenn es euch nichts ausmacht, Erck würde sich freuen, hat er mir gestern am Telefon gesagt.«

Ole nickte. »Wenn wir den Wein mitbringen dürfen.«

»Also abgemacht. Samstagabend?«

Wieder nickte Ole und stand auf. »Ich gehe kurz für kleine Jungs.«

Lena sah ihm hinterher. Sie war sich nicht sicher, ob Ole ihr die ganze Wahrheit gesagt hatte. Die offene Beziehung, in der er mit seinem Mann lebte, war nicht immer so konfliktfrei, wie er es sich wünschte.

Seufzend konzentrierte sie sich wieder auf Wiebke Rinkens Tagebuch. Sie überflog ein paar Seiten, ohne jedes einzelne Wort entziffern zu können, und stoppte, als Wiebke davon schrieb, dass Julius Weber unangekündigt bei ihr aufgetaucht sei.

> Jul ist jetzt seit drei Tagen bei mir. Er stand plötzlich vor der Tür, in jeder Hand einen großen Koffer, und fragte, ob er bei mir unterschlüpfen könne. Natürlich konnte er. Ich habe Jul gleich angesehen, dass etwas passiert sein musste. Er brauchte eine Weile, bis er sich beruhigt hatte und mir erzählte, was passiert war. Die Schergen des Mafiabosses waren ihm auf die Spur gekommen. Um ein Haar wäre er ihnen direkt in die Arme gelaufen, und nur durch einen Zufall konnte Jul sein Leben retten. Als er im Taxi saß, sah er, dass zwei Männer sich vor dem Mietshaus umsahen, in dem er wohnt. Einen von ihnen hat er erkannt: die linke Hand vom Mafiaboss. Er war sich sicher, dass sie gekommen waren, um ihn zu holen und zu töten. Jul hat alles zurückgelassen. Seine Möbel, den ganzen Haushalt, einen Teil seiner Kleidung. Sein Handy, das er sonst immer dabeihatte, ist

in Kiel geblieben. Jul befürchtet, darüber gefunden zu werden. Selbst seinen Laptop hat er dort gelassen, damit die Schergen glauben, sie hätten seine Unterlagen gefunden, und nicht weiter nach ihm suchen.

Ich weiß nicht, was jetzt wird. Erst mal bleibt Julius hier bei mir. Niemand darf wissen, dass er auf Helgoland ist, deshalb werden wir uns vorsehen und nur zu Zeiten das Haus verlassen, wenn alle anderen schlafen oder vor dem Fernseher sitzen.

Die Einträge in den nächsten Wochen waren kurz. Wiebke Rinken schrieb über ihr neues Leben mit Julius, dachte darüber nach, mit ihm zusammen ins Ausland zu gehen, und beteuerte immer wieder die Liebe zu ihrem Freund. Erst nach und nach schien sich die Anspannung zu lösen. Wiebke stellte Julius ihrer Großmutter vor und zeigte sich mit ihm immer mehr in der Öffentlichkeit.

Als der Kapitän zu ihnen in die Messe kam und ankündigte, dass sie in wenigen Minuten Büsum erreichen würden, klappte Lena das Tagebuch zu und packte ihre Sachen.

Erck empfing Lena an der Tür, nahm sie in den Arm und küsste sie. »Hast du Hunger mitgebracht?«

»Oh ja!« Lena hob ihren Kopf und sog den Duft aus der Küche tief ein. »Lass mich raten. Fischsuppe?«

»Die Kandidatin hat hundert Punkte.«

»Und da ist noch etwas.« Lena schloss die Augen. »Selbst gebackenes Baguette?«

Erck trat schmunzelnd zur Seite. »Jetzt komm schon rein, mir wird kalt.«

Nach dem Essen machten sie einen kurzen Spaziergang und verbrachten den Rest des Nachmittags im Bett.

Erck schenkte Lena ein Glas Weißwein ein und prostete ihr zu. »Worauf trinken wir?«

»Auf uns«, schlug Lena vor.

»Nicht lieber auf die Zukunft?«

Erck trank einen Schluck und setzte das Glas ab. »Ich habe mir überlegt, auf dem Festland eine Arbeit zu suchen. Hier an der Küste gibt es zahlreiche Ferienhäuser. Vielleicht kann ich in einer Firma als Partner anfangen. Erfahrung habe ich ja genug.«

Lena schluckte. »Und Amrum?«

»Sei ehrlich, ewig können wir das so wie im Moment nicht weitermachen. Sicher, ein oder zwei Jahre wären nicht das Problem, aber warum sollte ich mich nicht jetzt schon umschauen, wenn sowieso klar ist, dass wir nicht auf Amrum leben werden. Jetzt, wo ich keinen Druck habe und nicht jedes Angebot annehmen muss.«

Lena nickte nachdenklich. »Das kommt jetzt etwas überraschend.«

»Wir könnten ein Haus bauen. Die Zinsen sind so niedrig, dass wir da am Ende weniger bezahlen als hier Miete. Um einen Bauplatz zu finden, brauchen wir auch Zeit. Und das mit …« Erck zögerte, sprach dann aber weiter. »Und unseren Plan, ein Kind zu bekommen, haben wir ja auch noch nicht ad acta gelegt.« Er sah Lena an. »Oder?«

»Nein, haben wir nicht.«

»Das soll jetzt kein Drängeln sein, Lena. Aber ich habe das bei meinen Überlegungen schon im Hinterkopf. Wenn du eine Weile aussetzt – und sei es nur ein halbes oder ein ganzes Jahr –, müssen wir feste Einnahmen haben.«

»Wenn ich schwanger bin, müsste ich vermutlich im Innendienst arbeiten.«

Erck nickte. »Ja, ich weiß. Dann würden wir halt an die Ostseeküste ziehen. Auch da gibt es massenweise Ferienhäuser. Sogar mehr als hier an der Küste.«

Lena stellte ihr Glas ab und rückte näher an Erck heran. Sie lehnte den Kopf an seine Schulter und schloss die Augen. »Manchmal denke ich, ich bin unendlich müde und höre mit dieser Arbeit auf. Dann wieder packt es mich und ich sehe, dass ich etwas wirklich Sinnvolles mache.«

Erck strich ihr übers Haar und schwieg.

»Es ist so viel passiert in den letzten Jahren, dass es mir so vorkommt, als würde es für ein ganzes Leben reichen«, fuhr Lena fort. »Ich weiß im Moment nicht, wie das alles weitergeht. Das Einzige, was ich weiß: Ich will mit dir zusammen sein. Jetzt und für immer.« Lenas Augen waren feucht geworden, sie schmiegte sich eng an Erck. »Halt mich einfach ganz fest. Ich brauche dich, Erck.«

Neunzehn

Lena reckte sich im Bett und warf einen Blick auf die Uhr. Kurz vor sechs. Sie wandte sich vorsichtig um. Erck schlief. Sie hatten bis weit nach Mitternacht über ihre Pläne für die Zukunft gesprochen. Irgendwann war Lena in Ercks Armen eingeschlafen.

Leise stieg sie aus dem Bett und verließ das Schlafzimmer. In der Küche stellte sie die Kaffeemaschine an und griff nach Wiebke Rinkens Tagebuch.

> Jul ist jetzt vier Monate auf Helgoland. Er hat immer noch Angst, dass diese schrecklichen Menschen ihn finden könnten, aber wir haben beschlossen, ein halbwegs normales Leben zu führen. Das ist nicht leicht, denn Jul kann sich in der Gemeinde weder offiziell anmelden noch eine Arbeit suchen. Im Moment leben wir von meinem Geld. Mama und Papa haben mir ein – zumindest für meine Verhältnisse – kleines Vermögen vermacht. Solange ich Frauke wegen dem Haus nicht ausbezahlen

> muss, wird das Geld reichen. Außerdem arbeite ich jetzt wieder mehr in der Kurverwaltung.
>
> Ja, ich gebe zu, ich male mir die Zukunft etwas zu rosig aus. Wir können nicht offiziell heiraten – und selbst Kinder zu bekommen wird schwierig sein. Jul hat Angst, dass jede Spur, die er hinterlässt, ihn verraten könnte. Ich muss ihm vertrauen, er ist (oder war) Polizist und weiß, wovon er spricht. Gibt es irgendeinen Ausweg aus der Lage? Im Moment nicht, sagt er. Es muss aber einen Weg geben, habe ich zu Jul gesagt, nein, ich habe ihn angefleht, dass es nicht ewig so weitergehen kann.

In den Folgebeiträgen sträubte sich Wiebke immer mehr dagegen, dass sie auf lange Zeit ein Leben führen sollte, das von so vielen Geheimnissen belastet war. Sie fragte sich regelmäßig, ob es einen Weg aus der Isolation gab. Auf Helgoland bewegte sich Julius Weber inzwischen frei, auch wenn Wiebke und er nur wenige gemeinsame Kontakte pflegten. Viereinhalb Monate vor ihrem Tod wurden die Einträge seltener. Wiebke schien vorsichtiger zu sein, sprach über normale Vorkommnisse im Alltag, über ihre Großmutter und die Insel. Nur hin und wieder gab es eine kurze Bemerkung über ihre prekäre Situation, die Lena nicht einordnen konnte. Mitte Dezember hatte sie den letzten Eintrag verfasst.

> Ich bin verzweifelt. Auf der einen Seite weiß ich, dass etwas passieren muss, auf der anderen Seite habe ich Angst, dass diese Menschen Jul finden. Ich kann hier nicht darüber schreiben, was wir entdeckt haben oder, besser gesagt,

> glauben entdeckt zu haben. Wenn Jul recht hat, könnte es dazu führen, dass die Mafiabande auffliegt. Was das bedeuten würde, kann ich mir noch gar nicht ausmalen. Alles würde sich ändern, von einem Tag auf den anderen. Wir wären frei, frei für immer. Und wir könnten machen, was wir wollen. Jul könnte sich offiziell auf Helgoland anmelden. Ich bin mir sicher, dass er hier eine Arbeit finden würde. Und noch sicherer bin ich mir, dass er hier bei mir bleiben wird. Haben wir eine Wahl? Julius meint, nein. Es gibt nur diesen einen Weg, und den werden wir gemeinsam gehen.

Lena sah die restlichen leeren Seiten des Tagebuchs durch, fand aber weder weitere Einträge noch einen Hinweis auf das Passwort für die Google-Cloud von Wiebke Rinken.

Sie schreckte hoch, als plötzlich Erck in der Tür stand und fragte: »Schon am Arbeiten?«

»Ich war früh wach und wollte dich nicht wecken.«

Erck trat zu ihr an den Tisch und legte von hinten die Arme um sie. »Kommst du noch mal ins Bett?« Er lächelte. »Es ist doch Sonntag.«

Nach dem späten Frühstück machten Lena und Erck einen langen Spaziergang auf Nordstrand und suchten sich anschließend ein Restaurant, in dem sie eine Kleinigkeit aßen.

»Wäre es sehr schlimm, wenn ich schon am späten Nachmittag nach Kiel fahre?«, fragte Lena, als sie sich für die Rückfahrt ins Auto gesetzt hatten. »Ich wollte noch kurz bei Johann reinschauen und habe morgen früh gleich einen Termin bei meiner neuen Chefin.«

Erck seufzte. »Muss das unbedingt sein?«

»Du könntest dich doch auch schon auf den Weg nach Amrum machen und dafür etwas früher zurückkommen.« Erck hatte ihr während des Spaziergangs erzählt, dass er am nächsten Vormittag nach Amrum fahren wollte und plante, am Mittwochnachmittag zurück zu sein.

Erck startete den Motor. »Ja, das wäre eine Möglichkeit.«

»Und ich sehe zu, dass ich am Dienstagabend zu Hause bin. Was meinst du?«

Erck nickte und fädelte sich in den Verkehr ein.

Kurz nach siebzehn Uhr machten sich Lena und Erck auf den Weg. Beide hatten ihre Reisetaschen gepackt und in ihre Autos gelegt. Jetzt standen sie voreinander. Lena trat einen Schritt vor und küsste Erck zärtlich. »Ich bin Dienstagabend wieder da, versprochen.«

Johann öffnete Lena die Tür. »Du hier? Ist etwas passiert?«

»Kann ich erst mal reinkommen?«, fragte Lena. »Oder seid ihr beiden gerade beschäftigt?«

Johann trat zur Seite. »Was du wieder denkst! Johanna ist bei einer Freundin, der es nicht so gut geht. Der Freund hat sich von ihr getrennt.«

Lena zog ihre Jacke aus und nahm in der kleinen Küche Platz. Johann setzte Tee auf und hörte dabei einer Kurzfassung der ihm noch nicht bekannten Helgoländer Ermittlungen zu.

Johann reichte Lena eine Tasse mit Tee und setzte sich zu ihr. »Das Tagebuch scheint ja interessant zu sein. Da bestätigt sich einiges, was wir schon vermutet hatten. Und es klingt danach, als hätten die beiden die ursprüngliche Helgoland-Spur, hinter der Weber her war, wieder aufgegriffen.«

»Genau das wollte ich mit dir diskutieren. Ich habe nicht die geringste Ahnung, worum es sich hier handeln könnte, hatte aber den gleichen Gedanken, als ich die Tagebucheinträge gelesen habe.«

»Meinst du denn, dass in dieser Cloud relevante Daten hinterlegt sind?«, fragte Johann.

»Auch deshalb bin ich hier.« Lena legte das Adressbuch auf den Küchentisch. »Kannst du dich damit beschäftigen? Ich habe noch Hoffnung, dass hier das Passwort zu finden ist.« Sie zog einen weiteren Zettel mit der vierstelligen Nummer aus der Tasche. »Diese Ziffern waren unter die Schublade geschrieben. Es ist auf jeden Fall nicht das ganze Passwort, aber es könnte ein Teil davon sein.«

»2589«, las Johann vor.

»Leicht zu merken. Stell dir auf einer Computertastatur die rechts angeordneten neun Zahlen vor. Dann fängst du unten in der Mitte bei der Zwei an, gehst einen Schritt nach oben zur Fünf, einen weiteren zur Acht und dann nach rechts zur Neun.«

Johann griff zum Adressbuch. »Darauf wäre ich jetzt nicht gekommen, aber egal. Und du meinst, hier im Buch finde ich die fehlenden Zahlen?«

»Eher Buchstaben, denke ich. Aber es können auch Zahlen sein. Ein Passwort kann ja beliebig lang sein. Vielleicht sind die vier Zahlen nur der Anfang oder sie stehen in der Mitte oder am Ende.«

Johann nickte. »Verstehe. Stundenlange Kniffel-Arbeit. Genau das Richtige für mein durchgeschütteltes Gehirn.«

Lena beugte sich vor und strich ihm über die Schulter. »Armer Kerl. Ich will doch mal hoffen, dass bei dir da oben noch alles an der richtigen Stelle ist.«

Johann lächelte schief. »Wer den Schaden hat, braucht für den Spott nicht zu sorgen. Heißt das nicht so?«

Lena grinste breit. »Ja, ich glaube schon.« Sie zeigte aufs Adressbuch. »Also, was ist?«

»Klar gehe ich da ran. Ich bin froh, dass ich was zu tun habe. Mir fällt, ehrlich gesagt, inzwischen die Decke auf den Kopf.« Er sah sie schelmisch an. »Offen gestanden habe ich bereits mit der Recherche angefangen, weil ich auch schon über eine mögliche Cloud nachgedacht habe. Allerdings muss ich vorsichtig vorgehen. Ich habe im Netz gelesen, dass Google die Eingabemöglichkeit beschränkt. Genaue Angaben darüber, wie häufig man das Passwort ausprobieren kann, habe ich nicht gefunden. Ich vermute aber, dass es weit über ein Dutzend Mal geht. Und ich hoffe, dass der Account bei zu vielen Eingaben nach einer Weile wieder freigeschaltet wird. Aber lass mich mal machen.« Er musterte sie. »Du bist aber nicht extra deshalb früher nach Kiel gekommen, oder?«

»Nein, nicht nur. Ich wollte Kollege Seute einen persönlichen Besuch abstatten.« Sie sah auf die Uhr. »Ich mache mich mal auf den Weg, sonst wird es zu spät.«

»Glaubst du wirklich, er wird dir etwas verraten?«

Lena stand auf. »Nicht direkt, aber vielleicht komme ich ja trotzdem weiter. Irgendjemand muss ihm mal klarmachen, dass er auf dünnem Eis wandelt. Sehr dünnem Eis.«

Johann begleitete Lena zur Wohnungstür. »Ich mache mich gleich morgen an das Adressbuch. Du bist in Kiel?«

»Erst mal ja. Ich gebe dir Bescheid, wenn sich daran etwas ändert.«

Lena bog in die Seitenstraße ein, in der Thomas Seute wohnte. Die Adresse hatte sie bereits vor zwei Tagen bei einem Kollegen erfragt, der ihr im Vertrauen auch erzählte, dass Seute vor fünf Jahren von seiner Frau verlassen worden und seitdem sehr dem Alkohol zugewandt war. Mit fast allen seiner Kollegen liege er im Streit und melde sich regelmäßig krank.

Nach der richtigen Hausnummer suchend, bemerkte Lena dreißig Meter vor sich einen schwarzen Mercedes-Benz mit laufendem Motor, der am Straßenrand parkte. Im nächsten Augenblick sah sie Thomas Seute, der auf das Auto zuging. Die Beifahrertür wurde von innen geöffnet, er stieg ein. Lena, die in einiger Entfernung am Straßenrand gehalten hatte, entschied sich, dem Wagen zu folgen.

Der Mercedes fuhr Richtung Innenstadt und Lena vermutete, dass man vor einem Lokal halten würde, um dort einzukehren. Während sie an einer Ampel hielten, tastete Lena nach ihrer Kameratasche auf dem Boden vor dem Rücksitz, öffnete sie und angelte die Spiegelreflexkamera heraus. Anschließend griff sie erneut nach hinten und holte das Teleobjektiv hervor. Als sie wieder nach vorne sah, bemerkte sie gerade noch rechtzeitig, dass es weiterging und der Mercedes Richtung Gablenzbrücke abbog. Schließlich umrundeten sie den Ausläufer der Kieler Förde und fuhren über die Werftstraße ins Industriegebiet am Hafen. Da hier am frühen Sonntagabend nur wenige Fahrzeuge unterwegs waren, ließ Lena sich weiter zurückfallen, um keine Aufmerksamkeit auf sich zu ziehen. Plötzlich bemerkte sie, dass der Mercedes nicht mehr vor ihr zu sehen war, und sie entschied sich spontan, nach rechts in die nächste Seitenstraße abzubiegen. Zur Sicherheit schaltete sie das Licht aus. Nach wenigen Metern sah sie das Fahrzeug im Licht einer Straßenlaterne vor sich, es schien erst langsamer zu werden und hielt schließlich ganz an. Lena war gerade mit laufendem Motor am Straßenrand zum Stehen gekommen, als ein heller Blitz im Inneren des Mercedes sie zusammenzucken ließ. War dort gerade eine Waffe abgefeuert worden? Sie war zu weit entfernt, als dass sie das Geräusch hätte hören können. Intuitiv fuhr sie mit ausgeschaltetem Licht weiter vor, blieb etwa dreißig Meter entfernt stehen und starrte auf den Mercedes. Da wurde die Beifahrertür des Autos von innen geöffnet und eine unförmige Gestalt kippte auf die Straße. Im selben Moment, als Lena hastig ausstieg, gab der Mercedes mit quietschenden Reifen Gas und fuhr in hohem Tempo davon. Lena stand kurz unschlüssig neben ihrem Auto und versuchte, die Lage einzuschätzen. War das ein Mensch, der dort auf der Straße lag? Thomas Seute? Beim Losrennen tastete sie nach ihrer Waffe im Holster. Je näher sie kam, desto sicherer war sie, dass dort jemand lag. Wenige Meter vor dem Ziel bemerkte sie die kleine dunkle Pfütze neben der zusammengekrümmten Person, dann hatte sie sie auch schon erreicht. Ein Mann. Sie kniete sich hin und legte einen Finger an seinen Hals. Er lebte. Sie zog das Handy aus der Hosentasche, wählte den Notruf, nannte ihren Standort und forderte dringend einen Notarzt an. Während sie sprach, beugte sich Lena nach unten, um die Person besser sehen zu können, und erkannte entsetzt, um wen es sich handelte: Thomas Seute lag mit einem Kopfschuss vor ihr.

Vorsichtig brachte Lena ihn in die stabile Seitenlage, durchsuchte die Taschen ihrer Jacke, bevor sie sie auszog und ihn damit so gut es ging zudeckte. Mit einem noch verschlossenen Päckchen Papiertaschentücher, das sie in ihrer Jackentasche gefunden hatte, drückte sie auf die stark blutende Wunde an Seutes Kopf. Der Kommissar öffnete die Augen und sah Lena an. Seine Lippen bewegten sich, als wollte er etwas sagen. Lena beugte sich zu ihm herunter und versuchte zu verstehen, was er flüsterte. Sie hörte die Sirene des Rettungswagens näher kommen, konzentrierte sich aber noch einmal auf ihren Kollegen.

»Ich verstehe dich nicht, Seute!«

Wieder bewegten sich seine Lippen, Lena hielt ihr Ohr noch näher vor seinen Mund. Als die Sirene des Rettungswagens verstummte, konnte Lena mehrere Silben hören, die für sie aber keinen Sinn ergaben. Im nächsten Augenblick wurde sie von Seute zurückgezogen und der Notarzt beugte sich über den Verletzten.

Zwanzig

Mit blutverschmiertem Sweatshirt lief Lena im Aufenthaltsbereich des Städtischen Krankenhauses auf und ab. Nachdem der Rettungswagen mit Thomas Seute abgefahren war, waren die Kieler Kollegen des Kriminaldauerdienstes erschienen, die von der Rettungsleitstelle informiert worden waren. Lena wies sich als Kollegin aus und gab ihre Beobachtungen zu Protokoll. Die direkte Überprüfung des Mercedes-Benz-Kennzeichens ergab keinen Treffer. Das Fahrzeug schien nicht zu existieren. Lena bat darum, dass das LKA informiert werde, und verabschiedete sich ins Krankenhaus.

»Und?«, fragte eine weibliche Stimme in Lenas Rücken.

Lena wandte sich um. Kriminalrätin Nielsen stand vor ihr. »Seute wird operiert. Bisher wollte mir niemand etwas sagen.«

»Was haben Sie in seiner Straße gemacht?«

»Ich wollte mit dem Kollegen sprechen. Sozusagen persönlich und privat.«

»So gut kennen Sie sich?«, fragte Nielsen spitz, schien aber keine Antwort von Lena zu erwarten. »Hat er noch etwas gesagt?«

»Er hat es versucht, aber ich kann mir keinen Reim darauf machen. Entweder habe ich es falsch verstanden oder er war schon zu weit weg.«

Die Tür des Wartebereichs öffnete sich. Beide Frauen richteten erwartungsvoll den Blick dorthin, um zu sehen, wer hereinkam. Aber es erschien kein Weißkittel, sondern Ludger Schlüter, ein Kollege von Thomas Seute.

»Schlüter!«, sagte Nielsen und ging auf ihn zu. »Gut, dass Sie hier sind. Hat Seute nahe Verwandte, die wir informieren können?«

»Wie geht es Thomas?«, presste Ludger Schlüter hervor.

»Das wissen wir noch nicht«, antwortete Nielsen. »Er ist noch im OP.«

Schlüter nickte. »Wird er durchkommen?« Sein Blick ging zwischen Kriminalrätin Nielsen und Lena hin und her.

»Ich bin keine Ärztin«, sagte Lena. »Aber was ich gesehen habe, sah ziemlich dramatisch aus.«

»Also nein?«, flüsterte Schlüter.

Kriminalrätin Nielsen räusperte sich. »Wie gesagt, Kollege Schlüter, Seute ist noch im OP. Können Sie mir etwas zu seinen Angehörigen sagen?«

Erst jetzt schien Schlüter Nielsens Frage aufgenommen zu haben. »Seine Ex-Frau wird wohl kaum kommen wollen. Die beiden haben sich bis …« Er schluckte. »Sie sind extrem zerstritten. Kinder hat Thomas, zwei, aber ich weiß nicht, wie man die erreichen kann. Sein Vater ist schon seit einer Weile tot, seine Mutter ist vor zwei Jahren gestorben. Es mag sein, dass es noch Onkel oder Tanten oder deren Kinder gibt, aber Thomas hat nie etwas von Familientreffen erzählt. Bis auf die Töchter sehe ich niemanden, den Sie informieren müssen.«

Nielsen nickte und wandte sich an Lena. »Sie können nach Hause gehen. Ich bleibe hier. Kollege Schlüter sicher auch.«

Am nächsten Morgen schloss Lena die Tür ihrer kleinen Kieler Wohnung ab. In der Nacht hatte sie unruhig geschlafen und war immer wieder aufgewacht. Auf einem Block hatte sie die Wörter und Silben notiert, die Seute bei seinem mühsamen Versuch, ihr etwas mitzuteilen, geflüstert hatte. Auf dem Weg zum Auto machte sie bei ihrer Bäckerei halt, die außer Brötchen und Brot auch einen trinkbaren Latte macchiato anbot. Gestärkt mit einem großen Glas Latte und einem knusprigen Croissant machte sie sich auf den Weg zum LKA.

»Nichts Neues aus der Klinik«, sagte Kriminalrätin Nielsen, nachdem sie sich begrüßt hatten. »Ich habe gerade noch ein Gespräch mit dem Chefarzt gehabt. Die Operation ist gut verlaufen und Seute ist vorsichtshalber ins künstliche Koma versetzt worden, aber die Prognosen sind nicht positiv. Selbst wenn er es überleben sollte, wird er voraussichtlich schwere Schäden zurückbehalten.«

Lena nickte.

»Der Kieler Polizeipräsident hat eine zehnköpfige SoKo zusammenstellen lassen. Sie werden der SoKo nicht angehören, aber mit ihr zusammenarbeiten. Ich habe mit dem Polizeipräsidenten abgesprochen, dass Sie unabhängig arbeiten werden und auf alle Akten der SoKo Zugriff haben. Sie verstehen, worauf ich hinauswill?«

»Das war keine Zufallstat. Seute ist definitiv freiwillig in das Auto gestiegen. Er wurde nicht durch eine zweite Person außerhalb des Fahrzeugs zu etwas gezwungen und ich gehe davon aus, dass er die Person kannte, die am Steuer saß.«

»Das ist mir klar, Frau Hauptkommissarin. Ab sofort werden Sie nicht mehr allein unterwegs sein. Ich denke, der Kollege Kotten aus Husum wäre geeignet. Ich habe bereits mit seinem Vorgesetzten gesprochen.«

Lena nickte. »Ist die Kugel gefunden worden?«

»Ja. Sie ist in der Ballistik. Ich bekomme noch heute Vormittag das Ergebnis. Neun Millimeter, das kann ich Ihnen schon jetzt verraten.«

»Die ganze Sache kann ausgesprochen unschön werden«, sagte Lena vorsichtig andeutend, in welche Richtung sie ermitteln würde.

»Auch das ist mir klar, Frau Lorenzen. Ich hoffe, Sie werden ausreichend Fingerspitzengefühl an den Tag legen. Informieren Sie mich über jede neue Erkenntnis.«

»Ich gehe davon aus, dass der Fall auf Helgoland und …«

»Warten wir es ab«, unterbrach Kriminalrätin Nielsen Lena. »Gehen Sie so unvoreingenommen wie nur irgend möglich an die Ermittlungen heran. Ich scheue keinen Skandal, aber wenn es dazu kommen sollte, will ich definitiv vorbereitet sein und die Fäden in der Hand halten.« Sie fixierte Lena. »Sie haben mich verstanden?«

»Ich denke schon.«

Lena betrat die Kieler Polizeidirektion, einen schlichten vierstöckigen Backsteinbau, und fragte am Empfang nach Hauptkommissar Roland Haustein, dem Leiter der SoKo. Kurz darauf kam ein junger Mann, der sie durchs Haus bis vor die Tür der SoKo führte.

Haustein, ein kräftiger Mann in den Fünfzigern, stand vor einer Tafel und referierte die Tatortfotos. Als Lena näher trat, zog er eine Augenbraue hoch und musterte sie.

»LKA?«, fragte er in einem Ton, als stünde eine Polizeischülerin vor ihm.

Lena nickte. »Lena Lorenzen.«

»Wunderbar! Sie kommen genau richtig. Möchten Sie etwas zum Tatort sagen? Immerhin waren Sie quasi live dabei.«

Lena trat vor, reichte ihm die Hand und nickte in die Runde der Kollegen, die vor der Tafel mit Fotos standen.

»Es kam vorhin die Frage auf, warum Sie dem Kollegen gefolgt sind«, fuhr Haustein fort. »Ich konnte sie nicht beantworten. Möchten Sie etwas dazu sagen?«

»Gerne, Kollege.« Sie wandte sich an die Runde. »Ich bearbeite einen Fall und benötigte dringend ein paar Auskünfte vom Kollegen Seute. Als ich in seine Straße einbog, stieg er gerade in ein Auto, das mit laufendem Motor am Bordstein stand.« Lena drehte sich um und zeigte auf ein Foto eines Modells, wie es am Vorabend vor Seutes Haus geparkt hatte. »Ich folgte dem Fahrzeug, der Rest ist bekannt.«

Roland Haustein, der inzwischen neben Lena stand, räusperte sich. »Darf man fragen, um welchen Fall es sich handelt?«

»Julius Weber«, sagte Lena. Ein Raunen ging durch die Gruppe. »Wie ich höre, ist der Name bekannt. Thomas Seute war Webers Führungsbeamter.«

»Sie vermuten einen Zusammenhang?«, fragte Haustein.

Lena wandte sich ihm zu. »Die Möglichkeit besteht immer, allerdings wäre das in dieser Phase der Ermittlung ausgesprochen spekulativ.«

»Zehn Minuten Pause, Kollegen«, sagte Haustein und wies mit der Hand zur Tür. »Gehen wir doch in mein Büro, Frau Lorenzen.«

Haustein ging voraus, öffnete eine Tür auf einem der langen Gänge im Kommissariat und bat Lena mit einer Handbewegung in den Raum.

»Ich möchte gleich eins klarstellen. Mir ist scheißegal, ob Sie vom LKA oder vom FBI sind, hier in der SoKo habe ich das Sagen. Kommen Sie uns einfach nicht in die Quere und legen Sie Ihre Informationen offen. Wir sind hier nicht beim Pokern. Haben Sie mich verstanden?«

Lena ließ sich Zeit mit ihrer Antwort. Schließlich lächelte sie. »Kollege Haustein, es gibt nicht den geringsten Grund, Informationen zurückzuhalten. Ich hoffe, das gilt für uns beide?«

»Wie stellen Sie sich Ihre Mitarbeit vor? Wollen Sie und Ihr Kollege aus Husum sich in meine Reihen eingliedern? Wir können jeden Mann ...« Er hielt kurz inne. »... und natürlich auch jede Frau gut gebrauchen.«

»Das hier ist eindeutig Ihr Fall und ich arbeite unabhängig von Ihrem Team. Das alles ist Ihnen sicher erklärt worden. Sie können gerne noch einmal mit dem Polizeipräsidenten sprechen. Er wird Ihnen ...«

»Lassen wir diese Spielchen«, unterbrach Haustein Lena unwirsch. »Was wollen Sie wirklich?«

»Unter uns?«

»Ja!«, brummte Haustein.

»Sie unterstützen mich – ich unterstütze Sie. Und das alles ohne Spielchen.«

»Dann fangen Sie mal an.«

»Das, was ich jetzt sage, haben Sie nicht von mir.«

Haustein nickte.

»Die Akten zu dem letzten Fall, in dem Julius Weber als verdeckter Ermittler tätig war, sind nicht auffindbar.«

»Sieh an, die Supermänner vom LKA! Wird doch tatsächlich geschlampt bei euch?«

Lena warf ihm einen scharfen Blick zu. »Solche Bemerkungen bringen uns nicht weiter. Entweder läuft das jetzt auf Augenhöhe oder ich breche ab.« Sie verzichtete darauf auszuführen, was das für Haustein bedeuten würde. Der Hauptkommissar dürfte aus Erfahrung wissen, dass er und sein Team schnell zwischen alle Räder geraten konnten.

»Sie tauchen hier so einfach auf und stellen Forde...«

Roland Haustein brach ab, als Lena sich abwandte und auf die Tür zuging.

»Bleiben Sie hier«, forderte Haustein sie mit gedämpfter Stimme auf.

Lena drehte sich zu ihm um. »Sicher?«

»Legen Sie schon los!«, murmelte er.

Lena zeigte auf den kleinen Tisch mit vier Stühlen. »Wollen wir uns nicht erst mal setzen?«

Haustein holte ein Handy aus der Tasche und schrieb eine Nachricht. Schließlich setzte er sich mit Lena an den Tisch. »Die war für meine Mannschaft.«

Lena nickte. »Ich brauche Ihnen nicht zu sagen, dass der Fall schnell eine Dimension annehmen kann, die explosiv ist. Für uns alle.«

»An was war Weber dran?«

Lena brachte Roland Haustein auf ihren Stand, verschwieg aber, dass es inzwischen Zweifel an Webers erweitertem Suizid gab.

»Die Kurden also! Viel Spaß, sag ich nur«, murmelte Haustein und fügte lauter hinzu: »Mit Demhat Baksi ist nicht gut Kirschen essen.«

»Mit wem?«

»Baksi ist der Clanchef. Dreiundvierzig, abgebrüht wie kein anderer, skrupellos und extrem vorsichtig. Die Kollegen von der Drogenfahndung können davon ein Lied singen.«

»Demhat ist sein Vorname?«

Haustein nickte. »Warum?«

Lena zögerte. Konnte sie Roland Haustein vertrauen? Aber was blieb ihr anderes übrig. Allein würde sie kaum weiterkommen.

»Seute hat noch etwas gesagt, bevor er ohnmächtig wurde. Es war unglaublich schwer zu verstehen und ich konnte mir bisher keinen Reim darauf machen.«

»Demhat?«

Lena nickte. »Ich habe diesen Namen bisher noch nie gehört, sonst hätte ich sofort geschaltet. Wir sollten unsere Ermittlungen koordinieren. Haben Sie schon Seutes Wohnung durchsucht?«

»Nein, ich warte auf den Beschluss.« Er griff zum Handy. »Franz, schnapp dir einen Kollegen und fahr sofort zu Seutes Wohnung. Wartet da, bis wir kommen.«

Sein nächster Anruf schien dem Staatsanwalt zu gelten. Er fragte nach dem Beschluss und beendete das Gespräch, nachdem er eine Weile zugehört hatte.

»Eine halbe Stunde. Wir hätten schon gestern reagieren müssen. Wer weiß, was dort in seiner Wohnung zu finden ist.«

»Mein Fehler.«

»Na ja, wie ich gehört habe, haben Sie Seute das Leben gerettet – falls er denn durchkommen sollte –, da hatten Sie vermutlich andere Dinge im Kopf.«

»Trotzdem.« Lena ärgerte sich, dass sie Seutes Worte nicht sofort überprüft hatte. »Was haben Sie noch für mich?«

»Wir stehen ganz am Anfang. So, wie der Anschlag ausgeführt wurde, waren es Profis. Eiskalt. Also liegt es nahe, dass es etwas mit Seutes Arbeit beim LKA zu tun hat. Bekommen wir da Akteneinsicht?«

»Ich kümmere mich darum, dass Sie die Fälle der letzten zwei Jahre bekommen. Wo es sich um verdeckte Ermittlungen handelt, wird es schwierig werden.«

»Dezernat 21, richtig?«

Lena nickte. »Organisierte Kriminalität und Rauschgiftkriminalität. Ich habe keine Ahnung, was Seute in den letzten Jahren alles unter sich hatte und an welchen Fällen er dabei dran war.«

Roland Haustein brachte Lena auf den neuesten Stand. Die Kriminaltechnik suchte auf Seutes Kleidung nach

Fremd-DNA, das Fahrzeug war zur Fahndung ausgeschrieben, aber aufgrund des gefälschten Kennzeichens bestand wenig Hoffnung.

»Wir werten gerade sämtliche Kameras in den von Ihnen beschriebenen Straßen aus und versuchen dann, die Weiterfahrt des Mercedes zu rekonstruieren.«

Hausteins Handy machte sich bemerkbar. Er warf einen Blick aufs Display und nahm das Gespräch an. »Franz, seid ihr da?« Haustein presste das Handy ans Ohr und hörte zu. »Scheiße! Bin gleich da! Ruf die Kriminaltechnik.« Er sah auf. »Kommen Sie mit? Kacke am Dampfen. In Seutes Wohnung ist eingebrochen worden.«

Einundzwanzig

Zehn Minuten später hielten sie vor dem Mietshaus, in dem sich Thomas Seutes Wohnung befand. Lena hielt am Straßenrand, Haustein sprang aus dem Auto und lief auf den Eingang zu. Lena suchte sich einen Parkplatz und folgte ihm.

Vor der offenen Wohnungstür stand einer von Hausteins Leuten und nickte ihr zu. Lena streifte sich einen Schuhschutz über und zog sich Latexhandschuhe an, bevor sie die Wohnung betrat. Schon im Flur sah sie das Durcheinander. Der Schrank stand offen, der Inhalt der Schubladen lag verstreut auf dem Boden. Sie folgte den Stimmen, umrundete die Kleiderhaufen im Flur und betrat einen Raum, der vermutlich Thomas Seute als Arbeitszimmer diente. Hier herrschte das absolute Chaos. Papiere, Ordner, Bücher, alles lag kreuz und quer auf dem Boden. Der Computer stand aufgeschraubt auf dem Schreibtisch. Lena trat neben Haustein, der das Innere des Rechners untersuchte.

Der Hauptkommissar zeigte auf einen freien Platz im Gehäuse. »Festplatte entfernt. Laptop gibt es nicht, Handy und Tablet auch nicht.«

»Hatte Seute auch keins dabei, als er überfallen wurde?«, fragte Lena.

»Nein, nichts. Nicht einmal seine Papiere. Keine Geldbörse, gar nichts.«

Lena sah sich im Raum um. Es war sinnlos, auf gut Glück die Räume zu durchsuchen. Sie würden allenfalls Spuren vernichten. Die Kriminaltechniker hatten eine Menge Arbeit vor sich.

Haustein schien das Gleiche gedacht zu haben. »Bringt nichts, hier etwas anzurühren. Wir warten auf die Kollegen und dann verschwinden wir.«

Lena nickte. »Sehe ich auch so.«

»Ich bin jetzt in Kiel«, sagte Ole Kotten, als sie seinen Anruf annahm. »Wo ist unser Hauptquartier?«

Lena lachte. »Gute Frage.« Sie gab ihm die Adresse ihrer Wohnung. »Ich bin in zehn Minuten da.«

Nachdem sie Seutes Wohnung verlassen hatten, hatte Lena mit Haustein abgemacht, dass sie sich am nächsten Tag gegen zehn Uhr in der Polizeidirektion treffen würden. Sollte es vorher Neuigkeiten geben, würde Haustein sie anrufen.

Lena bog auf den Parkplatz zu dem Mietshaus ihrer Wohnung ein und fluchte. Wieder einmal hatte jemand ihren Parkplatz blockiert. Sie fuhr zurück auf die Straße und suchte sich einen freien Platz in einer Nebenstraße.

Als sie auf das Haus zuging, kam Ole ihr entgegen. »Hier haust du also«, sagte er und schaute an dem zehnstöckigen Wohnhaus hoch. »Jetzt sagst du mir aber nicht gleich, dass der Fahrstuhl defekt ist und du …«

Lena stieß ihn spielerisch in die Seite. »Sei vorsichtig, sonst laufen wir wirklich.«

Lena goss Kaffee in zwei Becher und füllte sie mit Milchschaum auf. Ole saß an dem kleinen Tisch in ihrer Küche, sie setzte sich zu ihm und berichtete von den aktuellen Ereignissen und den letzten Tagebucheinträgen von Wiebke Rinken.

Ole nickte dankend, als Lena ihm die Tasse reichte. »Demhat Baksi?«

»Ja, aber ich kann dir zu ihm noch nichts sagen. Laut Haustein der Clanchef. Jung, skrupellos, gut vernetzt und gefährlich. Er wurde bisher nie verurteilt. Wundersamerweise ziehen die Zeugen ihre Aussagen immer wieder schnell zurück oder verschwinden gerne auch mal kurz vor Prozessbeginn.«

»Und tauchen wieder auf?«

Lena nickte. »Bisher ja, aber ihre Aussagen widerrufen sie spätestens dann. Mehr wusste Haustein auch nicht.«

»Du klingst aber, als hättest du schon eine Idee, wie wir an Informationen kommen.«

Lena lächelte. »Ich habe vorhin mit einem ehemaligen Kollegen gesprochen. Pensioniert seit vier Jahren. Er hat im Dezernat 21 gearbeitet.« Sie sah auf die Uhr. »Wir treffen ihn in einer Stunde.«

»Wo? Hier?«

»Nein, das wollte er nicht. Bei sich zu Hause erst recht nicht. Ich habe einen anderen Ort vorgeschlagen.«

Ole Kotten sah aus dem Fenster. »Aber hoffentlich nicht draußen.«

Lena lachte. »Nein. Das wollte ich deinen alten Knochen nun wirklich nicht zumuten.« Sie trank einen Schluck Kaffee. »Es wird nicht leicht mit Haustein. Ich konnte ihn zwar etwas besänftigen, aber er scheint nicht gut auf das LKA zu sprechen zu sein.«

»Damit werden wir fertig. Allerdings verstehe ich unsere Aufgabe noch nicht ganz.«

»Wir sollen das Schlimmste verhindern, was immer das ist.« Als Ole sie erstaunt ansah, lachte sie. »Ja, ich weiß, Lorenzen und das Schlimmste verhindern, nicht unbedingt eine Erfolg versprechende Strategie. Aber nach dem Weber-Schlamassel, wie es allgemein bei uns bezeichnet wird, soll wohl nicht noch ein Seute-Skandal folgen.«

»Im Moment sieht aber alles nach einem aus, oder?«

»Keine voreiligen Schlüsse, Ole. Ich habe Seute früher als ausgesprochen korrekten Kollegen erlebt. Vielleicht gibt es ja noch eine andere Erklärung dafür, dass er gestern in dieses Fahrzeug eingestiegen ist.«

»Du hast recht, ich sollte mich etwas zurückhalten. Hast du Infos über ihn?«

»Ich durfte heute Morgen kurz seine Personalakte einsehen.« Lena schlug ihr Notizbuch auf. »Seute ist zweiundfünfzig, seit über dreißig Jahren bei der Truppe, seit zwanzig beim LKA. Bisher keine Einträge in der Personalakte, keine Beschwerden, von wem auch immer.«

»Nicht einmal von Weber?«

»Das hat mich auch gewundert. Entweder hat Weber Seute keine Schuld an seinem Innendienst gegeben oder seine Beschwerde ist vertuscht worden.«

»Das wäre aber in die Zeit von Kriminaldirektor Warnke gefallen. Hast du noch Kontakt zu ihm?«

Lena schüttelte den Kopf. »Nein, so eng waren wir nun auch nicht. Aber ich kann ihn anrufen.«

»Ist Seute verheiratet oder in einer Beziehung? Offensichtlich war ja sonst niemand in der Wohnung.«

»Geschieden. Seit vier Jahren. Zwei erwachsene Kinder. Mehr stand nicht in seiner Akte. Ein Kollege, der gestern Abend ins Krankenhaus kam, sagte, dass seine Eltern beide nicht mehr leben. Mit der Ex steht er wohl extrem auf Kriegsfuß.«

»Ich versuche, seine Ex-Frau zu erreichen. Du hast keine Daten, oder?« Als Lena verneinte, fuhr er fort: »Und die Kinder? Irgendwer muss uns doch etwas über Seute erzählen können.«

»Gut, kannst du dich um die Angehörigen kümmern?«

»Schon notiert.«

»Hast du noch mal über Helgoland nachgedacht?«, fragte Lena.

Ole Kotten nickte. »Der entscheidende Punkt ist doch, was Weber überhaupt nach Helgoland geführt hat. Zunächst am Anfang, als er Wiebke Rinken kontaktiert hat, und dann bei seiner Flucht. Warum war Helgoland für ihn so wichtig? Meiner Meinung nach muss es einen direkten Zusammenhang mit seinen Privatrecherchen geben.«

»Schwer vorstellbar. Geldwäsche auf Helgoland – nicht sinnvoll. Prostitution oder Menschenhandel ergibt auch keinen Sinn. Bleiben Drogenhandel oder Schutzgelderpressung. Drogen auf Helgoland mag es geben, aber ganz sicher keine Drogenszene. Schutzgelderpressung? Das wäre möglich, ist aber nicht besonders wahrscheinlich.«

»So viele Restaurants und Lokale gibt es nicht auf der Insel«, bestätigte Ole. »Und ohne Clanfiliale auf Helgoland ist das ja wohl kaum zu machen. Oder meinst du, die Gruppe um Oke Jacobs ist da aktiv geworden?«

»Wie soll das funktionieren? Die sind doch alle bekannt und können nicht einfach einen Wirt unter Druck setzen«, sagte Lena.

»Das können ja die Clanleute gemacht haben, und Jacobs ist nur für die Geldübergabe da, die dann vielleicht anonym ablief.«

»Das klingt nach Räuberpistole, Ole.«

Ole Kotten zuckte mit den Schultern. »Du hast ja recht. Dann bleibt nur der Drogenhandel. Nicht auf Helgoland selbst, aber vielleicht ist die Insel ein Zwischenstopp auf dem Transportweg.«

»Ja, darüber habe ich auch schon nachgedacht. Gibt es denn in der Nähe von Helgoland Seewege, auf denen große Containerschiffe fahren?«

Ole zog Lenas Laptop auf seine Seite, öffnete ihn und gab eine URL im Browser ein. Lena hockte sich hinter ihn. Eine Seekarte öffnete sich.

»In der Deutschen Bucht gibt es quasi Autobahnen für Schiffe.« Er zeigte auf einen dunkleren Streifen, der oberhalb der Ostfriesischen Inseln eingezeichnet war. »Da fahren die Schiffe aus Osten Richtung Holland und umgekehrt. Nördlich davon kommen die Offshorewindparks, die sich an der ganzen Küste entlangziehen. Und noch mal nordwestlich davon«, er zeigte auf einen zweiten dunklen Streifen auf der Karte, »ist eine weitere Seestraße.« Er fuhr mit dem Finger nach rechts. »Und da liegt Helgoland. Das ist eine Entfernung von dreizehn bis fünfzehn Seemeilen, schätze ich.«

Lena nickte. »Also kein Problem für Jacobs' Kutter?«

»Überhaupt keins. Die Frage ist nur, wie er die Drogen übernimmt. Du kannst ja nicht einfach an einem solchen Container-Riesen anlegen. Schon gar nicht, wenn er fährt. Und die werden alle per GPS kontrolliert. Es gibt auch Seiten im Internet, da kann jeder die Schiffe in Echtzeit verfolgen. Die können nicht einfach mal stoppen. Das würde erstens auffallen und zweitens eine Ewigkeit dauern.«

»Dann werfen sie die Drogen einfach über Bord«, schlug Lena vor.

Ole schmunzelte. »Und wie soll Jacobs die dann aus der Nordsee fischen? Die Pakete müssen schwimmen und auch noch sichtbar sein. Wenn sie mit einem GPS-Sender ausgestattet wären, könnte man sie vielleicht finden, aber geborgen sind sie damit noch lange nicht.«

Lena seufzte. »Dann haben sie halt einen anderen Weg gefunden.«

»Wenn wir dem Staatsanwalt mit solch einer Geschichte kommen, muss sie schlüssig sein. Und das ist diese hier nicht.

Hinzu kommt, dass es sich um mehr als ein paar Kilo handeln müsste. Ansonsten wäre der Aufwand doch viel zu groß.«

Lena sah auf die Uhr. »Wir müssen los.«

Lena fuhr durch Gaarden, den ehemaligen Werftarbeiterstadtteil von Kiel. An beiden Seiten der Straße standen vierstöckige Mietshäuser aus rotem Backstein, die direkt nach dem Zweiten Weltkrieg errichtet worden waren. Ole besah sich interessiert das lebhafte Treiben auf dem Bürgersteig. Außer an Shishabars, türkischen Lebensmittelgeschäften, Wettbüros und Handyläden fuhren sie an einem Reisebüro mit türkisch-deutscher Werbung im Fenster und anderen Geschäften vorbei, denen man von außen nicht ansah, was sie anboten.

Die Billardkneipe lag in einer ruhigen Seitenstraße. Lena und Ole betraten die im Dämmerlicht liegende Halle und gingen direkt auf den Tresen zu, hinter dem ein Mann – Lena schätzte, dass er Mitte sechzig war – Bier zapfte. Lena nickte ihm zu, er schob ihr einen Schlüssel über den Tresen, sie griff danach und bedankte sich mit einem Lächeln.

Ole folgte Lena an den Billardtischen vorbei durch einen Gang, von dem die Toiletten abgingen und an dessen Ende sich eine Tür mit der Aufschrift »Klubraum« befand. Lena schloss auf, sie traten ein und ließen die Tür angelehnt.

Der Raum war etwas größer als ein normales Wohnzimmer, in der Mitte stand ein langer Tisch mit zehn Stühlen. Die Fenster waren mit blickdichten dunkelroten Gardinen verhängt.

»Schick!«, sagte Ole. »Triffst du dich hier öfter mit Informanten?«

»Hin und wieder«, antwortete Lena und ließ sich auf einen der Stühle fallen. »Jetzt heißt es warten und hoffen.«

Zehn Minuten später wurde die Tür langsam geöffnet und, nachdem ein Mann in den Raum geschlüpft war, direkt wieder verschlossen. Lena stand auf und ging ihm entgegen.

»Lena Lorenzen. Herr Bade?«

Gerhard Bade nickte. »Wir sind uns im LKA nie begegnet, aber ich habe von Ihnen gehört.«

Lena lächelte. »Hoffentlich nur Gutes.« Sie wandte sich um und zeigte zum Tisch mit den Stühlen. »Wollen wir uns setzen?«

Bade warf einen Blick zu Ole Kotten, der ebenfalls aufgestanden war.

»Das ist mein Kollege Kotten aus Husum. Er unterstützt mich bei den Ermittlungen«, sagte Lena.

Bade nickte Ole zu und wartete, bis Lena und Ole sich gesetzt hatten, bevor er einen Stuhl vorzog und sich darauf niederließ.

»Worum geht's genau?«, fragte Bade und hob sofort die Hand. »Gleich vorweg: Nichts, was ihr von mir hört, taucht in euren Berichten auf. Kann ich mich darauf verlassen?«

»Das hier ist ein inoffizielles Treffen, von dem niemand etwas erfahren wird«, sagte Lena. »Sie haben von Thomas Seute gehört?«

»Klar, ging ja rum wie ein Lauffeuer. Drei Ex-Kollegen haben mich nacheinander angerufen. Eine verfluchte Scheiße ist das.« Gerhard Bade stutzte. »Sie waren das? Ich meine, die Seute gefunden und den Rettungsdienst angerufen hat?«

Lena nickte. »Ja, ich wollte mit ihm sprechen, als er gerade in den Wagen einstieg. Ich bin dann hinterher.«

Bade musterte sie misstrauisch. »Warum?«

»Bauchgefühl. Irgendwas kam mir nicht ganz koscher vor.«

Gerhard Bade grinste. »Kenne ich. Das hat mir schon zweimal das Leben gerettet. Nun gut, worum geht's genau? Sucht ihr die Arschlöcher, die Seute das angetan haben?«

»Wir unterstützen die SoKo. Seute hat mir was ins Ohr geflüstert, bevor der Rettungswagen kam. Demhat Baksi.«

Gerhard Bade pfiff durch die Zähne. »Dachte ich mir doch, dass es nicht um einen kleinen Ladendieb geht. Aber gleich Baksi. Starker Tobak.«

»Sie hatten während Ihrer Zeit beim LKA mit ihm zu tun?«, fragte Ole Kotten.

»Notgedrungen. Wir haben viel zu spät gemerkt, was da vor sich ging. Kann man nichts machen. War nun mal so, und dann war die Scheiße am Dampfen. Dieser Clan hat nach und nach seine Leute hergeholt. Auch Leute aus der gleichen Familie haben bei den Kurden ja gerne mal unterschiedliche Namen. Bevor du da durchsteigst, ist es schon zu spät. Aber das wollt ihr sicher nicht wissen. Demhat Baksi. Sein Vater war ein großes Tier in Hamburg. Da ist er sozusagen auch in die Lehre gegangen. Die Albaner haben die Kurden dort mehr und mehr verdrängt. Die sind dann über Pinneberg nach Kiel gekommen und haben sich von hier auf ganz Schleswig-Holstein verteilt. Das ging so schnell, da konnten wir gar nicht nach gucken. Man könnte sagen: Was soll's. Haben die halt hier bei uns andere verdrängt. Einer macht es immer. Aber so einfach ist das nicht. Der Baksi-Clan ist brutal und rücksichtslos. So viele Tote wie in den ersten Jahren hatten wir schon seit Jahrzehnten nicht mehr bei uns. Die sind organisiert wie die italienische Mafia. Familie hat Vorrang. Da kommt man nicht so einfach rein. Egal ob du auch ein Kurde bist oder weiß der Teufel was. Die trauen niemandem über den Weg. Die Arschlöcher ganz oben machen sich inzwischen natürlich nicht mehr die Finger schmutzig, und nachdem wir Baksi einmal fast drangekriegt haben, ist er vorsichtiger geworden. Dem kannst du nichts nachweisen. Und wenn sich ein Zeuge findet, hält er spätestens die Schnauze, sobald Baksis Leute ihn in der Mangel hatten.«

»Davon haben wir gehört«, sagte Lena.

»Klar, weiß inzwischen jeder Kollege, was da läuft. Mittlerweile ist Baksi fast unantastbar. Razzien laufen ins Leere. Zeugen verschwinden und tauchen nach Gehirnwäsche wieder auf. Wenn einer von seinen Leuten erwischt wird, holt ihn einer dieser Staranwälte raus und der Typ verschwindet in Kurdistan. Türkei, Syrien, Iran. Wer weiß das schon. Der Prozess wird auf Eis gelegt und gut is. Seit ich von der Truppe weg bin, soll das alles noch schlimmer geworden sein. Scheiß Ausländer, sag ich nur. Wenn es nach mir ginge, kämen die beim leisesten Verdacht rein in den Flieger und ab in die alte Heimat. Problem gelöst. Erdoğan kümmert sich schon um die. Da brauchen wir uns gar nicht einzumischen.«

Lena warf einen Blick zu Ole, der offensichtlich kurz davor war, Gerhard Bade in die Schranken zu weisen. Sie gab ihm mit einem diskreten Kopfschütteln zu verstehen, dass er sich zurückhalten sollte.

»Und Kollege Seute hat es geschafft, Weber in den engeren Kreis des Clans einzuschmuggeln?«, fragte Lena.

»Versucht hat er es. Ist ja aber in die Hose gegangen. Weber ist quasi durchgedreht.« Bade hielt inne und sah von einem zum anderen. »Das ist das, was ich gehört habe.«

»Wie war es überhaupt möglich, dass ein Nichtkurde auch nur in die Nähe des Clans kam?«, fragte Ole.

Gerhard Bade zuckte mit den Schultern. »Gute Frage, die ich mir auch manchmal gestellt habe. Aber Seute hatte da ein gutes Händchen und dachte sich die fantastischsten Viten aus.«

»Zu einem Türken wird er Weber ja wohl kaum gemacht haben können«, sagte Ole.

Bade lachte. »Wer weiß. Seute hätte auch das gebracht.« Er wurde ernst. »Nein, natürlich nicht. Thomas war da immer ausgesprochen zurückhaltend. Es wusste auch kaum einer, dass Weber unser Mann bei Baksi war.«

»Aber Sie ahnten etwas?«, fragte Lena.

Bade grinste. »Tut man das nicht immer? Ist doch unser Job.« Er stutzte. »Leider nicht mehr meiner, aber einmal Bulle, immer Bulle. Also Weber: Ich kann das jetzt nur unter großem Vorbehalt sagen. Ich glaube, Seute hat ihn als jemanden aufgebaut, der von den Türken, also den richtigen Türken, eine reingewürgt bekommen hat. Dass die Türken und Kurden sich nicht grün sind, wisst ihr ja. Das hat Seute ausgenutzt. Ich vermute mal, dass Weber laut Vita in einer anderen Stadt gelebt und dort die schlechten Erfahrungen gemacht haben soll. Ruhrgebiet, würde ich schätzen. Das hat ihn noch nicht zum Kurden gemacht, aber sicher einige Türen geöffnet.«

»So einfach geht das?«, fragte Ole mit Skepsis in der Stimme.

»Keine Ahnung! Vielleicht hat Weber ja ein paar von den Türken umgenietet und musste deshalb da abtauchen. Ich habe auch gehört, dass Weber ein Sprachtalent war. Kann mir gut vorstellen, dass er Kurdisch gelernt hat.« Bade hielt inne. »Gibt es doch, die Sprache, oder?«

»Kurmandschi«, sagte Ole, der weiter Mühe zu haben schien, ruhig zu bleiben. »Zumindest in der Türkei ist das die am weitesten verbreitete Sprache der Kurden.«

Bade grinste wieder. »Ah, da kennt sich jemand aus! Nicht schlecht, Herr Specht. Können Sie das auch sprechen?«

Lena räusperte sich laut. »Weber kam also offiziell aus einer anderen Stadt, vermutlich im Ruhrgebiet. Und worum ging es bei den angeblichen Konflikten mit den Türken?«

»Leute! Das weiß ich nicht«, antwortete Bade und zog dabei jede Silbe lang. »Nur dass es um Drogen ging, aber das ist ja ein Selbstläufer. Baksi ist da dick im Geschäft. Das war jedem klar, aber wie gesagt, bis auf ein paar kleine und ab und zu mittlere Fische haben wir nichts ins Netz gekriegt.«

»Warum wurde Weber abgezogen?«, fragte Ole.

Gerhard Bade hob beide Hände. »Nichts Genaues weiß man nicht. Angeblich stand er kurz davor aufzufliegen.

Fürsorgepflicht sozusagen. Ich glaube eher, Weber war durchgedreht und hat plötzlich an eine Weltverschwörung geglaubt. Zumindest hat Thomas so was mal erwähnt. Da war ich aber schon raus aus der Truppe. Wir haben uns gesehen, das war, als seine Ex diesen Wahnsinnsstress gemacht hat und Thomas am Boden lag. Ausgeknockt sozusagen. Doppelschlag. Schlimme Sache.«

»Ja, davon habe ich gehört«, sagte Lena, um von Gerhard Bade weitere Informationen zu bekommen. »Es ging Seute ziemlich dreckig, oder? War er nicht auch eine Zeit lang krankgeschrieben?«

»Ja, ging nicht anders. Er brauchte die Zeit, um sich wieder aufzurappeln.« Bade schlug mit der Hand auf den Tisch. »Und jetzt dieser Scheiß. Wie viel Pech kann ein Mensch denn nur haben?«

»Alkohol?«, fragte Ole.

Bade runzelte die Stirn. »Wie gesagt, alles gegessen und verdaut. Thomas war wieder voll in Ordnung. Ich habe ihn vor ein paar Monaten noch getroffen. Nur so, auf ein Bier. Klasse Typ, sag ich euch. Und ein noch besserer Polizist.«

»Haben Sie sich bei Ihrem letzten Treffen über Julius Weber unterhalten?«, fragte Lena.

Bade schien zu überlegen. »Keine Ahnung. Kann sein.«

Lena und Ole sprachen noch eine Weile mit Gerhard Bade, der ihnen weitere Details über den Baksi-Clan verriet.

Zweiundzwanzig

»Was für ein Arschloch«, murmelte Ole, als Lena und er wieder im Auto saßen. »Rassist durch und durch.«

»Ole, wir wollten uns nicht mit Bade anfreunden, nicht einmal ein Bier mit ihm trinken. Dieser Mann ist eine Katastrophe, aber wir brauchen nun mal Informationen. Es gibt keinen anderen Weg, als es professionell anzugehen.«

»Ich mag solche Typen nicht. Außerdem habe ich einen Freund, der Kurde ist. Dieses Volk ist über Jahrhunderte von den umliegenden Mächten bekämpft und erniedrigt worden. Heute übernehmen das die Amerikaner und selbst wir Europäer halten uns schön zurück, wenn es darum geht, einmal Haltung zu zeigen. Erst dürfen sie für uns den IS bekämpfen und dann lassen wir sie fallen. Und dieses Arschloch will die Kurden Erdoğan zum Fraß vorwerfen. Ich könnte kotzen!«

»Ich weiß ein wenig um die Geschichte der Kurden. Und ja, Bade würde ganz sicher auch nicht mein Freund werden, aber Demhat Baksi ist nun mal Kurde. Wenn es stimmt, dass er Chef eines kriminellen Clans ist, dann hat das mit dem Volk der Kurden wenig zu tun, oder?«

Ole Kotten nickte. »Ich weiß, schwarze Schafe gibt es überall und nicht nur in unseren Reihen.«

»Haken wir das ab. Lohnt nicht«, sagte Lena. »Was sagst du zu der von Bade vermuteten Weber-Vita?«

»Hörensagen. Damit können wir nicht viel anfangen. Ich glaube kaum, dass Weber einfach mal so mit einer schönen Vita bei Baksi aufgetaucht ist. So funktioniert das nicht.«

Lena horchte auf. Ole Kotten hatte selbst über einige Jahre als verdeckter Ermittler gearbeitet. »Bedeutet?«

»Du brauchst mindestens einen V-Mann aus der Szene. Der muss sich über Monate, manchmal sogar Jahre an den Clan ranmachen, um so langsam in die Strukturen einzudringen. Das ist eine höllisch schwierige Sache, da diese V-Leute ja keine Polizisten sind, sondern in aller Regel Kleinkriminelle, die irgendwann einmal von uns angeworben wurden. Viele sind unzuverlässig und sprunghaft. Die kannst du höchstens auf Straßendealer ansetzen oder eine Etage höher, aber ganz sicher nicht für eine solche Aufgabe.«

»Du meinst, es gab einen Insider, der Weber ins Spiel gebracht hat?«

»Genau. Sonst hätte er nie Zugang zum Clan gefunden. Vermutlich ist Weber als Händler aufgetreten, wollte dem Clan größere Mengen abkaufen, um so das Vertrauen der Leute zu gewinnen. Kleine Geschäfte werden schon mal – sozusagen mit behördlicher Genehmigung – von V-Leuten gemacht, aber die großen Deals wickelt in aller Regel ein Polizist ab. Und in dem Augenblick ist wahrscheinlich Weber als verdeckter Ermittler ins Spiel gekommen. Wenn er angegeben hat, dass er die Drogen nicht in Baksis Territorium verkaufen will, wäre das kein Problem. Zuvor muss aber der V-Mann die Grundlagen für den Deal legen. Weber hat Leute gebraucht, die für ihn bürgen und ihn da – auch wieder langsam – ins Geschäft bringen. Das fängt klein an, mit ein paar Kilos, und dann arbeitet man sich weiter vor auf den großen Deal. Vielleicht hat Weber es so geschafft, das Vertrauen von Baksi zu gewinnen.«

»Und wo könnte dieser V-Mann jetzt sein?«, fragte Lena weiter.

»Irgendwas muss ja passiert sein. Wenn Weber aufgeflogen ist, ist der V-Mann auch weg vom Fenster. Entweder ist er tot oder in einem Zeugenschutzprogramm. In beiden Fällen unerreichbar.«

»Wenn Weber Drogen im großen Stil gekauft hat, muss es Belege dafür geben«, sagte Lena. »Nielsen hat mir gesagt, dass sie auf der Suche danach ist.«

Auf dem Weg zu Lenas Wohnung meldete sich Haustein.

»Hallo!«, sagte Lena. »Ich sitze im Auto, Kollege Kotten hört zu.«

»Kein Problem«, brummte Haustein. »Eine von Seutes Töchtern ist im Krankenhaus aufgelaufen. Sie will aber nicht mit uns sprechen. Vielleicht versuchen Sie es mal. Ich habe keine Frau im Team.«

»Ist in Ordnung! Ich kann so in zehn Minuten da sein. Gibt es Neuigkeiten?«

»Wohnungsdurchsuchung ist noch nicht abgeschlossen. In einer Stunde, hat man mir gesagt. Sonst nichts Weltbewegendes.«

Lena beendete das Gespräch und wandte sich an Ole. »Ich setz dich auf dem Weg bei mir in der Wohnung ab. Ist das in Ordnung?«

Ole nickte. »Ich suche nach der Ex-Frau und spreche mit ihr.«

Lena lief über die langen Gänge des Klinikums. Im Aufenthaltsraum saß keine junge Frau. Vor der Intensivstation angekommen, klingelte sie an der Tür, wies sich aus und sprach mit dem Kollegen, der im Flur Wache schob.

»Die Tochter ist seit einer halben Stunde bei ihrem Vater«, sagte der junge Beamte. »Soll ich sie rausholen lassen?«

Lena verneinte und zog sich einen Stuhl ran. »Alles gut. Ich warte. Gibt es Neuigkeiten zum Zustand von Seute?«

Als der junge Kollege den Kopf schüttelte, lehnte sie sich zurück und schloss die Augen. Hatten die Informationen von Gerhard Bade sie weitergebracht? Der Ex-Kollege schien große Stücke auf Thomas Seute zu halten, beruflich wie menschlich. Wie wenig objektiv die Beschreibungen in so einem Fall sein konnten, hatte Lena in ihrer Arbeit beim LKA regelmäßig beobachtet. Nur an zwei Stellen hatte Bade unsicher gewirkt: beim Grund, weshalb Weber von den Ermittlungen abgezogen worden war, und bei der Erwähnung von Seutes persönlicher Krise.

Warum genau Weber in den Innendienst versetzt worden war, schien bisher niemand im Detail zu wissen. Ihm lediglich Wahnvorstellungen unterzuschieben hätte nach Lenas Erfahrung für einen Abzug nicht gereicht. Sie würde weiter fragen müssen und hoffte, dass ihr Ex-Chef Warnke ihr dabei behilflich sein würde.

Was für eine Rolle hatte Seutes Ehekrise gespielt? An extremen Scheidungsstreitigkeiten waren in aller Regel beide Seiten beteiligt. Normalerweise regelten das die Anwälte oder später der Familienrichter. Seutes Kinder waren bereits zu alt gewesen, als dass sie mit in den Konflikt hineingezogen worden wären. Warum war Seute so abgestürzt, dass er sich für längere Zeit krankschreiben lassen musste? Lena erinnerte sich, in der Personalakte gelesen zu haben, dass er über vier Monate nicht im Dienst gewesen war. Was war passiert?

Der junge Kommissar tippte Lena an die Schulter und zeigte mit dem Kopf zu der Glastür. »Die Tochter kommt raus.«

»Wie ist ihr Name?«

»Pia. Pia Seute.«

Lena stand auf und wartete, bis die junge Frau den blauen Schutzkittel und die Maske abgelegt hatte, bevor sie auf sie zutrat und ihr die Hand reichte.

»Lena Lorenzen vom LKA. Ich habe Ihren Vater gefunden und den Rettungsdienst informiert.«

Pia Seute schien eine Weile zu brauchen, um die Information zu verarbeiten. Schließlich nickte sie und streckte vorsichtig die Hand aus.

»Danke! Vielen Dank«, sagte Pia Seute leise.

»Können wir uns kurz unterhalten?«

Die junge Frau nickte.

»Sie wollen sicher hier in der Klinik sein. Eine Etage tiefer ist eine Cafeteria. Vielleicht setzen wir uns dort hin?«

Wieder nickte die Frau und folgte Lena.

Pia Seute trank einen Schluck Tee und hielt den Becher auch anschließend mit beiden Händen umfasst. »Was möchten Sie wissen?«

»Sie haben guten Kontakt zu Ihrem Vater?«

Sie nickte. »Ja, wir haben immer noch guten Kontakt, Papa und ich. Ich studiere in Hamburg. Das ist ja nicht so weit weg.«

»Hat er Ihnen in den letzten Monaten etwas über seine Fälle im LKA erzählt?«

Pia Seute schüttelte den Kopf. »Das hat er nie getan. Er wollte nicht, dass wir …« Sie schluckte schwer. »… also, dass unsere Familie damit belastet wird. Ich weiß mehr oder weniger gar nichts über seine Arbeit. Außer dass er hier beim Landeskriminalamt in Kiel arbeitet.«

»Wie ging es Ihrem Vater in den letzten Monaten? Sie haben ihn zu Weihnachten gesehen?«

Pia Seute nickte. »Ja, ich war vier Tage bei ihm. Er war wie immer.« Sie wischte sich die Tränen aus dem Gesicht. »Sie wissen ja sicher, dass meine Eltern sich haben scheiden lassen. Das war für Papa … er ist damit nicht so gut zurechtgekommen wie meine Mutter. Aber inzwischen war eigentlich alles wieder im Lot.«

»Eigentlich?«

Die junge Frau zuckte mit den Schultern. »Papa redet nicht so gerne über Gefühle. Welcher Mann tut das schon.«

»Ihr Vater unterstützt Sie finanziell?«

Pia Seute sah erstaunt auf. »Warum ist das jetzt wichtig?«

»Entschuldigen Sie, aber das sind Routinefragen. Wir müssen uns ein Bild machen und Sie sind bisher die Einzige, die ihm sehr nahesteht und mit der wir sprechen können.«

Pia Seute zögerte kurz, bevor sie antwortete: »Ja, ich bekomme kein BAföG. Papa unterstützt mich und meine Schwester.«

»Hat Ihr Vater eine neue Beziehung?«

Pia Seute schüttelte vehement den Kopf. »Nein. Davon wüsste ich. Warum wollen Sie das wissen?«

»Wir würden ansonsten die Lebensgefährtin informieren. Das ist üblich, wenn jemand mit einer solch schweren Verletzung im Krankenhaus liegt.«

»Er hat niemanden«, wiederholte Pia Seute leise.

»Seit wann lebt Ihr Vater in seiner jetzigen Wohnung?«

»Als sich …« Sie atmete einmal tief durch. »Als die Scheidung durch war, hat sich Papa die Wohnung gesucht. Mein Elternhaus ist verkauft worden.«

»Wird Ihre Schwester auch kommen?«, fragte Lena.

»Maja? Ich habe sie angerufen. Ich weiß nicht, ob sie kommt. Sie studiert in Münster und ist im vorletzten Semester. Da ist viel zu tun.«

Lena ließ sich die Telefonnummer von Maja Seute geben, trank den letzten Schluck Kaffee aus ihrer Tasse und blieb noch sitzen, bis Pia Seute auf die Uhr schaute und Anstalten machte aufzustehen. »Ich habe einen Termin mit dem behandelnden Arzt. Haben Sie noch Fragen?«

»Hält also nur noch die jüngere Tochter zu Seute?«, fragte Ole, nachdem Lena ihm berichtet hatte.

»Sieht ganz danach aus. Hast du die Ex-Frau gefunden?«

Ole Kotten nickte. »Sie lebt unter ihrem Mädchennamen in Schleswig. Beate Wendel.« Er schmunzelte. »Ihre Instagram-Seite hat mir so einiges verraten. Sie hat einen neuen Partner – einen Bauunternehmer mit Geld –, wohnt in einer schicken Villa und lässt sich die Sonne auf den Körper scheinen.«

Lena zog die Augenbrauen zusammen. »Ole! Seit wann bist du …«

»Natürlich habe ich nichts gegen Frauen, die nicht arbeiten«, unterbrach Ole Lena. »Aber die Dame trägt das so vor sich her. Schau dir ihre Filmchen an.« Ole griff nach seinem Handy und hatte mit ein paar Klicks die Seite aufgerufen. Auf dem Display erschien eine attraktive Frau Mitte vierzig, die lächelnd in die Kamera schaute und davon sprach, was sie in den letzten Stunden unternommen hatte. Sie hob eine Hand in die Kamera, zeigte ihre neu gemachten Nägel, fuhr sich mit der Hand durch die frisch gefärbten und gestylten Haare und erzählte von einem Treffen mit zwei Freundinnen in einem angesagten Café. Schließlich hob sie einen Chihuahua in die Kamera mit dem Kommentar, dass sie dringend einen Termin im Hundesalon machen müsse.

»Schon gut, Ole. Ich habe verstanden.«

Ole hob schützend die Hände. »Ich bin unschuldig. Du wolltest es wissen. Aber mal ehrlich: Hat die Frau zu deinem Kollegen gepasst?«

»Sie muss mit Seute in sehr jungen Jahren zusammengekommen sein. Und nein, sie passt auf den ersten Blick nicht zu ihm.« Sie hielt inne. »Und auf den zweiten wahrscheinlich auch nicht.«

»Gut, dann wäre das ja geklärt. Wo war ich stehen geblieben?«

»Bauunternehmer, schicke Villa.«

»Stimmt. Frau Wendel ist sogar so nett, jeden, der will, virtuell durchs ach so schöne Haus zu führen. Nette Hütte, nicht ganz mein Stil, aber teuer. Ich habe sie dann telefonisch erreicht.«

»Und?«

»Also: Misstrauisch war sie nicht im Mindesten. Ich hätte ja Gott weiß wer sein können. Aber lassen wir das. Sie wusste schon vom Anschlag auf ihren Ex-Gatten. Die Kollegen haben sie wohl informiert. Sehr betroffen hat sie nicht reagiert, aber dank …« Ole grinste breit. »… meines Einfühlungsvermögens ist sie schnell mit mir warm geworden und hat aus dem Nähkästchen geplaudert. Ihr Ex ist ein Loser, hat getrunken und Drogen genommen und sie immer wieder betrogen. Als ich nachfragte, kam nichts Konkretes, außer beim Alkohol. Das klang sehr danach, dass sie es miterlebt hat. Drogen eher nicht. Ihr Ex hätte eine ewig lange Entziehungskur hinter sich. Frau Wendel hat sich gewundert, dass er überhaupt noch bei der Polizei arbeitet.«

»Woher weiß sie von der Auszeit? Das war erst nach der Trennung.«

»Das hat sie mir ungefragt auf die Nase gebunden. Ihre Tochter Pia habe ihr das erzählt.«

»Sie hatte also nicht viel zu sagen«, fasste Lena zusammen. »Bis auf die Tatsache, dass er zu viel getrunken hat, was allerdings nach einer traumatischen Trennung nicht so verwunderlich ist. Seute scheint ja ziemlich in die Frau verschossen gewesen zu sein. Wie hat er das die ganzen Jahre ausgehalten?«

»Menschen ändern sich«, sagte Ole. »Da werden sich wohl zwei Menschen langsam, aber sicher auseinandergelebt haben. Er wollte es nicht wahrhaben, sie hat es ihm verheimlicht. Was weiß ich.«

»Okay, damit wären wir mit der Familie fast durch.« Lena hatte gleich nach dem Gespräch mit Pia Seute bei deren Schwester angerufen und mit ihr gesprochen. »Die ältere Tochter Maja scheint ein so schlechtes Verhältnis zum Vater zu haben, dass sie mir kaum was über ihn sagen konnte oder wollte. Wenn sie wirklich nach Kiel kommt, können wir sie noch einmal direkt befragen.«

Ole nickte. »Wie geht es weiter?«

Lena stand auf und lehnte sich an die Küchenzeile. »Gute Frage!« Sie trat zum Fenster und öffnete es, um kalte Winterluft in den Raum zu lassen. »Der Abgleich der DNA auf Johanns Kleidung mit Oke Jacobs' DNA ist noch nicht durch. Es sei halt nicht so leicht, wurde mir etwas verschnupft von den Kollegen mitgeteilt. Es gab wohl eine Reihe von Spuren auf Johanns Jacke und Hose.«

»Wann?«

»Termin haben sie mir nicht gesagt. Morgen oder übermorgen, aber nur vielleicht.«

»Okay, darf ich einwerfen, dass mein Magen knurrt? Gibt es hier in der Nähe vielleicht ein nettes Restaurant?«

»Italienisch?«

»Perfekt.«

Dreiundzwanzig

Lena schob den leeren Teller zur Seite. An diesem frühen Nachmittag waren sie die einzigen Gäste im Restaurant. Lena hatte sich einen Vorspeisenteller bestellt, Ole Lammfilet mit Gnocchi und Spinat.

»Schmeckt es dir?«, fragte Lena.

Ole nickte. »Top! Dein Lieblingsrestaurant?«

»Früher schon. So häufig bin ich ja jetzt nicht mehr in Kiel.«

Ole wischte sich mit der Serviette den Mund ab. »Höre ich da Wehmut in der Stimme?«

»In Husum gibt es auch gute Restaurants. Und Erck kocht, wie du weißt, sehr gerne und vor allem gut.« Lena wich Oles Frage aus, weil sie keine Kraft hatte, um über ihre Beziehung zu sprechen.

»Verstehe«, sagte Ole. »Deine Wohnung behältst du aber erst mal?«

Lena unterdrückte ein Seufzen. Die unausweichliche Diskussion. »Erst mal ja. Auf Hotelzimmer habe ich keine Lust. Und sie kostet nicht viel. Und ich finde jederzeit einen Nachmieter. Also: kein Problem.«

Der Kellner kam und fragte, ob sie noch etwas trinken wollten. Ole bestellte eine weitere Cola, Lena lehnte dankend ab.

»Wie machen wir weiter?«, fragte Lena, um das Thema zu wechseln. In diesem Augenblick klingelte ihr Handy. Sie sah auf dem Display Hausteins Namen und nahm das Gespräch an.

»Haben Sie etwas von der Kleinen erfahren?«

Lena berichtete ihm knapp, Oles Gespräch mit der Ex-Frau erwähnte sie nicht.

»Hatte wohl einige Probleme, unser lieber Kollege«, sagte Haustein. »Ich habe einen ersten Bericht der Kriminaltechnik. Da müssen mindestens zwei am Werk gewesen sein. Fingerabdrücke Fehlanzeige, DNA müssen wir abwarten. Kein Laptop, kein Handy, kein Tablet. Keine Festplatte. Das wissen Sie ja alles schon. Die Tür wurde von Profis geöffnet, viel Lärm haben sie nicht gemacht.«

»Was sagen die Nachbarn?«

»Immer langsam mit den jungen Pferden, Frau Kollegin. Wir haben zwar inzwischen fast alle Bewohner des Hauses befragen können. Bis auf eine ältere Dame, die Schlafprobleme hat, scheint aber niemand etwas mitbekommen zu haben. Die Dame hat – wahrscheinlich kurz nachdem Seute in das Fahrzeug gestiegen ist – ein Auto bemerkt, das auf dem hauseigenen Parkplatz abgestellt wurde. Zwei Männer sind ausgestiegen. Um sie erkennen zu können, waren sie zu weit entfernt. Eine halbe Stunde später sind die beiden zurückgekommen. Sie hatten beide eine Reisetasche in der Hand.«

Lena atmete auf. Zu dem Zeitpunkt war sie noch damit beschäftigt gewesen, sich um den verletzten Seute zu kümmern.

»Wir werten jetzt die Kameras rund um das Mietshaus aus. Viele sind es nicht.«

»Hat die Suche nach dem Mercedes etwas ergeben?«

»Nein. Entweder sind kurz nach der Tat die Nummernschilder gewechselt worden oder die Karre steht jetzt in irgendeiner Garage oder ehemaligen Fabrikhalle. Aber wir sind dabei, alle dunklen Mercedes-Benz-Fahrzeuge zu checken. Das kann mehrere Tage dauern. Außerdem haben nicht alle Kameras die Auflösung, um das Kennzeichen auslesen zu können. Wir erweitern jetzt noch den Radius um Seutes Haus und befragen hier die Anwohner. Das Gleiche gilt für die Gegend, wo er angeschossen wurde.«

»Okay. Wir sind an dem Baksi-Clan dran. Sollte es et…«

»Seien Sie verdammt vorsichtig und sichern Sie sich ab«, unterbrach Haustein Lena.

»Das tun wir. Bis morgen, Kollege.«

Lena berichtete Ole kurz, was sie von Haustein erfahren hatte, sie bezahlten und machten sich auf den Weg zu Lenas Wohnung.

»Frau Lorenzen!«, sagte Kriminaldirektor Warnke, als Lena ihn nach fünf gescheiterten Versuchen telefonisch erreichte. »Schön, von Ihnen zu hören. Ich hoffe, es ist so weit alles in Ordnung bei Ihnen?«

»Danke der Nachfrage«, sagte Lena. »Ich bearbeite den Fall Julius Weber. Sie kennen die Details?«

Warnke stöhnte. »Ich habe gehört, was passiert ist.« Er hielt inne. »War der Fall nicht schon abgeschlossen?«

Lena fragte sich, ob Warnke nicht besser informiert war, als er vorgab. »Ja und nein«, antwortete Lena. »Es sind noch ein paar Fragen offen. Gestern Abend ist Thomas Seute angeschossen worden. Er liegt schwer verletzt auf der Intensivstation. Ob er durchkommt, ist nicht sicher.«

Lena hörte, wie Warnke die Luft scharf einsog. »Und Sie vermuten einen Zusammenhang?«

»Das ist noch nicht alles: Die Akten zu Webers verdeckten Ermittlungen im Fall Baksi sind verschwunden.«

Kriminaldirektor Warnke schwieg.

»Sind Sie vertraut mit der Angelegenheit?«, fragte Lena.

»Gibt es bereits Anhaltspunkte, wer auf Seute geschossen hat?«, fragte Warnke, ohne Lenas Frage zu beantworten.

»Nichts Verwertbares. Wir tappen im Moment im Dunklen.«

»Wir?«

»Ich berate die Kieler SoKo.«

Wieder schwieg Warnke.

»Sind Sie mit den Details der verdeckten Ermittlungen von Julius Weber vertraut?«, wiederholte Lena ihre Frage.

»Das ist eine Weile her. Ich müsste meine Erinnerungen aus den Akten auffrischen. Aber wie Sie mir soeben mitgeteilt haben, sind diese ja nicht auffindbar.«

»Aus dem Grunde rufe ich an.« Lena hatte Mühe, ruhig zu bleiben. Warnke musste doch verstanden haben, worum es ihr ging. Warum antwortete er nicht?

»Was genau wollen Sie wissen? Ich werde mir Mühe geben.«

Lena atmete tief durch. »Die verdeckte Ermittlung richtete sich gegen den Baksi-Clan?«

»Im Grunde ja. Zu Beginn war nicht klar, ob Baksi der alleinige Akteur im Ring ist, aber im Laufe der Ermittlungen schien es immer deutlicher zu werden. Letztlich konnte die Arbeit von Kollege Weber ja nicht zu Ende gebracht werden.«

»Aus welchem Grund wurde Weber zurückgezogen?«

»Er war kurz davor aufzufliegen. Es blieb uns keine andere Wahl, als ihn sofort aus der Schusslinie zu nehmen.«

»Ist Weber selbst dazu angehört worden?«

»Selbstverständlich gab es dazu eine Besprechung, an der auch Weber beteiligt war. Seine Einschätzung der Lage war eine andere. Er war der Meinung, dass er alles im Griff habe. Er wirkte aber ausgesprochen hysterisch und konfus. Was die Sache nicht gerade erleichtert hat, wie Sie sich denken können.«

»Thomas Seute war anderer Ansicht als Weber?«, fragte Lena weiter.

»Ja! Und seine Aufgabe war es nun mal, die Gefahrensituation immer wieder neu zu bewerten. Diese Entscheidung kann nicht jemandem überlassen werden, der zu tief in den Ermittlungen steckt. Sich auf ein Bauchgefühl zu verlassen ist keine solide Polizeiarbeit. Schon gar nicht, wenn es um Leben und Tod geht.«

»Welche Fakten gaben den Ausschlag?«

»Im Detail kann ich Ihnen das nicht sagen. Dazu liegt der Vorgang zu weit in der Vergangenheit.«

»Ich brauche Informationen, Herr Warnke. Mir reicht auch eine grobe Schilderung der Ereignisse.«

Warnke seufzte theatralisch. »Wer hätte gedacht, dass ich auch mal von Ihnen in die Zange genommen werde?« Er lachte. »Ja, was waren die Gründe? Kriminalhauptkommissar Seute war über einen V-Mann außerhalb des Clans an die Information gekommen, dass der Clan nach einem Maulwurf in seinen Reihen suchte. Weber selbst hat bestätigt, dass seine Kontaktleute zurückhaltender geworden waren und ein vereinbarter Deal sich verzögern würde. Als die Information schließlich aus zweiter Quelle bestätigt wurde, haben wir die Notbremse gezogen.«

»Wie war Webers Reaktion?«

»Sie haben von seinen Verschwörungstheorien gehört?«

»Ja.« Lena hielt sich bewusst zurück.

»Weber ging davon aus, dass im LKA mindestens ein Spitzel des Clans aktiv war. Mindestens. Er sprach davon, dass die halbe Kieler Polizeidirektion von dem Clan gekauft wäre und in der Landesregierung an entscheidender Stelle ebenfalls gekaufte Politiker säßen. Er schlug allen Ernstes Ermittlungen gegen die Landesregierung vor. Was sage ich, gefordert hat er es. Und natürlich gegen die Kollegen in Kiel.« Warnke seufzte und schwieg.

»Hatte Weber Beweise?«

Warnke lachte. »Natürlich nicht. Er behauptete, die Informationen während seines Einsatzes als verdeckter Ermittler von mehreren Seiten bestätigt bekommen zu haben. Beweise gleich null. Glauben Sie mir, Frau Lorenzen, ich bin damals nicht leichtfertig mit der Situation umgegangen. Ganz und gar nicht. Aber Weber war so fanatisch davon überzeugt, dass er recht habe, dass er keinem Argument gegenüber mehr offen war. Und dann kam noch die Warnung von Seute, dass er kurz davor sei aufzufliegen. Was hätten Sie in meiner Situation gemacht?«

»Das kann ich nicht sagen, Herr Warnke. Dazu fehlt mir der tiefere Einblick.«

»Suchen Sie die Akten, dann werden Sie sehen, dass ich nicht anders handeln konnte. Weber musste dringend aus dem Verkehr gezogen werden.«

»Gab es eine neue verdeckte Ermittlung gegen den Clan?«, fragte Lena.

»Die Lage sollte sich erst beruhigen, bevor wir einen neuen Anlauf starten konnten. Unseren V-Mann, der in den Reihen des Clans saß, mussten wir selbstverständlich auch abziehen. Er war verbrannt und ist inzwischen irgendwo im Süden der Republik im Zeugenschutz. Notgedrungen mussten wir einen neuen V-Mann aufbauen. Darum hat sich Seute gekümmert und die ersten Kontakte geknüpft. Ein Strafgefangener, der auf frühzeitige Bewährung hoffte. Leider hat das nicht geklappt, da der Mann in einen Zwischenfall in der Vollzugsanstalt verwickelt war. Ein erneutes Verfahren hat ihm weitere zwei Jahre ohne Aussicht auf Bewährung eingebracht. Das ist mein letzter Stand.«

»Wie heißt der Mann?«

Wieder stöhnte Warnke auf. »Frau Hauptkommissarin, die Aktion war topsecret. Ich kann Ihnen unmöglich …«

»Seute liegt auf der Intensivstation und wird es nach meiner Einschätzung nicht schaffen. Wer sollte also den Kontakt zu dem Mann noch herstellen? Die Sache ist durch! Aber ich brauche Informationen, und der Name des Mannes ist eine davon.«

»Deniz Ekinci. Vor dem Vorfall saß er in der JVA Kiel, später ist er nach Neumünster verlegt worden.«

»Danke. Sie können sich darauf verlassen, dass ich sorgsam mit der Information umgehen werde.«

»Haben Sie noch weitere Fragen?«, fragte Kriminaldirektor Warnke. Er klang nun verärgert.

»Wie schätzen Sie Kollege Seute ein?«

Es entstand eine Pause, bevor Warnke antwortete: »Ich gehe davon aus, dass Sie seine Personalakte einsehen konnten?«

»Ja.«

»Dann wissen Sie ja vermutlich inzwischen, dass Seute persönliche Probleme hatte und eine Zeit lang ausgefallen ist.«

»Ja.«

»Seine Ehe ist gescheitert, seine älteste Tochter hat den Kontakt zu ihm abgebrochen.«

Lena wunderte sich, dass Warnke über die persönlichen Lebensumstände von Thomas Seute Bescheid wusste. Der Kollege schien ihm besonders wichtig gewesen zu sein.

»Er hat es sehr schwergenommen«, fuhr Warnke fort. »Alkohol, Tabletten. Das Übliche halt, wenn man in ein tiefes schwarzes Loch fällt. Aber er hat sich wieder gefangen. Definitiv. Die verdeckten Ermittlungen gegen den Clan waren seine erste große Aufgabe nach seinem Zusammenbruch. Hätte Weber mitgespielt, wäre es unter Garantie ein Erfolg geworden und die Welt wäre heute ein ganz kleines bisschen besser als vorher.«

»Sie halten große Stücke auf Seute?«

»Wenn Sie es so ausdrücken wollen. Ja, er war zu meiner Zeit ein guter Polizist. Ich war froh, einen wie ihn in meinen Reihen zu haben.«

Lena bedankte sich bei ihrem ehemaligen Chef für seine offenen Worte und beendete das Gespräch.

»Was sagst du?«, fragte sie Ole, der das Telefonat mitgehört hatte.

Ole zuckte mit den Schultern. »Du hattest was anderes erwartet?«

»Erwartet? Ich hätte auf jeden Fall nicht gedacht, dass Warnke so eng mit Seute war. Das klang ja fast nach einer Freundschaft. Und er konnte sich dann plötzlich ziemlich genau erinnern. Hättest du den Namen eines Mannes gewusst, den einer deiner Mitarbeiter als V-Mann aufbauen wollte?«

»Vermutlich nicht.« Ole strich sich mit der Hand über die kurzen Haare. »Du meinst, Warnke war zu nah dran und hat sich von Seute einwickeln lassen?«

Lena nickte. »Ja, das wäre meine Theorie. Oder Seute hatte noch andere Seiten, die ich nicht kannte.«

»Du bist davon ausgegangen, dass er gemeinsame Sache mit dem Clan gemacht hat und auch deshalb so arglos in das Fahrzeug gestiegen ist?«

»Liegt das nicht nahe? Weber wird abgezogen, recherchiert aber trotzdem weiter, Weber taucht unter und macht immer noch weiter. Gegen wen? Bisher haben wir keine Hinweise, dass Weber geistig verwirrt war. Wiebke Rinken war ihm sehr nahe. Hätte sie nicht etwas bemerkt? Es passt einfach nicht ins Bild, dass Weber an diese große Verschwörung geglaubt hat. Er war ein akribischer Arbeiter, für den Fakten und Beweise zählten.«

»Sonst hätte er auch nicht lange überlebt«, bestätigte Ole. »Nur nach Bauchgefühl kannst du als verdeckter Ermittler nicht agieren.«

»Verflucht, wir müssen mehr über Webers Ermittlungsergebnisse erfahren, sonst kommen wir nicht weiter.« Lena griff zu ihrem Handy und rief Johann an.

»Moin, Johann. Ole ist hier und hört mit«, sagte sie zur Begrüßung.

»Na, Kollege! Hast du die Rückfahrt gut überstanden?«, fragte Johann.

Ole lachte. »Ich war so klug und habe was eingeworfen. Irgend so ein Typ hat mir Tabletten in die Hand gedrückt und gesagt, ohne würde er nie wieder ein Schiff betreten.«

»Sei froh, dass ich nicht gerade neben dir stehe, alter Mann«, brummte Johann. »Aber vielleicht kann die Chefin dir ja einen kleinen Klaps ...«

»Später!«, unterbrach Lena die beiden. »Bist du weitergekommen mit der Cloud?«

»Nicht wirklich. Mein Kopf raucht schon. Ich habe alle möglichen und unmöglichen Varianten durch. Zumindest ist der Account durch meine Versuche noch nicht gesperrt.«

»Dann fang noch mal von vorne an. Wir brauchen die Daten, Johann.«

»Das ist mir schon klar, Lena. Und ja, ich setz mich morgen mit frischen Kräften an die Arbeit. Habt ihr denn noch einen Tipp?«

Lena schaute Ole an, der den Kopf schüttelte.

»Nein, leider nicht. Allenfalls, dass die Großmutter in Wiebkes Leben eine große Rolle gespielt hat. Hast du ihr Geburtsdatum schon mal mit einbezogen?«

»Nein, aber kann ich machen.«

»Danke für deinen Einsatz. Wir hören morgen voneinander?«

»Klar. Bis dann.«

Lena legte das Handy zur Seite. »Hast du heute Abend schon was vor?«

Ole schüttelte den Kopf.

»Kleine Observationsnacht gefällig?«

Ole grinste. »Ich bin dabei.«

Vierundzwanzig

Lena reichte Ole einen Becher mit heißem Tee. Seit über einer Stunde saßen sie im Auto und beobachteten mit einem Fernglas die Einfahrt zu Demhat Baksis Anwesen. Es lag in Kiel-Holtenau kurz hinter der Einmündung des Nord-Ostsee-Kanals in die Kieler Förde.

Die Standheizung von Oles Dienstfahrzeug hielt die Temperatur im Innenraum des Volvos konstant auf zwanzig Grad. Kurz nach siebzehn Uhr hatte sich die winterliche Dunkelheit über die Stadt gelegt. Zwei Stunden später hatten sich Lena und Ole auf den Weg gemacht.

Lena klappte ihren Laptop auf und verband den Rechner mit ihrem Handy. Sie öffnete Google Maps und zoomte sich zu Baksis Grundstück.

»Schick!«, sagte Ole mit Blick auf den Bildschirm. »Er hat einen eigenen Zugang zum Wasser. Wahrscheinlich liegt da vorne am Steg im Sommer seine Segeljacht.«

»Nein.« Lena zeigte auf die Straße, die direkt an der Förde lag. »Da ist noch eine Straße. Aber vermutlich gehört der Steg dort zum Haus.«

Ole grinste. »Mit Tunnel unter der Straße. Jede Wette!«

Lena schätzte die Grundstücksgröße auf mindestens fünftausend Quadratmeter. Das Gebäude stand in der Mitte, umgeben von zwei kleineren Gebäuden oder Garagen.

»Meinst du wirklich, dass das was bringt?«, fragte Ole. »Rein kommen wir da ohnehin nicht. Die Mauer hat doch weit mehr als zwei Meter, und wenn ich das beim Vorbeifahren richtig gesehen habe, gibt es alle zehn Meter eine Kamera.«

In den letzten zwei Stunden waren vier Fahrzeuge aufs Anwesen gefahren, von denen es zwei kurz darauf wieder verlassen hatten. Lena hatte sich die Kennzeichen notiert, um sie am nächsten Tag überprüfen zu können.

»Ich brauche einfach ein Gefühl dafür, mit wem ich es zu tun habe«, sagte Lena. Sie hob die Thermoskanne. »Willst du noch einen Schluck?«

»Nein, danke. Alles bestens.« Ole stellte den Becher ab und lehnte sich auf seinem Sitz zurück. »Was wird so ein Anwesen kosten?«

»Millionen«, antwortete Lena. »Viele Millionen.«

»Wir haben den falschen Beruf, Kollegin. Dieses Arschloch sitzt da wie eine Bienenkönigin und lässt die Arbeiter antanzen.«

In diesem Augenblick verlangsamte eine dunkle Limousine vor der Einfahrt zum Anwesen das Tempo, das Tor öffnete sich und das Fahrzeug bog ab.

»War das ein Maserati?«, fragte Ole, der nicht schnell genug sein Fernglas vom Rücksitz hatte greifen können.

Lena schrieb das Kennzeichen auf. »Ein Gran Turismo.« Sie grinste. »Warum fragst du? Dein nächstes Auto?«

»Ja, das ist ungefähr meine Preisklasse. Leider haben wir in Husum keinen Händler. Der nächste ist erst hier in Kiel oder in Hamburg.«

Lena lachte. »Das ist wahrlich ein Problem.«

»War das gerade der Chef persönlich?«

»Ich konnte ihn nur kurz sehen. Vom Alter her könnte es passen.«

»Dann ist sein Arbeitstag wohl beendet. Oder meinst du, er kommt noch mal raus?«

Lena griff nach ihrer Tasse. »Abwarten, würde ich sagen.«

Ole lehnte sich wieder im Sitz zurück. »Ich muss die ganze Zeit an deinen Ex-Chef denken. Entweder war Weber wirklich so durchgedreht oder Warnke hatte einen Deal mit Seute am Laufen.«

»Deal?«

»Vielleicht hat er beide Augen zugedrückt, weil Seute bei ihm noch einen guthatte.«

Lena schüttelte langsam den Kopf. »Warnke ist nicht der Typ, der jemandem etwas schuldig ist. Bevor der sich in eine unsichere Position bringen würde, müsste schon einiges passieren.«

»Absolut unbestechlich?«

»Für dich und Johann würde ich die Hand ins Feuer legen, aber für sonst niemanden. Trotzdem denke ich, dass er für Geld nicht empfänglich ist. Macht vielleicht noch eher. Aber ich weiß, was du meinst. Die Akten sind verschwunden und waren vermutlich nie im System eingepflegt, ein Ermittler wird einfach mal eben so kaltgestellt und jetzt der Angriff auf Seute.«

»Ein gutes Licht wirft das nicht auf deinen Ex-Chef. Selbst wenn er dir geholfen hat, gegen Groll vorzugehen, können wir ihn nicht so einfach aus der Schusslinie nehmen. Er hat letztlich Webers Versetzung in den Innendienst zu verantworten.«

»Nur ist er nicht mehr auf seinem Posten«, warf Lena ein.

»Zum Glück, sonst würden wir unter Umständen hier nicht sitzen und es hätte auch keinen LKA-Einsatz auf Helgoland gegeben.«

Lena zeigte nach vorne. Das Tor ging auf. »Da kommt jemand raus.«

Ole richtete seinen Sitz auf und griff nach dem Fernglas.

»Ein schwarzer Benz«, sagte er. »Ist es das Kennzeichen von gestern Abend?«

Lena schwieg und konzentrierte sich auf ein Detail des Fahrzeugs. Konnte es wirklich der Mercedes sein, dem sie gestern gefolgt war?

»Fahr hinterher!«, stieß sie hervor. »Los!«

Ole reagierte sofort. Er warf das Fernglas nach hinten und startete den Wagen. Die ersten Meter fuhr er ohne Licht, immer das Auto vor sich im Blick. Der Mercedes erhöhte das Tempo, Ole schaltete das Licht an und folgte ihm in unauffälligem Abstand.

»Ist es das richtige Kennzeichen?«, wiederholte Ole die Frage.

»Nein, aber ich bin mir sicher, dass es der gesuchte Benz ist.«

»Wieso denn?«

»Er hat einen Kratzer am rechten hinteren Kotflügel. Es ist das Auto, Ole.«

»Was machen wir?«

»Wir halten ihn an. Bevor die Kieler Kollegen hier sind, ist er längst auf der B503.« Die Bundesstraße war vierspurig ausgebaut und führte durch die Stadt zur Autobahn nach Hamburg oder Flensburg.

»Wie weit noch?«

»Höchstens ein Kilometer.«

Ole erhöhte die Geschwindigkeit, während Lena die Seitenscheibe hinunterließ. Als sie direkt hinter dem Mercedes fuhren, positionierte Lena das Blaulicht auf dem Dach. Ole setzte zum Überholen an, während Lena die Anhaltekelle aus dem Fenster hielt. Auf gleicher Höhe sah sie dem Fahrer in die Augen. Der schreckte zurück und zog dabei das Steuer leicht nach rechts. Ole beschleunigte und wollte gerade vor dem

Mercedes einscheren, als dieser mit quietschenden Reifen und hoher Geschwindigkeit nach rechts in eine Seitenstraße abbog. Ole reagierte zu spät, bremste scharf und setzte den Volvo zurück. Als sie endlich in die Seitenstraße einbogen, hörten sie einen Knall. Zweihundert Meter vor ihnen war der Mercedes in einen am Straßenrand parkenden Golf gefahren. Der Fahrer versuchte zurückzusetzen, scheiterte aber, da sich die beiden Fahrzeuge offenbar ineinander verkeilt hatten. Die Seitentür flog auf, der Mann hechtete auf die Straße, sah sich hektisch um, bevor er auf eine Reihe von Mietshäusern zulief.

Ole stoppte direkt hinter der Unfallstelle. Lena und er sprangen aus dem Auto, warfen einen kurzen Blick auf den Golf, um sicherzustellen, dass sich niemand im Auto befand, und rannten hinter dem Flüchtenden her. Im Laufen griff Lena nach dem Handy, drückte auf eine Kurzwahlnummer und bat um Unterstützung.

»Wo ist er?«, rief sie Ole zu, als sie keuchend vor einem dreistöckigen Mietshaus stehen blieben, dessen Eingangsbereich durch einen am Haus angebrachten Strahler hell erleuchtet war.

»Ich bin mir nicht sicher. Ist er hier ins Haus?«

Lena sah sich um. Sie hatte den Mann, während sie telefoniert hatte, für einen Moment aus den Augen verloren.

Ole zeigte auf die Haustür. »Ja oder nein?«

»Wie sicher bist du dir?«

»Neunzig Prozent.«

Lena trat vor und drückte nacheinander auf alle acht Klingelknöpfe. Beide zogen ihre Waffe. Der Türöffner summte, Lena griff nach der Klinke und öffnete die Eingangstür. Sie wandte sich zu Ole um. »Wahrscheinlich gibt es einen Hintereingang.«

Ole Kotten nickte und machte sich auf den Weg um das Haus herum. Lena schlich in den Flur, die Waffe im Anschlag.

Hinter der sich langsam schließenden Haustür hörte sie eine Stimme aus der Gegensprechanlage »Hallo?« fragen.

Auf dem Flur waren die Lampen an. Lena schaute sich um und bemerkte Bewegungsmelder. In diesem Augenblick wurde es dunkel, Lena bewegte sich und das Licht sprang wieder an. Vorsichtig ging sie auf den Aufzug zu und drückte auf den Rufknopf. Die Tür glitt auf. Lena zog ihre Jacke aus und blockierte damit den Aufzug. In einer Ecke stand aufrecht eine Holzleiste. Sie griff danach und klemmte sie unter die Klinke der Eingangstür, um zu verhindern, dass jemand von draußen hereinkommen konnte.

Vorsichtig ging sie Schritt für Schritt weiter, legte immer wieder eine kurze Pause ein und horchte dabei ins Haus hinein. Eine Tür in einem der oberen Geschosse wurde geöffnet und kurz darauf wieder mit Wucht zugeschlagen. Am Ende des Flures fand sie das Treppenhaus und eine Tür mit der Aufschrift »Keller«, die unverschlossen war. Sie zog ihr Handy aus der Tasche und tippte eine Nachricht an Ole Kotten ein.

Wo bist du?

Wenige Sekunden später schrieb Ole:

Suche im Keller. Du?

Lena antwortete:

Warte im Erdgeschoss auf dich.

Sie blieb an die Wand gelehnt stehen, bis sie leise Schritte hörte und gleich darauf Oles Kopf für den Bruchteil einer Sekunde in dem Spalt der angelehnten Kellertür erschien.

»Alles ruhig hier«, flüsterte Lena.

Ole trat vor. »Im Keller ist niemand. Er muss noch im Haus sein. Die Tür war verschlossen.« Er hielt sein kleines Werkzeugetui hoch. »Selbst wenn er sie wie ich aufgemacht oder einen Schlüssel von der Tür gehabt hätte: Die Umgebung ist da übersichtlich, ich hätte ihn noch sehen müssen.« Er schaute sich um. »Gibt es einen Aufzug?«

»Ja, aber ich habe ihn blockiert. Die Eingangstür auch.« Sie zeigte nach oben. »Gehen oder auf Verstärkung warten? Wie lange braucht das SEK?«

»Es ist ja noch nicht einmal informiert. Und bis jetzt ist es allenfalls Fahrerflucht. Ich fürchte …«

In diesem Augenblick vibrierte Lenas Handy. Ein Beamter der Verkehrspolizei meldete sich. Zwei Fahrzeuge waren vor Ort. Lena bat darum, dass zwei Beamte zu ihr kamen, während die beiden anderen die Unfallstelle absicherten.

Wenige Minuten später klopfte jemand an die Haustür. Lena zog ihre Sperre ab und öffnete die Tür. Nachdem sie die Lage erklärt hatte, lief sie zu Oles Auto, holte die Schutzwesten und eilte zurück zum Mietshaus. Lena instruierte die Beamten und ging mit Ole zur ersten Wohnung im Erdgeschoss.

Ein Mann um die sechzig im weißen Bademantel machte ihnen die Tür auf. »Es ist nach zehn! Was wollen Sie?«

Lena zeigte ihm ihren Ausweis und stellte sich vor. »Wir suchen einen Mann, Alter zwischen zwanzig und dreißig, kurze dunkle Haare, Dreitagebart.«

»Bei mir? Sind Sie noch ganz bei Trost?«

»Herr …« Lena schaute auf die Türklingel. »… Lautenbach, es tut mir leid, dass ich Sie stören muss, aber der Mann könnte gefährlich sein. Er ist vor einer guten Viertelstunde hier ins Haus gelaufen.«

Der Mann im Bademantel wich leicht zurück. »Gefährlich? Haben Sie deshalb dieses Ding an?«

Ole Kotten trat vor. »Sind Sie allein in der Wohnung?« Er hatte lauter als Lena gesprochen und dem Mann einen ungehaltenen Blick zugeworfen.

»Was erlauben Sie sich …«

»Sind Sie allein? Ja oder nein? Wir können auch reinkommen, wenn Sie nicht kooperieren.«

»Ich wohne allein«, antwortete der Mann zerknirscht. »Es ist niemand außer mir in der Wohnung. Sonst noch was?«

Lena zeigte mit dem Kopf auf die Tür der zweiten Wohnung im Erdgeschoss. »Wer lebt dort?«

»Frau Roßbach. Sie ist für ein paar Tage bei ihrer Schwester in Neumünster. Da ist bestimmt niemand untergeschlüpft. Wer soll das überhaupt sein? Ein Verbrecher?«

»Wer wohnt im ersten Stock?«, fragte Lena weiter.

Der Mann schürzte die Lippen und verschränkte die Arme vor der Brust. Schließlich seufzte er und sagte: »Ein junges Ehepaar mit einem kleinen Kind. Und eine alleinstehende Dame. Eine ehemalige Lehrerin.«

»Im zweiten Stock?«

»Die kenne ich nicht. Türken halt. Ich weiß auch nicht, wie die hier reingekommen sind. Wenn dieser Verbrecher irgendwo untergekommen ist, dann …«

»Danke!«, fiel Lena ihm ins Wort. »Schließen Sie bitte die Tür und verlassen Sie zunächst nicht Ihre Wohnung.«

Der Mann schloss grußlos die Tür. Lena wandte sich zu Ole um. »Nach oben?«

Ole nickte und ging voraus. Die ehemalige Lehrerin öffnete die Tür, bevor Ole auf den Klingelknopf drücken konnte. Lena wies sich aus und stellte ihre Frage nach dem gesuchten Mann.

»Ist er gefährlich?«, fragte die Frau mit ängstlichem Blick.

»Das wissen wir nicht. Aber Ihnen kann jetzt nichts passieren. Wir durchsuchen das ganze Haus. Haben Sie etwas bemerkt?«

Sie schüttelte den Kopf. »Ich bin leider beim Lesen eingeschlafen und erst gerade wieder aufgewacht. Herr Lautenbach hat wieder mal seinem Namen alle Ehre gemacht.«

»Sind Ihre Nachbarn zu Hause?«

»Ja, ich habe gerade noch das Baby schreien hören.«

Lena bedankte sich und bat auch hier darum, die Tür fest verschlossen zu halten. Ein junger Mann öffnete ihnen in der zweiten Wohnung auf der Etage die Tür. Er versicherte Lena, dass in seiner Wohnung niemand außer seiner Frau und dem Baby sei und er auch nichts gehört habe.

Im nächsten Stock standen türkisch klingende Namen an der Klingel. In der ersten Wohnung öffnete ihnen eine etwa fünfzigjährige Frau die Tür. Nachdem Lena sich vorgestellt und ausgewiesen hatte, stellte sie ihre Fragen zum vierten Mal. Die Frau beteuerte, in der letzten Stunde niemanden in ihre Wohnung gelassen zu haben.

Als Lena vor der letzten Wohnungstür stand und gerade die Klingel drücken wollte, fiel ihr ein kleiner roter Fleck neben der Fußmatte auf. Sie bückte sich.

»Blut?«, fragte Ole leise.

»Sieht ganz danach aus. Es scheint frisch zu sein.«

Als Lena klingelte, trat Ole zwei Schritte zurück, die Hand auf seinem Waffenholster. Als niemand öffnete, läutete Lena erneut. Schließlich hörte sie Schritte und das Drehen eines Schlüssels im Schloss. Eine Frau Mitte zwanzig sah Lena fragend an. »Was wollen Sie bitte?«

Lena stellte sich vor, zeigte ihren Ausweis und fragte, mit wem sie es zu tun habe.

Die Frau stöhnte. »Steht doch auf dem Schild. Adana Gönül.« Sie machte Anstalten, die Tür wieder zu schließen.

Lena hob die Hand. »Ich habe noch Fragen an Sie.«

»Um diese Zeit? Haben Sie nichts Besseres zu tun?«

»Vor ungefähr einer halben Stunde ist ein Mann Mitte zwanzig, ungefähr meine Größe, dunkle Haare, hier ins Haus gelaufen. Ist er bei Ihnen?«

»Wie bitte? Ein Mann? Natürlich nicht. Was soll der Mist? War's das jetzt?«

»Dürfen wir reinkommen und uns selbst überzeugen?«

»Haben Sie denn so einen Wisch? Einen …« Die Frau brach ab.

»Durchsuchungsbeschluss, meinen Sie sicher. Nein, den haben wir nicht. Deshalb frage ich Sie ja. Allerdings können wir den ziemlich schnell besorgen.«

»Jetzt drohen Sie mir auch noch?« Adana Gönül warf Lena einen wütenden Blick zu.

»Keineswegs. Das war lediglich eine Information. Es wäre auch in Ihrem Interesse, wenn wir die Sache schnell erledigen könnten. Einen kurzen Blick in die Räume, und wir sind wieder verschwunden.«

»Sie packen nichts an?«

»Wenn Sie es nicht wünschen, natürlich nicht.«

»Wir gehen einmal durch meine Wohnung. Und dann verschwinden Sie. Ist das richtig so?«

Als Lena ihre Frage bestätigte, trat Adana Gönül zur Seite und ließ Lena und Ole in die Wohnung. »Erste Tür rechts ist die Küche.«

Lena öffnete die angelehnte Tür ganz und schaute in den Raum. Die kleine Küche war aufgeräumt, der Tisch war leer.

Adana Gönül zeigte zur nächsten Tür. »Wohnzimmer.«

Der Fernseher lief, auf dem Tisch neben dem Sofa standen ein gefülltes Glas und ein Teller mit einem belegten Brot.

»Das Bad«, sagte Adana Gönül, als Lena zurück in den Flur trat. Lena warf einen kurzen Blick in den Raum und nickte.

Adana Gönül öffnete die letzte verbliebene Tür und trat ins Zimmer. »Das Schlafzimmer. Wollen Sie unter dem Bett nachschauen?«

Lena betrat das Schlafzimmer. Doppelbett, Kommode, zwei Stühle und ein Schrank. Der gesuchte Fahrer des Mercedes war auch hier nicht zu sehen. »Ist denn jemand unter dem Bett?«, fragte Lena lächelnd. Sie hatte sofort bemerkt, dass der Abstand zum Boden zu gering war, als dass sich ein Mann hätte dazwischenzwängen können.

»Schauen Sie nach. Sie glauben mir doch sowieso nicht.«

»Das wird nicht nötig sein. Vielen Dank, Frau Gönül – und entschuldigen Sie die Störung.«

Fünfundzwanzig

Lena und Ole gingen schweigend die Treppe hinunter. Im Erdgeschoss baten sie die Kollegen von der Verkehrspolizei darum, weiter im Haus Wache zu stehen.

Sie traten vors Haus und gingen Richtung Straße. »Wie schnell bekommen wir einen Durchsuchungsbeschluss?«, fragte Ole.

Sie hatten zwar einen Blick in die Zimmer werfen können, aber Schränke hätten sie nur mit Frau Gönüls Einverständnis öffnen dürfen, das sie sicher nicht erteilt hätte. Sie hatten sich über einen kurzen Blick darüber verständigt, dass sie in einer besseren Ausgangsposition waren, wenn Adana Gönül sich in Sicherheit wiegte.

Lena schaute auf die Uhr. »Ich glaube kaum, dass ich einen Staatsanwalt eine Stunde vor Mitternacht davon überzeugen kann, aufgrund von ein paar Blutstropfen jetzt noch einen Richter zu stören.«

»Ein paar? Ich habe mindestens sechs Blutflecke gesehen. Alle noch frisch und jedes Mal mehr als ein Tropfen. Die junge Frau hatte nirgendwo ein Pflaster oder eine sichtbare Wunde.«

»Ich weiß, Ole. Aber damit holen wir keinen Richter auf unsere Seite.«

»Gefahr im Verzug?«

Lena stöhnte. »Wo besteht die Gefahr, dass Beweismittel vernichtet werden? Wenn es tatsächlich der Mercedes von letzter Nacht war, haben wir ihn.«

»Schmauchspuren an den Händen des Fahrers«, sagte Ole. »Die könnten morgen nicht mehr da sein. Oder wann immer wir den Typ kriegen.«

»Ja, daran habe ich auch gedacht. Aber wir können noch nicht nachweisen, dass es das Fahrzeug war, in dem Seute angeschossen wurde. Fahrerflucht, mehr ist das noch nicht.«

Ole schüttelte mit genervter Miene den Kopf. »Und jetzt?«

»Der bleibt nicht die ganze Nacht da drin. Ich rufe Haustein. Wir brauchen Verstärkung, um den Bereich weiträumig abdecken zu können. Dann sehen wir weiter.«

Als Ole nickte, griff Lena nach dem Handy und klingelte Roland Haustein aus dem Bett. Verschlafen fragte er, was passiert sei. Lena klärte ihn in kurzen Worten über die Ereignisse der letzten Stunde auf, Haustein versprach, in Kürze mit Verstärkung vor Ort zu sein und sich um den Abtransport des Mercedes-Benz zur Kriminaltechnik zu kümmern.

Fünfzehn Minuten später traf Haustein ein.

»Sind Sie sicher, dass das der gesuchte Mercedes ist?«, fragte er nach einer kurzen Begrüßung.

Lena hatte, während sie auf den Kieler Kollegen warteten, das Fahrzeug von außen in Augenschein genommen, um sich zu vergewissern, dass sie sich nicht geirrt hatte.

»Wenn es keinen zweiten Benz gleicher Baureihe mit dem gleichen Kratzer gibt, sollte er es sein.«

Haustein stöhnte. »Wir machen uns lächerlich, wenn Sie falschliegen. Das ist Ihnen hoffentlich klar.«

Ole trat vor. »Es ist verdammt kalt. Können wir jetzt über die nächsten Schritte sprechen?«

Zwei Zivilfahrzeuge hielten am Straßenrand. Jeweils drei Männer stiegen aus und traten zu ihnen. Haustein erklärte in kurzen Worten, worum es ging, und gab anschließend Lena das Wort.

»Wir suchen einen Mann um die fünfundzwanzig, dunkle Haare, meine Größe, mutmaßlich türkischer Abstammung. Er trug vorhin eine schwarze Jeans, dunkle Sportschuhe und eine Daunenjacke in Anthrazit. Ich brauche einen Wagen auf dem Parkplatz des Mietshauses und einen weiteren, der sich auf der Rückseite des Hauses positioniert.« Lena öffnete auf ihrem Handy eine Karte der Gegend und reichte es herum. »Fahren Sie von hinten heran. Dort können Sie auf dem Parkplatz des übernächsten Hauses einen guten Platz finden. Mein Kollege und ich werden uns im Eingangsbereich des Hauses postieren.«

Einer von Hausteins Männern reichte Lena zwei Funkgeräte, sie testeten sie und machten sich auf den Weg. Lena ging allein zu den wartenden Kollegen im Mietshaus und kam anschließend mit ihnen gemeinsam zurück. Dabei achtete sie darauf, dass sie im Licht der Straßenlaterne gut zu sehen waren.

Die Unfallstelle war inzwischen geräumt und das letzte Polizeifahrzeug verließ gerade das Viertel. Lena und Ole fuhren eine Runde mit dem Volvo, parkten das Auto ein Stück entfernt und liefen zurück in die Nähe des Mietshauses. Per Funk wurde ihnen bestätigt, dass bisher niemand das Haus verlassen oder betreten hatte. Vorsichtig bewegten sie sich im Schutz der Dunkelheit an einer Hecke entlang auf den Hintereingang zu. Ole öffnete die Tür innerhalb weniger Sekunden, sie schlüpften ins Haus und Ole verschloss die Tür wieder.

In Sichtweite des Fahrstuhls und des Treppenhauses legten sie die mitgebrachte Decke auf den Boden. Die nächsten fünfzig Minuten saßen sie nebeneinander und warteten.

»Und wenn er nicht kommt?«, fragte Ole flüsternd.

»Dann haben wir ein Problem.«

»Du bist dir ganz sicher mit dem Benz?«

»Jetzt fang du nicht auch noch an. Wir müssen abwarten, was die Kriminaltechnik findet. Wenn in dem Auto geschossen wurde, werden sie Schmauchspuren finden. Mit Glück ist der Innenraum gar nicht oder nur flüchtig gereinigt worden. Dann wird es auch DNA von Seute geben.«

»Dein Wort in Gottes Ohr.«

Lena hob die Hand und Ole verstummte. Jetzt war es deutlich zu hören. Der Fahrstuhl schien sich in Bewegung gesetzt zu haben.

»Kannst du zum Treppenhaus gehen? Vielleicht ist das nur eine Finte«, sagte sie zu Ole und bewegte sich bereits auf den Eingangsbereich zu, während Ole in die andere Richtung lief.

Der Fahrstuhl blieb ruckelnd stehen, langsam öffnete sich die Tür. Lena stand zwei Meter entfernt, die rechte Hand am Holster. Eine Person stand im Innenraum des Fahrstuhls, trat aus dem Schatten und schreckte zurück. Vor Lena stand Adana Gönül. In der Hand hielt sie eine gefüllte Plastiktüte.

»Was machen Sie noch hier?«, fragte die junge Frau überrascht.

Lena wog in Sekundenbruchteilen die Möglichkeiten ab, griff nach dem Funkgerät und rief: »Es ist Frau Gönül. Hast du was?«

»Nein«, kam von Ole zurück.

Im selben Augenblick kam eine dritte Stimme aus dem Funkgerät. »An alle. Jemand klettert an der Regenrinne hinunter.«

Lena reagierte sofort, klickte im Laufen das Funkgerät an den Gürtel, griff mit der anderen Hand zur Tür, riss sie auf und sprintete rechts um das Haus herum.

»Unten angekommen«, hörte Lena eine keuchende Stimme aus dem Funkgerät. »Er läuft Richtung Osten.«

Lena bog um die Hausecke und sah im selben Moment einen Schatten über den Rasen sprinten. Ihr schoss durch den Kopf, dass die Flucht eine weitere Finte sein könnte, griff nach dem Funkgerät und rief: »Ole, bleib am Haus.«

Der Schatten vor ihr verschwand in einer Buschreihe, von rechts sah sie drei Personen auf das Haus zulaufen, zu weit entfernt, um den fliehenden Mann erreichen zu können.

Kurz vor dem ersten Busch stoppte Lena, zog ihre Waffe mit der rechten Hand und griff mit der anderen nach der Taschenlampe. Vorsichtig tastete sie sich vor.

»Polizei! Bleiben Sie stehen!«

Die Pflanzen wurden dichter, Lena hielt inne und horchte. In diesem Augenblick hörte sie, wie jemand Zweige auseinanderschob, und dann schnelle Schritte, die sich entfernten. Lena lief gebeugt hinterher und erreichte nach wenigen Metern die Rasenfläche des angrenzenden Hauses. Zwanzig Meter vor ihr sprintete eine Person auf die Straße zu. Lena rannte los und sah aus dem Augenwinkel ein Auto langsam die Straße hochfahren. *Er wird abgeholt*, schoss es ihr durch den Kopf. Sie schrie: »Polizei! Stehen bleiben!«, und schoss in die Luft. Im nächsten Moment kam der Flüchtende ins Straucheln, er stolperte und fiel auf den Rasen. Lena ließ das Funkgerät fallen, schob im Laufen die Waffe zurück ins Holster und stürzte sich auf die sich gerade aufrappelnde Person. Der Mann fiel wieder hin, Lena griff nach seinem Arm und wollte ihn gerade nach hinten drehen, als er ihr den anderen Ellenbogen ins Gesicht rammte. Sie schrie vor Schmerz auf, ließ den Mann los und taumelte. Für einen kurzen Augenblick konnte sie sich kaum auf den Beinen halten, zog aber dann die Waffe und schoss ein weiteres Mal in die Luft. Der Mann vor ihr, der im Begriff war aufzustehen, hob langsam die Arme.

»Eine Hand zurück«, schrie Lena ihn an. Sie zog die Handschellen aus dem Gürtel und fixierte die eine Hand, bevor sie nach der anderen griff und dem Mann die Arme auf dem Rücken fesselte.

In diesem Moment kamen die zwei Kollegen des ersten Fahrzeugs keuchend bei ihr an. »Alles sicher!«, rief Lena und strich sich über die schmerzende Stelle an der Stirn.

Die Kriminalbeamten halfen dem Mann auf, Lena musterte ihn und nickte ihnen auffordernd zu. Bei der folgenden Durchsuchung fanden die Kollegen ein Portemonnaie und ein Klappmesser. Einer der Beamten reichte Lena einen Ausweis.

»Alay Gönül, ich nehme Sie vorläufig fest«, sagte Lena. »Bringt ihn weg.«

Lena ging langsam über den Rasen zurück, fand das Funkgerät, mit dem sie Ole Bescheid sagte, dass sie sich am Wagen treffen würden. Anschließend rief sie Haustein an.

»Wir haben ihn.«

»Gut, ich kümmere mich dann um alles.«

»Alay Gönül. Ich denke, er ist verwandt mit der Frau, die wir in der Wohnung angetroffen haben. Können Sie sicherstellen, dass bei ihm direkt ein Schmauchspuren-Test gemacht wird?«

»Liebe Kollegin, nichts für ungut, aber darauf brauchen Sie mich nicht hinzuweisen.« Haustein klang verschnupft.

»Morgen früh um acht?«, fragte Lena, ohne auf seine Beschwerde einzugehen.

»Schlafen Sie ruhig aus. Wir schaffen das schon.«

»Bis morgen früh«, sagte Lena und legte auf.

Inzwischen war sie beim Volvo angekommen, wo Ole auf sie wartete. Er musterte Lenas Stirn. »Das gibt eine mächtige Beule. Bist du sonst in Ordnung?«

»Ja, setz mich bitte an meiner Wohnung ab. Es reicht mir für heute.«

Sechsundzwanzig

Kurz vor acht Uhr am nächsten Morgen trafen Lena und Ole in der Kieler Polizeidirektion ein. Die SoKo hatte sich bereits im Besprechungsraum zusammengefunden, die Kaffeekanne wurde rumgereicht und es klang, als diskutierte man lebhaft über die vergangene Nacht.

Als Lena und Ole den Raum betraten, verstummten für einen Moment die Gespräche. Schließlich klopfte einer der Kriminalbeamten anerkennend mit der Hand auf den Tisch. Zögernd taten es ihm die meisten der Anwesenden gleich, bis Haustein aufstand und sich vor die Flipchart stellte.

»Die Kriminaltechnik hat auf meinen Wunsch eine Nachtschicht eingelegt. Ich habe soeben die ersten Ergebnisse erhalten. Im Mercedes-Benz sind eindeutig frische Schmauchspuren nachgewiesen worden. Fingerabdrücke von unserem Kollegen Seute fehlen zwar, aber ich denke, der DNA-Abgleich mit den gefundenen Spuren wird uns da Klarheit bringen.« Haustein legte eine kurze Pause ein und ließ seinen Blick über die Runde gleiten. »Der Wagen wurde gereinigt, was ja auch, wenn es das Fahrzeug ist, in dem Seute angeschossen wurde, durchaus sinnvoll war. Aber wie hier alle wissen, ist es nicht so leicht, Blutspuren komplett zu entfernen. Es sind an zwei Stellen auswertbare Blutspritzer gesichert worden, die gerade überprüft werden. Kurz und gut: Im Moment deutet einiges darauf hin, dass wir das richtige Fahrzeug in der Mangel haben.« Haustein nickte Lena und Ole anerkennend zu. »Danke, Kollegen. Das war ausgezeichnete Arbeit.« Er atmete tief durch. »Und jetzt zu dem Kandidaten, den wir vorläufig festgenommen haben. An seiner Kleidung waren keine Rückstände von Schmauch zu finden. Da vierundzwanzig Stunden vergangen sind, waren die Rückstände an seiner rechten Hand zwar gering, aber nachweisbar.«

Ein Raunen ging durch die Reihen. »Es ist also durchaus im Bereich des Möglichen, dass wir nicht nur das Tatfahrzeug gefunden haben, sondern auch den Täter.«

Das Raunen wurde lauter und gipfelte in einzelnen Jubelschreien. Haustein hob eine Hand, als Zeichen, dass wieder Ruhe einkehren sollte. »Wir alle wissen, dass der Fall damit noch nicht aufgeklärt ist, sondern die Feinarbeit jetzt beginnt. Gefeiert wird, wenn wir ein Geständnis haben.« Der Zeigefinger seiner Hand schnellte nach oben. »Und …« Er legte eine Kunstpause ein. »… wenn wir den Auftraggeber dieses Mordversuchs an einem geschätzten Kollegen dingfest haben.«

Haustein verteilte schließlich die Aufgaben und löste die Runde auf. Lena und Ole standen auf und warteten, bis sie mit Haustein allein im Raum waren.

»Wann wird Gönül vernommen?«, fragte Lena.

Haustein sah auf die Uhr. »In genau zwanzig Minuten. Ich gehe davon aus, dass Sie mir Gesellschaft leisten werden?«

Lena schätzte den Vernehmungsraum auf zwanzig Quadratmeter. An der Längsseite war ein Einwegspiegel angebracht, an jeder Breitseite befanden sich zwei Kameras und in der Mitte des Raumes stand ein etwa zwei Meter langer und fast ebenso breiter Tisch mit vier Stühlen.

Neben Alay Gönül saß ein Mann im dunklen Anzug, den Haustein Lena als Dr. Degen vorstellte. Sie setzten sich, Haustein startete die Aufnahme und sprach die Formalien.

»Mein Mandant wird vorerst keine Aussage machen«, gab der Anwalt bekannt, bevor Haustein oder Lena eine Frage stellen konnten. »Da es sich in der Sache allenfalls um Fahrerflucht handeln kann – was allerdings auch noch im Detail zu erörtern wäre –, gehe ich davon aus, dass sich unsere Wege hier trennen.« Degen machte Anstalten, sich von seinem Platz zu erheben, als Haustein die Hand hob und mit seiner tiefen Stimme ruhig, aber akzentuiert sagte: »Ihnen steht es frei, den Raum zu verlassen, Dr. Degen. Ihr Mandant ist, wie Sie sicher wissen, vorläufig festgenommen.«

Dr. Degen setzte sich würdevoll zurück auf den Stuhl. »Sie sind ein schlechter Verlierer, Haustein. Aber das wissen wir ja beide. Dieses Spielchen führt zu nichts. Spätestens am Ende dieses Tages müssen Sie meinen Mandanten freilassen.«

»Es sei denn, der Haftrichter folgt der Argumentation der Staatsanwaltschaft«, kommentierte Haustein süffisant. »Der Termin ist auf sechzehn Uhr festgelegt.«

»Umso eher wird mein Mandant freigelassen«, sagte der Anwalt, der sich von Hausteins Worten nicht beeindruckt zeigte.

Haustein lächelte siegesgewiss. »Sie bleiben dabei, dass Ihr Mandant keine Fragen beantwortet?«

»Herr Kommissar, wir haben beide wenig Zeit. Sollten wir das ganze Schauspiel nicht abkürzen? Sollte sich mein Mandant vor Gericht für den kleinen Unfall verantworten müssen, wird er selbstverständlich seinen Pflichten als deutscher Staatsbürger nachkommen. Er hat einen festen Wohnsitz, eine Arbeitsstelle und ist weder vorbestraft noch jemals angeklagt worden. Sollten wir jetzt nicht einfach …«

»Nein, das sollten wir nicht«, unterbrach Haustein ihn und hob die Stimme. Er beendete die Vernehmung, stand auf und gab dem im Hintergrund stehenden Beamten einen Wink. Der Mann trat an Gönüls Seite und gab ihm die Anweisung aufzustehen. Anschließend führte er ihn aus dem Raum.

Lena stand inzwischen neben Haustein, der jetzt Dr. Degen mit einer Handbewegung zum Gehen aufforderte. Die Augen des Anwalts waren zu Schlitzen verengt. »Ziehen Sie sich warm an, Herr Kommissar«, sagte er leise.

»Hauptkommissar bitte, Herr Dr. Degen«, erwiderte Haustein und trat zur Seite.

Ole Kotten wartete auf Haustein und Lena. Er hatte die Vernehmung im Nebenraum verfolgt.

»Der redet nie und nimmer«, sagte Roland Haustein und wandte sich an Lena. »Oder hätten Sie eine andere Strategie gefahren?«

»Es war Ihre Vernehmung«, sagte Lena, die kein Interesse an einer Auseinandersetzung hatte, die zu nichts führen würde. »Was sagt der Staatsanwalt?«

»Untersuchungshaft ist Gönül sicher. Aber wir müssen fest damit rechnen, dass morgen mindestens fünf seiner Freunde auf der Matte stehen und beeiden, dass sie mit ihm um die fragliche Zeit zusammen waren. Am Ende bleibt tatsächlich nur Fahrerflucht, und wenn ich dem Anwalt mal vorgreifen darf, wird er sicher auf übermäßige Härte vonseiten der Polizei setzen. Der arme Junge war so verängstigt, dass er in den anderen Wagen fahren musste. Am Schluss sind wir noch die Dummen.«

»Es sei denn, auf Seutes Kleidung wird DNA von Alay Gönül nachgewiesen«, sagte Lena. »Wann haben wir die Ergebnisse?«

»Wir?«, prustete Haustein.

»Kollege Haustein«, mischte sich Ole Kotten ein. »Wir sitzen alle in einem Boot. Wenn wir jetzt nicht alle in die gleiche Richtung rudern, haben wir ein gewaltiges Problem.«

»Verdammt! Mir steht die ganze Scheiße mit den Türken jetzt schon bis …« Haustein hob die flache Hand bis an die Stirn. »… hier.« Er schloss kurz die Augen und atmete tief durch. »Aber Sie haben recht. Es ist unser gemeinsamer Fall.«

»Wo wird die Untersuchung gemacht?«, fragte Lena.

»Liegt alles im Gerichtsmedizinischen Institut. Warum?«

Lena zog ihr Handy aus der Tasche. »Entschuldigung, ich muss kurz telefonieren.« Sie ging ein paar Meter den Flur hinunter und wählte eine Kurzwahlnummer.

Luise Stahnke nahm das Gespräch direkt an und begrüßte Lena freundlich. »Wieder im Lande?«

»Du hast von unserem angeschossenen Kollegen gehört?«

»Ja, natürlich. Ist das dein Fall? Warst du die Polizistin, die …«

»Das war ich«, unterbrach Lena. »Bei euch lagert die Kleidung des Kollegen. Im Moment sieht es danach aus, als hätte ein Mafiaclan damit zu tun. Ich habe die Befürchtung, dass die Sachen bei euch nicht sicher sind.«

»Du meinst, die brechen hier ein?«

»Ja. Was können wir machen?«

»Wie ernst ist die Lage?«

»Sehr ernst. Ich würde mich nicht mal wundern, wenn ihr am helllichten Tag Besuch bekämt.«

»Ich kümmere mich sofort darum und melde mich später bei dir, Lena.«

»Okay. Bitte sei vorsichtig!«

Zurück bei Roland Haustein und Ole berichtete Lena kurz von ihrem Anruf bei Luise. »Können wir jemanden abstellen für das Institut? Mir ist nicht wohl dabei.«

In diesem Augenblick kam einer von Hausteins Leuten auf sie zu. »Chef! Kann ich kurz?«

Haustein winkte ihn her. »Was gibt es?«

»Wir haben uns in der Szene etwas umgehört. Es scheint so, als wäre unser Mann der Neffe vom Clanchef. Also keine kleine Nummer und auch kein eingeflogener Killer.«

»Verdammt! Das hat uns gerade noch gefehlt«, brummte Haustein und gab Anweisung, dass sich sofort zwei Beamte auf den Weg zum Gerichtsmedizinischen Institut machen und sich dort bei Dr. Stahnke melden sollten.

»Gehen wir doch in mein Büro«, sagte Haustein zu Lena und Ole.

Sie folgten dem Hauptkommissar durch die Flure zu einem der Zimmer. Er bot ihnen einen Platz an und fragte, ob sie etwas trinken wollten.

Lena verneinte, Ole griff nach einer Flasche Mineralwasser, die auf dem Tisch stand, und schenkte sich ein.

»Wo waren wir stehen geblieben?«, fragte Roland Haustein.

»Gönüls Alibi«, sagte Ole Kotten. »Die momentan noch dünne Beweislage.«

»Und der DNA-Abgleich mit Kollege Seutes Kleidung.« Haustein lächelte herablassend. »Ich halte es doch für äußerst unwahrscheinlich, dass Baksi seine Leute ins Institut schickt. Aber sicher ist sicher.« Er krempelte die Ärmel seines Hemdes hoch. »So, wir werden in den nächsten Tagen den Baksi-Clan komplett durchleuchten. Ich werde weitere Leute anfordern, um schnellstmöglich Ergebnisse auf den Tisch legen zu können. Länger als eine Woche werden wir nicht haben. Dann steht mit Sicherheit der nächste Haftprüfungstermin vor der Tür.« Er wandte sich an Lena. »Wo sehen Sie Ihre Schwerpunkte?«

»Kollege Kotten und ich werden nach Verbindungen zu unserem Fall auf Helgoland suchen und uns noch weiter mit Seute beschäftigen.«

»Gut! Dann sollten wir uns möglichst wenig in die Quere kommen. Briefing einmal am Tag, das sollte reichen.«

»Kann ich davon ausgehen, dass das Institut weiter geschützt wird?«, fragte Lena.

»Schwierig. Ich brauche jeden Mann. Bis morgen Abend sollten wir das hinkriegen. Dann wird ja wohl das Ergebnis vorliegen und wir …« Hausteins Handy unterbrach ihn. Er sah aufs Display und nahm das Gespräch sofort an. »Seid ihr endlich da? Das sind doch nicht mal zwei Kilometer bis …« Er brach ab und lauschte ins Handy. »Verdammt! Das kann doch nicht sein. Ich bin gleich bei euch.«

Lena sah ihn fragend an.

»Diese Idioten waren nicht rechtzeitig da. Stau, Unfall, was weiß ich. Sie waren zu spät.« Haustein stand inzwischen und griff nach seiner Jacke, die neben der Tür hing. Lena und Ole waren auch aufgesprungen.

»Was ist passiert?«, fragte Lena, während sie zu dritt über die Gänge liefen.

»Zwei Maskierte. Sie sind ins Institut eingedrungen. Seutes Kleidung …«

»Jemand verletzt?«, fragte Lena entsetzt.

Haustein riss eine Zwischentür auf und zeigte auf den Fahrstuhl. »Wir nehmen mein Auto. Das geht schneller.«

»Ist jemand verletzt?«, wiederholte Lena, als sie nach unten fuhren.

»Nein, soweit ich weiß, niemand«, antwortete Haustein, dem der Schweiß im Gesicht stand.

Siebenundzwanzig

Haustein fuhr mit Blaulicht und Sirene mit hoher Geschwindigkeit vom Parkplatz der Polizeidirektion. Lena hatte das Handy am Ohr und versuchte zum dritten Mal, Luise zu erreichen. »Verflucht!«, murmelte sie, sah auf und schüttelte Richtung Ole den Kopf. Seit sie mit Luise gesprochen hatte, war eine Dreiviertelstunde vergangen. War ihre Freundin direkt in die Abteilung gegangen, in der Seutes Kleidung lagerte? Warum ging sie nicht ans Handy?

»Wir sind gleich da!«, rief Haustein gegen den Lärm der Sirene an und bog gleichzeitig scharf rechts in eine Seitenstraße ein.

Sie hielten mit quietschenden Reifen in der Nähe des Haupteingangs und sprangen fast gleichzeitig aus dem Auto. Lena lief voran ins Gebäude, immer noch das Handy am Ohr.

»Lena?«

»Endlich! Luise, alles in Ordnung?«

»Du hast es schon gehört?«

»Wir sind hier im Institut. Wo müssen wir hin?«

Luise nannte ihr das Stockwerk. »Ich warte im Flur auf euch.«

»In den dritten Stock«, rief Lena den anderen zu und zeigte nach rechts in den Gang. »Da ist das Treppenhaus.«

Luise stand vor einer Zwischentür aus Glas, als Lena vor den anderen bei ihr eintraf und nach Luft ringend stehen blieb. »Was ist passiert?«

Luise wartete, bis Haustein und Ole zu ihnen stießen. »Ich war nicht hier, bin aber kurz darauf gerufen worden. Zwei Maskierte, bewaffnet, sie haben hier …« Luise wandte sich kurz um. »… die Kollegin bedroht und die Kleidung eures angeschossenen Kollegen verlangt. Der Beutel wurde ihnen dann ausgehändigt.«

»Wo muss ich hin?«, fragte Roland Haustein.

»Dritte Tür rechts und dann geradeaus in den hinteren Raum.«

Haustein nickte und machte sich auf den Weg. Als Ole ihm folgte, hielt Luise Lena zurück. »Bleibst du noch einen Moment, bitte?«, bat sie leise.

Luise wartete, bis Haustein und Ole außer Hörweite waren, zog dann Lena mit in ein kleines Zimmer, das anscheinend als Abstellraum genutzt wurde.

»Ich hatte den Inhalt zu dem Zeitpunkt schon ausgetauscht. Zehn Minuten vor dem Überfall«, sagte Luise.

»Aber …«

»Ausgetauscht!«, wiederholte Luise. »Diese Typen haben den falschen Beutel oder vielmehr den richtigen mit falschen Klamotten. Ich fürchte nur, sie werden es entdecken. Oder weiß niemand, was das Opfer getragen hat?«

»Nur der Täter. Wenn wir den Richtigen haben, können sie es nicht so schnell herausbekommen. Warum sollten sie auch daran zweifeln? Oder was hast du in den Beutel getan?«

»Eine Hose und eine Jacke. Aber ich fürchte, da war kein Blut drauf. Die Originalkleidung habe ich in meinem Büro. Was machen wir jetzt damit?«

»Gibt es außer hier in Kiel noch irgendwo die Möglichkeit, die Tests durchzuführen?«, fragte Lena.

»Bei den Kollegen in Hamburg. Aber das wird schwierig. Anträge, Begründung und so weiter.« Sie überlegte. »Aber wir könnten sie in unsere Außenstelle nach Schleswig bringen. Ich kenne dort den Kollegen und könnte mit ihm sprechen.«

Lena zögerte kurz, bevor sie sich entschied. »Am besten, du gehst jetzt in dein Büro, schließt ab und wartest dort auf mich.«

Die vollkommen aufgelöste Frau saß auf einem Stuhl und wurde von einer, wie Lena vermutete, ihrer Kolleginnen betreut. Haustein hatte sich einen Stuhl herangezogen und befragte die beiden Frauen. Lena schloss leise die Tür und trat zu Ole, der sich mit den Kollegen unterhielt, die als Erste im Institut gewesen waren. Sie hörte dem Gespräch eine Weile zu, bevor sie Ole fragte, ob er kurz mit ihr kommen könnte.

»So geheimnisvoll?«, fragte Ole, als sie am Ende des Flures standen.

Lena berichtete ihm von Luises Tausch des Beutelinhalts und fragte ihn nach seiner Meinung.

»Die Kollegen meinten, die Maskierten seien wohl sehr gezielt auf die richtige Abteilung und das richtige Zimmer zugegangen. Dazu müssen sie gewusst haben, wie sie unbemerkt ins Institut kommen. Unabhängig davon: Woher wussten sie, dass die Beweisstücke hier lagern?«

Lena nickte. Sie kannte sich durch diverse Aufenthalte im Institut gut aus und wusste, dass es schwierig war, ohne Führer oder genaue Kenntnisse den Weg zu finden. »Das Gleiche habe ich auch schon gedacht. Die Beweisstücke müssen hier raus. Kannst du sie jetzt gleich nach Schleswig bringen?«

»Und Haustein?«

»Den übernehme ich. Am besten fährst du mit dem Taxi zur Polizeidirektion. Ich rufe Luise an, dass du jetzt bei ihr vorbeikommst. Sie nennt dir auch den Kontaktmann in Schleswig.«

Ole ließ sich den Weg erklären, sie verabredeten, später zu telefonieren.

»Aus der ist nichts rauszubekommen«, sagte Roland Haustein zu Lena. Kurz zuvor hatte er zwei weitere Beamte und die Kriminaltechnik zum Institut beordert und den beiden anwesenden Kollegen die ersten Aufträge erteilt.

»Ein Riesenschlamassel«, brummte er. »Der Staatsanwalt wird mir den Kopf abreißen.«

»Ich muss Sie kurz unter vier Augen sprechen«, sagte Lena. »Es ist wichtig.«

»Jetzt? Das können wir später im Kommissariat machen.«

Lena sah sich um. »Es ist wirklich wichtig, Kollege. Ich habe Informationen zu Seutes Kleidung.«

Roland Haustein runzelte die Stirn. Lena rechnete schon mit einer Abfuhr und war fest entschlossen, in dem Fall die Angelegenheit selbst zu regeln und Haustein auflaufen zu lassen, als er sagte: »Nun gut, kommen Sie. In meinem Wagen haben wir Ruhe und können auch gleichzeitig auf die Verstärkung warten.«

Schweigend gingen sie den Weg zurück zum Parkplatz, Haustein schloss den Wagen auf und öffnete ihr die Tür. Lena stieg ein, Haustein folgte ihr nach einigen Sekunden.

»Und? Was gibt es so Wichtiges?« Haustein sah sich auf dem Parkplatz um, als suchte er nach der georderten Verstärkung.

»Ich denke, wir haben ein Problem. Woher wussten die Männer, dass Seutes Kleidung genau dort lagerte, ganz abgesehen davon, dass die Beweisstücke überhaupt im Institut sind?«

Haustein erstarrte und schien Mühe zu haben, nicht zu explodieren. Sein Hals lief rot an, die Augen verengten sich zu Schlitzen. Er öffnete den Mund, doch es schien ihm die Sprache verschlagen zu haben.

»Haben Sie eine andere Erklärung?«, schob Lena nach. »Ich will Ihnen nicht ans Bein pinkeln. Ganz und gar nicht. Aber die Sache stinkt gewaltig.«

Haustein atmete tief durch und nach einer Weile entspannten sich seine Gesichtszüge. »Und was schlagen Sie vor? Die Kollegen von der Inneren zu informieren, damit die uns den Laden auseinandernehmen?« Er schüttelte genervt den Kopf.

Lena lehnte sich auf dem Sitz zurück. Sollte sie Haustein die Wahrheit sagen oder lieber auf eigene Faust vorgehen? Auf kurze Sicht wäre die zweite Variante effektiver, aber langfristig brauchte sie Haustein, um ihren eigenen Fall abschließen zu können.

»Die Beweisstücke sind unterwegs nach Schleswig«, sagte sie und erklärte ihm, was in der letzten halben Stunde passiert war.

Lena setzte in Johanns Küche Wasser für Kaffee auf, als es an der Tür klingelte. Johann stand auf und kam kurz darauf mit Ole Kotten zurück.

»Dann wäre unser Team ja wieder vollständig«, sagte Ole und zog seine dicke Jacke aus. »Kalt draußen. Verbrechen sollte man gesetzlich auf die Sommermonate beschränken.«

»Alles gut gelaufen in Schleswig?«, fragte Lena.

»Geheimauftrag erfolgreich abgeschlossen. Hast du Haustein alles erzählt? Wie hat er reagiert?«

Lena stand am Herd und goss das kochende Wasser in den Filter. »Ja, er macht mit. Er gibt im Team bekannt, dass die

Beweisstücke abhandengekommen sind. Außerdem will er sich seine Leute vornehmen, um die undichte Stelle zu finden.«

»Hoffentlich nicht so, wie ich es mir gerade vorstelle«, sagte Ole.

Lena schmunzelte. »Nein, wir haben darüber gesprochen. Wir wollen potenziellen Kandidaten eine Falle stellen. Erst mal müssen wir extrem vorsichtig mit den Informationen sein, die wir in der großen Runde austauschen. Ein Meeting in der Form wird es vorläufig nicht mehr geben. Haustein ist Ansprechpartner für alle Infos und verteilt sie nach Bedarf. Dann müssen wir weitersehen.«

Ole wandte sich an Johann. »Du weißt Bescheid so weit?«

Johann nickte.

Lena kam mit der vollen Kaffeekanne zum Tisch und schenkte jedem eine Tasse ein. »Wir brauchen einen Plan. Wir stecken viel zu tief im Seute-Fall mit drin. Unsere eigentliche Aufgabe gerät mir zu sehr aus dem Fokus. Ich gehe auch davon aus, dass die Fälle zusammenhängen, aber ich glaube kaum, dass jemand aus dem Baksi-Clan mit uns reden wird. Vorschläge, wo wir morgen ansetzen?«

Johann hob die Hand. »Wir wissen nicht, warum Weber untergetaucht ist. Was ist in den Wochen vor seinem Tod auf Helgoland passiert? Als ich das Tagebuch von Wiebke Rinken gelesen habe, hatte ich gleich den Verdacht, dass Weber seine Recherchen in den Monaten vor seinem Tod wieder aufgenommen hat. Und zwar gemeinsam mit seiner Freundin. Das kann doch nur bedeuten, dass Wiebke wichtig war für Webers Arbeit. Laut Tagebuch lief doch alles zunächst darauf hinaus, dass Weber sich mit seiner Situation abgefunden hatte, sprich seine Recherchen beendet waren. Warum ging es dann wieder los? Ich gehe davon aus, dass sie Angst gehabt haben, dass sie entdeckt werden. Weglaufen wollten sie nicht noch einmal, selbst wenn, wohin hätten sie gehen sollen? Also haben sie sich für den Angriff entschieden. Ich habe den Wortlaut nicht mehr im Kopf, aber so ungefähr stand es im Tagebuch: Uns bleibt nur der eine Weg, und wenn wir Erfolg haben, werden wir frei sein.« Johann sah zwischen Lena und Ole hin und her. »Oder rede ich jetzt vollkommen wirr?«

»Nein!«, sagte Lena. »Du hast es auf den Punkt gebracht. Ich habe wohl den Wald vor lauter Bäumen nicht mehr gesehen.«

Ole nickte. »Ich stecke zwar nicht so tief in dem Tagebuch, aber deine Schlussfolgerungen klingen logisch.«

»Johann hat recht, Helgoland ist der Schlüssel«, sagte Lena. »Wir sollten uns darauf konzentrieren.« Sie schlug ihr Notizbuch auf. »Lasst uns noch einmal alle Fakten durchgehen und eine Liste von Fragen erstellen, auf die wir Antworten finden müssen.«

Die nächsten zwei Stunden gingen sie jeden Ermittlungsschritt, jede Spur und alle Aufzeichnungen ein weiteres Mal durch. Lena notierte die einzelnen Punkte und fasste am Schluss die Fragen auf einem großen Blatt Papier zusammen, das sie an den Kühlschrank klebte.

1. Warum ist Julius Weber von der verdeckten Ermittlung zurückgezogen worden?
2. Welche Rolle spielen Thomas Seute und Kriminaldirektor Warnke beim Abbruch der verdeckten Ermittlung?
3. Wieso musste Julius Weber ein Jahr später untertauchen?
4. Was hat Helgoland mit Webers verdeckter Ermittlung zu tun?
5. Wie kommen Oke Jacobs und seine beiden Freunde ins Spiel?
6. Wer hat uns auf Helgoland überfallen und warum?

7. Warum wurde Thomas Seute angeschossen?
8. Wieso beziehungsweise von wem fühlten sich Julius Weber und Wiebke Rinken plötzlich auf Helgoland bedroht?
9. Wer konnte Julius Weber und Wiebke Rinken so nahe kommen, dass er unbemerkt K.-o.-Tropfen in die Getränke mischen konnte?

Sie gingen die Fragen einzeln durch und besprachen, wie sie weiter vorgehen wollten. Als Johanns Freundin nach Hause kam, verabschiedeten sich Lena und Ole.

Achtundzwanzig

Lena reckte sich im Bett. Sie hatte unruhig geschlafen und von wirren Verfolgungsjagden geträumt. Seufzend richtete sie sich auf und warf einen Blick auf den Wecker. In einer Stunde hatte sie einen Termin mit Seutes Tochter Pia, die sie um das Gespräch gebeten hatte. Lena stand auf und ging ins Bad.

Die Cafeteria der Klinik war leer. Lena suchte sich einen Tisch im hinteren Bereich und wartete auf Pia Seute. Am Telefon hatte die junge Frau ihr nicht sagen wollen, worum es ging, und Lena hatte nicht weiter nachgefragt.

Als ihre Verabredung durch die Glastür kam, stand Lena auf und winkte ihr zu. Sie begrüßten sich, Lena fragte, ob sie etwas trinken wolle, und ging anschließend zum Verkaufstresen. Mit zwei Tassen Kaffee kam sie zurück zum Tisch und setzte sich.

»Gibt es Neuigkeiten von Ihrem Vater?«, fragte Lena, nachdem Pia Seute einen Schluck Kaffee getrunken hatte.

»Der Chefarzt hat mir gerade gesagt, dass es Hoffnung gibt. Mein Vater hat die Nacht gut überstanden, liegt aber weiter im künstlichen Koma. Ich kann nur abwarten.«

»Es muss schwer für Sie sein, so ganz allein.«

Pia Seute nickte. »Das bin ich Papa schuldig. Er war immer für mich da, egal was passiert ist.«

Lena schwieg. Sie wollte in der Situation nicht fragen, warum Pia Seute um das Gespräch gebeten hatte.

»Ich will mir auch nichts vormachen«, fuhr Pia Seute fort. »Die Verletzung meines Vaters ist schon so schwerwiegend, dass er wohl kaum wieder selbst für sich sorgen kann. Wenn er überhaupt überlebt.«

Lena beugte sich vor und legte die Hand auf die von Pia Seute. »Ich kann nachfühlen, was Sie gerade durchmachen. Als ich neunzehn war, ist meine Mutter bei einem Autounfall ums Leben gekommen.«

»Oh, das tut mir leid. Lebt Ihr Vater noch?«

»Ja, auf Amrum. Ich habe viele Jahre lang nicht mit ihm gesprochen. Bis vor ein paar Monaten. Da sind wir uns wieder nähergekommen.«

»Was ist passiert?«, fragte Pia Seute.

»Ich habe gemerkt, dass ich ihm unrecht getan habe. Das waren viele verschenkte Jahre, aber wir versuchen, sie wieder aufzuholen.«

Pia Seute schluckte schwer. »Mir geht es ähnlich. Seit meine Eltern sich getrennt haben, habe ich quasi keinen Kontakt mehr zu meiner Mutter.«

»Sie haben bei Ihrem Vater gewohnt?«

»Ja, das letzte Jahr vor dem Abitur. Danach habe ich angefangen zu studieren. Ich war aber regelmäßig in Kiel.« Sie lächelte. »So weit ist das ja nicht bis Hamburg.« Pia Seute trank einen Schluck Kaffee und legte dann beide Hände um die Tasse. »Sie fragen sich sicher, warum ich mit Ihnen sprechen wollte.«

Lena nickte.

»Papas Chefin hat mich angerufen. Sie ist, glaube ich, neu auf dem Posten.«

»Ja, das ist richtig.«

»Sie hat jede Menge Fragen gestellt. Mir war sehr schnell klar, worauf es hinausläuft.« Pia Seute sah Lena direkt an. »Sie haben mit den Ermittlungen gegen meinen Vater zu tun?«

Lena schüttelte den Kopf. »Ich kann Ihnen versichern, dass es keine Ermittlungen gibt. Und wenn es tatsächlich dazu kommen sollte, werden andere Stellen damit beauftragt und nicht die aus dem gleichen Haus.«

Pia Seute atmete erleichtert auf. »Ich kenne meinen Vater ziemlich gut, sicher besser als manch eine Tochter. Auch wenn ich nichts über seine Arbeit weiß, weil er nie viel darüber gesprochen hat, weiß ich doch, was für ein Mensch er ist. Er würde niemals mit Verbrechern gemeinsame Sache machen.« Sie wischte sich die feuchten Augen mit der Hand trocken. »Niemals. Er ist der aufrichtigste Mensch, den ich kenne. Warum hätte er das auch machen sollen? Wegen Geld? Niemals! Er verabscheute diese Menschen. Obwohl wir über seine konkrete Arbeit kaum gesprochen haben, hat er mir das oft gesagt. Er ist Polizist aus Überzeugung. Verstehen Sie, was ich meine?«

»Ja, natürlich. Trotzdem: Kinder wissen nicht immer alles von ihren Eltern. Ich musste das erst vor Kurzem schmerzhaft erfahren.«

»Diese Frau Nielsen hat angedeutet, dass Papa vielleicht Geld gebraucht habe. Spielschulden oder so. Das ist Unsinn, glauben Sie mir. Papa hat nie gespielt. Ja, er war nach der Trennung von meiner Mutter schwer getroffen, und ja, er hat auch zu viel Alkohol getrunken, aber er hat einen Weg aus der Krise gefunden. Und das aus eigener Kraft. Er hat seine Arbeit geliebt, das hat er mir immer wieder gesagt. Es würde ihm das Herz brechen, wenn er erfahren würde, was hier gerade vor sich geht.« Pia Seute atmete schwer. »Ich würde das nicht sagen, wenn ich nicht hundertprozentig davon überzeugt wäre.«

Lena nickte nachdenklich. »Wir sprechen hier von der Zeit von vor etwa zwei bis zweieinhalb Jahren. Waren Sie damals noch in Kiel?«

»Ja, warum fragen Sie?«

»Gab es zu der Zeit etwas, was Ihnen aufgefallen ist? Sind Sie bedroht worden oder hatten Sie den Eindruck, jemand folgt Ihnen?«

Pia Seute starrte Lena mit entsetztem Blick an. »Sie meinen ...«

»Sollte Ihr Vater in etwas Ungesetzliches verstrickt worden sein, dann wäre es möglich, dass er dazu gezwungen wurde. Zum Beispiel dadurch, dass Familienmitglieder ernsthaft bedroht wurden.«

Pia Seute schwieg eine Weile. Dann schloss sie die Augen und flüsterte: »Ja, das könnte sein. Papa war damals sehr besorgt um mich. Viel mehr als in den Jahren zuvor. Er hat mich ständig ausgefragt, mit wem ich Umgang habe und all so was. Das hat mich schrecklich genervt. Irgendwann hat er damit aufgehört. Ich dachte ...« Die Tränen liefen über ihre Wangen, sie schluchzte leise.

Lena setzte sich auf den Stuhl neben Pia Seute und nahm sie in den Arm.

Zurück im Wagen schaute Lena nach ihren Mails und rief dann Johann an. »Können wir uns bei dir treffen? Ich habe die Ergebnisse des DNA-Abgleichs bekommen.«

»Kein Problem, weiß Ole Bescheid?«

»Nein, kannst du ihn informieren?«

»Klar! Bis gleich.«

Eine Viertelstunde später parkte Lena vor dem Mietshaus neben Oles Volvo. Auf ihr Klingeln surrte der Türöffner, sie lief die zwei Stockwerke hoch und wurde von Johann empfangen. »Und?«

»Gleich!«, sagte Lena und drängte sich an ihrem jungen Kollegen vorbei.

Ole saß in der Küche und trank ein Glas Mineralwasser.

Lena zog ihre Daunenjacke aus und setzte sich zu ihm. »Hast du mit Ekinci sprechen können?«

Ole Kotten war am frühen Morgen nach Neumünster in die JVA gefahren, um Deniz Ekinci zu vernehmen, den von Thomas Seute ausgesuchten V-Mann-Nachfolger.

»Oh ja, der gute Mann hatte mir einiges zu erzählen. Aber du zuerst. Wir platzen schon vor Neugier.«

Lena zog ihren Laptop aus der Tasche und öffnete ihn. Schließlich sah sie ihre beiden Kollegen an und grinste. »Johann würde sagen: Trommelwirbel.«

Johann beugte sich leicht über den Tisch. »Jacobs war dabei?«

»Ja. Seine DNA ist auf deiner Hose und der Jacke gefunden worden. Wir haben ihm nie die Hand geschüttelt und sehr nahe sind wir ihm auch nicht gekommen. Allenfalls könnte eine Übertragung bei der ersten Befragung passiert sein. Da haben wir bei ihm auf dem Sofa gesessen. Die Spuren, die gefunden wurden, waren aber allesamt vorne auf der Kleidung, wie es bei einem Angriff zu erwarten ist.«

»Bingo!«, rief Johann. »Hatte ich also doch recht.«

»Das bringt uns weiter«, meinte Ole. »Die drei Freunde haben jetzt ein Problem, würde ich mal sagen. Ist Wiebke Rinkens Laptop auch schon durch?«

»Ja, Fingerabdrücke von Jacobs außen am Gerät, innen keine. Und zu guter Letzt ist der Schreibblock untersucht worden. Dort sind Zeiten notiert worden. Vermutlich Abfahrts- und Ankunftszeiten. Zu den Uhrzeiten das jeweilige Datum und eine Spalte, in der vermutlich Besonderheiten aufgeschrieben wurden. Angelfahrt, Rundfahrt, Fischfang und hinter einigen ein Fragezeichen. Daraus lässt sich wohl schließen, dass es sich hier um Jacobs' Fahrten mit dem Kutter handelt. Ich konnte in den Daten nichts entdecken, was uns weiterbringen würde. Gönül ist übrigens in U-Haft. Wenn seine DNA auf Seutes Kleidung gefunden wird, wird es wohl eine Anklage geben.« Lena schaute in die Runde. »Vorschläge, wie wir jetzt weiter vorgehen? Holen wir die drei aufs Festland oder fahren wir wieder nach Helgoland?«

»Wenn eine offizielle Vorladung über die Staatsanwaltschaft erfolgt, ahnen die drei, wie der Hase läuft«, sagte Ole. »Außerdem können wir dann damit rechnen, dass sie durch Anwälte vertreten werden. Und was die ihnen raten werden, wissen wir jetzt schon.«

»Wir müssen einen Keil zwischen sie treiben«, schlug Johann vor. »Entweder stecken alle drei mit drin, dann wird es schwierig, sie auseinanderzubringen, oder Jacobs hat allein gehandelt und die beiden nur als schnelles Alibi benutzt. Ich bin auch für die Insel.«

»Damit wäre ich ohnehin überstimmt, aber ich denke auch, Helgoland ist erst mal die richtige Wahl, wenn wir noch irgendwas aus Jacobs herausbekommen wollen. Uns fehlt nicht nur der zweite Mann beim Überfall, sondern auch das Motiv.«

Lena berichtete von dem Gespräch mit Pia Seute. Johann und Ole hielten wenig von der Theorie, dass Seute erpresst worden war. Lena schlug vor, Kriminalrätin Nielsen darauf anzusprechen, ob Seutes Finanzen überprüft werden könnten.

»Okay, so weit, so gut. Was hast du in Neumünster erfahren?«, fragte Lena an Ole Kotten gewandt.

»Deniz Ekinci war froh, mal mit jemandem reden zu können. Er hat übrigens schon vor seiner Inhaftierung für Seute als V-Mann gearbeitet, nichts Großes, das war wohl mehr ein Herantasten von beiden Seiten. Dann ist er selbst bei einem

Drogendeal aufgeflogen und musste für zwei Jahre in den Knast. Als er zwei Drittel abgesessen hatte, stand eigentlich seine Entlassung an. Seute hatte in der Zwischenzeit Kontakt zu ihm gehalten und ihm hier und da Vergünstigungen im Knast verschafft. Ziel war laut Ekinci, dass er ›dick als V-Mann einsteigen‹ würde. Das war jetzt Originalton. Seute wollte ihn langsam aufbauen. Es stand ja die Vermutung im Raum, dass Seute mit Ekinci den aufgeflogenen V-Mann im Baksi-Clan ersetzen sollte. Allerdings gehen die Kontakte zwischen Seute und Ekinci weiter zurück. Wenn Seute nicht Hellseher war, hatte er den Kontakt wohl ohne konkrete Pläne aufgebaut und ihn dann bei Kriminaldirektor Warnke als Nachfolger des aufgeflogenen V-Mannes präsentiert.«

»Warum ist es dazu nie gekommen?«, fragte Johann.

»Laut Ekinci ist er reingelegt worden. Er hatte Streit mit einem anderen Insassen. Nichts Dramatisches, aber es war bekannt, dass sich die beiden nicht riechen können. Dieser Insasse wurde schließlich in den Duschräumen aufgefunden, halb tot. Die Indizien deuteten auf Ekinci hin, er behauptet aber steif und fest, mit der ganzen Sache nichts zu tun gehabt zu haben. Letztendlich muss er seine Reststrafe absitzen und hat obendrein wegen gefährlicher Körperverletzung weitere zweieinhalb Jahre bekommen.«

»Wie hat Seute darauf reagiert?«, fragte Lena.

»Er war nur noch einmal bei ihm, behauptet Ekinci. Da sagte er zumindest die Wahrheit, ich habe das anschließend in der Gefängnisverwaltung kontrolliert. Seute hat ihm da gesagt, dass er nichts für ihn tun könne und er nun die Strafe absitzen müsse. Selbst auf Bewährung könne er nicht mehr hoffen und seine, also Seutes, Vorgesetzten hätten Ekinci wegen der neuen Verurteilung als V-Mann für die Zukunft ausgeschlossen.«

»Das klang aber bei Warnke ganz anders«, sagte Lena.

Ole nickte. »Das ist mir auch aufgefallen. Ekinci ist ein typischer Kleinkrimineller, der es gewohnt ist zu lügen und zu tricksen. Aber in diesem Fall sehe ich keinen Grund, warum er nicht die Wahrheit gesagt haben soll. Es bringt ihm keinerlei Vorteile, wenn er Seute reinreißt. Im Gegenteil, wenn er noch auf den Job hofft, hätte er doch geschwiegen. Dass Seute im Koma liegt, kann er nicht wissen. Der Name ist nirgends bekannt gegeben worden.«

»Was bedeutet das jetzt alles?«, fragte Johann. »Können wir dem Typ wirklich Glauben schenken?«

»Ich denke schon«, antwortete Ole. »Ich habe häufig mit solchen Leuten zu tun gehabt und glaube, ich kann das einschätzen. Seute hat ihn fallen gelassen und Warnke als Grund dafür vorgeschoben. Und wenn wirklich was dran ist an der Geschichte, dass Ekinci unschuldig an dem Überfall in der JVA ist, dann hat Seute ihn vielleicht sogar hingehängt. Ein Bauernopfer, sozusagen.«

Lena nickte. »Es sieht ganz danach aus.«

Neunundzwanzig

Lena schreckte aus dem Schlaf hoch. Schweißgebadet richtete sie sich im Bett auf. Der gleiche Traum wie in der vergangenen Nacht, mit Verfolgungsjagd und wilder Schießerei. Sie atmete tief durch und griff nach der Wasserflasche neben dem Bett.

»Mist!«, fluchte sie leise. Die Flasche war leer. Sie stand auf, schaltete das Licht an und lief auf die angelehnte Tür zum Flur zu. Bevor sie die Hand auf den Türgriff legen konnte, blieb sie wie erstarrt stehen. Ein ihr bekanntes Geräusch kam aus Richtung der Wohnungstür. Blitzartig schnellte sie zurück, nahm ihre Waffe aus dem Holster, das über dem Stuhl hing, und zögerte kurz, bevor sie die Schranktür aufzog, die Schutzweste vom Bügel riss und die Pistole kurz aus der Hand legte. Mit einer schnellen Bewegung streifte sie die Weste über ihr Schlaf-T-Shirt und schlich zur Schlafzimmertür zurück.

Sie horchte in den Flur hinein. Der Einbrecher schien immer noch daran zu arbeiten, die Tür zu öffnen. Lena lief zurück zum Bett, schnappte sich das Handy und wählte den Notruf. In diesem Augenblick hörte sie das Geräusch der aufgehenden Tür. Sie legte das Handy ab, griff nach der Pistole und suchte sich eine günstige Position im Zimmer. Leise Schritte, die Küchentür wurde geöffnet und wieder geschlossen. Drei Meter, zwei, einer, eine Hand legte sich um das Türblatt und schob es langsam auf.

»Polizei! Auf den Boden!«, schrie Lena, die Pistole im Anschlag.

Im nächsten Moment sprang die Tür auf und ein Mann stand vor ihr. Er hob eine Pistole mit Schalldämpfer und richtete sie auf Lena. Eine weitere Warnung, und fast gleichzeitig schoss Lena. Im selben Augenblick spürte sie den Schmerz und wurde nach hinten gegen die Wand geschleudert. Im Fallen drehte sie sich zur Seite und kroch hinter ihr Bett.

Stille, dann ein Stöhnen und ein Fluch. Lena hielt den Atem an, horchte. Schritte, die sich entfernten. Lena schnellte hoch, die Waffe im Anschlag. »Polizei! Bleiben Sie stehen!« Zwei Meter bis zur Tür, warten, ein schneller Blick in den Flur, zurück und wieder vor. Der Mann war verschwunden. Lena rannte zur Wohnungstür und schaute vorsichtig nach draußen. Eine Blutspur auf der Treppe, Schritte, die Eingangstür wurde geöffnet und schnappte kurz darauf wieder zu. Lena lehnte sich an die Wand und konzentrierte sich darauf, ruhig zu atmen.

Zwanzig Minuten später waren die Kollegen vom Kriminaldauerdienst (KDD) vor Ort, kurz darauf traf auch Ole Kotten ein. Der KDD rief trotz der Uhrzeit die Kriminaltechniker, die über eine Stunde in Lenas Wohnung verbrachten. Erst gegen fünf Uhr waren Lena und Ole wieder allein. Ole kochte Kaffee, nachdem Lena es abgelehnt hatte, sich noch einmal hinzulegen.

»Bist du wirklich sicher, dass wir nicht ins Krankenhaus fahren und überprüfen lassen sollen, ob …«

»Wie häufig muss ich das jetzt noch sagen, Ole? Es ist alles in Ordnung.«

»Schon gut. War ja nur eine Frage.« Ole goss Kaffee in zwei Tassen und setzte sich zu ihr an den Küchentisch. »Dir ist ja wohl klar, dass das kein normaler Einbruch war?«

Lena griff nach der Tasse und trank einen Schluck. »Ist der wirklich nur gekommen, um mich zu töten?«

»Das sieht verdammt danach aus. Da hat jemand eins und eins zusammengezählt und dich als treibende Kraft ausgemacht. Du hast Seutes Täter beobachtet, du hast den Benz gefunden und Gönül verhaftet. Und zu guter Letzt hast du dafür gesorgt, dass die Beweisstücke nicht geraubt werden konnten. Einmal ganz davon abgesehen, dass du den Fall Weber wieder aufrollst und wir offensichtlich auch dort jemandem gewaltig auf die Füße getreten sind.«

»Und woher wussten sie das alles?«

»Bis auf die Beweisstücke war alles im Haustein-Team bekannt. Der Anwalt von Gönül kann die Akten einsehen. Da wird ihnen klar geworden sein, dass sie die falschen Klamotten geraubt haben. Kurz und schlecht: Du bist in Gefahr. Hier kannst du definitiv nicht bleiben.«

Lena nickte. »Wir fliegen heute Nachmittag nach Helgoland. Da habe ich ja zwei Bewacher. Und dann sehen wir weiter.«

»Wollen wir hoffen, dass Nielsen das auch so sieht«, murmelte Ole.

»Sie hätten mich gleich informieren müssen«, sagte Kriminalrätin Nielsen, als Lena sie gegen acht Uhr anrief und ihr die Ereignisse der Nacht schilderte.

»Was hätte das geändert? Hätte ich Sie um drei Uhr in der Nacht erreicht?«

»Diese Sorge überlassen Sie mal mir. Und Sie wollen jetzt gleich heute nach Helgoland? Mir wäre wohler zumute, wenn Sie ein paar Wochen Urlaub außerhalb machen könnten. Sie haben doch Wurzeln auf Amrum. Ist es nicht …«

»Nein, ich mache weiter. Niemandem ist geholfen, wenn ich mich jetzt verstecke. Auf Helgoland habe ich zwei Kollegen an meiner Seite, und wenn wir zurück sind, werde ich meine Wohnung vorerst nicht weiter nutzen. Von dem Haus in Husum weiß kaum jemand etwas.«

Kriminalrätin Nielsen stöhnte frustriert. »Ich will jederzeit auf dem aktuellen Stand sein. Und wenn irgendeine Gefahr auf Helgoland droht, brechen Sie die Aktion sofort ab. Haben Sie mich verstanden?«

Lena verkniff sich eine Antwort und fragte stattdessen, ob die Weber-Akten wiederaufgetaucht waren.

»Nein, aber ich habe gestern Abend die Unterlagen bekommen, aus denen hervorgeht, welche Drogenkäufe genehmigt wurden.«

»Und?«

»Neben kleineren Käufen bis zu zweitausend Euro gab es drei größere, der letzte über vierzigtausend. Weiter gab es einen Vermerk, dass ein Hunderttausender-Deal geplant war, dessen Genehmigung allerdings noch ausstand. Bei der Übergabe war ein Zugriff geplant, der aber dann logischerweise nicht stattgefunden hat.«

»Können Sie mir die Daten schicken?«

»In einer Stunde bin ich im Büro, dann leite ich Ihnen alles weiter. Klappt die Zusammenarbeit mit den Kieler Kollegen?«

»Alles bestens«, sagte Lena und verabschiedete sich von ihrer neuen Chefin.

Der nächste Anruf galt Roland Haustein. Er war auf dem Weg in die Polizeidirektion und suchte sich einen Platz zum Halten, als Lena ihm von dem nächtlichen Überfall berichtete.

»Sind Sie so weit in Ordnung?«, war seine erste Frage.

»Es schmerzt etwas und ich werde wohl einige blaue Flecken davontragen, aber ansonsten geht es mir gut.«

»Was ist das für ein verdammter Mist! Dieser Baksi-Clan scheint ja vollkommen durchzudrehen. Ich werde die Sache zu uns in die SoKo rüberziehen. Sie haben den Typ erwischt?«

»Offensichtlich. Die Kugel ist nicht gefunden worden und es gab Blutspritzer auf der Treppe und in meiner Wohnung. Das war wahrscheinlich mein Glück, weil er sonst wohl kaum aufgegeben hätte.«

»Mit einer Schusswunde hat er ein Problem. Wir werden alle Krankenhäuser informieren und die üblichen Verdächtigen abklappern.«

»Gut!«, sagte Lena. »Haben Sie Ihren Maulwurf gefunden?«

»Nein, das ist nicht so einfach, wie ich mir das vorgestellt habe. Aber ich bin dran. Glauben Sie mir, ich werde den Typ erwischen und dann reiß ich ihm den Kopf ab.«

»Ist das Blut aus dem Benz jetzt Kollege Seute zugeordnet worden?«

»Ja, ich hätte Sie auch gleich angerufen. Ich habe heute früh eine Info bekommen. Eindeutiger Treffer.«

»Auf wen ist das Auto angemeldet?«

»Dieses Mal war das Kennzeichen nicht gefälscht. Der Benz läuft auf eine Firma, die wir dem Baksi-Clan zuordnen. Allerdings gibt es keine nachweisbaren Verbindungen. Die Durchsuchung der Geschäftsräume findet heute Vormittag statt. Ich erhoffe mir nicht viel, aber vielleicht können wir zumindest eine Verbindung zum Clan nachweisen. Und bevor Sie fragen: Nein, es weiß bis auf meinen Stellvertreter niemand davon. Ich persönlich leite die Aktion und habe dafür Leute aus anderen Abteilungen angefordert.«

Lena informierte Haustein über die neueste Entwicklung im Weber-Fall und über ihren Helgoland-Flug am Nachmittag. Sie sprachen ab, sich weiter gegenseitig über ihre Ermittlungen zu informieren.

»Du kannst wirklich gehen«, sagte Lena zu Ole, der darauf bestanden hatte, dass sie nicht allein in der Wohnung blieb.

»Keine Chance. Du legst dich jetzt für ein, zwei Stunden hin, dann packen wir unsere Sachen und fahren zu Johann.«

Lena rollte mit den Augen, wusste aber insgeheim, dass Ole recht hatte.

Im Bett wälzte sie sich hin und her, ohne einschlafen zu können. Immerzu lief die gleiche Szene vor ihren Augen ab. Die Hand, die als Erstes zu sehen gewesen war, der Maskierte, die Pistole mit dem langen Lauf, wie sie geschrien hatte und die Pistole auf sie gerichtet worden war, der dumpfe Knall, der Aufschlag mitten auf ihrer Brust und der Fall. Wann hatte sie geschossen? Was wäre passiert, wenn sie nicht geistesgegenwärtig die Schutzweste angezogen hätte? Hätte der Schütze noch einmal geschossen, wenn sie ihn nicht getroffen hätte? Wie nah war sie dem Tod gewesen? Die Schutzweste bedeckte nur einen Teil des Körpers, zwar den mit den wichtigsten Organen, aber ein Schuss in den Kopf wäre höchstwahrscheinlich tödlich gewesen. So knapp war es noch nie gewesen. Was würde Erck dazu sagen? Konnte sie es ihm überhaupt erzählen?

Ihr wurde schwarz vor Augen, sie atmete flach und schnell. Wie hatte das passieren können? Wieso war sie nicht vorsichtiger gewesen? Warum …

Lena richtete sich auf und stieg aus dem Bett. Am geöffneten Fenster sog sie gierig die Winterluft ein. Dort stand sie, bis ihr ganzer Körper vor Kälte zitterte. Mit steifen Fingern schob sie das Fenster zu und sank zurück auf ihr Bett. Erst als der Kissenbezug nass wurde, spürte sie die Tränen auf den Wangen. Sie begann, leise zu schluchzen, und zog sich in Embryohaltung die Decke über den Kopf.

Dreissig

»Warum hast du mich nicht geweckt?«

Lena stand in der Küchentür und rieb sich die verschlafenen Augen.

»Kleine Planänderung«, sagte Ole Kotten. »Johann fährt direkt nach Büsum, du fährst bei mir mit. Auf dem Rückweg nehme ich dich entweder mit nach Husum oder du fährst mit Johann nach Kiel. Deinen Wagen habe ich schon von den Kollegen abholen lassen, der steht jetzt auf dem Parkplatz vom LKA.«

Lena nickte langsam. »Ich gehe unter die Dusche. Danach können wir los.«

Lena legte ihre Reisetasche auf den Rücksitz von Oles Auto und stieg auf der Beifahrerseite ein.

»Eine neue Schutzweste hast du auch schon besorgt?«

»Das war Nielsen. Sie hat mich angerufen und dann habe ich das auch gleich mit deinem Auto geregelt.«

»Wunderbar.« Lena lehnte sich nach hinten und schloss die Augen. Der Schock der Nacht saß ihr immer noch in den

Knochen. Sie fühlte sich so müde und ausgelaugt wie seit Monaten nicht mehr.

Nachdem Ole auf die Autobahn 210 Richtung Rendsburg abgebogen war, sah er zu ihr hinüber. »Wie geht es dir?«

»Gut.«

Ole schwieg eine Weile. »Habe ich dir eigentlich mal erzählt, warum ich als verdeckter Ermittler aufgehört habe?«

»Ich glaube nicht.«

»Das ist jetzt schon eine Weile her, aber vergessen habe ich das nie. Ich bin angeschossen worden. Damals waren die Westen noch auffälliger als heute und deshalb habe ich auch keine getragen, wenn ich als verdeckter Ermittler im Einsatz war.«

»Wo hat es dich getroffen?«, fragte Lena, ohne sich Ole zuzuwenden.

»Ich hatte verdammtes Glück. Fünf Zentimeter über dem Herzen. Der Schütze ging wohl davon aus, dass ich nicht überleben würde, und hat kein weiteres Mal geschossen. Und dann bin ich schnell gefunden worden. Vier Wochen im Krankenhaus, zwei Operationen, drei Monate Reha.«

»Lange. Die Reha, meine ich.«

»Körperlich war ich schnell mehr oder weniger wiederhergestellt, aber psychisch unten durch. Ich hatte panische Angst, unter Leute zu gehen. Von Einsätzen, wie ich sie in den Jahren zuvor gehabt hatte, ganz zu schweigen.«

»Bei mir ist es gut gegangen«, sagte Lena. »Die Rippenprellung ist bald vergessen und im Krankenhaus war ich auch nicht.«

»Wieso hattest du die Schutzweste an? Mitten in der Nacht?«

Lena wusste, worauf Ole hinauswollte, antwortete aber trotzdem. »Zufall. Sie hing schon im Schrank, weil ich sie nach Helgoland mitnehmen wollte. Eigentlich habe ich sie im Kofferraum oder im LKA. Je nachdem.«

»Was wäre gewesen, wenn du keine getragen hättest?«

Lena schwieg.

»Ich habe mir die Weste angeschaut. Du hättest keine Chance gehabt, Lena. Und jetzt tu nicht so, als ob dich das kaltließe.«

»Das ist nicht das erste Mal, dass auf mich geschossen wurde.«

»Das weiß ich, Lena. Aber dieses Mal ist es etwas anderes. Jemand hatte es bewusst auf dich abgesehen. Er ist in deine Wohnung eingebrochen, und du hast kurz vorher noch geschlafen. Es hätte komplett anders ausgehen können. Und das weißt du auch.«

»Ist es aber nicht.«

»Lass uns den Fall abschließen und danach nimmst du dir ein paar Tage Urlaub«, schlug Ole vor.

»Hast du dich mit Nielsen verbündet?«, murmelte Lena.

»Nein, ich bin einfach nur ein Freund, der sich Sorgen macht.«

»Wie geht es dir?«, fragte Johann, als sie in der kleinen Wartehalle auf ihn trafen.

»Jetzt fang du nicht auch noch an«, sagte Lena mürrisch, entschuldigte sich aber gleich darauf.

»Alles gut«, sagte Johann. »In einer halben Stunde geht der Flieger. Ich habe mich gerade erkundigt. Und bevor jemand fragt: Ich war gestern beim Arzt und er hat grünes Licht gegeben, dass ich wieder arbeiten kann. Zumindest, wenn ich es langsam angehe.« Er sah von Lena zu Ole. »Möchte jemand einen Kaffee?«

Während des Fluges sprach keiner von ihnen. Nach der Landung fuhren sie mit der Inselfähre von der Düne auf die Hauptinsel, wo Udo Selmer sie bereits erwartete. Er brachte sie zum selben Hotel wie bei ihrem ersten Besuch, wartete, bis sie eingecheckt und ihre Koffer abgestellt hatten, und fuhr sie anschließend zur Polizeistation.

»Sie haben die drei Herren für morgen vorgeladen?«, fragte Lena, als sie in Selmers Büro zusammensaßen und jeder eine Tasse frischen Tee vor sich stehen hatte.

»Ja. Wie gehabt. Alle kommen um neun Uhr. Ich habe ihnen gesagt, dass es länger dauern kann. Sehr erfreut waren sie nicht, aber ich denke, die drei sind morgen pünktlich hier.«

Lena klärte ihren Inselkollegen über die Untersuchungsergebnisse auf und sprach mit ihm über seine Rolle bei den Vernehmungen.

»Das sieht schlecht aus für Oke, oder?«, fragte Udo Selmer.

»Nicht nur für ihn. Auch seine Freunde haben gelogen«, sagte Ole Kotten. »Der Angriff auf die Kollegen ist das eine, aber uns geht es auch um den Tod von Julius Weber und Wiebke Rinken.«

Udo Selmer nickte nachdenklich. »Ich bleibe bei den Vernehmungen also im Hintergrund?«

»Ja, es geht darum, dass Sie in brenzligen Situationen beruhigend eingreifen. Sollte es nötig sein, dass Sie sich aktiver einbringen, gebe ich Ihnen einen eindeutigen Wink oder wir unterbrechen kurz und besprechen die Vorgehensweise.«

»Mit wem fangen wir an?«, fragte der Inselpolizist.

»Jan Hinrichs«, sagte Ole. »Dann wird nach jetzigem Plan Habbo Clausen folgen und am Schluss Oke Jacobs.«

Sie gingen noch einmal die Strategie durch, bis Johann vorschlug, etwas essen zu gehen. Lena lud Udo Selmer ein, sich ihnen anzuschließen, doch er hatte noch einen Termin.

Nachdem sie bestellt und die Getränke serviert bekommen hatten, hob Johann sein Bierglas. »Worauf trinken wir?«

»Darauf, dass wir hier zu dritt wohlbehalten um den Tisch sitzen können. Immerhin seid ihr beiden in den letzten Tagen brutal angegriffen worden.«

Lena hob ihr Glas mit Mineralwasser. »Ja, darauf sollten wir trinken.«

Sie stießen an, für kurze Zeit herrschte Stille am Tisch, bis Johann sich leise räusperte. »Es hat keiner von euch gefragt, aber ich bin mit der Cloud nicht weitergekommen. Auch die Geburtsdaten der Großmutter und der Eltern haben nicht funktioniert. Ebenso wenig das der Schwester.«

»Wie wäre es mit dem Tag, an dem Weber bei ihr vor der Tür stand?«, schlug Ole vor. »Oder der, an dem sie zum ersten Mal übers Internet Kontakt hatten. Oder das erste Wochenende. Die erste gemeinsame Nacht.«

»Is ja gut!«, maulte Johann. »Ich habe schon verstanden. Auf in die nächste Runde.«

»Wieder auf Helgoland?«, fragte Erck, als Lena ihn am Abend in seiner Amrumer Wohnung erreichte.

»Ja, zu dritt.«

»Du klingst so … niedergeschlagen. Ist etwas passiert?«

Lena holte tief Luft. Ihr war klar gewesen, dass sie ihre Stimmung vor Erck nicht verheimlichen konnte. Auch deshalb hatte sie gar nicht erst versucht, ihm etwas vorzumachen. »Ich bin überfallen worden.«

»Was? Wann? Bist du verletzt?«, fragte Erck. »Was ist passiert? Wo? Warum?« Mit jeder Frage schien er aufgeregter zu werden.

»Mitten in der Nacht in meiner Wohnung. Ich bin wach geworden und … Der Einbrecher, wer immer es war, hat auf mich geschossen.«

»Du bist verletzt?«

»Nein, mir geht es so weit gut. Ich hatte die Schutzweste an.«

»Mitten in der Nacht?«

»Ich habe wohl was geahnt. Und du sagst doch immer, dass ich vorsichtig sein soll.«

»Das war kein normaler Einbrecher, oder?«

»Das wissen wir nicht. Ich habe ihn angeschossen, aber er ist geflüchtet. Die Kollegen in Kiel ermitteln.«

Erck schwieg.

»Es ist wirklich nichts passiert. Ein paar blaue Flecken, mehr nicht.«

»Du hast nicht angerufen.« Ercks Stimme klang nicht vorwurfsvoll, sondern erstaunt.

»Ole ist bei mir geblieben. Als die Kollegen dann am Morgen abgezogen sind, habe ich ziemlich lange geschlafen und dann sind wir auch gleich los.«

»Du weißt, was ich meine«, sagte Erck leise.

»Ja, das weiß ich«, sagte Lena mit letzter Kraft. Sie schluckte. »Ich konnte nicht, Erck. Ich wusste nicht, was ich dir sagen soll. Und ich war vollkommen durcheinander.«

»Weißt du es jetzt?«, fragte Erck.

»Nein. Im Moment bin ich ziemlich ratlos. Der Überfall hat mich … kalt erwischt. Das war anders als in früheren Situationen. Da wusste ich, es kann gefährlich werden, habe mich vorbereitet, genau geplant. Ich habe mich noch nie so allein gefühlt wie in der letzten Nacht.«

»Ich könnte kommen. Wenn ich morgen die erste Fähre aufs Festland nehme und dann …«

»Wahrscheinlich fliegen wir morgen schon zurück, spätestens übermorgen. Wir sehen uns dann in Husum, Erck. Bleib du auf Amrum. Ich schaffe das schon. Außerdem hast du doch Termine.«

»Eigentlich wollten wir beide uns schon gestern bei uns zu Hause treffen«, sagte Erck. »Wir hatten es einander versprochen.«

»Ja, ich weiß. Aber die Ereignisse haben sich …«

»Tun sie das nicht immer?«, unterbrach Erck sie.

Lena schwieg. Sie wusste nicht, was sie antworten sollte. Unwillkürlich musste sie an Ercks Vorschlag denken, seine Arbeit auf Amrum aufzugeben und sich eine Stelle in Husum oder auch in Kiel zu suchen. Welchen Vorschlag hatte sie gehabt? Weitermachen wie bisher. Noch eine Weile. Vielleicht ergibt sich ja was. Die Arbeit beim LKA lässt sich nun mal schwer vereinbaren mit einem normalen Leben. Schwangerschaft, nein, das würde alles durcheinanderbringen. Sie wollte keinen Innendienst machen. Sie, sie, sie.

»Wir müssen was ändern, Lena«, flüsterte Erck. »Bald.«

»Ja, ich weiß. Ich weiß nur noch nicht, was und wie«, sagte Lena ebenso leise.

»Wann kommst du nach Hause?«

»Bald, Erck. Sehr bald. Und dann reden wir. Versprochen.«

»Ich habe Angst um dich, Lena. Große Angst.«

»Johann und Ole passen auf mich auf. Ich habe einen Schrank vor die Tür geschoben. Da kommt keiner rein. Zurück kommen wir mit dem Flieger.«

»Ich weiß nicht, ob mir das reicht.«

»Wir finden eine Lösung. Ganz bestimmt.«

»Ich liebe dich mehr als alles andere auf dieser Welt. Ich will dich nicht noch einmal verlieren. Hörst du?«

»Ja, Erck. Ich weiß.« Lena schloss die Augen. »Und ich liebe dich auch.«

Einunddreissig

Lena betrat den Raum, in dem Jan Hinrichs auf die Ermittler wartete, als Erste, ihr folgte Johann und als Letzter kam Udo Selmer. Der Inselpolizist setzte sich zwei Meter hinter Lena und Johann auf einen Stuhl.

Lena reichte Hinrichs die Hand. »Guten Morgen, Herr Hinrichs.«

Johann nickte ihm zu und setzte sich, klappte seinen Laptop auf, legte das Aufnahmegerät auf den Tisch und wartete, bis Lena neben ihm saß, bevor er die Formalien aufsagte.

»Haben Sie alles verstanden?«, fragte Johann in herablassendem Ton. »Oder soll ich das noch einmal wiederholen?«

Jan Hinrichs schüttelte den Kopf.

»Herr Hinrichs bestätigt durch Kopfnicken, dass er meine Ausführungen verstanden hat«, sagte Johann, wobei er nach vorne gebeugt ins Aufnahmegerät sprach.

Johann fixierte Hinrichs. »Sie haben zu Protokoll gegeben, dass Sie letzte Woche am Dienstagabend zusammen mit Ihren Freunden Habbo Clausen und Oke Jacobs Karten gespielt haben. Ist das richtig?«

Jan Hinrichs nickte.

»Können Sie das bitte laut wiederholen?«, forderte Johann ihn auf.

»Ja, wir haben Skat gespielt.«

»Nicht gepokert?«, hakte Johann direkt nach.

»Nein.«

»Wir ermitteln in einem Fall von schwerer Körperverletzung, unter Umständen sogar von versuchtem Totschlag. Sie werden Ihre Aussage unter Eid wiederholen müssen. Bei einer Falschaussage droht Ihnen eine Haftstrafe von mindestens einem Jahr.«

Jan Hinrichs regte sich nicht und schwieg.

»Haben Sie mich verstanden?«, fragte Johann diesmal lauter.

Hinrichs sah ihn mit geblähten Nasenflügeln an. »Ich bin kein Idiot. Sie brauchen mich nicht immer zu fragen, ob ich Sie verstanden habe.« Er schien Mühe zu haben, ruhig zu sprechen und nicht ausfallend zu werden.

»Wenn Sie so nett wären, auf meine Fragen zu antworten, bräuchte ich nicht nachzufragen«, sagte Johann. »So einfach ist das, Herr Hinrichs.« Er lächelte. »Waren Sie schon einmal im Gefängnis?«

»Nein.«

»Ich auch nur als Besucher. Aber ich habe mit vielen Insassen gesprochen, gerade mit Männern, von denen man eigentlich vermutet, dass sie nicht mit dem Gesetz in Konflikt kommen. Die Erzählungen waren gelinde gesagt furchterregend. Die Zeit im Gefängnis verändert die Menschen grundlegend.«

Hinrichs schwieg. Lena warf einen kurzen Blick zu Johann, um ihn zu mäßigen. Sie hatten am Abend zuvor abgesprochen, dass er die Vernehmung aggressiv beginnen sollte, aber Lena hatte das Gefühl, dass für Johann viel Genugtuung mit im Spiel war.

»Sie bleiben also bei Ihrer Aussage?«, fuhr Johann fort.

»Ja.«

»Sie wissen sicher, was DNA ist. Die kann man zum Beispiel aus winzigen Hautpartikeln, aus Haarwurzeln oder Ähnlichem nachweisen. Die DNA ist mindestens so sicher wie ein Fingerabdruck. Was meinen Sie, wessen DNA wir auf meiner Kleidung gefunden haben? Okay, die Frage ist etwas unfair. In Deutschland sind von ziemlich vielen Menschen DNA-Profile erstellt worden. Aber ich gebe Ihnen einen Tipp. Der gesuchte Mann lebt auf Helgoland und Sie kennen ihn gut.«

Jan Hinrichs erstarrte, aus seinem Gesicht wich die Farbe.

»Ja, es ist Ihr Freund Oke Jacobs.« Johann legte Jan Hinrichs den Untersuchungsbericht vor und zeigte auf einen Satz im unteren Drittel. »Lesen Sie selbst. Da steht es schwarz auf weiß.« Johann wartete, bis Jan Hinrichs wieder aufblickte.

Lena räusperte sich. »Was mein Kollege Ihnen sagen will«, sagte sie in freundlichem Ton, »ist, dass bisher noch nicht viel passiert ist. Jeder kann sich einmal irren und zum Beispiel ein falsches Datum angeben. Vielleicht überlegen Sie doch noch einmal, ob es genau der Abend war, an dem Sie mit Oke Jacobs Karten gespielt haben.«

Johann sah auf sein Handy und stand auf. »Ich bin sofort wieder zurück«, sagte er zu Lena. Als er den Raum verlassen hatte, forderte Lena Udo Selmer auf, Johanns Platz einzunehmen. Sie nickte ihm auffordernd zu.

»Jan, die Kollegen meinen es gut mit dir«, sagte Selmer. »Ich habe mir die Unterlagen angeschaut. Da gibt es nichts, aber auch gar nichts dran zu deuteln. Nutz die Chance, um nicht in Okes Schlamassel mit reingezogen zu werden.«

Jan Hinrichs warf ihm einen verzweifelten Blick zu, als erhoffte er von dem Inselpolizisten Unterstützung.

»Mir ist klar, wie wichtig Ihnen Familie ist, und Ihr Freund Oke gehört ja quasi dazu«, sagte Lena. »Aber wollen Sie wirklich für ihn in Haft gehen? Herr Jacobs ist für seine Taten selbst verantwortlich. Ihren Job als rechte Hand des Hafenmeisters werden Sie nach einer Verurteilung wohl kaum weiter ausüben können. Wovon wollen Sie leben? Und das alles für einen Freundschaftsdienst?«

»Jetzt hören Sie schon auf!«, fuhr Hinrichs Lena an. »Ja, ich war an diesem Abend nicht bei Oke. Und ja, ich habe mich im Datum versehen. Das muss einen Tag vorher gewesen sein oder auch zwei. Ich weiß es nicht mehr ganz genau.« Hinrichs sprach laut und mit aggressivem Unterton. Dann sank er in sich zusammen.

»Herr Jacobs hat Sie um die Aussage gebeten?«, fragte Lena.

»Nein, ich habe mich im Tag geirrt«, wiederholte Hinrichs nun leise.

»Okay«, sagte Lena. »Wir nehmen gleich ein Protokoll auf, das Sie dann unterschreiben müssen. Zusätzlich brauchen wir von Ihnen einen DNA-Abstrich.« Sie legte das Plastikröhrchen auf den Tisch. »Sind Sie damit einverstanden?«

»Ich weiß nicht«, sagte Hinrichs. »Muss ich das machen?«

»Jan, gib dir einen Ruck. Wenn du nichts mit dem Überfall zu tun hast, kann dir nichts passieren. Das garantiere ich dir.«

Als Hinrichs nickte, zog Lena sich Latexhandschuhe über und nahm das Wattestäbchen aus der Röhre.

»Das ist ja perfekt gelaufen«, sagte Johann. Udo Selmer hatte soeben mit Jan Hinrichs den Raum verlassen. »Machen wir es bei Kandidat Nummer zwei auch so?«

»Bin ich mir nicht so sicher«, antwortete Lena. »Lass uns auf Selmer warten. Er kennt ihn besser.«

»Ja, sehe ich auch so«, pflichtete Ole ihr bei. Er hatte die Vernehmung aus dem Nebenzimmer mit angehört. Johann hatte ein zusätzliches Mikrofon installiert, das den Ton direkt auf Oles Laptop übertrug.

Als der Inselpolizist den Raum betrat, zog er seinen an der Wand stehenden Stuhl herüber und setzte sich zu den drei Kommissaren. Lena fragte ihn, wie er Habbo Clausen einschätze.

»Er ist mit Jacobs seit Kindergartentagen befreundet. Ich glaube nicht, dass er so einfach einknicken wird.«

»Dann bleibt Ole jetzt bei mir und du gehst in den Nebenraum, Johann. Einverstanden?«

Johann stand auf. »Klar, kein Problem.«

Udo Selmer begleitete Habbo Clausen in den provisorischen Vernehmungsraum und bat ihn, sich zu setzen.

»Guten Tag, Herr Clausen.« Lena reichte ihm die Hand, die der große, kräftige Mann geflissentlich übersah.

»Was wollen Sie noch?«, fragte er mit seiner durchdringenden, tiefen Stimme.

»Wir möchten Ihnen die Chance geben, Ihre Aussage zum Dienstagabend letzter Woche zu überdenken.«

»Brauche ich nicht. Sonst noch etwas?«

Lena legte ein Plastikröhrchen vor sich auf den Tisch. »Wir brauchen von Ihnen einen DNA-Abstrich.«

»Keine Chance«, gab Clausen zurück.

Lena legte den richterlichen Beschluss vor, den sie sich sicherheitshalber besorgt hatte. »Da haben Sie recht.«

Habbo Clausen starrte auf den Zettel vor sich. »Was soll der Scheiß?« Er warf einen Blick zu Udo Selmer. »Ist das rechtens, Udo?«

»Ja, Habbo. Da kommst du nicht drum herum. Wenn du dich weigerst, wirst du offiziell auf dem Festland vorgeladen. Da ist dann …«

»Schon gut!«, fiel Clausen Selmer ins Wort.

Lena hatte inzwischen neue Latexhandschuhe übergestreift und zog jetzt das Wattestäbchen hervor. »Öffnen Sie einfach Ihren Mund.«

Lena strich ihm über die Mundschleimhaut und versiegelte das Röhrchen.

»Sind wir jetzt fertig?«, fragte Clausen und klang regelrecht pampig.

»Nein«, antwortete Ole Kotten. »Wir haben den stichhaltigen Beweis, dass Oke Jacobs am Dienstagabend an dem Überfall auf meine beiden Kollegen beteiligt war. Also kann er nicht gleichzeitig mit Ihnen Karten gespielt haben.«

»Schwachsinn!«, brummte Clausen.

»Ist es nicht!«, sagte Udo Selmer und trat nach vorne an den Tisch. »Habbo, du hast jetzt noch die Chance, deine Aussage zu ändern.«

»Mach hier nicht einen auf Freund, Selmer. Das ist doch alles nur Show.« Er stand auf. »Kann ich jetzt gehen?«

»Herr Selmer bringt Sie nach draußen.« Lena stand auf. »Ich kann Ihnen nur raten, Ihre Aussage zu überdenken.«

Ohne Lena zu beachten, ließ sich Clausen von Selmer aus dem Raum führen.

»Das lief nicht so gut«, sagte Ole. »Ein harter Brocken. War er bei dem Überfall dabei?«

»Ich glaube nicht. Die Statur passt nicht. Der zweite Mann war kleiner und drahtiger.«

»Warum lügt er denn? Ihm muss doch klar sein, dass er keine Chance hat, Oke Jacobs zu schützen.«

Johann und Udo Selmer betraten den Raum.

»Hat er noch was gesagt?«, fragte Lena.

»Nichts. Er hat vor mir auf den Boden gespuckt und ist dann verschwunden.«

»Wir bleiben zu viert hier«, sagte Lena. »Aber bevor Sie Jacobs reinholen, sollten wir die Rollen festlegen.«

Zweiunddreissig

»Welch ein Auflauf«, sagte Oke Jacobs breit grinsend, als Udo Selmer ihn in den Vernehmungsraum führte. »Gleich vier Polizisten gegen einen Fischer. Oder bist du heute nur Hilfssheriff, Udo?«

Der Inselpolizist zeigte auf den leeren Stuhl am Tisch. »Setz dich doch bitte dorthin.«

Lena begrüßte Jacobs und sprach die Formalien ins Aufnahmegerät. »Ihre DNA ist auf der Kleidung meines Kollegen gefunden worden. Einer Ihrer Alibizeugen hat seine Aussage geändert und bestreitet jetzt, mit Ihnen am Dienstagabend letzter Woche Karten gespielt zu haben.«

Oke Jacobs kratzte sich am Kopf. »Ach, darf ich raten, wer von meinen Freunden umgefallen ist?«

»Oke, du sitzt ganz tief in der Scheiße«, sagte Udo Selmer eindringlich. »Es wird Zeit auszupacken.«

»Halt du dich da raus, du miese kleine Ratte«, fuhr Jacobs ihn an.

»Herr Jacobs, neben versuchtem Totschlag, unter Umständen sogar versuchtem Mord, kommt jetzt noch Beamtenbeleidigung obendrauf«, sagte Ole Kotten ruhig. »Wenn Sie viel Glück haben, sind Sie in drei bis fünf Jahren wieder hier auf der Insel. Vielleicht ist es an der Zeit, mit uns zu kooperieren.«

»Wissen Sie was, ich frage mich schon eine Weile, ob Sie ein kleiner, stinkender Homo sind. Liege ich da richtig?« Oke Jacobs fixierte Ole mit einem höhnischen Grinsen.

»Oh, wer hätte gedacht, dass Sie an solchen Details zu Ihren Mitmenschen interessiert sind«, sagte Ole Kotten lächelnd. »Machen wir einen Deal: Sie verraten mir, warum Sie meine Kollegen überfallen haben, und ich beantworte in aller Ausführlichkeit Ihre Frage. Was halten Sie davon?«

Jacobs erhob sich leicht, und einen Augenblick schien es, als wollte er sich auf Ole stürzen. Doch dann sank er zurück auf den Stuhl und schwieg.

Johann legte ihm ein Dokument vor. »Wir werden heute Ihr Schiff durchsuchen.«

»Dann mal zu, Junge«, sagte Jacobs tonlos, ohne sich Johann zuzuwenden.

»Und die zwei Lagerräume, die Sie angemietet haben«, fuhr Johann fort.

Jacobs schwieg. Schließlich warf er Johann einen spöttischen Blick zu. »Lagerräume? Davon weiß ich ja gar nichts.«

»Dachten Sie, wir bekommen das nicht heraus?«, fragte Johann, der die Situation zu genießen schien. »Und das nur, weil es keinen regulären Mietvertrag gibt? Ach so, ich hatte vergessen, dass alle Menschen um Sie herum Dummköpfe sind. Allerdings haben Sie vergessen, dass auch ein blindes Huhn mal ein Korn findet.«

Jacobs schluckte schwer.

Johann schaute auf die Uhr. »Ich denke, unsere Kollegen von der Kriminaltechnik sollten gleich da sein.« Er stand auf. »Wenn Sie mich entschuldigen. Ich muss mich dann um die Durchsuchungen kümmern.« Johann stand auf, nickte seinen Kollegen zu und verließ den Raum.

Lena räusperte sich. »Was ist in Ihnen vorgegangen, als Wiebke Rinken sich seinerzeit von Ihnen getrennt hat? Sie haben sich über Jahre so viel Mühe gegeben, und dann beendet sie alles mit einem Federstrich. Dabei hatten Sie ihr doch vor Augen geführt, wie untreu ihr Verlobter Kurt Peters war. Wo haben Sie die Dame gefunden, die so schön schwanger aussah und doch kaum Französisch sprach, obwohl es ihre Muttersprache sein sollte? Was ist in Ihnen vorgegangen, als Wiebke plötzlich Sie betrogen hat? War es nicht genau das, was Sie dachten, als plötzlich Julius Weber hier auftauchte? Dieser Typ, der Wiebkes Vater hätte sein können. Dabei hatten Sie die ganze Zeit gehofft, dass Wiebke wieder zu Ihnen zurückkommt. Es gab doch keinen Besseren auf Helgoland für sie. Sie waren füreinander bestimmt. Habe ich recht?«

Lena hatte eindringlich gesprochen, ohne laut zu werden oder aggressiv zu klingen. Dabei hatte sie Oke Jacobs die ganze Zeit fest im Blick behalten. Jacobs hatte sie angestarrt, als überbrächte ihm jemand sein Todesurteil. Seine Augen waren trüb, der Atem ging flach und schnell.

»Sie haben keine Ahnung«, presste er jetzt hervor und fügte leise hinzu: »Nicht die geringste Ahnung. Wiebke war ein Engel. Ich habe sie beschützt und sie geliebt. Schon immer. Ich hätte alles für sie getan. Alles.«

»Und deshalb musste Wiebke sterben? Weil sie einen anderen gewählt hatte? Weil Sie es nicht ertragen konnten, sie so glücklich zu sehen wie schon seit vielen Jahren nicht mehr? War das ihr Todesurteil? Haben Sie sie getötet?« Lena hatte sich nach vorne gebeugt und dabei leicht von ihrem Stuhl erhoben, jetzt schlug sie mit der flachen Hand auf den Tisch.

Jacobs funkelte sie zunächst nur wutentbrannt an, sprang dann aber auf und schrie: »Ich habe sie geliebt! Ich hätte ihr nie etwas angetan, Sie mieses kleines Luder!« Er hob mit beiden Händen den Tisch an und wollte ihn zur Seite werfen, als Ole und Udo Selmer sich auf ihn stürzten und ihn mit aller Kraft auf den Stuhl zurückdrückten.

»Oke Jacobs, ich nehme Sie hiermit vorläufig fest. Sie werden der schweren Körperverletzung und des versuchten Totschlags beschuldigt«, sagte Ole. »Die Küstenwache wird Sie in Kürze aufs Festland bringen. Sie werden dann von Husum nach Kiel gebracht und morgen dem Haftrichter vorgeführt.«

»Ich will einen Anwalt sprechen«, brachte Jacobs hervor.

Lena schob ihm ein Telefon über den Tisch. »Bitte. Wenn Sie sich beruhigt haben, lassen wir Sie jetzt allein. Kollege Selmer wird bei Ihren Eltern einige Sachen für Sie zusammenpacken. Ist das in Ordnung?«

Jacobs schien eine Weile zu brauchen, um den Sinn von Lenas Worten zu verstehen. Schließlich nickte er stumm und griff nach dem Telefon.

Johann und Ole hatten die Kriminaltechniker von der Fähre abgeholt und unterstützten sie bei den Durchsuchungen. Udo Selmer fuhr Oke Jacobs zum Kai, um ihn der Küstenwache zu übergeben. Lena überarbeitete ihren Bericht für den Staatsanwalt und beantragte einen Durchsuchungsbeschluss für Habbo Clausens Haus und Boot. Anschließend telefonierte sie mit dem Staatsanwalt und sprach mit ihm die weiteren Schritte ab. Roland Haustein hatte ihr eine kurze Nachricht geschickt, dass es keine neuen Entwicklungen in Kiel gebe und weiter mit Hochdruck nach dem Mann gesucht werde, den Lena angeschossen hatte.

Lena ging noch einmal die neun Fragen durch, die sie zusammen mit Ole und Johann entwickelt hatte. Nur die sechste Frage hatten sie zum Teil beantwortet. Oke Jacobs hatte Johann und sie überfallen. Wer war der zweite Mann gewesen? Da der Überfall am ersten Tag ihrer Helgoland-Recherchen erfolgt war und an diesem Tag weder Flugzeuge zwischen Helgoland und dem Festland verkehrt hatten noch eine weitere Fähre angekommen war, musste der zweite Mann schon auf der Insel gewesen sein. Weder Hinrichs noch Clausen passten von der Statur her ins Täterprofil. Wie war Jacobs so schnell an einen zweiten Mann gekommen? Oder war er selbst der zweite Mann gewesen und von jemandem angeheuert worden?

Udo Selmer kam vom Kai zurück und schaute bei Lena ins Büro.

»Alles gut verlaufen?«, fragte Lena.

»Ja, Jacobs ist ruhig geblieben. Sehr ruhig, wenn Sie mich fragen. Ich glaube immer noch nicht, dass er die treibende Kraft bei dem Überfall war.«

Lena wies auf den Stuhl vor ihrem Schreibtisch, Selmer setzte sich.

»Genau darüber habe ich nachgedacht, bevor Sie gekommen sind. Der zweite Mann muss schon auf der Insel gewesen sein. Hat Oke Jacobs weitere Freunde, die er bei solch einer Aktion mitgenommen haben könnte?«

»Davon wüsste ich. Oke ist schwierig und nicht der Typ, der überall Freunde hat. Hinrichs und Clausen sind da eine Ausnahme.«

»Wer könnte es dann gewesen sein? Wer kann sich über einen längeren Zeitraum in den Wintermonaten auf der Insel aufhalten, ohne dass es auffällt?«

»Personal in der Gastronomie, aber in den Wintermonaten ist das eigentlich extrem reduziert. Dann natürlich die Mitarbeiter des Offshorewindparks. Die sind das ganze Jahr über auf Helgoland.«

Lena zog die Liste aus ihrer Tasche, die Selmer ihr bei der letzten Abreise übergeben hatte. »Ich bin leider nicht dazu gekommen, die Liste durchzuschauen. Könnten Sie mir die

Namen der Personen markieren, die regelmäßig hier auf der Insel unterkommen?«

»Ich kenne nicht alle, schon gar nicht die Arbeiter des Offshorewindparks. Aber ich kann in dem Hotel fragen, in dem die meisten während ihrer Zeit auf Helgoland wohnen.«

»Gibt es auch ausländische Mitarbeiter in der Mannschaft?«, fragte Lena.

»Ja, ich denke schon. Ein paar kenne ich auch. Warum fragen Sie?«

»Nur so ein Gedanke. An die Daten einige Tage vor und nach dem Tod von Wiebke Rinken und Julius Weber kommen wir wahrscheinlich nicht mehr ran, oder?«

»Ich kann bei der Fluggesellschaft und der Reederei nachfragen. Ich weiß nicht, wie lange die die Daten speichern. Haben wir einen Beschluss?«, fragte Udo Selmer.

»Nein, aber den kann ich besorgen. Dann gehen Sie doch erst mal die jetzigen Daten durch.«

Der Inselpolizist nickte und verließ den Raum. Lena schrieb dem Staatsanwalt eine Mail mit der Bitte um Beantragung eines Beschlusses. Nachdem sie die Protokolle der Befragungen geschrieben hatte, stand sie auf und reckte sich.

Warum bin ich nur so erschöpft?, fragte sie sich. *Brauche ich eine Pause? Eine längere Pause?*

In den letzten Monaten war viel passiert. Der Fall auf Amrum hatte ihre ganze Aufmerksamkeit verlangt und ganz nebenbei ihr gesamtes Leben auf den Kopf gestellt. Sie lernte gerade ihren Vater neu kennen und versuchte zu verdrängen, dass sie einen zweiten Vater hatte, dem sie nie begegnet war. Sie lehnte das Erbe ihres zweiten Vaters nicht nur ab, weil sie meinte, keinen Anspruch auf das Vermögen zu haben, sondern auch, weil sie diesen Menschen, der ihr leiblicher Vater war, nicht an sich heranlassen wollte. Zweimal hatte sie sich in Hamburg mit seiner ehemaligen Lebensgefährtin getroffen und sich lange mit ihr unterhalten, aber näher wollte sie diesem Menschen nicht kommen. Dann war Beke krank geworden und Erck und sie hatten sich um sie gekümmert. Zu allem kam die neue Situation mit dem gemeinsamen Haus in Husum. Ercks Vorschlag, seine Arbeit auf Amrum aufzugeben, hatte den Druck für sie noch weiter erhöht.

Warum ist das so?, fragte sie sich. *Wovor habe ich Angst?*

Vor nicht einmal zwei Tagen war sie nur durch einen Zufall dem Tod entronnen. Schmerzhaft war ihr seitdem bewusst, wie schnell das Leben zu Ende sein konnte. Wovor sollte sie nach dieser Erfahrung noch Angst haben? Es wurde Zeit, sich zu entscheiden. Sie wollte Erck nicht ein zweites Mal verlieren. Es gab so viel mehr als nur die Arbeit beim LKA.

Lena griff nach ihrem Handy und wählte die Kurzwahlnummer, die an erster Stelle stand.

»Lena! Ist etwas passiert?«, fragte Erck.

»Nein, alles in Ordnung. Ich wollte nur kurz deine Stimme hören. Und dir sagen, wie sehr ich dich liebe und vermisse.«

»Das klingt ja fast nach einem Antrag«, scherzte Erck.

Lena lachte. »Warum auch nicht? Vielleicht ist es an der Zeit.« Ihr stockte der Atem. Hatte *sie* das gerade gesagt?

Erck wurde ernst. »Ja, warum nicht. Eine Hochzeit im Mai? Hier auf Amrum?«

»Klingt verlockend. Sehr sogar.«

»Ja, das klingt tatsächlich gut.«

»Wir sprechen darüber, wenn ich wieder da bin, ja?«

»Ja«, sagte Erck leise, »das machen wir.«

»Sie haben die Unterlagen erhalten?«, fragte Kriminalrätin Nielsen.

»Ich habe sie gerade in meinem Mail-Postfach gefunden. Danke dafür.«

Lena berichtete von den Ereignissen des Tages und fragte, ob Thomas Seutes Finanzen bereits gesichtet worden waren.

»Ja, mit viel Mühe habe ich den Beschluss durchbekommen. Die Kontoauszüge der zwei Banken sind heute früh gekommen. Es gibt keinerlei Auffälligkeiten. Weder hat Kollege Seute Beträge bar eingezahlt noch hat er über längere Zeit Barabhebungen am Automaten getätigt.«

»Das habe ich schon vermutet«, sagte Lena. »Ich gehe inzwischen davon aus, dass er, sollte er für Baksi gearbeitet haben, erpresst wurde.«

»Oder er hat ein Konto auf den Bahamas oder in der Schweiz«, sagte Nielsen. »Aber Sie haben recht, da wir bisher auch keine größeren Anschaffungen feststellen konnten, halte ich das eher für unwahrscheinlich.« Nielsen hielt kurz inne. »Es macht mir etwas Sorge, dass Sie mit Ihrem eigentlichen Auftrag nicht weitergekommen sind.«

»Geben Sie mir noch ein paar Tage. Ich weiß, im Moment hat das LKA viele offene Baustellen, aber wir sind nah an der Aufklärung des Falles.« Lena schloss die Augen und hoffte, dass ihre vollmundigen Erklärungen sich nicht als Luftnummer herausstellen würden.

»Sie gehen nach wie vor davon aus, dass der Baksi-Clan etwas mit dem Tod von Julius Weber und seiner Freundin zu tun hat?«

»Das ist unsere Hypothese.«

»Dann wären Weber wie Seute Opfer des Clans geworden.«

»Ja, so sieht es zumindest im Moment aus.«

»Ich möchte zeitnah informiert werden, Frau Lorenzen. Egal zu welcher Uhrzeit.«

Dreiunddreissig

Lena ging die Unterlagen von Kriminalrätin Nielsen durch. Wie Ole vermutet hatte, wurden im ersten Dreivierteljahr der Aktion kleinere Käufe über den V-Mann getätigt. Der erste Betrag belief sich gerade einmal auf zweihundert Euro, die Summen steigerten sich dann im Laufe der Zeit auf fünfhundert. Beim ersten größeren Deal über zehntausend Euro kam Julius Weber als Käufer mit ins Spiel. Zwei weitere Ankäufe über zwanzig- und vierzigtausend Euro folgten, der letzte zwei Wochen vor dem Abbruch der Aktion. Der ganz große Deal, bei dem ein Zugriff geplant gewesen war, fand nicht mehr statt.

Lena fertigte eine Skizze der Abläufe an, brütete eine Weile darüber, bevor sie das Blatt zur Seite legte und nach dem Handy griff.

»Wo seid ihr?«, fragte sie, als Johann sich meldete.

»Im zweiten Lagerraum beziehungsweise wird gerade die Tür geöffnet.«

»Dann komme ich.«

Johann beschrieb ihr den Weg, während Lena bereits ihre Jacke anzog und nach draußen eilte. Fünf Minuten später stand sie im Hafen vor einer Reihe von Lagerhäusern. Aus einer der Türen trat Johann und winkte ihr zu. »Wir sind hier.«

Lena folgte ihm in die Halle. Von einem langen Flur gingen unzählige Türen ab, eine davon stand offen. Der Raum hatte eine Größe von annähernd dreißig Quadratmetern. An dreien der Wände standen Metallregale, in der Mitte des Raumes ein weiteres. Ole suchte mit einem der Kriminaltechniker die Regale ab, zog einen Karton nach dem anderen heraus und stellte sie, nachdem er sie durchsucht hatte, wieder zurück. Lena stand eine Weile an der Tür und beobachtete das Treiben, bis einer der Kriminaltechniker die Hand hob und rief: »Hier ist was!«

Lena ging zu ihm, er zeigte ihr den kleinen Rest eines weißen, kristallinen Pulvers, der weit hinten im Regal lag. Vorsichtig nahm der Kriminaltechniker das Pulver mit einem Pinsel und einer Miniaturschippe auf und füllte es in einen Spurensicherungsbeutel. Anschließend nahm er den kleinen Rest, der auf dem Schippchen zurückgeblieben war, und beträufelte das Pulver mit einer Flüssigkeit.

»Kokain«, sagte er trocken, als hätte er nichts anderes erwartet. »Da ist wohl ein Päckchen angerissen worden.« Er zeigte auf den hinteren Träger des Regals, bei dem sich eine Schraube gelöst hatte und um einen halben Zentimeter vorstand.

»Lena!«, rief Ole Kotten von der anderen Seite des Regals. »Kannst du mal kommen?«

Als sie zu ihm trat, zog er gerade einen großen Umzugskarton durch den engen Gang nach draußen.

»Keine Spuren vernichten, Kollegen!«, rief einer der Kriminaltechniker hinter ihnen her.

Lena half Ole, das folienartige Gebilde aus dem Karton zu ziehen und auf den Steinen auszubreiten.

»Das ist eine Rettungsinsel«, sagte Ole mit Blick auf das orange-schwarze Plastikungetüm. »Warum liegt die hier und dann so zusammengeknüllt? Mir hat niemand etwas davon erzählt, dass Oke Jacobs Menschen aus Seenot gerettet hat.«

»Selbst wenn, warum sollte er das hier in einem Karton verstauen?« Lena faltete die Rettungsinsel weiter auseinander. »Sie scheint aber in Gebrauch gewesen zu sein. Schau mal hier, das sind Rückstände von Salzwasser.« Sie hob das orangefarbene Dach der Insel hoch. »Wie viele Menschen haben darin Platz?«

»Riesig ist sie nicht. Ich würde sagen, die ist für vier Personen ausgelegt.«

»Jede Person achtzig Kilogramm, macht zusammen dreihundertzwanzig. Du weißt, was ich denke?«

Ole nickte. »Das wäre eine Menge, bei der sich der Einsatz lohnen würde. Nehmen wir an, da waren dreihundert Kilogramm Kokain drin, das wäre ungefähr ein Schwarzmarktpreis von zwölf Millionen Euro. Pi mal Daumen, wo der Preis im Moment genau steht, weiß ich nicht.«

»Und das würde klappen? Das Ding vollstopfen und dann ins Meer werfen?«, fragte Lena.

»Einen kleinen Kran und eine Plattform, von der aus die Rettungsinsel ins Wasser gelassen wird, braucht man schon. Allzu heftiger Wellengang wäre wohl auch nicht von Vorteil. Aber ansonsten sollte es klappen. Und die Dinger sind weit sichtbar. Eventuell noch einen kleinen Peilsender rein und man findet das Teil. Allerdings kann Jacobs das nicht allein bewerkstelligt haben. Zwei Männer sind bestimmt notwendig, eher drei.«

»Clausen und Hinrichs?«

»Möglich. Bei Clausen kann ich es mir gut vorstellen, bei Hinrichs eher nicht«, sagte Ole.

Inzwischen war Johann zu ihnen getreten und hatte ihre Diskussion verfolgt. »Können wir nachweisen, dass damit Kokain transportiert wurde?«, fragte er jetzt.

Lena rief einen Kriminaltechniker hinzu und bat ihn um seine Einschätzung.

»Eher nicht. Die Ware muss ja gut verpackt sein. In der Rettungsinsel gibt es keine scharfen Ecken oder Kanten, an denen eine Packung aufgerissen werden könnte. Also, nein.«

»Aber Sie könnten nachweisen, dass sich in der Insel keine Menschen aufgehalten haben?«, fragte Lena weiter.

»Wenn niemand drin war, sollten wir auch nichts finden.« Er sah sich die Insel näher an. »Und ich denke, wir werden etwas finden, wenn hier viele Pakete gestapelt waren. Reste von Klebeband, Druckstellen von den Paketen, Rückstände der Verpackung.«

»Klingt gut«, sagte Lena. Zusammen mit Ole packte sie die Rettungsinsel wieder ein und stellte sie nach vorne zum Abtransport.

Eine halbe Stunde später verließen sie den Lagerraum, stellten den Karton mit der Rettungsinsel in der Polizeistation unter und machten sich auf den Weg zum Kutter von Oke Jacobs.

Als sie am Kai standen, war Lena erstaunt über die Größe des Schiffes. Zwar hatte Ole ihr die Maße genannt, aber in ihren Vorstellungen hatte es sich um ein Boot in Größe der offenen Börteboote gehandelt, die die Touristen von den Schiffen auf die Insel brachten. Jacobs' Schiff war doch um einiges größer.

Sie teilten sich auf und suchten das Schiff systematisch ab. Die Kriminaltechniker suchten nach DNA-Material und Fingerabdrücken, während Johann, Ole und sie sich auf andere Beweismittel konzentrierten.

»Hier!«, rief Johann nach einer Weile.

Lena und Ole eilten zu ihm.

Er hielt ein kleines Stück Plastik in die Höhe. »Wenn mich nicht alles täuscht, ist das auch von einer Rettungsinsel.«

Ole nahm es in die Hand, betrachtete es von allen Seiten und nickte. »Das scheint zerschnitten worden zu sein. Vielleicht hat er die Insel zerkleinert und dann in der Nordsee entsorgt. Das hier ist übrig geblieben.«

Lena tütete das Plastik ein. »Lasst uns weitersuchen. Vielleicht finden wir ja mehr.«

Nach einer weiteren Stunde verließen sie das Schiff. Insgesamt hatten sie fünf kleine und mittelgroße Plastikstücke entdeckt, zwei davon waren zum Teil beschriftet und würden so leicht zugeordnet werden können.

Johann brachte die Kriminaltechniker ins Hotel. Sie würden am nächsten Tag mit der Fähre zurück aufs Festland fahren. Lena gab dem Staatsanwalt einen kurzen mündlichen Bericht und sagte zu, dass er noch am selben Tag den schriftlichen bekommen würde.

Gegen späten Nachmittag trafen sich die drei Kommissare in einem Restaurant, aßen etwas und gingen anschließend gemeinsam in ihr Hotel. Auf Lenas Zimmer setzten sie sich zusammen, um das weitere Vorgehen zu besprechen.

»Wo stehen wir?«, fragte Lena in die Runde.

»Wir haben einen Riesenschritt gemacht«, sagte Ole. »Wir können Jacobs jetzt mit Kokainhandel in Verbindung bringen. Zusammen mit den Rettungsinseln, der ganzen und den zerstückelten, deutet das auf größere Mengen hin, die Jacobs geschmuggelt hat. Vermutlich war Helgoland das Zwischenlager, die Ware kam per Containerschiff, das auf dem Weg nach Hamburg oder zu einem anderen Hafen an der Nordseeküste war. Anschließend hat Jacobs die Ware, mutmaßlich im Bereich von Hunderten Kilo, an die Küste gebracht, wo sie übernommen wurde.«

»So weit die Theorie«, sagte Johann. »Was davon können wir beweisen?«

»Noch nicht viel«, gab Ole zu. »Aber Jacobs muss Helfer gehabt haben. Ich tippe auf Habbo Clausen.«

»Dann sollten wir morgen früh Habbo Clausen zur Vernehmung holen und gleichzeitig sein Haus durchsuchen«, schlug Lena vor. »Die Kriminaltechniker sind noch vor Ort, die Fähre geht erst um kurz nach elf. Bis dahin sollten sie das schaffen.«

»Ist der Beschluss schon da?«, fragte Ole.

»Udo Selmer hat mir vorhin eine Nachricht geschickt. Das Fax liegt in der Polizeistation. Allerdings bin ich mir nicht so sicher, dass wir Clausen zum Reden bringen. Er hat heute ziemlich deutlich gemacht, dass er zu Jacobs hält. Außerdem geht es um seinen eigenen Kopf. Wenn er bei dem Drogenschmuggel dabei war, wird er uns das nicht ohne Not gestehen.«

»Dann brauchen wir etwas, womit wir ihn weichklopfen können«, sagte Ole. »Geht ein Deal mit der Staatsanwaltschaft?«

»Darauf lässt sich der Typ nie ein«, warf Johann dazwischen. »Der nicht.«

»Dann müssen wir halt etwas Belastendes in seinem Haus finden«, sagte Ole.

»Lasst uns den Punkt zurückstellen und vorerst noch einmal zu dem mutmaßlichen Doppelmord kommen. Was haben die drei Männer damit zu tun: Jacobs, Clausen und Hinrichs?«

»Schwer vorstellbar, dass die drei das geplant und durchgeführt haben«, sagte Johann.

»Die beiden sind Jacobs auf die Spur gekommen«, meinte Ole. »Jacobs hat es bemerkt und gehandelt.«

»Aber was bedeutet das?«, fragte Lena. »Bisher sind wir davon ausgegangen, dass die Tat für Jacobs mindestens eine Nummer zu groß und auch zu brutal war.« Sie atmete tief durch. »Fangen wir noch mal von vorne an. Jacobs ist der Drogenkurier des Baksi-Clans. Weber hat schon früh eine Verbindung des Clans nach Helgoland gesehen und dann auf der Insel erkannt – durch Zufall vielleicht –, wie alles tatsächlich zusammenhängt. Deshalb hat Weber Jacobs beobachtet. Jacobs wiederum wird was aufgefallen sein und er hat die Notbremse gezogen.« Lena seufzte. »Aber Johann hat recht. Das sind alles nur Mutmaßungen.«

»Und zusätzlich haben wir keinen blassen Schimmer, wie der Mord an Rinken und Weber abgelaufen ist«, fügte Johann hinzu.

Vierunddreissig

»Guten Morgen!«, begrüßte Lena Ole, den sie im Frühstücksraum des Hotels traf.

»Hallo, Lena! Gut geschlafen?«

Lena setzte sich zu ihm an den Tisch und schenkte sich eine Tasse Kaffee ein. »Wo ist unser Youngster?«

Ole grinste. »Das lass Johann lieber nicht hören. Er war aber noch nicht unten. Vermutlich verschlafen.« Ole reichte ihr den Brotkorb. »Wie geht es dir?«

Lena seufzte leise. Oles Fragen würde sie so leicht nicht entkommen. »Den Umständen entsprechend.«

Ole trank einen Schluck aus seiner Tasse. »Was kann ich tun?«

»Nichts, Ole. Da muss ich selbst durch. Ich habe schon ganz andere Sachen überstanden.«

Ole schwieg eine Weile. »Ich habe dir nicht die ganze Geschichte erzählt. Damals, als ich angeschossen wurde, habe ich genau wie du reagiert. Weitermachen ist die beste Medizin. Hat nicht geklappt. Ich habe mir dann professionelle Hilfe gesucht. Das klingt jetzt so einfach, war es aber nicht. Seelenklempner waren nicht so mein Ding. Ich habe sie belächelt und ehrlich gesagt auch die Menschen, die zu ihnen gehen.«

»Und? Hat es geholfen?«, fragte Lena tonlos.

»Nach den ersten drei Sitzungen dachte ich, das bringt gar nichts. Ich habe voll blockiert und den Coolen raushängen lassen. Irgendwie hat der Therapeut es dann geschafft, mich zu knacken. Ich habe es gar nicht richtig gemerkt, plötzlich war mein Kopf frei. Ich konnte über die letzten Jahre reden, der Therapeut hat zugehört. Ja, es hat geholfen.«

»Ich weiß es zu schätzen, dass du dir Sorgen um mich machst, Ole. Aber ich komme schon klar. Die letzten Monate waren etwas heftig. Aber das weißt du ja alles.«

»Nimm es nicht auf die leichte Schulter, Lena. Natürlich müssen wir in unserem Job mit vielen Dingen fertigwerden, aber manchmal reicht nun mal die eigene Kraft nicht aus.«

»In Husum?«

»Du meinst, ob der Therapeut in Husum praktiziert? Das war mir damals zu nahe. Ich bin nach Schleswig gefahren. Ich kann dir die Adresse geben. Das ist ein wirklich kompetenter Mann. Überhaupt nicht aufdringlich oder belehrend. Außerdem kann man jederzeit abbrechen, wenn es einem zu viel wird.«

»Mal sehen, wie es so weitergeht. Im Moment …«

Lena brach ab, als sie aus dem Augenwinkel Johann auf ihren Tisch zukommen sah.

»Verschlafen?«, fragte Ole grinsend.

Johann setzte sich zu ihnen. Lena sah ihn fragend an. Sie hatte gleich bemerkt, dass Johann diesen bestimmten Ausdruck im Gesicht hatte. Immer wenn er während einer Recherche auf etwas Entscheidendes stieß, sah er aus wie ein Schüler mit erhobenem Arm, der seit einer Ewigkeit versuchte, die Aufmerksamkeit seines Lehrers zu erregen.

»Was?«, fragte Johann und gab Lenas fragenden Blick zurück.

»Jetzt rück schon raus damit!«

Johann schnitt in aller Ruhe sein Brötchen auf und beschmierte es mit Butter. »Stimmt, da war was. Ich habe doch tatsächlich die Cloud geknackt.« Er grinste breit.

»Du machst Scherze, oder?«, fragte Ole.

Johann griff nach der Kaffeekanne und goss sich ein. »Kollege, mit so etwas spaßt man nicht.« Er zog einen Datenstick aus der Tasche und legte ihn auf den Tisch. »Zweihunderteinundzwanzig Gigabyte. Noch Fragen?«

»Hast du es schon gesichtet?«, entfuhr es Lena, doch sofort korrigierte sie sich: »Natürlich nicht, entschuldige.«

»Ich muss gestehen, ich war um halb fünf so müde, dass ich am Tisch eingeschlafen bin.« Er grinste und griff nach dem USB-Stick. »Mit dem Teil hier in der Hand. Da sind jede Menge Textdokumente drauf, außerdem massenhaft Fotos und Videos. Weber war wohl sehr akribisch. Wiebke Rinkens Daten, die dort auch gespeichert waren, habe ich übrigens nicht kopiert. Alles nur Privatsachen von vor der Zeit mit Weber.« Er schob den Stick zu Lena hinüber. »Seid froh, dass das Hotel eine so schnelle Internetverbindung hat, sonst wäre ich erst heute Abend damit aufgetaucht.«

Lena lehnte sich auf dem Stuhl zurück und atmete tief durch. »Das ist jetzt wirklich mal eine Neuigkeit. Meine Hochachtung. Was war denn jetzt das Passwort?«

»Ihr beiden hattet den richtigen Riecher. Es waren die ersten vier Ziffern des Geburtsdatums der Großmutter, dann drei Buchstaben und wieder die ersten vier Ziffern des Tages, an dem Wiebke zum ersten Mal mit Weber gechattet hat.«

»Was für Buchstaben?«, fragte Ole, der inzwischen den Stick in der Hand hielt. »Jetzt sag schon!«

»I – l – d«, antwortete Johann und biss in sein Brötchen. »Das I großgeschrieben, die beiden anderen Buchstaben klein.«

»Und wieso …«

»Ganz einfach«, unterbrach Johann Ole mit vollem Mund. »Das heißt: Ich liebe dich.«

Lena sah ihn erstaunt an. »Und wie bist du darauf gekommen?«

»Na gut, ich gestehe. Die drei Buchstaben standen auf einer der leeren Seiten im Tagebuch und dahinter das Datum, an dem Wiebke zum ersten Mal mit Weber gechattet hat. Ab da war es nur noch ein kleiner Schritt zum richtigen Passwort.«

Lena hatte ihren Laptop geholt und saß jetzt mit Ole und Johann in dem ansonsten leeren Frühstücksraum. Sie scrollte sich durch die Daten, klickte hin und wieder in Dokumente, schloss sie aber schnell wieder, wenn sie sah, wie umfangreich sie größtenteils waren. Weber hatte die Daten gut strukturiert. Die Berichte waren dreigeteilt. Der erste Teil umfasste die Zeit bis zum Ende der verdeckten Ermittlungen, der zweite bis zu Webers Untertauchen und der dritte die Zeit auf Helgoland. Den einzelnen Berichten waren Fotos, Videos und Tonaufnahmen zugeordnet.

Lena sah auf die Uhr und klappte den Laptop zu. »Eine Menge Material. Wie gehen wir vor?«

Johann hob die Hand. »Ich fürchte, ich kann mich nach der Nacht nicht auf die Berichte konzentrieren und übersehe höchstens noch was. Wenn es euch recht ist, würde ich mit den Kollegen Clausens Haus durchsuchen. Ich vermute mal, Clausen soll jetzt nicht direkt vernommen werden?«

»Nein«, sagte Lena. »Wir sichten erst die Daten. Zumindest, soweit das in der Kürze der Zeit möglich ist. Nach der Durchsuchung legst du dich noch ein paar Stunden hin und anschließend setzen wir uns zusammen. Ich denke, wir bleiben noch einen weiteren Tag hier auf Helgoland. Einwände?«

Lena hatte sich mit Ole darauf geeinigt, dass er die Daten aus der Zeit der verdeckten Ermittlung durchsehen würde, während sie sich auf den Rest konzentrierte.

Julius Weber hatte vor seiner Flucht nach Helgoland die Recherchen gegen den Baksi-Clan weitergeführt. Kurze Wochenberichte fassten seine Aktivitäten zusammen, Außeneinsätze waren selten und nur mit wenigen Fotos versehen. Die meiste Zeit verbrachte Weber mit Recherchen im Internet. Er trug Daten zu dem weitverzweigten Firmennetz des Clans zusammen, nahm Kontakt mit Journalisten und Sachbuchautoren auf, die sich mit dem Thema Organisierte Kriminalität beschäftigten. Akribisch archivierte er alle Informationen, wertete sie aus und stellte, wo es möglich war, Bezüge zum Baksi-Clan her. Der Clan umfasste fünfunddreißig Firmen, die vor allem in Kiel, aber auch im Rest Schleswig-Holsteins ansässig waren sowie in anderen norddeutschen Bundesländern. Hinzu kamen Firmen in der Türkei, die Weber dem Clan zuordnete, und jeweils eine in Syrien und im Irak. Der Arbeitsbereich der Firmen umfasste Im- und Export, Bordelle, Restaurants, Shishabars und zwei Dönerfabriken. Weber vermutete, dass viele der Firmen zur Geldwäsche genutzt wurden, um Einkünfte aus dem Drogen- und Menschenhandel zu verschleiern. Lena überflog die restlichen Berichte und konzentrierte sich anschließend auf Webers Ausführungen zur Unterwanderung des LKA.

Thomas Seute hatte es geschafft, sich vor Weber als Opfer von Machenschaften der höheren und höchsten Ebenen darzustellen. Weber verdächtigte Kriminaldirektor Warnke, dem Clan zuzuarbeiten. Er spionierte seinen Terminkalender aus, observierte ihn und kam letztendlich zu dem Schluss, dass Warnke auf Anweisung seiner Vorgesetzten handelte. Er war sogar so weit gegangen, Warnkes Kontoauszüge, die er vermutlich in dem Büro des Kriminaldirektors gefunden hatte, zu kopieren und als Beweis mit in seine privaten Akten aufzunehmen. Auf einem der Auszüge war etwas markiert: ein Betrag von hundertfünfzigtausend Euro, den Warnke von einem Konto eines Anwalts in Frankreich überwiesen bekommen hatte. Weber reichte dieser Beleg als Beweis, dass der Kriminaldirektor bestochen wurde.

Aus zwei Notizen ging hervor, dass er sich nach der Einstellung der verdeckten Ermittlungen zweimal mit Thomas Seute getroffen hatte, um die Arbeiten zu koordinieren. Das letzte Treffen hatte zwei Wochen vor Webers Flucht stattgefunden.

Nach drei Stunden intensiven Lesens holte Lena zwei Tassen Kaffee in der Hotelbar und klopfte an Oles Tür.

»Pause!«, sagte sie, als dieser die Tür öffnete. »Kaffee?«

»Klingt verdammt gut.«

Lena setzte sich auf die Bettkante und trank einen Schluck. »Wie weit bist du gekommen?«

»Intensiv kann ich das natürlich nicht durcharbeiten, aber ich denke, in ein bis zwei Stunden bin ich durch.«

»Und?«

»Verdammt professionelle Arbeit, die Seute und Weber da abgeliefert haben. Weber hat die offiziellen Berichte gesammelt, aber auch noch dazu Notizen angefertigt, die so in keiner Akte zu finden sein werden. Wie gesagt, superprofessionell und erfolgreich. Allerdings zielten die Ermittlungen nicht darauf, die gesamte Organisation zu zerschlagen, sondern waren auf die Drogengeschäfte konzentriert. Hier ging es darum, einen Ansatzpunkt zu finden, von dem aus sich später der Staatsanwalt weiter durch die Firmen hätte wühlen können. Dabei wäre dann so viel Sand aufgewirbelt worden, dass der gesamte Firmenkomplex ins Wanken geraten wäre – zumindest war das der Plan. Ich bin noch nicht durch, aber so erfolgreich, wie das Projekt angelaufen ist, konnte es wirklich nur durch einen abrupten Abbruch beendet werden. Mehr später. Und bei dir?«

Lena berichtete von ihrem Teil der Durchsicht, Ole nickte immer wieder und sagte am Schluss: »Genau so würde ich Weber inzwischen einschätzen. Er war viel zu tief drin, auch persönlich, als dass er sich einfach so geschlagen gegeben hätte. Gleichzeitig war er zu nah dran, um eigene Fehler zu erkennen. Wie kann sich ein erfahrener Ermittler von seinem Kollegen so hinters Licht führen lassen? Weber scheint ja nicht ein einziges Mal Seutes Rolle hinterfragt zu haben.«

Lena nickte und stand auf. »Dann mache ich mich mal wieder an die Arbeit. Johann ist übrigens seit einer Stunde wieder hier im Hotel und schläft jetzt hoffentlich.«

Der zweite Teil der Dokumente bezog sich auf Webers Helgoland-Aufenthalt. Der erste Bericht galt seiner Flucht. Wie Wiebke Rinken in ihrem Tagebuch schrieb er von den Schergen des Clans, die ihn verfolgten. Weber war sich sicher, dass er bei den wenigen Observationen ausreichend vorsichtig vorgegangen war. Er vermutete, dass dem Clan Informationen über seine wahre Identität gesteckt wurden und er daraufhin observiert worden war. Er hatte Angst, dass er liquidiert werden sollte, und floh Hals über Kopf aus Kiel nach Helgoland. Als Lena das Foto aufrief, das er von seinen Verfolgern gemacht hatte, erkannte sie Alay Gönül, der mit einem weiteren Mann auf das Mietshaus zuging, in dem Weber wohnte. Dieser hatte das Foto aus seinem Auto aufgenommen, als er bereits seine Wohnung für immer verlassen hatte.

Nach dem ersten Bericht gab es eine Lücke von fünf Monaten, bis Weber davon schrieb, dass er die Recherche wieder neu aufgenommen habe. Durch einen Zufall hatte sich Oke Jacobs verdächtig gemacht. Weber hatte bei einem Gespräch mit dem ehemaligen Hafenmeister erfahren, dass Jacobs zwei Lagerräume angemietet hatte, einen davon ohne Mietvertrag und gegen Barzahlung. Der Hafenmeister hatte sich Weber gegenüber gewundert, wofür Jacobs die beiden Lagerräume brauche, und er erzählte ihm von Jacobs' merkwürdigen Fahrten, die für ihn keinen Sinn ergaben.

Weber recherchierte weiter, ohne seine Freundin mit einzubeziehen. Erst als er merkte, dass sein Verdacht sich erhärtete, sprach er mit Wiebke und schien dann mit ihr gemeinsam den Plan entwickelt zu haben, über Jacobs an den Clan zu kommen, um nach der Inhaftierung von Demhat Baksi ins normale Leben zurückkehren zu können.

Lena wunderte sich über Webers Entscheidung. Auch bei einer Zerschlagung des Clans wären er und Wiebke Rinken nur im Zeugenschutzprogramm sicher gewesen und hätten auf jeden Fall Helgoland verlassen müssen. Weber musste sich über diesen Umstand im Klaren gewesen sein. Hatte er es Wiebke verschwiegen, weil sein Jagdfieber erneut ausgebrochen war und er hoffte, sich an seinen Widersachern, wie Kriminaldirektor Warnke, rächen zu können? Oder war er wirklich der Meinung gewesen, mit einem großen Schlag gegen den Clan seine Freiheit zurückzugewinnen?

Lena las weiter und fand detaillierte Berichte zu den Observationen von Oke Jacobs. Wiebke und Weber hatten diverse Fotos mit Zeitangaben und Vermerken zu den beteiligten Personen versehen. Mehrfach war Habbo Clausen registriert worden, wie er zusammen mit seinem Freund Jacobs mit dem Kutter auslief und spätabends wieder anlegte. Zwei Fotoserien waren hochinteressant. Auf der einen trugen Jacobs und Clausen Pakete auf einen am Kai stehenden Elektrokarren, auf dem anderen falteten sie auf Deck des Kutters eine Rettungsinsel zusammen. Weber war zu den gleichen Schlussfolgerungen gekommen wie Lena: Jacobs schmuggelte mithilfe von Clausen

Drogen für den Baksi-Clan. Sein Plan war, Jacobs einen Peilsender ins Boot zu setzen, um so an genaue Daten zu gelangen. Wie Lena vermutete Weber, dass Jacobs die Drogen irgendwo an der nordfriesischen Küste an den Clan übergab. Er hatte vor, seine ehemaligen Kollegen vom LKA kurz vor der nächsten Übergabe zu benachrichtigen und die genauen Koordinaten von Jacobs' Schiff durchzugeben. Anschließend wollte er seine gesamten Unterlagen an das LKA übergeben. Er wusste, dass Kriminaldirektor Warnke nicht mehr für das LKA zuständig war, und hatte zu Kriminalrätin Nielsen recherchiert. Wie er schrieb, hielt er sie für »sauber« und wollte sich, nachdem Jacobs aufgeflogen war, an sie wenden.

Weber sah Thomas Seute zu diesem Zeitpunkt kritischer als zuvor. Er war sich nicht mehr sicher, ob Seute nicht mit Warnke unter einer Decke steckte. Konkrete Hinweise dazu hatte er nicht dokumentiert.

Weber war überzeugt, dass während der Wintermonate aufgrund der häufig stürmischen See keine Drogenübergaben stattfinden würden. Er hoffte, dass spätestens im Mai des Jahres eine neue Lieferung kommen würde und er seinen Plan dann verwirklichen konnte.

Lena ging noch einmal alle Fotos und Videos durch und blieb bei einer Miniserie von drei Fotos hängen. Oke Jacobs war auf allen Bildern zusammen mit einem Mann zu sehen, den Lena nicht zuordnen konnte. Er hatte einen südländischen Teint und schien sich mit Jacobs zu unterhalten. Lena griff nach ihrem Handy, rief Udo Selmer an und kündigte ihm ein Foto an. Gleich darauf schickte sie Selmer die Datei und rief ihn wieder an.

»Kennen Sie den Mann auf dem Foto?«

»Nicht persönlich, aber ich habe ihn schon einige Male gesehen. Ich vermute, dass er für den Offshorewindpark arbeitet. Soll ich mich in den Hotels erkundigen?«

»Aber bitte vorsichtig. Fragen Sie nur Personen, die Sie persönlich kennen, und verpflichten Sie sie dazu, über das Gespräch zu schweigen. Wir sehen uns dann später bei Ihnen in der Polizeistation.«

Lena klappte ihren Laptop zu, sammelte ihre Notizen und ging vier Zimmer weiter zu Ole Kotten.

»Bist du fertig?«

Ole nickte. »Ich habe gerade mit Johann gesprochen. Er kommt in ein paar Minuten bei mir vorbei.«

Lena legte ihre Sachen ab. »Noch etwas Besonderes in deinen Unterlagen?«

»Außer dass ich inzwischen mehr denn je an Warnkes Kompetenz zweifele, ist alles wie erwartet. Ich kann gut nachvollziehen, dass Weber sich hintergangen gefühlt und an eine große Verschwörung geglaubt hat. Es gab offensichtlich keinerlei handfeste Indizien dafür, dass Weber aufgeflogen war. Wie Warnke sich darauf einlassen konnte, ist mir schleierhaft. Entweder wurden beide von Baksi geschmiert oder Warnke hat nicht die geringste Ahnung von Polizeiarbeit.«

»Oder Webers Berichte entsprechen nicht oder nicht ganz der Wahrheit.«

»Wir haben keine anderen, und wenn du mich fragst, klingen sie sehr glaubwürdig. Im Übrigen handelt es sich bei vielem davon um offizielle Protokolle und Dokumente, die sich so auch in den Akten wiedergefunden hätten.«

»Und somit hätten wir noch eine weitere Baustelle: Kriminaldirektor Warnke.«

Fünfunddreissig

»Ausgeschlafen?«, fragte Ole schmunzelnd, als Johann zu ihnen stieß.

»Ich werde alt, Leute«, antwortete Johann. »Früher hätte ich eine solche Nacht mit links weggesteckt.«

»Habt ihr etwas gefunden?«, fragte Lena. Sie hatte Udo Selmer gebeten, Habbo Clausen in einer Stunde zu einer weiteren Vernehmung in die Polizeistation zu bringen. »Wir müssen uns beeilen.«

Johann zog den Stuhl vor und setzte sich. »Zunächst mal waren die beiden sehr überrascht, als wir bei ihnen vor der Tür standen. Kurz dachte ich, Clausen würde wieder einen Wutanfall bekommen, aber dann hat ihn seine Frau zurückgehalten. Nun gut, das Haus war schnell durchsucht. In bar waren lediglich tausend Euro da. Alles Fünfziger in einer Schachtel im Regal. Ich hätte es fast ignoriert, habe das Geld dann aber beschlagnahmt.«

Ole sah Johann fragend an. »Bekommen wir eine Erklärung?«

»Aber ja doch. Ich habe später die Nummern der Geldscheine mit denen verglichen, die wir bei Jacobs gefunden haben. Bingo! Sie waren aus der gleichen Serie. Okay, weit kommen wir damit nicht, aber es ist ein kleiner Baustein.«

»Weiter!«, drängte Lena.

»Im Haus war sonst nichts mehr. Wie erwartet passte die Größe von Clausens Schuhen nicht zu den Spuren, die wir letzte Woche gefunden haben, und auch sonst war nichts Verdächtiges zu finden. Wir haben uns dann noch einen kleinen Schuppen im Garten vorgenommen und dort relativ neue Arbeitshandschuhe entdeckt. Der Größe nach zu urteilen, sollten sie Habbo Clausen gehören. Genau werden wir das erst wissen, wenn mögliche DNA-Spuren abgeglichen wurden. Allerdings …« Johann legte eine Kunstpause ein. »… kam einer der Kriminaltechniker auf die glorreiche Idee, die Handschuhe auf Rückstände zu überprüfen. Welche, brauche ich euch nicht zu sagen. Kurz und gut: Wir haben dort Reste von Kokain gefunden.«

Ole streckte einen Daumen nach oben, Lena nickte Johann anerkennend zu.

»Ich habe den Herrn noch nicht damit konfrontiert«, fuhr Johann fort. »Ich dachte, dass wir das zu einem späteren Zeitpunkt machen.«

Lena schaute auf die Uhr. »In knapp einer Stunde sitzt Clausen zur Vernehmung bereit.« Sie schlug ihr Notizbuch auf und wollte Johann einen Kurzbericht über die Cloud-Inhalte geben, als ihr Handy klingelte. Nach einem Blick aufs Display nahm sie das Gespräch an und begrüßte Roland Haustein.

»Ich habe ein paar Neuigkeiten«, sagte er.

»Kann ich das Telefon auf laut stellen?«, fragte Lena und legte anschließend das Handy auf den Tisch. »So, legen Sie los. Meine Kollegen hören mit.«

»Perfekt! Einen wunderschönen Tag an die Herren Kollegen. Wir haben heute einen Mann festgenommen und ihn anschließend direkt ins Krankenhaus gebracht. Mit hoher

Wahrscheinlichkeit handelt es sich um die Person, die auf Sie geschossen hat. Der Mann wird gerade operiert. Sobald wir die Kugel haben, sind wir auf der sicheren Seite. Ich denke aber, wir haben den Richtigen.«

»Gratulation!«, sagte Ole Kotten. »Hat der Mann Verbindungen zum Baksi-Clan?«

»Da er keinen Ausweis bei sich trug, können wir darüber noch nichts sagen. Dem Augenschein nach handelt es sich bei dem Mann um einen Türken beziehungsweise um jemanden mit türkischen Wurzeln. Gesprochen hat er nicht mit uns. Für eine Gegenüberstellung wird nach der Operation und wenn Sie, Frau Lorenzen, wieder in Kiel sind, noch Zeit sein. Zusätzlich haben wir den Arzt festgenommen, der den Mann behandeln sollte. Der Arzt hat zwei Pässe, einen deutschen und einen türkischen. Wir werden ihn gleich vernehmen. Viel Hoffnung habe ich allerdings nicht, dass er mit uns spricht. Sein Anwalt ist schon bei ihm.«

»Danke, Kollege«, sagte Lena und fasste kurz den Stand ihrer Ermittlungen zusammen.

Fünf Minuten später beendete Lena das Gespräch und ergänzte für Johann Details ihrer Recherchearbeiten zu den Cloud-Inhalten. »So weit, so gut! Wie gehen wir gleich vor? Vorschläge?«

Habbo Clausen saß bereits bei Udo Selmer im provisorischen Vernehmungsraum, als Lena und Johann hereinkamen. Lena begrüßte ihn, startete das Aufnahmegerät und sprach die Formalien.

»Wir haben noch ein paar Fragen an Sie«, begann Johann.

Clausen warf ihm einen abfälligen Blick zu und schwieg.

»Wir haben in Ihrem Haus Rückstände von Kokain gefunden. Nehmen Sie persönlich Drogen oder handeln Sie damit?«

Clausen starrte Johann wütend an, dann sprang er auf, wobei sein Stuhl nach hinten auf den Boden fiel.

»Habbo!«, schrie Udo Selmer und stand mit einem Satz hinter Clausen.

»Setzen Sie sich bitte wieder«, sagte Lena ruhig.

Udo Selmer richtete den Stuhl auf und drückte Clausen nach unten. »Bleib bitte ruhig«, raunte er ihm zu. »Sonst muss ich dir Handschellen anlegen.«

Johann blätterte in seinen Aufzeichnungen, als suchte er nach etwas. Schließlich sah er auf. »Sie haben meine Frage verstanden? Nehmen Sie Drogen oder handeln Sie damit?«

»Nein!«, fauchte Clausen.

»Sie verneinen beide Fragen? Kein Drogenkonsum, kein Handel damit?«

»Nein!« Clausen stutzte. »Ich meine, ja, ich verneine es.«

»Gut, dann wäre das schon mal geklärt.« Johann machte eine Pause. »Wenn Sie uns dann noch erklären könnten, wie das Kokain in Ihr Haus kommt, wären wir einen großen Schritt weiter.«

»Was soll der ganze Blödsinn?«, zischte Clausen. »Das ist doch ein Trick. Ich habe keine Drogen. Lassen Sie mich in Ruhe damit.«

Lena legte ihm die ausgedruckten Fotos vor, auf denen Clausen zusammen mit Jacobs die Rettungsinsel zerschnitt.

»Was genau machen Sie da?«

Als Clausen die Fotos sah, zuckte er zusammen, atmete schwer, wischte dann mit Schwung die Bilder vom Tisch. »Woher haben Sie das?«

»Das spielt im Moment keine Rolle, Herr Clausen. Würden Sie bitte die Fotos wieder aufheben?«

Clausen brummte etwas Unverständliches, bückte sich aber dann und sammelte die drei Aufnahmen ein. »Sonst noch was?«

Johann legte drei weitere Fotos auf den Tisch. »Sicher können Sie uns erklären, was Sie hier gerade machen?«

Clausen schien Mühe zu haben, sich zu beherrschen und nicht wieder aufzubrausen. Er hielt sich mit beiden Händen am Tisch fest und starrte zwischen Lena und Johann hindurch auf die Wand.

»Herr Clausen«, sagte Lena freundlich. »Wenn Sie jetzt einer Festnahme und der Überführung aufs Festland entgehen wollen, sollten Sie mit uns sprechen.«

Johann räusperte sich laut. »Ich denke, der Zug ist abgefahren. Es spricht alles für Untersuchungshaft. Wir haben klare Beweise. Er hat Jacobs ein falsches Alibi gegeben, wir haben Drogen in seinem Haus gefunden, die Fotos hier …«, Johann tippte mit dem Finger auf die Aufnahmen, »… sind eindeutig.« Er zog die Beweismitteltasche mit den Fünfzigern aus seinen Unterlagen und schob sie über den Tisch. »Und dieses Geld ist mit hoher Wahrscheinlichkeit aus dubiosen Quellen. Wenn ich das alles zusammenzähle, komme ich auf eine ganze Menge Jahre Haft. Bei organisiertem Verbrechen …«

»Hören Sie auf!«, donnerte Clausen. Er hatte sich leicht von seinem Stuhl erhoben, sackte aber wieder nach unten, als er Selmers starke Hand auf seiner Schulter spürte.

Lena wandte sich an Johann. »Kannst du bitte den Kollegen hereinholen und dann für uns alle Kaffee machen?«

Murrend stand Johann auf und verließ wortlos den Raum. Kurz darauf kam Ole herein und setzte sich neben Lena.

»Entschuldigen Sie bitte meinen jungen Kollegen. In der Sache hat er natürlich recht, aber der Ton war nicht unbedingt angemessen. Fangen wir doch einfach noch mal von vorne an, Herr Clausen.«

Clausen nickte.

In der nächsten halben Stunde gingen Lena und Ole jeden einzelnen Hinweis durch, den sie auf Clausens Mittäterschaft hatten, und zeigten ihm seine Optionen auf.

Danach war Habbo Clausen sichtlich niedergeschlagen. Immer wieder fuhr er sich mit der Hand durch die Haare, stöhnte leise und versuchte mehrmals, den Inselpolizisten um Unterstützung zu bitten. Udo Selmer ließ die flehenden Blicke von Clausen an sich abprallen und forderte ihn auf zu kooperieren.

»Und wenn ich nicht gewusst habe, was Oke da aus dem Meer fischt?«, fragte er schließlich.

»Was hat er Ihnen denn gesagt?«, wollte Ole Kotten daraufhin wissen.

»Irgendein Zeug für einen Freund, der die Sachen nicht verzollen will. Er hat was von Schmuck gesagt oder so. Ja, ich habe nicht genau nachgefragt. Dreihundert Euro habe ich jedes Mal bekommen. Mehr nicht. Wer kommt da auf Drogen?«

»Wohin haben Sie die Pakete gebracht?«, fragte Ole Kotten weiter.

»Oke hat so ein zweites Lagerhaus. Nicht sehr groß, aber er hat die Sachen auch immer schnell zum Festland geschafft.«

»Mit Ihrer Hilfe?«

»Ich war nur einmal dabei.«

»Wo sind die Sachen an Land gebracht worden?«

»So genau weiß ich das nicht. Ich vermute aber, dass es in der Nähe von Büsum war. Zwei Leute, mit so einem großen Schlauchboot mit einem großen Außenborder. Sie haben die Pakete geladen und sind wieder weg. Gesprochen hat niemand, und da es schon dämmerte, habe ich die Typen auch nicht so richtig gesehen.«

»Wie viele Rettungsinseln haben Sie zusammen mit Jacobs aus der Nordsee gefischt?«, fragte Lena.

»Weiß ich nicht. Fünf vielleicht.«

»Und Sie waren mit Jacobs allein auf dem Kutter?«, fragte Ole Kotten. »Stell ich mir schwer vor. Einer musste doch das Schiff auf Kurs halten.«

Clausen zögerte. »Ich war allein mit Oke.«

Lena nahm das Foto mit dem unbekannten Mann und Oke Jacobs in die Hand. Udo Selmer hatte inzwischen in einem Hotel erfahren, dass es sich um einen Techniker des Offshorewindparks handelte. Den Namen wollte das Hotel aus datenschutzrechtlichen Gründen nicht herausgeben.

»War dieser Mann auch dabei?«, fragte Lena und legte das Bild vor Habbo Clausen auf den Tisch.

Clausen erschrak, als er das Foto sah. »Ich kann dazu nichts sagen. Der ist gefährlich.«

»Er war also dabei?«, fragte Ole Kotten.

Clausen zuckte mit den Schultern. »Kann sein.«

Udo Selmer, der bisher rechts hinter Clausen an der Wand gesessen hatte, zog seinen Stuhl vor bis an den Tisch. »Habbo! Wenn du noch halbwegs sauber aus der Sache rauskommen willst, musst du jetzt auspacken. Ansonsten sehe ich schwarz für dich.«

»Du hast gut reden«, fuhr Clausen ihn wie mit letzter Kraft an und wandte sich an Lena. »Was ist denn für mich drin? Ich will einen Deal. Heißt das nicht so?«

Lena stand auf und verließ den Raum. Das Gespräch mit dem Staatsanwalt dauerte zehn Minuten. Er sagte ihr zu, eine Vereinbarung zu schicken, in der Clausen bei vollständiger Aussage Strafmilderung zugesichert wurde.

Zurück im Vernehmungsraum schlug Lena vor, eine Pause zu machen, bis das Dokument per Fax vorlag.

Lena und ihre beiden Kollegen standen in der Teeküche der Polizeistation, jeder von ihnen hatte eine Tasse Kaffee in der Hand.

»Wie weit wird sich die Staatsanwaltschaft auf einen Deal einlassen?«, fragte Johann.

»Clausen ist ein kleiner Fisch«, sagte Lena. »Ich bin mir nicht mal sicher, dass er wusste, was Jacobs da getrieben hat. Wenn wir so Jacobs nachweisen können, dass er für den Baksi-Clan gearbeitet hat, wird Clausen sicher mit Bewährung davonkommen.«

»Dieser unbekannte Windpark-Techniker scheint mir interessant zu sein«, merkte Ole an. »Denkt ihr, dass das irgendein Helfer ist, den Jacobs aufgetan hat?«

»Wir haben bisher weder einen Namen noch sonst was«, sagte Lena. »Selmer hat nur herausbekommen, dass er im Moment nicht auf der Insel ist.«

Lenas Handy machte sich bemerkbar. Der Staatsanwalt schrieb, dass die Vereinbarung per Fax auf dem Weg sei. Lena ging in Selmers Büro und folgte anschließend Ole ins Vernehmungszimmer.

Habbo Clausen las das Dokument. »Und ich bin dann aus der ganzen Sache raus?«

»Mit viel Glück bekommen Sie einen Strafbefehl«, sagte Lena. »Mit etwas weniger Glück eine Bewährungsstrafe. Mehr ist nicht drin.«

Clausen nickte. »Der Mann heißt mit Vornamen Efkan. Mehr weiß ich nicht.«

Lena zog die Liste der Personen heraus, die Helgoland nach dem Überfall auf Johann und sie verlassen hatten, und fand schnell einen Efkan Onur, der drei Tage später per Flugzeug abgereist war.

In der folgenden Stunde gingen Lena und Ole jedes Detail durch, an das sich Clausen erinnern konnte. Anschließend schrieben sie ein Protokoll und entließen den Mann.

Sechsunddreissig

Am Abend saßen Lena, Ole und Johann mit Udo Selmer zusammen. Zuvor hatten sie gemeinsam in einem Fischrestaurant gegessen und waren durch den stärker gewordenen Wind und den leichten Nieselregen zur Polizeistation gestapft.

»Uns fehlt immer noch eine Idee, was mit Julius Weber und Wiebke Rinken passiert ist«, sagte Ole Kotten.

»Was ist mit diesem Efkan Onur?«, fragte Johann. »Er scheint mir im Moment der aussichtsreichste Kandidat.«

Lena hatte keinen deutschen Staatsbürger mit dem Namen in der Datenbank finden können, eine Anfrage beim türkischen Generalkonsulat lief. Der Staatsanwalt hatte einen Beschluss erwirkt, um die Daten von der Windpark-Servicefirma zu erhalten. Sie erwarteten im Laufe des nächsten Tages die Informationen.

»So weit sind wir noch lange nicht. Onur kann auch ein von Jacobs angeheuerter Helfer sein«, sagte Lena. »Selbst wenn er etwas damit zu tun hätte, wie sollte er sich Zutritt zum Haus verschafft und anschließend Weber und Rinken die Tropfen eingeflößt haben? Beide kannten ihn, schließlich haben sie ihn fotografiert. Das Gleiche gilt für Jacobs und Clausen. Auch sie wären nicht wohlwollend im Haus Rinken aufgenommen worden.«

»Ich habe mir genau darüber den Kopf zerbrochen«, sagte Ole und schaute in die Runde. »Ich weiß, dass das, was ich jetzt sage, reichlich spekulativ ist, aber ich werfe es trotzdem mal in den Ring.« Er seufzte leise. »Also gut! Wenn wir mal ganz nüchtern die Tat betrachten, kommen für solch eine Aktion – also den beiden eine heftige Dosis K.-o.-Tropfen zu verpassen – nur die Schwester und die Cousine infrage. Die Großmutter natürlich auch, aber die lasse ich mal aus gutem Grund außen vor.« Er hob schützend die Hände. »Und jetzt könnt ihr mich zerfleischen.«

Lena räusperte sich. »Ich habe es bisher nicht gewagt, den Verdacht auszusprechen. Aber ich muss zugeben, dass ich in den letzten Tagen in die gleiche Richtung gedacht habe.«

»Heftig! Ist das euer Ernst?«, kommentierte Johann die Äußerungen von Ole und Lena. »Selbst wenn sie über Kreuz lagen, traue ich keiner der beiden Frauen eine solche Tat zu.« Er wandte sich an Udo Selmer. »Was meinen Sie?«

»Ich hätte weder gedacht, dass Jacobs ein Drogenschmuggler ist, noch, dass Clausen ihn dabei unterstützt. Mal ganz davon abgesehen, dass Jacobs hinterrücks Polizeibeamte angreift. Deshalb halte ich mich lieber etwas bedeckt.« Lena sah dem Inselpolizisten an, dass er wie Johann den Frauen die Tat nicht zutraute.

»Und wenn Sie sich zwischen den beiden entscheiden müssten?«, bohrte Johann weiter.

»Tut mir leid. Ich kann dazu nichts sagen.«

»Johann, Rätselraten bringt uns nicht weiter. Wir sollten lieber über das Motiv nachdenken.« Lena legte den Kopf in den Nacken und schloss die Augen. »Gehen wir die Frage logisch an: Jan Hinrichs war nach unseren bisherigen Kenntnissen nicht an dem Drogenschmuggel beteiligt. Auch sonst scheint er nicht so eng mit Jacobs befreundet zu sein. Clausen hingegen war bei der ganzen Sache dabei. Wenn seine Frau wusste, dass ihr Mann Jacobs bei etwas Illegalem geholfen hatte, und wir weiter davon ausgehen, dass Jacobs von Webers Aktivitäten Wind bekommen hat, dann konnte Onur sie damit unter Druck setzen. Ihr Mann hätte für viele Jahre ins Gefängnis kommen können.«

»Aber beteiligt sie sich an einem Mord?«, warf Johann ein.

»Vielleicht wusste sie nicht, was derjenige, der sie beauftragt hat, vorhatte«, sagte Lena. »Ihr könnte gesagt worden sein, dass die Wohnung durchsucht werden soll, um herauszubekommen, was die beiden wissen. Sie träufelt ihnen die Tropfen in den Tee und verschwindet dann plötzlich. Vielleicht ein Anruf, dass sie dringend irgendwo gebraucht wird. Die beiden verlieren das Bewusstsein und die Geschichte nimmt ihren Lauf.«

Niemand der Anwesenden sagte etwas. Ole nickte nachdenklich, während Udo Selmer schwer schluckte.

»Ich weiß, dass das eine gewagte Theorie ist«, fuhr Lena fort. »Aber im Moment habe ich keine bessere.«

Lena zog ihre Mütze tief ins Gesicht. Sie war früh aufgestanden und hatte bereits gefrühstückt, bevor Johann und Ole nach unten kamen. Am Abend zuvor hatte ihr Udo Selmer erzählt, dass Nele Clausen, die Cousine von Wiebke Rinken, aus der väterlichen Verwandtschaftslinie stammte und somit Femke Rinken nicht ihre Großmutter war.

Lena erreichte das Haus, klingelte und kurz darauf öffnete Femke Rinken ihr die Tür.

»So früh unterwegs, Frau Lorenzen?«, fragte die alte Dame und trat zur Seite. »Möchten Sie einen Tee? Ich habe gerade einen aufgesetzt.«

Lena zog ihre Jacke aus und begleitete Femke Rinken in ihre gemütliche Küche. »Sehr gerne, vielen Dank.«

»Ich habe gehört, dass Sie Oke Jacobs verhaftet haben. Hat er etwas mit dem Tod meiner Enkelin zu tun?«

»Die Ermittlungen sind noch nicht abgeschlossen. Ich persönlich denke nicht, dass er direkt daran beteiligt war.«

Femke Rinken schenkte Lena und sich selbst Tee ein. »Aber indirekt?«

»Das vermute ich schon.«

»Sie sind aber nicht gekommen, um mir das zu sagen.«

»Nein, ich habe eine Frage. Können Sie mir etwas zu Wiebkes und Fraukes Cousine Nele Clausen erzählen?«

»Nele? Sie ist das Kind vom Bruder meines Schwiegersohns. Aber das wissen Sie sicher schon.«

»Ja, mein Kollege Udo Selmer hat es mir erzählt.«

»Was möchten Sie wissen?«, fragte Femke Rinken zurückhaltend.

»Ist Nele hier auf der Insel aufgewachsen?«

»Im Prinzip ja. Ihre Eltern sind, als Nele zehn war, zurück nach Helgoland gezogen. Neles Vater stammt von hier, ist aber für das Abitur nach Föhr und danach hat er irgendwo auf dem Festland studiert und auch geheiratet. Wie das so ist, die Insel lässt manche von uns nicht los. Er ist wieder zurückgekommen und hat hier auch fast zwölf Jahre gewohnt. Als die Ehe zerbrach, sind beide Elternteile zurück aufs Festland, aber Nele ist hiergeblieben. Sie hat sich schon vorher sehr gut mit Frauke verstanden und so ist es auch geblieben.«

»Wiebke war nicht …«

Bevor Lena das richtige Wort fand, antwortete ihr Femke Rinken. »Nein, die beiden konnten sich nie so richtig anfreunden. Aber Familie ist nun mal Familie und Nele hatte hier auf Helgoland sonst niemanden. Wiebke hat es sich nicht so anmerken lassen, aber sie mochte Nele nicht.« Femke Rinken legte den Kopf schief. »Darf ich Sie fragen, warum Sie das alles wissen wollen?«

»Ich verfolge eine Spur und dabei spielt Nele eine wichtige Rolle«, versuchte sich Lena herauszureden. »Können Sie mir noch mehr über Nele erzählen?«

Femke Rinken schien zu ahnen, worauf Lena hinauswollte. Sie nahm ihre Tasse in die Hand und trank einen Schluck, setzte sie wieder ab und hob sie erneut zum Mund, um zu trinken.

»Ich schätze Sie sehr, Frau Lorenzen«, sagte sie schließlich. »Ich hoffe, Sie gehen sorgsam mit dem um, was ich Ihnen erzähle.«

»Darauf können Sie sich verlassen, Frau Rinken.«

Femke Rinken nickte nachdenklich. »Neles Mutter war eine schwierige Frau. Früher nannte man das trübselig, heute gibt es ja alle möglichen klugen Bezeichnungen dafür. Aber Sie verstehen sicher, was ich meine.«

»Ja, durchaus«, sagte Lena.

»Ich glaube, das war ein wichtiger Grund, weshalb Neles Vater zurück nach Helgoland gekommen ist. Er hatte wohl die Vorstellung, dass die Insel seine Frau heilt. Aber so ist es nicht gekommen. Vielleicht ist es hier sogar noch schlimmer geworden, ich weiß es nicht. Aber Nele hat unter der Situation sehr gelitten. Schon als kleines Kind war sie für vieles verantwortlich, und das hat ihr überhaupt nicht gutgetan. Sie konnte nie richtig Kind sein, wenn Sie verstehen, was ich meine. Das hat Nele geprägt und tut es bis heute. Manches Mal dachte ich schon, sie hat überhaupt keine Gefühle, spielt uns nur was vor. Sie kann Menschen etwas vormachen und es wirkt echt. Genau das war mir immer unheimlich. Ich weiß nie, woran ich bei ihr bin. Ich habe Wiebke früh geraten, sich von Nele fernzuhalten oder sehr vorsichtig zu sein, wenn es nun mal nicht anders geht.

Frauke habe ich das Gleiche gesagt, aber sie wollte nicht auf mich hören. Die Kinder leben nun mal ihr eigenes Leben.«

»War Nele jemals in Therapie?«

Die alte Dame zuckte leicht mit den Schultern. »Ich kenne mich mit so was nicht aus. Sie meinen einen Nervenarzt?«

»Ja, so werden diese Ärzte auch bezeichnet.«

»Wiebke hat mir mal etwas erzählt, aber ich habe es damals schon nicht richtig verstanden. Es ging wohl darum, dass Nele immer mal wieder für ein paar Wochen auf dem Festland war, und da meinte Wiebke, dass sie dort behandelt wird. Aber ich weiß nicht mehr darüber. Ich glaube auch nicht, dass Nele von Grund auf ein schlechter Mensch ist. Es sind doch immer die Umstände, die uns prägen. Und da hätte keiner von uns mit Nele tauschen wollen.«

Lena traf Johann und Ole im Frühstücksraum. Sie unterhielten sich angeregt über ihren nächsten Urlaub und stritten darum, ob in Zeiten der drohenden Klimakatastrophe eine längere Flugreise noch vertretbar war.

»Guten Morgen«, sagte Lena und setzte sich zu den beiden. Sie goss sich eine Tasse Kaffee ein und berichtete, was sie bei Femke Rinken erfahren hatte.

»Keine Chance«, sagte Johann. »Nele Clausen braucht nur eisern zu schweigen. Wie wollen wir ihr jemals etwas nachweisen? Mal ganz abgesehen davon, dass wir bisher keinerlei Indizien für eine Tatbeteiligung haben. Null. Nur euer Bauchgefühl.«

»Jetzt block nicht gleich ab, Johann«, konterte Ole. »Es wird schwer, verdammt schwer, aber deshalb gleich aufgeben?« Er rieb sich mit dem Zeigefinger über den Nasenrücken. »Wie wäre es, wenn wir ihr eine Falle stellen?«

»Wie das denn?«, fragte Johann spöttisch. »Soll einer von uns anrufen und so tun, als wäre er der Mörder? Wow! Klasse Idee!«

»Warum nicht?«, sagte Lena. »Gehen wir einmal davon aus, dass Nele Clausen tatsächlich tatbeteiligt ist und quasi den Türöffner gemacht hat. Gehen wir weiter davon aus, dass Efkan Onur derjenige war, der die beiden getötet hat. Von ihrem Mann weiß sie inzwischen, dass Onur auf unserer Liste der Verdächtigen steht und dass ihr Mann ihn schwer belastet hat. Was wird sie also denken?«

»Das ist mir zu viel der Spekulation«, sagte Johann. »Da bin ich raus.«

Ole schüttelte heftig den Kopf. »Unsinn! Das ist unsere einzige Chance. Was wird sie also denken? Dass Onur geflohen ist. Wohin? In die Türkei. Wohin sonst.«

»Also brauchen wir möglichst ein Handy, das eine Kennung aus der Türkei hat«, sagte Lena. »Und wir brauchen die Absicherung durch den Staatsanwalt.«

»Nummer aus der Türkei?«, fragte Johann. Er sah höchst skeptisch aus.

Lena hatte schon ihr Handy am Ohr und betete, dass Leon das Klingeln hören würde. Leon arbeitete fast immer in der Nacht und hatte sich wahrscheinlich erst vor ein paar Stunden hingelegt.

»Bist du wahnsinnig?«, fauchte Leon. Seine Stimme klang belegt.

»Ein Notfall, Leon. Entschuldige, dass ich dich um diese Zeit anrufe. Wir sind auf Helgoland …«

»Schön für dich!«, brummte er.

»Wir müssen jemanden anrufen und die Nummer muss so manipuliert sein, dass es aussieht, als telefonierten wir aus der Türkei.«

»Dann flieg doch hin und kauf dir da ein Handy, verflucht!«

»Leon, bitte! Ist das technisch möglich?«

»Welches Handy? Wann braucht ihr das?«

»Meins und möglichst schnell.«

»Ich schicke dir in zwanzig Minuten eine Datei per Mail. Die öffnest du auf dem Handy. Was du dann tun musst, steht in der Mail.«

Leon hatte wie üblich das Gespräch ohne Abschiedswort beendet.

»Und?«, fragte Ole.

»Geht klar. In zwanzig Minuten. Jetzt brauchen wir nur noch den Staatsanwalt im Boot.«

Eine Stunde später saßen sie zu viert in der Polizeistation. Das Flugzeug, das sie eigentlich um elf Uhr abholen sollte, war auf den Nachmittag umgebucht worden. Der Plan war, zunächst Textnachrichten zu schicken; sollte Nele Clausen nicht reagieren, würden sie versuchen, sie anzurufen. Ole Kotten war der Einzige, mit dem Nele Clausen noch nicht gesprochen hatte. Er würde den Part, falls es notwendig sein sollte, übernehmen.

»Bekommst du das hin, dass man dich für einen Türken hält?«, fragte Johann.

»Ich denke schon. Einer unserer Freunde ist Kurde. Ich habe schon manches Mal mit ihm rumgealbert und seinen Akzent dabei nachgemacht. Nele Clausen werde ich da schon am Telefon von überzeugen können.«

»Dann schreibe ich jetzt die erste Nachricht«, sagte Lena und tippte sie vom Laptop ab:

Onur hier. Ich warne dich! Wenn du mit der Polizei redest, bist du tot. Wir wissen alles.

Lena verschickte die Nachricht. Sie wurde erst als gesendet angezeigt und kurz darauf als empfangen. Das Handy lag auf dem Tisch, sodass alle das Display sehen konnten. Ein Aufatmen ging durch die Runde, als die Nachricht als gelesen markiert wurde.

Gebannt starrten sie aufs Handy. Eine Minute verging ohne Reaktion. Eine weitere verstrich. Nach fünf Minuten lehnte Johann sich auf dem Stuhl zurück und seufzte leise. Ole strich sich mit beiden Händen über den Kopf, während Lena weiter das Handy beobachtete.

Was soll das?

Johann schnellte nach vorne, als er bemerkte, wie Lena erleichtert aufatmete. Sie warf Ole einen Blick zu, der nickte. Lena tippte die nächste Nachricht ein.

Halt einfach deinen Mund, sonst geht es dir wie den beiden. Ich habe einen Mann auf der Insel. Kapiert?

Dieses Mal wurde die Nachricht sofort gelesen. Sie warteten keine Minute, bevor eine Antwort kam.

Das war alles so nicht geplant. Ich habe damit nichts zu tun. Lass mich in Ruhe.

Lena hob die geballte Faust. »Sie sitzt in der Falle.« Johann und Ole nickten zustimmend, während Udo Selmer schwer schluckte. Lena konnte sich vorstellen, was er gerade durchmachte.

»Was schreiben wir?«, fragte Lena in die Runde.

»Provozier sie weiter. Wir brauchen mehr«, forderte Ole.

»Okay.« Lena begann zu tippen und zeigte den Text herum, bevor sie ihn verschickte.

Du steckst mit drin! Wenn ich hochgehe, landest du auch im Knast. Ein Wort nur und du bist dran. Ist das klar?

Wieder wartete die Gruppe gespannt, ob und was Nele Clausen antworten würde. Drei Minuten später schrieb sie:

Niemand sollte zu Schaden kommen. Ich habe nichts getan – das warst du. Lass mich sofort in Ruhe. Ich will nichts mehr hören.

Lena sah auf. »Reicht das schon?« Als Ole den Kopf schüttelte, begann sie erneut zu schreiben.

Es war klar, dass diese Hunde sterben mussten. Das habe ich dir gesagt und du warst einverstanden. Also heul jetzt nicht rum.

Es verging keine Minute, bevor Nele Clausen zurückschrieb:

Nein!!! Ich wusste von nichts!!! Lass mich in Ruhe, du Mörder. Du hast mich reingelegt.

Lena schrieb einen weiteren Text, schickte ihn ab, ohne dass die Nachricht durchgestellt wurde.

»Die hat dich blockiert«, sagte Johann. »Das war's.«

»Ich rufe an und mache den Sack dicht«, schlug Ole vor. »Ist mit der Technik alles klar?«

Johann nickte. »Wird aufgenommen.« Er drückte auf einen Knopf seines Aufnahmegeräts. »Ab jetzt!«

Ole legte das auf laut gestellte Handy vor sich hin, atmete noch einmal tief durch und wählte. Nach dem fünften Freizeichen nahm Nele Clausen das Gespräch an.

»Was soll der Scheiß? Schluss jetzt! Bist du wahnsinnig? Die Bullen können alles verfolgen.«

»Hör auf zu heulen!«, schleuderte ihr Ole Kotten entgegen. Sein türkischer Akzent war dezent, aber zu hören. »Du hast mitgemacht und steckst jetzt mit drin. Ist das klar?«

»Sie sollten nur schlafen, du Schwein. Du hast sie umgebracht. Ich habe damit nichts zu tun.«

»Wer hat ihnen denn das Zeugs in den Tee getan? Du! Die Dosis war viel zu hoch. Die wären sowieso tot gewesen. Die Kugel war doch nur Show.«

»Zu hoch? Du lügst!«, schrie Nele Clausen ins Telefon. »Ich habe so viele Tropfen genommen, wie du mir gesagt hast. Nichts anderes. Ich bin nicht schuld.«

Ole warf Lena einen Blick zu, sie gab ihm ein Zeichen, dass er das Gespräch beenden sollte.

»Das ist jetzt egal«, sagte Ole Kotten in der Rolle von Efkan Onur. »Du hältst den Mund, und wenn die Polizei dich fragt, weißt du von nichts. Dann kann niemandem was passieren. Du hast doch alle deine Spuren verwischt?«

»Natürlich!«, sagte Nele Clausen. »Die haben doch auch nichts gefunden. Also halt du die Füße still. Ich lege jetzt auf und will nie wieder was von dir hören. Hast du das verstanden?«

»Noch mal: Rede nicht mit der Polizei. Das gilt auch für deinen Mann!«

Sie warteten, aber Nele Clausen hatte aufgelegt. Lena nahm ihr Handy und beendete das Gespräch, während Johann bereits die Aufnahme zurückspulte und kurz den Anfang abspielte. Er sah grinsend zu Ole. »Ich fürchte, ich wäre auch auf dich reingefallen.«

Siebenunddreissig

Eine halbe Stunde später saß Nele Clausen weinend vor Lena und Johann und flehte die beiden an, nicht in Haft zu müssen. Sie hatte nach dem Vorspielen des Telefonats sofort gestanden, ihrer Cousine und Julius Weber die Tropfen in den Tee geträufelt zu haben. Efkan Onur, den sie nur aus einer Begegnung im Hafen kannte, hatte ihr erzählt, dass, sollten Oke Jacobs' Geschäfte auffliegen, ihr Mann für viele Jahre ins Gefängnis müsse. Ihre Cousine und Weber seien kurz davor, die Polizei einzuschalten, und es sei notwendig, ihnen das Material abzunehmen, mit dem sie den Schmuggel beweisen konnten. Genau wie ihr Mann behauptete sie, nicht gewusst zu haben, was Jacobs genau aus dem Meer fischte und für wen er arbeitete. Die K.-o.-Tropfen hatte sie mit genauen Anweisungen von Onur bekommen. Sie selbst hatte sich unter einem Vorwand eingeladen und während ihres Gesprächs angeboten, Tee zu machen. Nachdem die beiden getrunken hatten, tat sie so, als hätte sie eine Nachricht per Handy bekommen und dringend nach Hause gemusst. Den Schlüssel der Haustür zog sie ab und deponierte ihn an einem vereinbarten Platz. Als sie später von dem Tod ihrer Cousine und von Julius Weber erfuhr, redete sie sich ein, dass nach dem Einbruch etwas geschehen sein musste, was Weber zu der schrecklichen Tat veranlasst hatte. Efkan Onur hatte sich nicht mehr bei ihr gemeldet.

Nele Clausen unterschrieb ein Protokoll, gab ihren Ausweis ab und wurde nach Rücksprache mit dem Staatsanwalt unter Auflagen nach Hause entlassen.

Johann setzte sich neben Lena und Ole auf die Bank. Sie fuhren mit der Fähre zur Düne hinüber, um von dort aufs Festland zu fliegen.

»Viel gesehen habe ich von Helgoland nicht«, sagte Johann mit Blick auf die Felseninsel. »Schade eigentlich. Johanna hat mir schon angedroht, dass wir im Sommer zusammen ein paar Tage hier verbringen werden. Ich bin mir noch nicht sicher, ob ich das will.«

»Fahr mit ihr«, sagte Ole. »Das ist im Sommer kein Vergleich mit jetzt. Fantastisch, sag ich dir. Die Luft, das Wetter, die Sicht. Es lohnt sich wirklich. Hatte ich schon erzählt, dass ich regelmäßig auf Helgoland bin?«

Ole fing an zu erzählen, Lena überließ sich ihren eigenen Gedanken. Der Fall war geklärt, auch wenn der Haupttäter noch nicht gefasst war. Nach Nele Clausens Aussage wurde Onur zur internationalen Fahndung ausgeschrieben. In den nächsten Tagen würde sich herausstellen, ob er sich noch in Deutschland aufhielt oder in die Türkei geflohen war. Die Anfrage bei den Flughäfen wurde gerade vom LKA organisiert.

Vor ihrer Abreise hatte sie eine Weile mit Udo Selmer gesprochen. Er wirkte niedergeschlagen, war aber froh, dass weder Habbo noch Nele Clausen in Untersuchungshaft kamen. Gleichzeitig war ihm klar, dass der Fall auf der Insel noch lange nachwirken würde. Sie hatte versucht, ihn aufzumuntern, was ihr aber nur leidlich gelungen war.

Vom Flughafen in Büsum würde sie mit Ole nach Husum fahren. Erck war zu Hause. Sie hatte vor der Abfahrt mit ihm telefoniert und angekündigt, dass sie am Montag freinehmen würde.

»Was gefällt dir an Helgoland?«, holte Ole sie mit seiner Frage aus ihren Gedanken.

»Eigentlich die Entfernung zum Festland, die Abgeschiedenheit«, antwortete Lena. »Ich glaube aber nicht, dass ich dieses Jahr noch einmal auf die Insel kommen werde.« Ihr schoss ein Gedanke durch den Kopf. Vielleicht waren sie bei ihrem nächsten Besuch hier schon zu dritt. Lena fragte sich, wie sie ausgerechnet jetzt darauf kam. War es der Gedanke an ihr Zuhause, an Erck, der vermutlich mit dem Essen auf sie wartete, an ein warmes Haus oder an mehrere Tage Ruhe bei ausgeschaltetem Handy?

»Warum?«, fragte Ole.

»Ich würde überall nur das Verbrechen sehen. Ich weiß, wie absurd das ist, aber ich möchte weder den Clausens über den Weg laufen noch Wiebkes Schwester. Am ehesten würde ich mich noch einmal ausführlich mit der Großmutter unterhalten. Sie hat am meisten verloren und trägt es trotzdem mit so viel Würde.«

»Ich habe sie nicht kennengelernt«, sagte Ole. »Aber ich verstehe dich. Allein der Überfall auf euch beide, dann die Sache in Kiel, die ja letztlich auch mit Helgoland zusammenhängt – vielleicht ist da Abstand die beste Medizin. Aber wenn ihr Lust habt, können wir einen Fotoabend bei mir machen. Ich zeige euch dann die wunderbarsten Ecken des Felsens. Und natürlich der Düne.«

Die Fähre legte an. Sie stiegen aus.

»Ich bin dabei«, sagte Johann zu Oles Einladung. »Und du, Lena?«

»Ja, warum nicht«, antwortete sie gedankenverloren.

Lena wischte sich mit der Serviette den Mund ab. »Das war herrlich. Wo hast du nur so gut kochen gelernt?«

Erck schmunzelte. »Ich hatte viel Zeit in den ganzen Jahren, in denen ich auf dich gewartet habe.«

Lena lächelte. »Ich glaube, du hast nicht nur gewartet, oder?«

»Na ja, die eine oder andere junge Dame ist mir schon über den Weg gelaufen, aber es ist nie etwas daraus geworden. Zum Glück.«

Lena stand auf und zog ihren Stuhl mit auf Ercks Seite. Neben ihm sitzend strich sie ihm über die Wange. »Hast du über meinen Vorschlag nachgedacht?«

Erck schaute sie fragend an. »Welchen Vorschlag?«

»Das weißt du genau.« Sie zog ihn am Ohrläppchen. »Also, letzte Chance.«

Erck strich sich mit der Hand über die Haare. »Ach, du meinst diese Sache im Mai. Ja, doch, darüber habe ich nachgedacht. Ehrlich gesagt, nicht nur gedacht. Ich traf ganz zufällig den Pastor und wir haben – wieder ganz nebenbei – über genau diese Sache gesprochen. Du wirst es nicht glauben, aber er hat im Mai noch einen Termin frei. Und als ich – wieder ganz zufällig – am Seeblick vorbeikam, habe ich dort auch gefragt. Also von der Seite ist eigentlich alles paletti.«

Lena legte den Kopf an seine Brust und schloss die Augen. »Was soll ich dazu noch sagen«, flüsterte sie.

»Wie wäre es mit einem einfachen Ja?«, fragte Erck lächelnd.

Lena richtete sich auf. »Ja!« Sie küsste ihn zärtlich. »Ja, ich will!«

Die Sonne schien, eine trockene Kälte zog über das Watt Richtung Deich. Lena stand neben Erck und sog tief die salzige Seeluft ein. »Fast so schön wie auf Amrum.«

»Leider nur fast«, sagte Erck leise.

An diesem Sonntagmorgen hatten sie lange geschlafen, ausgiebig gefrühstückt und waren anschließend nach Sankt Peter-Ording an den Strand gefahren. Das Wasser hatte sich zurückgezogen und würde erst in ein paar Stunden wieder auflaufen.

»Ich liebe die Nordsee«, sagte Lena. »Eigentlich will ich nicht hier weg. Du?«

»Du meinst auf die andere Seite? Wie nennt man den Tümpel dort noch? Ostsee? Nein, Brackwasser. Also, ich bleibe auch lieber hier. Husum gefällt mir. Das Haus auch. Und wenn ich unsere Vermieter richtig verstanden habe, denken sie über kurz oder lang darüber nach, das Haus zu verkaufen. Warum sollten wir das nicht machen?«

Lena hakte sich bei Erck unter. »Scheint eine gute Idee zu sein.«

»Die Zinsen sind günstig wie nie«, fuhr Erck fort. »Ich habe ausgerechnet, dass wir in den ersten Jahren weniger bezahlen als im Moment Miete. Was kann uns Besseres passieren?«

Lena lächelte. »Ach, da würde mir schon etwas einfallen.«

Ercks Augen begannen zu leuchten. »Dein Ernst?«

»Ewig Zeit haben wir nicht mehr. Waren das nicht deine Worte?«

Erck zog sie an sich und küsste sie. »Ja, ich glaube, das waren wirklich meine Worte.«

»Dann sind wir uns also einig?«

Erck nickte. Ihm lief eine Träne über die Wange. »Ja, das sind wir«, flüsterte er.

Achtunddreissig

Als Lena am Dienstagmittag die Räume des LKA betrat, fühlte sie sich ausgeruht wie seit Langem nicht mehr. In Husum hatte sie lange und gut geschlafen, keine Albträume gehabt und nur selten an den Fall gedacht. Zweimal hatte sie kurz mit Johann gesprochen und sich die Neuigkeiten erzählen lassen. Efkan Onur war bisher nicht auffindbar. Er hatte, zumindest unter seinem eigenen Namen, keinen Flug in die Türkei gebucht und war nicht unter seiner Adresse in Kiel zu erreichen. Die europaweite Fahndung hatte bisher keinen Erfolg gezeigt. Oke Jacobs hatte sein Geständnis widerrufen, der nächste Haftprüfungstermin war für Anfang der folgenden Woche angesetzt. Thomas Seute war aus dem künstlichen Koma zurückgeholt worden, bisher aber nicht ansprechbar. Der Mann, der Lena überfallen hatte, lag weiter unter Bewachung im Krankenhaus, die Kugel war eindeutig Lenas Waffe zugeordnet worden, ebenso hatte man seine DNA in Lenas Wohnung gefunden. Sobald sein Gesundheitszustand es zuließ, würde der Mann in die JVA Kiel überführt. Auch bei ihm hatte der Haftrichter Untersuchungshaft angeordnet.

Alle Informationen, die sie über Johann bezog, hatten sie seltsam kaltgelassen. Sie fragte sich, ob das ein gutes oder ein schlechtes Zeichen war.

»Guten Morgen!«, sagte Lena, als sie die Tür zu Johanns Büro öffnete und ihn am Schreibtisch sitzen sah.

Johann grinste. »Morgen? Also bei mir ist es ungefähr genau halb eins. Hast du dich ein wenig erholt?«

»Du kennst doch Erck. Er hat mich gepflegt und betüddelt. Ich bin wieder einigermaßen auf dem Damm. Allerdings werde ich mir ein paar Tage freinehmen, wenn wir den Fall komplett unter Dach und Fach haben.« Sie zog ihre Jacke aus und setzte sich auf Johanns Besucherstuhl. »Was gibt es Neues?«

»Seute soll ansprechbar sein. Allerdings hat noch niemand der Kollegen mit ihm gesprochen. Verbot der Ärzte. Ansonsten habe ich heute Morgen Warnke gesehen.«

»Hier? Bei uns?«

»Wenn er kein Double hat, sollte er es gewesen sein. Mit ihm gesprochen habe ich nicht. Ich weiß nicht mal, ob er mich gesehen hat. Er lief etwas zombiemäßig an mir vorbei.«

»Interessant.«

»Und dein Freund Haustein hat sich angemeldet.« Johann sah auf die Uhr. »In einer halben Stunde sollte er vor deiner Bürotür stehen. Ich hoffe, es war in Ordnung, dass ich das für dich ausgemacht habe.«

Lena schmunzelte. »Ich wollte schon immer einen Sekretär haben. Aber im Ernst: Danke, dass du mir in den letzten zwei Tagen den Rücken freigehalten hast. Ich brauchte wirklich etwas Abstand.«

»Kein Thema. Wann setzen wir uns zusammen?«

»Später, das hat Zeit. Ich mache mir erst mal einen Kaffee.«

Johann sah sie erstaunt an, sagte aber nichts, als Lena aufstand, ihre Sachen unter den Arm klemmte und ihm zunickte.

»Wie geht es Ihnen?«, fragte Roland Haustein, als er zur vereinbarten Zeit bei ihr im Büro stand.

»Ich hatte schon bessere Wochen, aber was soll's. Was macht der Schütze?«

»Er schweigt. Wie nicht anders zu erwarten. Die Beweislage ist aber so eindeutig, dass ihn nicht einmal der beste Anwalt der Welt da rausholen wird. Die Gegenüberstellung soll Ende der Woche sein. Wir haben übrigens noch einen Zeugen gefunden, der den Täter auf der Straße gesehen hat. Ohne Vermummung. Er hat ihn bereits auf Fotos identifiziert. Wir haben beantragt, dass der Name des Zeugen vorerst geheim gehalten wird. Den Grund brauche ich Ihnen nicht zu nennen.«

»Gönül schweigt vermutlich auch?«, fragte Lena.

»Selbstverständlich. Was er allerdings noch nicht weiß: Wir haben gestern endlich eine Kamera gefunden, die ihn aufgenommen hat. Die Kamera einer Firma in unmittelbarer Nähe zum Tatort. Wunderbares Bild, gestochen scharf.« Haustein grinste. »Man sollte auf der Flucht halt nicht an einer IT-Firma vorbeifahren. Alles drauf, mit Uhrzeit und Nummernschild. Ich denke, das war's für den jungen Mann.«

»Klingt doch nach einer regelrechten Erfolgsserie. Gratulation.«

Haustein wiegte den Kopf. »Den Mann im Hintergrund haben wir nicht. Das wurmt mich gewaltig.«

»Vielleicht wird uns da Kollege Seute helfen können, wenn er wieder ansprechbar ist.«

»Wenn er jemals wieder sprechen kann. Ich habe da nichts Gutes gehört.«

»Gerüchte! Hoffen wir mal das Beste.« Lena berichtete über die Ermittlungen auf Helgoland. »Allmählich lichtet sich der Nebel.«

Haustein stöhnte leise. »Ja, und in der Mitte steht nach wie vor Demhat Baksi. Dabei haben weder Sie noch ich ihm auch nur eine einzige Frage gestellt. Geschweige denn, dass er darauf geantwortet hätte. Zwei, drei Bauernopfer und die Geschäfte gehen weiter wie bisher.«

»So leicht wird sich die Helgoland-Route nicht ersetzen lassen«, warf Lena ein. »Was macht eigentlich Ihr kleines Problem?«

Haustein verzog den Mund. »Gut, dass Sie fragen. Deshalb bin ich eigentlich hier. Ich brauche Ihre Hilfe.«

Lena verkniff sich ihr Schmunzeln. »Ja?«

»Wir, also mein Stellvertreter und ich, haben jetzt fast die ganze Mannschaft durch. Alle sauber, es fehlt noch ein Kollege.«

»Was kann ich tun?«

Haustein legte einen Zettel auf den Tisch. »Das ist die Adresse einer Shishabar, die zum Baksi-Clan gehört. Der besagte Kollege ist genau jetzt allein im Büro, weil ich ihn zum Telefondienst abgestellt habe. Sie rufen an und verlangen nach mir, weil Sie mich über Handy nicht erreichen können. Nach kurzem Hin und Her bitten Sie ihn, eine Nachricht für mich zu notieren. *Heute sechzehn Uhr läuft die LKA-Aktion in der Gotthofstraße an.*«

»Okay! Das reicht?«

»Er weiß, dass dort die Shishabar ist. Wir hören das Telefon der Bar ab, wenn dort eine Warnung eingeht, habe ich meinen Maulwurf.«

»Jetzt sofort?«, fragte Lena. Als Haustein nickte, griff sie nach ihrem Handy.

Das Telefongespräch dauerte nur knapp eine Minute und verlief so, wie Haustein es geplant hatte.

»So, jetzt wollen wir mal sehen, wann er versucht, mich zu erreichen.«

Während sie warteten, unterhielten sie sich über Möglichkeiten, an Demhat Baksi heranzukommen. Genau zwanzig Minuten nachdem Lena den Mitarbeiter angerufen hatte, klingelte Hausteins Handy. Er bekam Lenas Nachricht übermittelt, bedankte sich und legte wieder auf. Eine weitere Viertelstunde später der nächste Anruf. Haustein hörte zu, nickte und bedankte sich wieder.

»Leider, leider hatten wir den richtigen Riecher.« Haustein stand auf. »Dann kümmere ich mich mal um meinen Mitarbeiter.« Er tippte mit zwei Fingern an seine Stirn. »Danke für Ihre Hilfe. Ich melde mich.«

»Wie geht es Ihnen?«, fragte Kriminalrätin Nielsen.

Lena ließ sich nicht anmerken, dass sie diese Frage in den letzten Stunden schon mehrmals beantwortet hatte. »So weit gut.«

Nielsen war zu ihr ins Büro gekommen und hatte um ein Gespräch gebeten. Allein diese Bitte war Lena merkwürdig vorgekommen. Nielsen hätte sie auch einfach zu sich zitieren können.

Lena wies auf den Besucherstuhl. »Setzen Sie sich doch bitte.«

»Kollege Seute ist wieder ansprechbar. Ich habe vorhin das Okay vom Chefarzt bekommen, dass wir kurz mit ihm sprechen können. Wenn ich das richtig verstanden habe, kann er sich nur schwer artikulieren, aber er hat quasi danach verlangt, mit uns zu sprechen.«

»Wann?«

»Wenn Sie möchten, jetzt gleich.«

»Ich soll das Gespräch führen?«, fragte Lena und verbarg, dass sie erstaunt über die Bitte war.

»Ich würde mitkommen, es aber Ihnen überlassen, die Fragen zu stellen. Soweit es überhaupt geht. Wir werden sehen.«

Lena stand auf. »Worauf warten wir?«

Der Geruch nach Desinfektionsmittel löste bei Lena einen Fluchtreflex aus. Normalerweise machte sie um Krankenhäuser einen großen Bogen.

Vor der Intensivstation zogen sie einen blauen Kittel über, bekamen einen Mundschutz und desinfizierten die Hände. An Seutes Bett saß seine jüngere Tochter Pia. Lena nickte ihr zu und trat ans Bett. Kriminalrätin Nielsen hielt sich im Hintergrund.

»Papa kann nur wenige Worte sagen«, erklärte Pia Seute. »Er hat mich gebeten, Sie zu holen. Am besten, Sie stellen ihm Fragen. Er nickt dann oder schüttelt den Kopf.«

Lena trat näher ans Bett. »Hallo, Thomas!«

Seute nickte fast unmerklich.

»Ich stelle dir gleich die Fragen, weil der Chefarzt uns nur zehn Minuten gegeben hat.«

Wieder ein kaum wahrnehmbares Nicken.

»Du kannst den Täter identifizieren?«

Seute bestätigte.

»Wir haben Alay Gönül festgenommen. Hat er geschossen?«

Seute nickte.

»Bist du vom Baksi-Clan erpresst worden?«

Wieder ein schwaches Nicken.

»Hast du Geld von Ihnen genommen?«

Seute schüttelte leicht den Kopf.

»Womit haben sie dich erpresst?«

Er bewegte die Lippen. Lena trat näher an ihn heran. Mit Mühe konnte sie »Pia« verstehen.

»Sie haben gedroht, deiner Tochter etwas anzutun?«, fragte Lena weiter.

Er nickte und schien wieder etwas sagen zu wollen. Lena beugte sich zu ihm hinunter.

»Fo-to«, brachte Thomas Seute stockend heraus. »F-Film.«

»Sie haben Pia überwacht und dir Fotos und Filmaufnahmen gezeigt?«

Seute nickte. Lena sah, dass ihn die letzten Minuten angestrengt hatten. Der Schweiß stand ihm auf der Stirn und seine Lider flackerten leicht. Ihr war klar, dass sie nicht mehr viele Fragen stellen konnte.

»Wir haben bei dir in der Wohnung nichts gefunden. Du hast die Beweise außer Haus gebracht?«, fragte sie.

Wieder bewegte Seute den Kopf bestätigend auf und ab.

»Wo sind sie?«

Wieder beugte sie sich zu ihm hinunter. »Ar-chiv … eins … vier … neun … sieben.« Lena hörte, wie flach sein Atem ging. Er schloss erschöpft die Augen.

»Eine letzte Frage, Thomas. Hast du jemals Demhat Baksi persönlich getroffen?«

Er nickte und schien noch etwas sagen zu wollen. Lena ging mit dem Ohr ganz nah an seinen Mund. »Auf…genommen.«

»Ist das auch im Archiv?«

Ein letztes Nicken.

Lena trat einen Schritt zurück. »Danke, Thomas.«

Zusammen mit Nielsen verließ Lena das Krankenzimmer, sie zogen die Schutzkleidung aus und liefen nebeneinander durch die langen Gänge der Klinik. Lena erzählte Nielsen, was Seute ihr gesagt hatte. Die Kriminalrätin nickte erleichtert.

Am frühen Abend hatten Lena und Johann die Fotos, Filme und Tonaufnahmen gesichtet und abgehört. Thomas Seute hatte die DVD im Ordner eines zu den Akten gelegten Falles versteckt.

Kriminalrätin Nielsen betrat Lenas Büro. Lena hatte sie kurz zuvor angerufen und sie hergebeten.

»Und?«

»Seine Tochter Pia ist über Wochen beobachtet worden. Nicht nur im Außenbereich, sie wurde auch in der Wohnung abgehört und gefilmt. Ein Film ist besonders bedrohlich. Jemand ist in der Nacht in Pia Seutes Wohnung eingebrochen und hat sie schlafend im Bett gefilmt. Möchten Sie es sehen?«

»Nein, danke. Es gibt tatsächlich eine Tonaufnahme vom Treffen mit Baksi?«

»Ich kenne die Stimme nicht, aber es gibt eine Aufnahme, die sehr eindeutig ist. Es wird keine großen Probleme bereiten, die Stimme mit Baksis zu vergleichen.«

»Morgen früh um neun haben wir beide beim Generalstaatsanwalt in Schleswig einen Termin. Ich hole Sie um acht Uhr ab. Ist das in Ordnung?«

Lena nickte.

»Wir brauchen zumindest eine Auflistung der gefundenen Daten.« Sie sah Johann an. »Schaffen Sie das heute noch?«

»Ich denke, das wird gehen«, antwortete Johann.

Nielsen nickte beiden zu und verließ Lenas Büro.

Der Termin beim Generalstaatsanwalt dauerte über zwei Stunden. Thomas Seute wurde bei vollständiger Aussage Straffreiheit zugesagt und anschließender Zeugenschutz. Seine beiden Töchter wurden ab sofort unter Polizeischutz gestellt. Die Frage, ob auch sie in ein Zeugenschutzprogramm aufgenommen würden, wurde an ihre ausdrückliche Zustimmung gekoppelt. Seutes Ex-Frau sollte informiert werden und bekam ebenfalls für die nächsten Wochen Polizeischutz angeboten.

Unter Federführung des LKA sollten in einer neuen SoKo die weiteren Ermittlungen gegen den Baksi-Clan gebündelt werden.

Auf der Rückfahrt fragte Nielsen, ob Lena die Leitung der SoKo übernehmen wolle. Sie überlegte lange, lehnte dann ab und bat schließlich darum, drei Wochen Urlaub nehmen zu dürfen.

»Ich hatte gehofft, dass Sie das so sehen«, sagte Kriminalrätin Nielsen. »Aber ich wollte Sie nicht übergehen.«

»Danke für Ihr Vertrauen.« Lena hielt kurz inne. »Mein Kollege ist heute Kriminaldirektor Warnke im LKA begegnet.«

Nielsen zeigte auf ein Schild neben der Autobahn, das einen Rastplatz ankündigte. Sie fuhr ab und lud Lena zu einer Tasse Kaffee ein. Sie suchten sich einen ruhigen Platz im hinteren Bereich des Bistros.

»Ich habe heute mit dem Kollegen Warnke gesprochen. Er ist auf meinen Wunsch nach Kiel gekommen.«

Lena nickte. Sie hatte sich schon etwas Ähnliches gedacht.

»Ich habe ihn über den Stand der Ermittlungen in Kenntnis gesetzt«, fuhr Nielsen fort. »Wir sind übereingekommen, dass er seinen vorzeitigen Ruhestand beantragen wird und aus dem Dienst ausscheidet.«

Lena schwieg und wartete, ob Nielsen ihr mehr erzählen würde.

»Thomas Seute hat sich seinerzeit sehr um die Tochter von Kollege Warnke bemüht. Sie war mit harten Drogen in Berührung gekommen und drohte vollkommen abzustürzen.«

»Ich verstehe«, sagte Lena. »Kriminaldirektor Warnke war Seute etwas schuldig. Habe ich das so richtig interpretiert?«

»Ohne ins Detail gehen zu wollen, kann ich das so bestätigen. Ich gehe davon aus, dass Kollege Warnke von Seute bewusst getäuscht wurde, aber einem leitenden Beamten darf so etwas nicht passieren. Ich halte es dem Kollegen zugute, dass er so offen mit mir gesprochen hat.«

»Das war eine gravierende Fehleinschätzung von Kriminaldirektor Warnke. Letztlich hat auch das dazu beigetragen, dass Julius Weber ermordet wurde.«

Nielsen schüttelte den Kopf. »Wenn jemand für Webers Tod mitverantwortlich ist, dann ist das Thomas Seute. Er hat sich strafbar gemacht, ob er nun erpresst wurde oder nicht. Sein Weg war der falsche.«

»Ihre Entscheidung! Jeder andere Kollege müsste sich für ein solches Verhalten zumindest vor einer Disziplinarkommission verantworten. Hat er etwas zu den Hundertfünfzigtausend gesagt?«

»Das Geld stammt aus dem Verkauf einer Ferienwohnung in Frankreich. Er reicht die Unterlagen nach.«

»Und jetzt?«

»Kollege Warnke geht in den vorzeitigen Ruhestand«, sagte Nielsen. »Ich denke, der Schritt reicht aus.« Sie sah Lena auffordernd an.

Lena senkte den Kopf und schwieg. Dann sah sie auf. »Warum wollen Sie von mir die Absolution? Die brauchen Sie doch gar nicht.«

Nielsen atmete hörbar aus. »Das ist zwar richtig, aber mir ist Ihre Meinung wichtig. Es ist nur Ihrer Hartnäckigkeit zu verdanken, dass Julius Weber rehabilitiert und der Mord aufgeklärt wurde. Sie haben ein Recht darauf, die ganze Wahrheit zu erfahren.«

»Die Last möchte ich nicht tragen«, sagte Lena. »Entscheiden Sie, ich werde von mir aus nicht gegen Kriminaldirektor Warnke vorgehen. Sollte ich aber aussagen müssen, wo und wann auch immer, werde ich die ganze Wahrheit sagen.«

Nielsen nickte nachdenklich. »Kollege Warnke hat mich bereits gewarnt, dass Sie einem solchen Deal nicht zustimmen würden. Allerdings hat er sich getäuscht, als er mir sagte, Sie würden ihn hinhängen.« Sie lächelte. »Warten wir ab, was die SoKo ermittelt. Dann sehen wir weiter.«

Epilog

Drei Wochen später wurde Demhat Baksi festgenommen. Thomas Seute erholte sich schneller, als die Ärzte erwartet hatten. Seine Aussage und die von ihm im Archiv des LKA versteckten Daten führten zu einer Anklage wegen räuberischer Erpressung eines Kriminalbeamten. Im Prozess trat Thomas Seute als Kronzeuge auf, Baksi wurde zu einer Freiheitsstrafe von sieben Jahren verurteilt.

Der Mordauftrag war Baksi nicht nachweisbar. Efkan Onur, der zwei Monate später in der Türkei verhaftet und nach weiteren zwei Monaten an Deutschland ausgeliefert wurde, bestritt, Wiebke Rinken und Julius Weber erschossen zu haben. Nele Clausen sagte gegen ihn aus, auch Lena, Johann und Ole wurden als Zeugen aufgerufen. Erst die Aussage von Oke Jacobs gab den entscheidenden Ausschlag. Jacobs gab an, dass er Onur von seinem Verdacht berichtet habe, Weber sei ihm auf der Spur. Daraufhin habe Onur Weber unter die Lupe genommen und zu Jacobs gesagt, dass er sich um das Problem kümmern würde. Weiter sagte Jacobs aus, dass Onur nicht nur sein Helfer gewesen sei, sondern die treibende Kraft hinter dem Drogenschmuggel.

Er habe ihn angeworben, den Kutter finanziert und die gesamte Planung zur Bergung der ausgesetzten Rettungsinseln unter sich gehabt. Nachdem Onur von Weber Fotos gemacht hatte und sie seinem Chef (wer genau das zu dieser Zeit war, wusste Jacobs nicht) geschickt hatte, habe sich Onurs Misstrauen gegenüber Jacobs deutlich gesteigert. Jacobs nahm inzwischen an, dass Webers wahre Identität zu dem Zeitpunkt entdeckt worden war. Bei einem belauschten Gespräch zwischen Onur und seinem Chef bekam Jacobs mit, dass Julius Weber bei der Polizei als verdeckter Ermittler arbeitete und Onur den Auftrag bekam, sich um Weber zu kümmern. Erst nach der Tat seien Jacobs die Zusammenhänge klar geworden und er habe geahnt, dass Onur die Hände im Spiel hatte. Onur wurde wegen Mordes in zwei Fällen und des Überfalls auf Lena und Johann zu vierzehn Jahren Haft verurteilt.

Oke Jacobs' Geständnis und seine Aussage im Prozess gegen Onur wurden ihm positiv angerechnet. Zum Überfall auf Lena und Johann gab er an, dass er von Onur dazu gezwungen worden sei mitzumachen. Onur hatte Jacobs ein Paket übergeben, mit der Anweisung, es ungeöffnet bei sich zu verstecken. Erst später öffnete Jacobs die Verpackung und versuchte, den Laptop zu starten. Als dies nicht gelang, schraubte er das Gerät auf, um nach dem Fehler zu suchen, und bemerkte, dass die Festplatte entfernt worden war. Schließlich versteckte er den Laptop in seiner Wohnung. Lena vermutete, dass Onur mit dem verpackten Gerät den Verdacht für alle Straftaten auf Jacobs lenken wollte, sollte der erweiterte Suizid von Weber als vorgetäuscht entlarvt werden. Jacobs' Strafe belief sich auf zwei Jahre ohne Bewährung, da er nicht vorbestraft war, einen festen Wohnsitz hatte und ihm eine gute Sozialprognose bestätigt wurde.

Nele Clausen konnte nicht nachgewiesen werden, von Onurs Mordabsichten gewusst zu haben. Sie wurde zu zwei Jahren auf Bewährung verurteilt. Ihr Mann, Habbo Clausen, erhielt einen Strafbefehl und wurde mit einer Strafe von hundert Tagessätzen belegt.

Alay Gönül konnten keine Mordabsichten nachgewiesen werden. Er wurde wegen versuchten Totschlags zu sieben Jahren Haft verurteilt.

Thomas Seute wurde aus dem Dienst entlassen. Er sagte als Kronzeuge gegen Baksi aus sowie im Prozess gegen Alay Gönül. Im Prozess gegen Alay Gönül konnte nicht geklärt werden, welche Gründe hinter dem Anschlag steckten. Bei einem Gespräch, das Lena mit Thomas Seute kurz nach dem Prozess führte, fragte sie ihn nach Baksis Motiven. Seute vermutete, dass er nach Lenas Ermittlungen auf Helgoland als Wackelkandidat eingeschätzt wurde und ohnehin entbehrlich war. Seute hatte sich mit Gönül getroffen, weil er ihn auf seinen Wunsch zu Baksi bringen sollte. Hier wollte er die erzwungene Zusammenarbeit mit dem Baksi-Clan beenden und hatte dafür die im LKA-Archiv lagernden Daten als Sicherheit hinterlegt. Er erzählte Lena weiter, dass er Julius Weber und den V-Mann unter einem Vorwand zurückgezogen habe. Wenige Wochen zuvor war Seute vom Baksi-Clan zum ersten Mal unter Druck gesetzt worden, einen möglichen Maulwurf in ihren Reihen zu nennen. Sie vermuteten seit einiger Zeit, dass ein V-Mann bei ihnen eingeschleust worden war. Der Baksi-Clan musste auf ihn aufmerksam geworden sein, da er in leitender Stelle im Bereich *Verdeckte Ermittlungen* tätig war. Wer die – eigentlich geheime – Information weitergegeben hatte, wusste Seute nicht. Als der Druck auf Seute immer größer wurde und ihm damit gedroht wurde, seine Tochter zu entführen, gab er die Identität von

Weber bekannt. Als Weber schließlich spurlos verschwand, wurde Seute verdächtigt, ihn gewarnt zu haben. Seute bestritt den Verdacht und lieferte als Zeichen seiner Loyalität Hinweise auf geplante Razzien in Baksi-Lokalen. Dadurch geriet er immer tiefer in den Korruptionssumpf.

Kriminaldirektor Warnke beantragte seinen vorzeitigen Ruhestand, was ihm unter Kürzung seiner Pension genehmigt wurde.